L'INSTANT ZÉRO

JOSEPH FINDER

L'INSTANT ZÉRO

roman

FRANCE LOISIRS
123, boulevard de Grenelle, Paris

Titre original : *The Zero Hour.*
© Joseph Finder, 1996, publié par William Morrow and Company Inc., New York et avec l'accord de l'auteur c/o Baror International, Inc., New York.

Traduit de l'américain par Michèle Garène.

Une édition du Club France Loisirs, Paris,
réalisée avec l'autorisation des Éditions Robert Laffont.

© Robert Laffont, 1998, pour la traduction française.

ISBN : 2-7441-2111-8

À Emma, notre « excellente créature »

Le terroriste et le policier sortent du même panier. Révolution, légalité ne sont que mouvements opposés au sein d'une même partie ; des formes d'oisiveté foncièrement semblables.

Joseph Conrad, *L'Agent secret*

Le prince des ténèbres est gentilhomme.

William Shakespeare, *Le Roi Lear*

RUSES

Ceux qui sont experts dans l'art de la guerre soumettent l'armée ennemie sans combat.

Sun Tzu, *L'Art de la guerre.*

1.

Le prisonnier numéro 322/88, Baumann pour les autorités pénitentiaires, bien que ce ne fût pas son nom de baptême, organisait minutieusement cette journée depuis déjà pas mal de temps.

Il se leva très tôt et, comme chaque matin, regarda à travers les barreaux de l'étroite fenêtre la montagne verdoyante qui prenait des reflets émeraude sous le vif soleil sud-africain. Il localisa la minuscule tache miroitante de l'océan, à peine visible dans un coin. Il distingua vaguement le cri des mouettes au-dessus du cliquetis des chaînes des détenus les plus dangereux qui se retournaient dans leur sommeil et des aboiements des bergers allemands dans les chenils voisins.

Il s'allongea sur le sol en béton de sa cellule pour se livrer à son rituel matinal : une série d'assouplissements, cent pompes, cent abdominaux. Puis, le sang battant violemment dans ses veines, il se doucha.

Selon les critères du monde extérieur, sa cellule était exiguë. Toutefois, en plus de la table, de la chaise et du lit habituels, elle était équipée d'une douche et de toilettes privées.

Âgé d'une petite quarantaine d'années, Baumann en faisait facilement dix de moins. Et il était d'une beauté à couper le souffle. Il avait les cheveux épais, noirs et ondulés, à peine parsemés de gris. Sa barbe taillée de près mettait en valeur une mâchoire forte et volontaire ; il avait le nez proéminent et aquilin, les sourcils fournis et un teint olivâtre.

Sans ses yeux d'un bleu pénétrant, clair et étincelant, ourlés de longs cils, on aurait pu le prendre pour un Italien du Sud, voire un

Grec. Quand il souriait, ce qui était rare et seulement lorsqu'il voulait séduire, il dévoilait des dents parfaites d'une blancheur éclatante.

Ses six ans à la prison de Pollsmoor lui avaient permis d'atteindre un niveau d'entraînement impensable en d'autres circonstances. Il avait toujours été dans une forme éblouissante, mais maintenant il affichait un physique puissant, superbe. En effet, à part lire, il n'avait pas grand-chose à faire, sinon de la gymnastique rythmique et du *hwa rang do*, l'art martial coréen peu connu qu'il avait passé des années à perfectionner.

Il enfila son uniforme de prisonnier bleu, marqué du numéro 4 dessiné au pochoir, indiquant qu'il était la propriété de son bloc. Il fit son lit comme d'habitude. Commença alors pour lui ce qu'il savait devoir être une longue journée.

La prison Pollsmoor se trouve dans les environs du Cap, en Afrique du Sud, sur des terres jadis occupées par un champ de courses et des fermes. Derrière les hauts murs de pierre surmontés de barbelés tranchants et électrifiés, c'est un paysage ondoyant de palmiers et d'eucalyptus bleus. Les gardiens et leurs familles, logés à l'intérieur de l'enceinte dans de confortables appartements, ont à leur disposition centres de détente, piscines et jardins. Les quatre mille prisonniers normalement incarcérés en ces lieux vivent dans une saleté repoussante et sous un régime draconien, aussi légendaires l'une que l'autre.

Pollsmoor, un des onze quartiers de haute sécurité d'Afrique du Sud, n'a jamais eu la redoutable réputation de Robben Island, à présent désaffecté, l'Alcatraz local, une île rocheuse séparée de la péninsule du Cap par un courant féroce et glacial. Mais il a succédé à Robben Island dans son rôle de dépotoir pour ceux que le gouvernement sud-africain considérait comme ses plus dangereux criminels, assassins avec préméditation, violeurs... et, jadis, dissidents politiques combattant l'apartheid. C'est là que Nelson Mandela purgea les dernières années de sa peine d'un quart de siècle, après la fermeture et la conversion en musée de Robben Island.

Baumann avait été transféré de la prison centrale de Pretoria à Pollsmoor, enchaîné par les chevilles à vingt autres prisonniers, immédiatement après son procès secret. Pour la plupart des *boers*, ou gardiens, et tous ses codétenus, le prisonnier numéro 322/88 restait une énigme. Il se tenait à l'écart et ouvrait rarement la bouche. À la cantine, il s'installait seul pour avaler sans broncher ses légumes immangeables, son maïs et ses doliques ruisselants de graisse. Pendant l'exercice dans la cour, il faisait invariablement de la gymnastique rythmique et du hwa rang do. Le soir, au lieu de regarder un film ou la télévision comme tout le monde, il lisait : un mélange hétéroclite puisque ses lectures allaient de l'histoire de la bombe atomique à celle de l'industrie pétrolière internationale, en passant par des biographies de Churchill ou de Nietzsche, des récits d'un récent scandale à Wall Street, *L'Éthique protestante et l'esprit du capitalisme* de Max Weber, et un traité sur l'architecture de la Renaissance italienne au XVIᵉ siècle.

Pendant que les autres prisonniers (les *bandiete* ou *skollies*) grillaient des *zolls* de contrebande, de longues cigarettes maison roulées dans un papier brun, Baumann fumait des Rothmans. Personne ne savait comment il se les procurait. Il ne trempait jamais dans les petits trafics des autres, ni dans leurs tentatives d'évasion, généralement du travail d'amateur qui échouait lamentablement, se soldant inévitablement par une capture ou le plus souvent par la mort.

Il n'appartenait pas non plus à l'une des nombreuses bandes qui, avec la bénédiction des autorités pénitentiaires, contrôlaient la population des détenus. Ces organisations très hiérarchisées étaient dirigées par des conseils ou *krings*. Elles pratiquaient les meurtres rituels, les décapitations, les démembrements, voire le cannibalisme. Hostiles aux prisonniers qui n'étaient pas des leurs, elles les surnommaient les *mupatas*, les moutons.

Quelques jours après l'arrivée de Baumann à Pollsmoor, une des bandes avait envoyé son *lanie* le plus vicelard, un leader purgeant une longue peine que tout le monde s'appliquait à éviter, le menacer dans la cour. On retrouva le lanie sauvagement assassiné, mutilé au point que ceux qui le découvrirent, pourtant aguerris, furent pris de nausée. Plusieurs détenus eurent la malchance d'être témoins de l'acte qui fut accompli avec une fulgurante efficacité. Le plus terrible de l'histoire étant que, même au plus fort de la bagarre, Baumann resta de glace. Personne n'avoua jamais avoir assisté au meurtre. De ce jour, Baumann eut droit à la paix et au respect.

De lui, on savait seulement qu'il purgeait une peine à perpétuité et qu'après avoir été affecté aux cuisines, il venait de l'être à l'atelier de mécanique où l'on réparait les voitures de la direction de la prison. Le bruit courait qu'il avait travaillé pour le gouvernement sud-africain, dans les services secrets de l'État, l'ancien Bureau for State Security, ou BOSS, devenu depuis le National Intelligence Service.

On murmurait qu'il avait été l'auteur d'une série d'actes terroristes célèbres en Afrique du Sud et à l'étranger, certains pour le compte du BOSS, d'autres non. On pensait qu'il avait été condamné pour l'assassinat d'un membre du *kidon*, la redoutable unité du Mossad, ce qui était vrai, bien que ce ne fût qu'un prétexte, puisqu'il avait agi sur ordre. En vérité, il était tellement bon dans sa partie qu'il avait fini par effrayer ses propres employeurs qui préférèrent le savoir à jamais sous les verrous.

Un boer avait entendu dire qu'au sein du BOSS on le surnommait le Prince des Ténèbres. Pourquoi? le gardien était incapable de l'expliquer. Certains attribuaient ce surnom à sa gravité naturelle, d'autres à la facilité avec laquelle il tuait, qu'il venait d'illustrer de manière éclatante. Toutes sortes de théories circulaient, mais personne n'était sûr de rien.

En six ans de présence, Baumann commençait à connaître extrêmement bien les lieux. Il s'était tellement habitué à l'odeur du Germothol que ce désinfectant lui paraissait à présent aussi indissociable de l'atmosphère ambiante que l'air iodé. Il ne sursautait plus aux miaulements du « chat », la sirène qui se déclenchait à l'improviste pour appeler les gardiens en cas d'incident, de bagarre ou de tentative d'évasion.

À neuf heures et demie, il entra dans l'atelier de mécanique où il fut salué par le gardien, Pieter Keevy. Baumann l'aimait bien. Un peu lent à la détente, mais un brave type au fond.

Boers et bandiete entretenaient d'étranges rapports. Célèbres pour leur cruauté frisant le sadisme, les gardiens trahissaient également un besoin de se faire aimer des prisonniers qui avait quelque chose d'attendrissant.

Conscient de ce point faible, Baumann l'exploitait à la moindre occasion. Il savait qu'il fascinait Keevy, curieux d'en savoir plus long sur sa vie, ses origines. Il lui jetait consciencieusement des os à ronger, histoire de piquer sa curiosité sans jamais la satisfaire. Keevy était tellement facile à manipuler qu'il en devenait aimable.

– On en a un nouveau pour vous aujourd'hui, les gars, annonça cordialement Keevy en tapotant l'épaule de Baumann. Le camion de livraison de la cantine.

– Ah? Qu'est-ce qui ne marche pas, *baas*?

– J'sais pas. Il paraît que ça fume chaque fois qu'on change de vitesse.

– De la fumée blanche?

– J'en sais rien. Ils disent que ça claque.

– Je vois. Un problème de transmission. Rien de grave. Probablement un manque de pression.

Keevy haussa un sourcil, puis hocha sagement la tête comme s'il comprenait.

– Fait chier en tout cas.

– Allons, Piet, faut pas dire ça, on en a presque terminé avec la voiture de l'aumônier, dit Baumann en indiquant la petite berline Ford sur laquelle il avait travaillé ces derniers jours.

– On va le refiler à Popeye. (« Popeye » était le surnom maison de Jan Koopman, l'autre skolly affecté à l'atelier.) Après tout, c'est le camion de livraison de la cantine. Faudrait pas qu'on rate un repas, hein?

Baumann gloussa devant la tentative d'humour pathétique du gardien.

– Je détesterais rater une autre oreille.

Quelques semaines avant, il avait découvert une grosse oreille de porc poilue et sale dans son maïs et ses doliques.

– Oh! fit Keevy en éclatant de rire. Ah! oui, l'oreille poilue.

– Je vais demander à Popeye de jeter un coup d'œil au camion pendant que je sors la voiture de l'aumônier.

Keevy riait toujours, incapable de s'arrêter.

Popeye, dont l'épaule s'ornait d'un grand tatouage rudimentaire signifiant qu'il avait lardé un gardien de coups de couteau, arriva quelques minutes plus tard et suivit sans enthousiasme les instructions de Baumann. Bien que plus grand et beaucoup plus lourd que lui, il avait vite compris qu'il valait mieux filer doux devant son codétenu.

En ouvrant le coffre de la voiture de l'aumônier, Baumann jeta un regard en coin à Keevy. Et, bien entendu, comme chaque matin après avoir allumé sa cigarette, le gardien partit de son pas pesant prendre sa pause café de dix à quinze minutes avec son collègue du poste voisin.

Debout devant le coffre ouvert, Baumann appela Popeye.

– Tu veux bien vérifier ce pot d'échappement? Tu crois qu'il faut le remplacer?

Popeye s'agenouilla pour examiner le pot.

– Merde, mais de quoi tu parles, il a rien! s'écria-t-il.

– Je vais te montrer, répondit tranquillement Baumann en lui plaquant les mains sur le menton avant de lui tourner la tête jusqu'à ce que les vertèbres craquent.

Tout fut fini en quelques secondes; Popeye n'eut même pas le temps de crier qu'il s'affaissait sans vie sur le sol en ciment.

Baumann tira rapidement le corps inerte devant le placard à outils rouge brillant. Il ouvrit le placard, retira les étagères encombrées de pièces, hissa le corps à l'intérieur et referma la porte à clé. Il jeta un coup d'œil par-dessus son épaule. Ce bon vieux Keevy si prévisible n'était pas encore revenu de sa pause. Il restait cinq bonnes minutes avant la relève. La routine, les humains se nourrissent de routine.

Il plongea dans le coffre de la voiture de l'aumônier pour soulever le morceau de moquette qui le tapissait. Derrière se trouvaient les loquets qu'il avait installés. Il les ouvrit et retira le faux panneau qu'il avait camouflé en collant la moquette dessus.

Le panneau dissimulait un compartiment entre le coffre et le siège arrière de la voiture, juste assez grand pour qu'il s'y replie. Il l'avait aménagé en effectuant les réparations. Keevy, qui ne prêtait aucune attention à son travail, ne soupçonnait rien.

Baumann grimpa dans le coffre et se glissa dans le comparti-ment. Il s'apprêtait à refermer le panneau derrière lui lorsqu'il enten-dit des pas. Il s'extirpa trop tard de sa cachette. Keevy le contemplait, bouche bée.

Il n'était pas censé être là, et cela attrista Baumann.

— Qu'est-ce que c'est que ce bordel? dit Keevy d'une drôle de petite voix étranglée.

Il tenait à la main la tablette qu'il avait oubliée.

Baumann se mit à rire et lui adressa un sourire radieux.

— Ce coffre tombe en morceaux, expliqua-t-il en se redressant. Avec le salaire qu'ils versent à ce pauvre ecclésiastique, ça n'a rien d'étonnant.

Mais Keevy, soupçonneux, secouait lentement la tête.

— Il tombe en morceaux? répéta-t-il bêtement.

Passant un bras autour des épaules du gardien, Baumann sentit la chair molle s'enfoncer comme un bol de gelée sous la pression.

— Écoutez, murmura-t-il en confidence. Pourquoi ne pas garder ça entre vous et moi?

Les yeux de Keevy se plissèrent de cupidité.

— Combien il y a pour moi?

— Oh, un bon paquet, baas, dit Baumann, le bras toujours autour des épaules de l'autre. Une oreille de cochon, déjà.

Il sourit de nouveau, et Keevy se mit à glousser. Baumann rit, Keevy rit, Baumann enfonça son poing droit dans l'aisselle de l'autre, écrasant le nerf brachial, à fleur de peau à cet endroit.

Keevy s'affaissa.

Baumann le rattrapa au vol pour lui écraser la trachée, le tuant sur le coup. Il poussa non sans mal le corps sous un établi. Quelques minutes plus tard, il était installé dans le compartiment secret de la voiture de l'aumônier. Il y régnait un noir d'encre et on y étouffait, mais cela ne durerait pas trop longtemps. Il ne tarda pas à entendre les pas d'un autre employé de la prison pénétrant dans l'atelier.

Avec un énorme bruit métallique, la porte d'acier peinte en bleu qui menait à la fosse et à la cour commença à se relever. On mit le contact, on appuya exactement trois fois sur l'accélérateur, le code pour dire que tout marchait comme prévu, et la voiture démarra.

Pendant une minute ou deux, les gardiens postés dans la fosse inspectèrent soigneusement le véhicule pour s'assurer qu'aucun pri-sonnier ne s'y cachait. Sachant parfaitement comment ils procé-daient, Baumann était sûr de ne pas se faire prendre. On ouvrit le coffre. Il vit un minuscule rai de lumière filtrer dans l'interstice entre le bas du panneau et le plancher du coffre.

Il respira lentement, sans bruit. Le cœur battant, les muscles ten-dus. Puis on claqua la porte du coffre et la voiture redémarra.

Après la fosse, la cour.

Gêné par les gaz d'échappement, il espéra ne plus rester trop longtemps enfermé. La voiture s'arrêta. Ils étaient aux portes de la prison, où l'on procéderait à une autre inspection superficielle. Puis la voiture redémarra et accéléra en arrivant sur la route du Cap.

Si intelligent fût-il, Baumann savait qu'il n'aurait pu orchester son évasion sans aide. Un homme puissant, habitant la Suisse, tenait à le voir libre pour une raison encore inconnue.

Le conducteur, un jeune homme du nom de Van Loon, était comptable dans le bureau du directeur de la prison et ami de l'aumônier. Il s'était porté volontaire pour aller chercher ce dernier dans sa voiture. L'aumônier arrivait de Johannesburg à D.F. Malan, l'aéroport du Cap.

Toutefois, comme ils en étaient convenus avec Baumann, Van Loon éprouverait le besoin de s'arrêter brièvement dans une station-service pour faire le plein et boire un café. Là, sur une aire de repos à l'abri des regards, Baumann sortirait de sa cachette.

Tout s'était déroulé à la perfection.

Baumann était libre, mais sa joie était un peu ternie par le regrettable incident avec le gardien de l'atelier de mécanique. Dommage qu'il ait dû tuer ce pauvre bougre de Keevy.

Il l'aimait bien, finalement.

2.

Pendant ce temps-là, à Boston, par une soirée pluvieuse, une jeune femme blonde traversait d'un pas décidé le hall de l'hôtel Four Seasons avant de s'engouffrer dans un ascenseur.

Sourcils arqués, lèvres légèrement entrouvertes, son ravissant visage affichait une expression sérieuse. Elle portait l'uniforme de la femme d'affaires aisée : tailleur bleu marine à double boutonnage et épaules rembourrées, foulard Hermès, chemisier en soie blanc cassé, simple rang de perles avec boucles d'oreilles assorties, ballerines noires, et, sous le bras, un mince porte-documents en cuir de chez Gucci. Elle tenait à la main un grand sac en cuir noir... un peu incongru.

Un observateur distrait l'aurait aisément prise pour une avocate ou un chef d'entreprise rentrant d'un dîner d'affaires avec des clients. Mais un examen plus attentif aurait révélé d'infimes détails détruisant cette illusion. La décoloration trop évidente de ses cheveux blond cendré tombant sur ses épaules peut-être ? Ou encore la nervosité de ses yeux bleus qui trahissaient un malaise face au luxe opulent de l'hôtel tout de miroirs et de marbre?

Toujours est-il que, levant le nez de son livre de caisse, le concierge aperçut la belle blonde. Tournant alors imperceptiblement la tête, il croisa le regard de l'un des agents de la sécurité de l'hôtel, une femme qui faisait mine de lire le *Boston Globe*, installée dans un vaste fauteuil confortable.

Cette dernière haussa les sourcils une fraction de seconde pour signaler qu'elle partageait ses soupçons, ou du moins son amusement, puis sourit et eut un léger mouvement d'épaules comme pour dire : laissons-la passer, nous ne pouvons être sûrs à cent pour cent.

Le Four Seasons s'efforçait de décourager les call-girls, mais, dans les cas douteux comme celui-ci, il valait beaucoup mieux pécher par excès d'indulgence que de risquer d'offenser une cliente de l'hôtel.

La blonde sortit de l'ascenseur au septième étage, ouvrit la porte du 722 et entra dans la chambre.

Une vingtaine de minutes plus tard, un homme bien mis d'une cinquantaine d'années ouvrait la même porte. Sans être particulièrement beau, avec son grand front constellé de taches, son nez busqué, ses grandes poches sous les yeux et ses bajoues, il avait la patine de la prospérité.

Son visage et ses mains très bronzés pouvaient laisser penser qu'il faisait souvent de la voile au large de Saint-Bart, ce qui était justement le cas. Ses cheveux argentés étaient lissés en arrière. Il portait une veste bleu marine d'excellente coupe, des mocassins à glands parfaitement cirés.

Faisant une entrée timide, il jeta un coup d'œil autour de lui, mais seuls les vêtements soigneusement accrochés dans la penderie trahissaient une présence féminine. La porte de la salle de bains était fermée. Il frissonna d'excitation.

On avait placé une enveloppe à son nom au centre du grand lit à deux places. Il la récupéra. Le mot à l'intérieur contenait une simple série d'instructions qu'il s'empressa de suivre.

Il posa sa serviette sur un bureau et se déshabilla fébrilement, laissant choir en tas sur la moquette grise sa veste, puis son pantalon. Il déboutonna sa chemise avec des doigts tremblants et ôta son caleçon de soie marqué de son monogramme. Il trébucha deux fois en enlevant ses chaussettes. Pris d'une soudaine inquiétude, il vérifia que les rideaux étaient bien fermés. Ils l'étaient. Comme d'habitude, elle avait veillé au moindre détail.

En s'agenouillant nu dans un angle de la chambre, il sentit son sexe se redresser.

20

Il entendit la porte de la salle de bains s'ouvrir.

Il ne se retourna pas : on lui avait donné l'ordre de ne pas le faire. Avec ses bottes noires vernies à talon, la blonde mesurait près d'un mètre quatre-vingts. Elle était entièrement moulée d'une combinaison noire en stretch PVC, une matière luisante faite d'un mélange de plastique et de Lycra. Ses gants noirs lui montaient jusqu'aux coudes ; le masque sur ses yeux était en fin cuir noir.

Sans bruit, elle se glissa derrière lui pour lui mettre sur les yeux un bandeau en cuir souple doublé de peau lainée et fermé par un élastique. On aurait dit des lunettes de plongée trop grandes.

En fixant le bandeau, elle caressa doucement l'homme, le rassurant silencieusement. Elle plaça ses mains gantées sous ses aisselles, le releva et le guida vers le lit contre lequel il s'agenouilla.

Ensuite, elle lui passa des menottes aux poignets.

– Il est temps de mettre la cagoule, dit-elle, parlant enfin, d'une voix rauque de contralto.

Il respira profondément. Frémissant, il rentra les épaules d'excitation. À l'odeur de cuir de ses gants et de ses bottes, il devinait qu'elle le dominait de toute sa taille.

Elle lui retira son bandeau et il put enfin la regarder.

– Oui, maîtresse, souffla-t-il dans un murmure enfantin.

La cagoule, en cuir elle aussi, était ajustée et doublée de caoutchouc. Elle n'était percée que de deux trous à la hauteur des narines. Ses yeux s'écarquillèrent de peur devant la sévérité de l'accessoire. La femme le glissa sur son crâne, lourd, froid et étouffant, et il trembla sous l'emprise d'un mélange de terreur et d'excitation.

Elle resserra le col de la cagoule, l'ajusta, descendit la fermeture Éclair et fit claquer la pression à la base du cou.

L'homme succombait maintenant à une peur délicieuse. Une terreur glacée et écœurante lui serra l'estomac. Pris d'une envie de vomir, il se retint de peur de s'étouffer.

Il sentit sa respiration coincer au fond de sa trachée, juste au-dessus des poumons. Il aspira, cherchant son souffle, oubliant une seconde que, sous cette cagoule, il ne pouvait respirer que par le nez, et la panique le submergea.

Il voulut crier, mais ne parvint qu'à gémir.

– Tu as été vilain, lui dit la femme sur un ton sévère. J'aime bien te regarder, mais tu as été un très vilain garçon.

Contrôle ta respiration ! se disait-il. *Respire régulièrement ! Par le nez ! Respire !* Mais la panique était trop forte ; elle noya ses faibles tentatives de se contrôler. Il ouvrit la bouche, mais elle ne rencontra que le caoutchouc, à présent chaud et humide. La sueur lui coulait sur le visage et tombait, chaude et salée, sur sa langue. Il réussit tant bien que mal à s'obliger à respirer par le nez, faisant entrer de misérables petites bouffées d'air sentant le cuir, mais il comprit qu'il était au bord de craquer.

En même temps, il vibrait d'un délicieux mélange de terreur et d'excitation en sentant son pénis palpiter, comme au bord de l'explosion.

Il sentit alors la piqûre de sa cravache de cuir sur l'arrière de ses cuisses, taquine et douloureuse. Et... Ô Seigneur!... sur son gland.

– Je vais devoir te garder en laisse, dit la voix, lointaine. Tu ne t'es pas bien conduit du tout, pas bien du tout.

Il gémit de nouveau, lâcha une plainte, et se rendit compte qu'il remuait le bassin sur un rythme imaginaire, tendant sa croupe vers elle, offrande timide.

– Je vais t'arracher la peau du dos, dit-elle.

Sentant qu'elle parlait sérieusement, il put à peine se retenir.

La femme vit qu'il était au bord de la jouissance. Et pourtant elle ne s'était même pas encore servie de l'appareil vendu dans les magasins de matériel médical sous le nom de « stimulateur neurologique de Wartenberg ». De son sac noir, elle tira une sorte de roue dentée au bout d'un manche de scalpel. Une roue hérissée de dizaines de piquants. Elle lui passa légèrement l'instrument sur les jambes et la poitrine.

Les gémissements de l'homme montaient à présent par vagues plaintives; on aurait dit une femme au bord de l'orgasme.

De la main gauche, elle lui enveloppa les testicules et les caressa; de l'autre, elle passa la roue dentée sur l'arrière de ses jambes, de ses genoux. Elle entoura son pénis de sa main gauche et se mit à pomper doucement, sachant que ce ne serait pas long. Il palpitait déjà, se balançant d'avant en arrière, gémissant. Elle lui passa la roue dentelée dans la raie des fesses, remonta le long de la colonne vertébrale, tout en le masturbant énergiquement. La roue dentée n'eut pas le temps d'atteindre la peau sensible de sa nuque qu'il jouissait, secoué de spasmes, gémissant toujours.

– Et maintenant, dit-elle lorsqu'il s'écroula sur le lit, je vais prendre ce que j'ai mérité dans ton portefeuille.

Son extase était telle qu'il n'entendit même pas ce qu'elle disait, mais cela n'avait pas d'importance; il était entièrement à ses ordres.

Se relevant, la blonde se dirigea de son pas vif vers la serviette posée sur le bureau. Elle l'ouvrit, il ne l'avait pas fermée à clé, il le faisait rarement, en sortit la disquette d'un doré étincelant qu'elle laissa tomber au fond de son sac à accessoires en cuir noir, au milieu des fouets, des cravaches et des liens.

Jetant un coup d'œil par-dessus son épaule, elle vit qu'il n'avait pas bougé; il était encore effondré sur le lit, haletant, la poitrine et le dos baignés de ruisseaux de sueur qui imprégnaient le dessus-de-lit vert pâle. La traînée sombre et humide qui s'élargissait rappela à la femme blonde les anges qu'avec ses sœurs elle dessinait en s'allongeant face contre terre dans la neige fraîche du New Hampshire, tout en battant des pieds et des mains. Puis une autre association très différente : la bordure humide aux contours réguliers lui fit songer à la silhouette tracée à la craie autour d'un cadavre sur les lieux d'un crime.

Elle tira vivement le portefeuille de l'homme de la poche arrière de son pantalon, y préleva quatre billets de cinquante dollars qu'elle glissa dans son porte-documents.

Elle revint vers son client repu pour le caresser. Il faut toujours ramener lentement et doucement un soumis à la réalité.

– Tourne-toi et agenouille-toi devant moi, lui ordonna-t-elle avec une douce autorité.

Il s'exécuta, et elle le libéra de ses menottes. Puis elle défit la fermeture Éclair de la cagoule de cuir, et tira dessus jusqu'à ce qu'elle vienne.

Les cheveux argentés de l'homme se redressaient en mèches trempées de sueur ; il avait le visage cramoisi. Il cligna les yeux, s'habituant lentement à la lumière.

Elle lui aplatit les cheveux.

– Tu as été un très bon garçon. Tu es content ?

Il répondit par un faible sourire.

– Il faut que je file maintenant. Appelle-moi la prochaine fois que tu viens en ville, dit-elle en lui passant tendrement les doigts sur la joue, sur les lèvres. Tu as été un très gentil garçon.

Au bout de la rue de l'hôtel, une camionnette noire attendait. La blonde frappa côté passager à la vitre opaque qui descendit de quelques centimètres.

Elle sortit la disquette dorée de son sac de cuir et la posa sur la paume qui se tendait.

Elle n'avait pas vu le moindre visage.

3.

Les gyrophares de la police illuminaient Marlborough Street de lueurs bleues et blanches. Les cinq voitures de patrouille garées en double file dans la rue étroite bloquaient la circulation jusqu'à Massachusetts Avenue, exaspérant les conducteurs bostoniens déjà peu patients de nature.

Une dizaine d'habitants de ce quartier plutôt BCBG de Back Bay, enfilade de maisons du XIXe siècle dont les occupants s'ignoraient d'ordinaire scrupuleusement les uns les autres, se penchaient à leurs fenêtres, bouche bée comme des enfants assistant à une bagarre dans la cour de récréation. Pas très Back Bay, tout cela.

La présence de toutes ces voitures de police, inhabituelle dans cette portion très convenable de Marlborough Street, laissait penser qu'il se passait quelque chose de relativement excitant. Sarah Cahill gara sa vieille Honda Civic en double file et se dirigea vers l'immeuble gardé par un policier grassouillet en uniforme armé d'une tablette. Elle était vêtue d'un jean, d'un sweat-shirt et de chaussures de jogging... Moyennement pro comme tenue, mais après tout, on l'avait tirée des préparatifs pour le dîner qu'elle s'apprêtait à partager avec Jared, son fils de huit ans. De la sauce pour les spaghettis : ses doigts puaient l'ail, ce qui tombait mal parce qu'elle allait devoir serrer beaucoup de mains. Et puis qu'ils aillent se faire foutre s'ils n'aiment pas l'ail! pensa-t-elle.

Cheveux en brosse, l'air gauche, le flic à la tablette avait la vingtaine à tout casser. Il plaisantait avec un collègue agité d'un rire tonitruant qui avait des traces de sucre de beignet sur les joues.

— Vous habitez ici, madame? dit le type à la tablette en reprenant momentanément son sérieux.

— Sarah Cahill. Agent spécial Cahill, FBI, répliqua-t-elle en lui collant son insigne sous le nez.

Le policier hésita.

— Désolé, madame. Vous ne figurez pas sur ma liste de personnes autorisées.

— Vérifiez auprès de l'agent Cronin.

— Oh! c'est vous... (Il eut un sourire en coin et un éclair sembla passer dans ses yeux. Il la regarda des pieds à la tête avec un intérêt non dissimulé.) Exact. Il a effectivement dit que vous alliez venir.

Elle signa, lui tendit sa tablette, lui rendit mécaniquement son sourire et poussa la porte d'entrée. Derrière elle, elle entendit des murmures, puis un gros éclat de rire. Le flic à la coupe en brosse commenta de sa voix de corne de brume :

— J'ai toujours dit que Cronin était un enfoiré.

Irritée au plus haut point, Sarah pénétra dans l'ascenseur et appuya sur le bouton du troisième étage. Pourquoi ces rires? Ils se moquaient de Peter Cronin qui avait eu le mauvais goût d'épouser un agent du FBI? ou le mauvais goût d'en divorcer? À quel instinct débile ces deux abrutis cédaient-ils, la lubricité ou la haine des feds?

Elle secoua la tête. Elle eut une bouffée de claustrophobie quand la porte intérieure en accordéon du vieil Otis mal aéré se referma automatiquement. Le miroir crasseux lui renvoya un reflet flou. Elle sortit son nouveau rouge à lèvres corail, s'en remit, puis se recoiffa en se passant les doigts dans les cheveux.

Trente-six ans, le nez droit, elle avait des cheveux auburn ondulés aux épaules et surtout de grands yeux lumineux chocolat, son meilleur atout. Mais là, elle était loin d'être à son avantage. Une vraie catastrophe, en fait. Elle regretta de ne pas avoir pris le temps d'enfiler un tailleur ou du moins une tenue susceptible de susciter le respect du public hostile qui l'attendait. Très à cheval sur la tenue de ses agents, le Bureau ferait la grimace. Qu'ils aillent se faire foutre, eux aussi !

La porte de l'ascenseur s'ouvrit, et Sarah respira profondément.

Un policier en uniforme qu'elle ne connaissait pas était en faction devant le 3C. Après avoir décliné son identité, elle entra dans l'appartement qui grouillait de monde, des hommes de la brigade criminelle, des photographes, des agents en uniforme, des médecins légistes, un assistant du procureur et tous les habitués des lieux d'un meurtre. Tous les règlements enjoignant de procéder avec ordre et méthode n'y changeraient jamais rien, le chaos et l'agitation régnaient inévitablement sur la scène du crime.

Se frayant un chemin à travers la foule (quelqu'un fumait, bien que ce fût strictement *verboten*), Sarah fut arrêtée dans son élan par un inconnu qui lui bloquait le passage, un inspecteur de la criminelle à en croire son apparence. La cinquantaine, visiblement alcoolique, calvitie naissante, grand, musclé et l'air mauvais.

– Hé ! Qu'est-ce que vous foutez là, vous ? Je colle un foutu procès-verbal à tous ceux qui ne sont pas sur la liste, compris ? poursuivit-il sans lui laisser le temps de répondre. Et vous autres, il va falloir que vous commenciez à me rendre des comptes.

Elle soupira, refrénant son exaspération. Montrant son insigne du FBI dans son étui de cuir, elle s'apprêtait à répliquer lorsqu'elle sentit une main se poser sur son épaule.

– Sarah. C'est Sarah Cahill du bureau du FBI de Boston, dit Peter Cronin, son ex-mari. Sarah, je te présente mon nouveau patron, le commissaire Francis Herlihy. Frank, vous avez donné votre feu vert, vous vous rappelez ?

– Exact, concéda Herlihy.

Il la regarda comme si elle avait lâché une énormité, puis se tourna vers un groupe d'hommes en civil.

– Corrigan ! Welsh ! Qu'on m'apporte des sacs de mise sous scellés. Et je veux voir cette bouteille de Hennessey et ces verres dans l'évier.

Sarah et Peter échangèrent un sourire poli mais glacial.

– Voilà, comme apparemment on n'arrive pas à mettre la main sur des amis ou des parents de la victime, je t'ai fait venir pour que tu identifies le corps.

– Et moi qui me demandais justement pourquoi tu m'avais invitée ici !

Peter ne lui faisait jamais de fleurs ni sur le plan privé ni sur le plan professionnel, à moins qu'il n'y trouve son compte.

– Je me suis également dit qu'on pourrait se donner un coup de main sur ce coup-là.

Fronçant les sourcils, le commissaire Herlihy se retourna vers Sarah comme s'il avait oublié quelque chose.

– Je croyais que les feds ne s'occupaient pas de meurtres, sauf dans les réserves indiennes ou Dieu sait quoi ! Je croyais que vous vous contentiez de courir après les flics, ajouta-t-il avec un petit sourire sardonique.

– Valerie était mon indicatrice, riposta Sarah.

– Elle baisait avec des flics ?

– Crime organisé, répondit-elle, sans préciser.

– La laissez toucher à rien, hein ! lança Herlihy à Peter avant de s'éloigner.

– Je ferai de mon mieux.

Puis la conduisant vers le corps, il lui glissa *sotto voce*, « capitaine de mes fesses ».

– Un vrai gentleman et un érudit.

– Ouais, il me fait une faveur en t'autorisant à être ici. Il paraît que les feds ont fait foirer une descente d'un de ses potes dans un bar gay du South End.

– Première nouvelle, dit Sarah en haussant les épaules. On ne s'occupe pas des homos.

– Y en a pas mal ici qui ne sont pas ravis de te voir.

– Pourquoi cette foule ?

– Je ne sais pas. Mauvaise organisation, sans doute. C'est la première fois en cinq ans que je vois tout le monde débarquer en même temps. Ils sont tous là sauf le *Globe*. Un vrai cirque.

Trente-cinq ans environ, Peter Cronin était blond avec une fossette au menton. Il était beau, presque joli, et très conscient de son effet sur les femmes. Même pendant leur court mariage tumultueux, il avait eu plusieurs « activités hors programmes », comme il disait. Une femme devait être en train de l'attendre chez lui en se demandant si une pouffiasse enfin, une autre pouffiasse n'allait pas l'alpaguer pour la soirée.

– Comment va mon petit gars ? demanda-t-il en se frayant un chemin parmi ses collègues qu'il saluait au passage.

– Jared doit être planté devant la télé à l'heure qu'il est. C'est toi qui es chargé de l'affaire ?

– Non, c'est Teddy. Je l'assiste.

– Comment a-t-elle été tuée ?

26

— Coup de feu. C'est pas joli à voir, je te préviens.

Sarah haussa les épaules, jouant les blasées, alors qu'en fait, et Peter le savait pertinemment, elle s'était rendue sur les lieux d'une douzaine de crimes en tout et pour tout, sans jamais être capable de maîtriser un sentiment de répulsion.

C'était la première fois qu'elle mettait les pieds chez Valerie ; elles s'étaient toujours rencontrées dans des bars et des restaurants. Son studio, avec sa kitchenette improvisée dans un coin, avait jadis été le salon élégant et cossu de la demeure d'un industriel du XIXe siècle. À présent, il y avait des miroirs partout, des murs au plafond, un vrai bordel high-tech. Les meubles, bas de gamme, étaient peints en noir. Un vieux fauteuil en forme de poire jaune moutarde, relique des années 70, une vieille platine avec des haut-parleurs à la toile déchirée. L'intérieur de Valerie avait bien l'air de ce qu'il était censé être, le refuge d'une putain.

— À toi de jouer. Les détrousseurs de cadavres sont déjà repartis. La légiste est Rena Goldman. Elle a plutôt l'allure d'une habitante du quartier, mais c'est un vrai toubib.

— Où est-elle ?

— Là-bas, en train de parler avec ton copain Herlihy.

Valerie Santoro gisait sur son immense couche. Le couvre-lit noir était incrusté de son sang séché. Sa main rejetée en arrière semblait inviter à la rejoindre. Ses cheveux teints en blond cendré couvraient ses épaules ; ses lèvres portaient des traces de rouge. Prise d'un haut-le-cœur, Sarah tourna la tête.

— C'est bien elle.

4.

Dans le petit parking jouxtant la station-essence, le Prince des Ténèbres repéra le quatre-quatre de location, un Toyota Double Cab quatre places, toit en toile et gros réservoir. Une tente était arrimée à la galerie, et, à l'arrière, on avait placé un réchaud et une lampe tempête, des vêtements de rechange et une paire de lunettes de soleil. Un autocollant donnait le nom du propriétaire : Imperial Car Rental du Cap. Si quelqu'un l'arrêtait pour une raison ou une autre, Baumann pourrait toujours jouer les imbéciles venus camper dans le désert.

Il tâta le capot. Il était chaud, ce qui voulait dire que la voiture venait d'arriver. Un bon point.

Il jeta un coup d'œil autour de lui pour s'assurer que personne ne pouvait le voir. Puis il s'agenouilla par terre à côté de la portière pour tâtonner sous le châssis. Trouvant une soudure récente, il la palpa jusqu'à ce que la clé de contact lui glisse dans la main. Il démarra.

Quelques centaines de mètres plus loin, il se gara près d'une cabine téléphonique et sortit une poignée de rands de la boîte à gants. Il composa une longue série de chiffres, alimenta la machine et, vingt secondes après, il était en communication internationale.

– Greenstone Limited, dit une voix d'homme.

– Le service clientèle, s'il vous plaît, fit Baumann.

– Un instant, je vous prie.

Il y eut un silence, quelques déclics, puis une voix masculine reprit :

– Service de la clientèle.

– Vous faites du fret aérien ?

– Tout dépend de la destination, monsieur.

– Londres.

– Oui, monsieur.

– Parfait, merci. Je rappellerai pour passer commande.

Baumann raccrocha et regagna la Toyota.

Le jour commençait à baisser lorsqu'il traversa Port Nolloth, sur la côte Atlantique. Il prit la direction du nord-est. La route goudronnée se transforma en route gravillonnée, puis en piste qui s'aventurait timidement dans la savane desséchée. Quelques kilomètres plus loin, apparut un village de huttes. Un troupeau de chèvres efflanquées papotait à côté.

À la hauteur de la dernière hutte, Baumann vérifia son odomètre. Au bout de quatre kilomètres et demi, il s'arrêta et descendit de voiture.

Le soleil se couchait, embrasant l'horizon, mais la chaleur restait étouffante, littéralement écrasante. Il se trouvait dans le Kalahari, le grand veld de sable qui s'étend sur des milliers de kilomètres. Il venait juste de traverser la frontière entre l'Afrique du Sud et la Namibie.

Non surveillée, cette frontière est purement symbolique sur la plus grande partie de sa longueur. Elle passe à travers des villages où des tribus vivent depuis des siècles, inconscientes du monde extérieur. Rien n'est plus simple que de faire le va-et-vient entre l'Afrique du Sud et ses voisins, la Namibie, le Botswana, le Zimbabwe et le Mozambique. Des milliers de Sud-Africains traversent chaque jour cette frontière dans les deux sens.

Debout près de la voiture, ses lunettes de soleil sur le nez, Baumann buvait goulûment l'eau froide de sa gourde en admirant le paysage étrange, comme issu d'une autre planète : les lits de rivière craquelés, les hautes dunes ocre et roussâtre, la végétation d'un vert éteint et les buissons d'acacias rabougris.

Pendant une dizaine de minutes, il jouit du silence, seulement brisé par le sifflement du vent. À peine quelques heures avant, il regardait entre les barreaux d'une fenêtre étroite un minuscule coin de ciel, et maintenant il se trouvait au milieu d'une étendue si vaste qu'aussi loin que portât son regard, il ne voyait pas trace de civilisation. Il n'avait jamais douté qu'il regoûterait un jour à la liberté, mais maintenant qu'elle était là, elle l'intoxiquait.

Il entendit le bruit, presque imperceptible, avant de distinguer le minuscule point noir dans le ciel. Lentement, très lentement, le point s'agrandit, et le bruit augmenta jusqu'à ce que, dans un vacarme étourdissant, l'hélicoptère se plaçat directement à la verticale au-dessus de lui.

Il s'inclina sur un côté, se redressa, puis descendit pour atterrir. Les nuages de sable qu'il souleva retombèrent en pluie sur les verres des lunettes de soleil de Baumann, lui faisant venir les larmes aux yeux. Il courut vers l'hélico banalisé et plongea sous les pales.

Le pilote, revêtu d'un blouson gris-vert, lui fit un petit signe de tête lorsqu'il grimpa à bord. Sans un mot, il saisit un levier qui ressemblait à la manette d'un frein à main. L'hélicoptère s'éleva droit dans les airs.

Baumann se mit un casque sur les oreilles pour se protéger du vacarme à l'intérieur de l'habitacle et s'installa confortablement pour le vol jusqu'à Windhoek, la capitale de la Namibie et l'unique aéroport international de la région.

Malgré le manque de sommeil de la nuit précédente, il avait encore l'esprit clair. Une chance. Il allait avoir besoin de toute sa vigilance au cours des quelques heures à venir.

5.

Valerie Santoro, call-girl et chef d'entreprise, avait été belle. Même dans la mort, son corps restait voluptueux. En bonne professionnelle, elle n'avait pas ménagé ses efforts pour l'entretenir. Elle avait les seins coquins, trop parfaits ; elle s'était manifestement fait implanter des prothèses de silicone. Seule la vision de son visage était insoutenable : une partie du front manquait, arrachée par la balle à sa sortie. Du sang noir séché formait une croûte autour du trou béant aux contours irréguliers. L'hypothèse du suicide était à exclure. Cela tombait sous le sens.

Les yeux bleu pâle fixaient Sarah avec une expression de défi, une incrédulité méprisante. Les lèvres étaient légèrement entrouvertes.

– Pas mal, la nana, dit Peter. T'as vu le gazon ?

Les poils du pubis avaient été rasés en forme d'emblème de Mercedes-Benz, une réplique minutieuse, parfaite. Qui avait bien pu lui faire ça ?

– Classe, non, la chatte de la moucharde ?

Sarah ne releva pas.

– Qu'est-ce qui se passe ? Tu as perdu ton sens de l'humour ?

Le photographe du service d'identification était encore à l'œuvre avec son Pentax 645, faisant un quadrillage des lieux, mitraillant « en cadence » le corps et la scène du crime, méthodiquement, pour fournir un rapport photo exhaustif de nature à répondre aux questions que se poserait un jury. Toutes les trois secondes, une partie de l'anatomie de la morte, sa joue droite, sa main gauche, formant presque un poing, un sein à l'ovale parfait..., s'illuminait sous le flash.

– Rappelle-moi le nom du service de call-girls pour lequel elle travaillait ?

– Stardust Escort Service, répondit Sarah, lointaine. Le plus chic de Boston.

– Elle se vantait de se faire le maire, ou le gouverneur, à moins qu'il ne s'agisse du sénateur...

– Elle avait une clientèle impressionnante. Restons-en là.

– Ah ! c'est vrai, j'oubliais, fit Peter avec un rire caustique. On bouffe comme un éléphant, mais on chie gros comme un piaf.

C'était le vieux refrain de la police : le FBI n'arrête pas de poser des questions, de pomper l'information, mais il ne la partage jamais avec personne.

En vérité, Sarah était redevable à son ex-mari de l'avoir mise en contact avec Valerie Santoro qui s'était révélée une précieuse indicatrice pour le FBI. Il y avait un an et demi de cela, il lui avait parlé d'une call-girl tombée lors d'une descente de drogue, qui voulait conclure un marché.

Placées comme elles l'étaient, les prostituées faisaient d'excellentes indicatrices. Mais il fallait toujours procéder très prudemment avec elles ; ne jamais les pousser à la prostitution, sinon cela fichait l'enquête par terre. Il fallait jouer dans la subtilité, le non-dit.

Sarah l'avait invitée à déjeuner au Polynesian Room, un horrible hôtel de mauvais goût dans Boylston Street. Le choix de Val. L'intérieur du restaurant, rose vif et écarlate, était décoré de dragons dorés, de gargouilles faussement orientales et de palmiers en pot peints à la bombe verte. Val avait dédaigné les boxes recouverts du similicuir rouge en vogue au début des années 60 pour s'asseoir dans un des boxes en rotin en forme de sampan.

Elle commanda un White Russian et un Pu Pu. « Je suis peut-être bonne à rien, mais je ne suis jamais vilaine pour rien », lui dit-elle. Un de ses clients possédait à Chelsea un bar qui servait de cadre au trafic de drogue et au blanchiment d'argent. Elle pensait que cela pouvait intéresser Sarah. Un autre de ses habitués, l'un des plus hauts élus de l'État du Massachusetts, avait des liens avec la mafia.

Elles avaient donc conclu un marché. Suivant la procédure habituelle, Sarah avait rédigé un mémo pour faire entrer Valerie Santoro dans la banque de données des indicateurs du Bureau, réclamer un numéro d'indicateur ainsi qu'un numéro de dossier séparé. Ce système servait à préserver la confidentialité de l'indicateur tout en s'assurant qu'il serait payé.

Valerie entendait suffisamment de commérages, suffisamment de vantardises de la part de ses clients soucieux de l'impressionner pour permettre à Sarah de résoudre plusieurs affaires de crime organisé. Elle avait été digne de tous les White Russian que le gouvernement avait pu lui offrir.

Faire travailler un indicateur, avait expliqué à Sarah le brave directeur bedonnant de son premier bureau à Jackson dans le Mississippi, c'est comme entretenir une maîtresse : il n'arrête pas de vous causer des emmerdes. Faut jamais leur verser d'avance, sinon ils racontent des craques, inventent des faux tuyaux, vous mènent par le bout du nez. Ils s'radinent avec une pépite, on l'évalue, puis on leur file leur pitance.

À Quantico, on donnait des cours sur la manière d'utiliser les indicateurs ; ce qui les motive (la cupidité, la soif de vengeance, voire un sursaut de conscience, parfois), comment établir un bon rapport avec eux. Contrairement à la police, toujours raide comme un passe-lacet, le FBI avait beaucoup d'argent à leur consacrer. On pouvait obtenir jusqu'à cinq mille dollars rien que pour en « brancher » un, plus si on tentait d'harponner un gros poisson. On vous encourageait à ne pas faire dans l'avarice. En effet, plus vous étiez généreux, plus l'indicateur devenait dépendant de vous.

On vous avertissait qu'inévitablement les rapports se compliquaient. Vous deveniez une sorte de mentor, de figure paternelle ou fraternelle. À la fin, c'était comme une histoire d'amour qui aurait mal tourné. On avait envie de les envoyer paître, de ne jamais plus les revoir. Mais il fallait les sevrer, sinon ils continuaient à appeler.

Mais, surtout, il fallait les protéger. Ils plaçaient leur vie entre vos mains ; le jeu auquel vous les persuadiez de jouer était souvent dangereux.

Sarah enfila une paire de gants en latex.

— Il y a eu effraction ?

— Pas une trace.

— Mais vous avez tout de même relevé les empreintes sur la porte.

– Bien sûr.

Le photographe, tout en mitraillant la scène, interpella Peter :

– T'as vu la cagoule !

– Classe, la nana, hein ? dit Peter.

– Apparemment la maison n'a pas été mise à sac, dit Sarah. Ce n'est probablement pas un cambriolage. C'est un voisin qui vous a prévenus ?

– Non. Une de ses copines nous a appelés anonymement pour signaler sa disparition. Quand on a su qu'elle vivait seule, on a demandé la clé au gérant de l'immeuble. Qui, soit dit en passant, n'était pas vraiment bouleversé par la nouvelle. Il voulait qu'elle débarrasse le plancher.

– Eh bien, il est servi, dit Sarah avec un demi-sourire lugubre. Où est la légiste ? Comment tu l'appelles déjà ? Rena quoi ?

– Rena Goldman.

Peter fit signe à une femme d'une quarantaine d'années, avec des cheveux gris, des lunettes à monture d'écaille, un long visage pâle dénué de maquillage. Elle portait une blouse blanche et des gants en latex.

– Vous connaissez l'heure du décès ?

– Au vu de la lividité cadavérique, il doit remonter à plus de huit heures, et on ne l'a pas bougée, dit la légiste en consultant un petit carnet à spirale tout corné. Aucun signe de décomposition, mais ce n'est pas étonnant avec ce temps frais. Comme la rigidité cadavérique a disparu, la mort doit au moins remonter à vingt-quatre heures.

– Sperme ?

– Je n'en vois pas, du moins pas à première vue. Je pourrai vous le confirmer dans une heure ou deux.

– Non, vous n'en trouverez probablement pas, dit Sarah.

– Pourquoi pas ? dit Peter.

– Outre le fait que Val obligeait toujours, toujours ses clients à mettre un préservatif...

– Et si c'était un viol ?

– Aucun signe de viol, dit le médecin légiste.

– Non, reprit Sarah. Ce n'était certainement pas non plus un client.

– Qu'est-ce qui te permet de dire ça ?

De son stylo noir un peu mâchonné au bout, Sarah montra une paire de lunettes posée sur la table de chevet. Une grosse monture noire sans charme.

– Elle m'a dit qu'elle ne recevait jamais de clients chez elle. Et elle ne portait pas ces lunettes quand on l'a tuée. Elles étaient trop moches pour qu'elle les mette régulièrement ; en tout cas, je ne l'ai jamais vue avec. Elle mettait des lentilles de contact, mais elle ne les avait pas non plus.

– Exact, maintenant que vous le dites, dit Rena Goldman.

– Bien entendu, il peut toujours s'agir d'un client mécontent qui l'a suivie jusque chez elle. Mais ce n'était pas un rendez-vous de travail. Elle s'est débattue, n'est-ce pas ?

– Oh oui ! Blessures de défense sur le corps. Contusions au bras. Une blessure à la face. Une lacération incurvée d'environ un centimètre de large, avec écorchure et contusion diffuse d'environ deux centimètres autour, de la tempe au zygomatique.

– Bien, dit Sarah. Et le coup de feu ?

– Blessure typique de coup de feu à bout touchant, dit Peter.

Rena Goldman acquiesça en repoussant une mèche grise derrière son oreille.

– Les cheveux sont légèrement brûlés, dit Peter. Probablement un gros calibre, non ?

– Un .357, je dirais, répondit le médecin légiste, mais c'est juste une supposition. Le tatouage, les fragments de poudre incrustés autour de l'orifice d'entrée de la balle indiquent qu'on a bien tiré à bout touchant.

Se sentant soudain prise de nausées, Sarah fut soulagée de ne pas avoir d'autres questions à poser.

– Merci.

Rena Goldman hocha la tête d'un air emprunté et s'éloigna.

Dans la kitchenette, un beau jeune homme noir, en blazer italien bleu à double boutonnage avec cravate de soie, glissait avec précaution une canette de bière vide dans un sac de mise sous scellés en papier. Le collègue de Peter, le brigadier-chef Theodore Williams, était le flic le mieux sapé de l'équipe. Il avait peut-être quelques années de moins que Peter, mais il était sans aucun doute possible le meilleur enquêteur de la criminelle.

À côté de lui, sur le comptoir de Formica de la kitchenette, un technicien du service de l'identification, un Noir plus âgé, aux épaules rondes, appliquait délicatement à l'aide d'un pinceau la poudre grise que les spécialistes surnomment la « poudre à lutin » sur une bouteille de Baileys. Sarah le regarda prélever une empreinte à l'aide d'un support transparent en plastique.

– Bon, dit Peter. Qui assassine les call-girls ? Les michetons ?

– J'en doute, répondit Sarah. Elle m'a dit qu'elle n'opérait qu'en dehors de chez elle, généralement dans des chambres d'hôtel.

– Ouais, mais ces miroirs...

– Qui sait ? soupira-t-elle. Elle avait aussi une vie privée. Mais une vie sexuelle, en dehors du travail ? Je ne sais pas. Ces filles-là détestent souvent le sexe. Un carnet d'adresses ?

– Rien. Un agenda, c'est tout. Porte-monnaie, portefeuille, cigarettes. Un véritable arsenal de produits de beauté dans la salle de bains. Du Valium et deux ou trois amphés. Une planche à repasser. Mais pas de petit carnet d'adresses.

– Une quoi ?

– Une planche à repasser. Tu sais, ces trucs qu'on utilise dans les magasins pour prendre l'empreinte de ta carte de crédit. Elle devait accepter Visa, Master Card et Discover.

– La plupart des filles le font à l'heure actuelle. Bien qu'elles préfèrent encore le liquide.

– Ça la fiche mal, non, si la tendre épouse tombe sur un relevé de Discover pour une pipe en faisant les poches de son mari ?

– Voilà pourquoi tu payais toujours en liquide, non ?

– *Touché* [1], dit Peter, imperturbable.

6.

Un technicien du service de l'identification était assis par terre dans la salle de bains plongée dans l'obscurité, une paire de lunettes protectrices en plastique orange ridicules sur le nez. Une étrange lueur orange sortait du Polilight, la lourde boîte compacte gris et bleu reliée à un tube métallique flexible qui, à l'aide d'une technologie optique liquide, émet de la lumière en différentes couleurs : blanche, rouge, jaune et orange. Braquée obliquement, elle sert à vérifier la présence éventuelle d'empreintes sur les murs et autres surfaces difficiles à examiner.

– Alors ? demanda Sarah.

– Oh ! fit le technicien, surpris. Euh... Non, rien.

Il se releva pour allumer le plafonnier.

Encore des miroirs, se dit Sarah. Un placard à pharmacie au-dessus du lavabo et un autre, bizarrement placé, très bas, juste en face des toilettes. Installé récemment et maladroitement. Les deux miroirs étaient couverts de la poudre de charbon de bois et de cendre volcanique que l'on utilise pour relever des empreintes. À certains endroits, elle disparaissait sous des taches de poudre porphyrisée, utilisée pour mettre en relief des détails de crête.

Sarah regarda le technicien badigeonner un des miroirs.

– Un peu de Glassex, et ils seront comme neufs, vous savez.

Il se retournait, perplexe, sans comprendre la plaisanterie,

---

1. En français dans le texte *(N.d.T.)*.

quand une voix tonna à la porte de la salle de bains : Frank Herlihy. Le retour.

— Alors c'est ça le fameux presse-papiers à vingt mille dollars pièce dont on n'arrête pas de me rebattre les oreilles ?

— Oui, monsieur, dit bravement le technicien en tapotant le Polilight comme s'il s'agissait d'un vieux pote à lui.

— Oh ! madame Cahill. Encore vous ! Je peux faire quelque chose ?

Le ton se voulait sincère, mais le visage rougeaud ne trahissait aucun désir de l'aider.

— Non, merci, dit Sarah.

— Alors, Carlos, qu'est-ce qui se passe ? On s'est encore fait péter le réservoir de poudre à la gueule ?

Le technicien rit en secouant la tête.

— Non, monsieur. Mais j'ai passé la nuit à relever des empreintes et à six heures du matin, ça m'a comme qui dirait démangé.

Herlihy eut un gros rire guttural.

— Vous savez, Carlos, à votre place, je ferais gaffe avec ce Polilight. Le sperme est fluorescent, non ? Faudrait pas que la petite dame voie combien vous en avez répandu.

Carlos grogna et Sarah se détourna, soudain distraite. Elle contemplait la salle de bains du seuil de la porte.

— Le miroir, dit-elle en rentrant lentement dans la pièce.

— Hein ? fit Carlos.

— Ce miroir. Il est placé à un drôle d'endroit, non ? murmurat-elle plus pour elle-même que pour Herlihy ou Carlos. Enfin, on se voit dedans quand on s'assoit sur les toilettes. C'est bizarre, non ? Pourquoi...

— Merci infiniment, madame Cahill, fit le commissaire avec une inflexion mauvaise. D'autres observations dont je pourrais faire part au décorateur de la défunte ?

Sarah lui jeta un regard méprisant.

— La plupart des femmes détesteraient se voir assises sur les toilettes, reprit-elle à haute voix. Deux placards à pharmacie...

Elle s'approcha. S'emparant soigneusement des bords du miroir avec ses mains gantées, elle tira dessus. Il céda, comme elle s'y attendait. Derrière, elle trouva un casier en contreplaqué dans lequel était posé un petit Rolodex crasseux.

Elle jeta un regard en coin au commissaire Herlihy.

— Eh bien, voilà le fameux carnet d'adresses. Vous pourriez me donner un coup de main, s'il vous plaît ?

Abasourdi, Peter aida Sarah à tirer sur le casier en contreplaqué jusqu'à ce qu'il cède à son tour, révélant une cavité de plâtre dans laquelle s'empilaient plusieurs liasses bien emballées de billets de cinquante dollars, rien d'extraordinaire en soi sauf qu'il s'agissait de moitiés de billet.

– De toute façon, dit Sarah à Peter, dans sa partie, on opère en liquide.

Ils arrivaient dans le hall de l'immeuble, éclairé par un néon bégayant et cru.

– Cela faisait tout de même près de cinq mille dollars, dit-il. En comptant les moitiés manquantes. Ça sent la drogue.

– Ou le crime organisé.

– Peut-être. Bravo pour le coup du miroir.

– Voilà ce que c'est que d'être douée !

– Je n'irais pas jusque-là.

– En fait, ce n'était pas sorcier. L'année dernière, on a fait une descente à Providence chez un trafiquant de drogue qui cachait son répondeur dans un compartiment secret encastré dans le sol.

– Apprends à accepter les compliments, Cahill. Ta copine avait vraiment une clientèle impressionnante. Tu as une idée ?

– Oui, admit-elle.

– Cinq ou six PDG à Boston et à New York. Deux sénateurs. Un juge. Combien tu paries que cela a un lien avec l'un d'entre eux ?

Ils se turent en croisant un inconnu qui entrait dans l'immeuble.

– Tu l'aimais bien, non ? reprit-il une fois dehors.

Il salua le policier à la tablette d'un signe de tête et d'une petite tape sur l'épaule.

– Assez, oui. Pas mon genre, en fait. Mais une bonne pâte.

– La pute au cœur d'or.

Sarah chercha sa voiture du regard. Elle avait oublié où elle l'avait garée.

– De bronze, plutôt. Elle s'était vraiment prise d'affection pour moi. Elle vivait pratiquement dans l'attente de nos rendez-vous. Elle se sentait seule ; il lui arrivait d'appeler jusqu'à cinq fois par jour. J'avais fini par faire répondre que je n'étais pas là.

– Est-ce qu'elle t'a dit quelque chose qui pourrait indiquer qu'elle avait peur d'un client, de quelqu'un qui savait qu'elle rencardait le FBI, un truc de ce genre ?

– Non.

– Mais tu as une théorie.

– Peut-être.

– On en parle.

– Pas encore. Mais plus tard, d'accord ? J'ai besoin d'une copie du Rolodex.

– C'est notre propriété.

– Ouais, mais sans la coopération du FBI, vous auriez que dalle.

Peter eut un demi-sourire étrange, puis il s'empourpra. Quand il était en colère, son visage rougissait comme un champ de coquelicots.

– Sans moi, tu ne l'aurais jamais rencontrée.

– Probablement, concéda-t-elle. Mais cela ne change rien à...

– J'ai pris un risque en vous présentant l'une à l'autre. Vu ta réputation avec les informateurs...

– Va te faire foutre, Peter.

– Embrasse le petit gars pour moi, dit-il, rayonnant, en tournant les talons.

Sarah repéra sa Honda Civic une seconde plus tard, derrière une dépanneuse. Elle avait pourtant pris ses précautions en laissant sa carte du FBI bien en évidence sur le tableau de bord.

– Merde! s'exclama-t-elle, comprenant que cela ne servirait à rien de courir après.

La dépanneuse était déjà trop loin. Mais Sarah réussit à déchiffrer un petit autocollant violet collé sur son parechoc:

PRATIQUEZ LA BONTÉ AU HASARD ET FAITES DE BEAUX GESTES GRATUITS.

7.

Il était un peu plus de minuit quand Sarah glissa sa clé dans la porte de sa maison de Cambridge. La seule lumière venait du salon où la baby-sitter somnolait dans la chaise longue, le *Boston Herald* ouvert sur sa généreuse poitrine.

Grande et robuste, avec ses boucles aux reflets bleus et ses petits yeux las, Ann Boyle était à soixante-sept ans arrière-grand-mère et veuve. Elle vivait à Somerville, la cité ouvrière voisine de Cambridge, et s'occupait de Jared depuis qu'il était petit. Maintenant, elle venait beaucoup moins fréquemment, mais Sarah avait des horaires tellement imprévisibles qu'elle était ravie de l'avoir sous la main.

Sarah la réveilla, la paya et lui dit au revoir. Quelques minutes plus tard, elle entendit sa vieille Chevrolet Caprice Classic démarrer en crachotant. Elle monta dans la chambre de Jared. Naviguant à la lueur jaune de la veilleuse entre les piles entassées par terre, elle évita de justesse le dernier projet en date de son fils, un panier de basket qu'il fabriquait avec un gobelet en plastique et un carré de polystyrène.

Sur l'étagère au-dessus de son lit, une armée de peluches veillait, dont le cochon Groin-Groin et l'ours Coco avec sa paire de lunettes de soleil.

Un autre ours, Huckleberry, auprès de lui, Jared dormait dans un T-shirt chiné au pochoir, déniché au marché aux puces de Wellfleet, et un pantalon de pyjama orné des dinosaures de *Jurassic Park*. Ses cheveux bruns étaient tout ébouriffés. Il avait la respiration douce et paisible... et les cils toujours aussi scandaleusement longs.

Sarah s'assit sur le bord du lit pour le regarder... elle pouvait passer des heures à le regarder dormir. Il murmura dans son sommeil et se tourna sur le côté. Elle lui posa un baiser sur le front et redescendit dans la cuisine.

Elle sortit un verre tulipe du placard. Elle avait besoin de quelque chose pour l'aider à s'endormir. Chaque fois que son travail la tirait de chez elle, elle rentrait nouée. Mais le scotch n'était pas inoffensif, et elle tolérait de plus en plus mal la moindre gueule de bois. Elle reposa le verre et décida de se réchauffer un bol de lait au micro-ondes.

Pendant que le four ronronnait, elle rangea. Les vestiges du dîner étaient encore sur la table ; la sauce des spaghettis séchait au fond d'une casserole sur la gazinière. Elle avait demandé à Jared de mettre de l'ordre, mais, bien entendu, il n'en avait rien fait. Ann aurait dû s'en charger, mais elle n'avait probablement pas réussi à s'arracher de la télé. Sarah eut une bouffée d'agacement, ce qui ne fit qu'aggraver sa mauvaise humeur.

Le seul fait de voir Peter la déprimait, quelles que soient les circonstances. Bien sûr, il y avait des moments où cela lui manquait de ne pas avoir un amant, un compagnon, un père à demeure pour Jared.

Mais pas Peter. N'importe qui, mais pas lui. Elle en était venue à le détester. Ce qu'elle avait pris pour de l'espièglerie au début de leur histoire s'était révélé de la pure méchanceté. Peter était un individu grossier et égocentrique, mais elle ne l'avait découvert que trop tard.

Non seulement Jared sentait son mépris pour son ex-mari, mais il semblait animé des mêmes sentiments. Le gamin était étrangement distant avec son père qui lui faisait subir un véritable entraînement de Marine. Peter devait s'imaginer que c'était la seule manière virile d'élever son fils qu'il ne voyait qu'une fois par semaine. Selon l'ordonnance de garde, il avait le droit de le prendre un jour de week-end par semaine, qui se trouvait souvent être le samedi. Jared redoutait ces visites. Quand Peter venait, parfois accompagné de sa pétasse du moment, il l'emmenait prendre un petit déjeuner dans un café avant de le conduire à Foxboro pour assister à un match de boxe, ou bien à son club de gym pour lui apprendre à se battre. Les samedis avec papa avaient toujours un lien avec le sport. Peter ne connaissait pas d'autre façon de créer un rapport avec son fils.

Jared était un gosse vivant, créatif, parfois sombre, et intensément intelligent. Depuis peu, il était obsédé par le base-ball ; il collectionnait les cartes, débitait des scores. Sarah craignait que ce ne soit une tentative peu judicieuse de gagner l'approbation de son père. Si brillant et intuitif fût-il, Jared n'avait pas encore compris que, quoi qu'il fasse, ce ne serait jamais assez. Il avait besoin d'un père, mais il n'en trouverait jamais un en Peter, et plus vite il le comprendrait, mieux cela vaudrait.

Un mois avant, Jared était rentré en larmes et couvert de bleus d'un samedi après-midi avec son père. Il avait un œil tuméfié. Voyant cela, Sarah courut rattraper Peter avant qu'il ne démarre dans son AMC Pacer cliquetante.

— Qu'est-ce que tu lui as fait ? hurla-t-elle.

— On se calme ! Je lui ai balancé un crochet du gauche et il a oublié de plonger, c'est tout. J'essayais de lui apprendre à amortir le choc avec les coudes.

— Il a oublié de plonger ? Enfin, Peter, c'est un enfant, bon Dieu !

— Il faut que Jerry apprenne à prendre des coups. C'est bon pour lui.

Pour Peter, Jared était toujours ou « Jerry » ou « petit gars ».

— Ne t'avise pas de recommencer !

— Ne viens pas me dire ce que je peux ou ne peux pas faire avec mon fils. Tu lui paies des leçons de piano et tu lui fais écrire des poèmes, bordel ! Tu cherches à en faire une tapette ? avait-il conclu avant de démarrer en trombe.

Le micro-ondes sonna avec insistance. Le lait avait débordé. Sarah nettoya le désastre avec un Sopalin, enleva la peau du lait avec une cuiller et sucra avec du sirop d'érable.

Puis elle mit de la musique de chambre (les trios pour piano de Beethoven qu'elle se passait le plus souvent avec ceux de Schubert, autre manie dont Peter aimait se moquer) et s'installa dans la chaise longue.

Elle songea à Valerie Santoro, non pas figée par l'indignité de la mort sur son lit, mais vivante, belle, et se remémora leur dernière rencontre. Valerie avait parlé de « raccrocher », ce qu'elle faisait souvent ces derniers temps, pour prendre un job de « haute responsabilité » à Wall Street. Elle s'était mise à réclamer toujours plus pour pouvoir s'arrêter, consciente qu'elle arrivait à la fin de sa carrière de call-girl et que l'argent ne tombait plus aussi dru qu'avant.

Valerie Santoro, qu'elle repose en paix, était une profiteuse qui pensait avoir enfin trouvé son protecteur, sa porte de sortie. Elle faisait mine de dédaigner le fric de l'Oncle Sam, tout en cherchant désespérément à lui en soutirer toujours plus.

Pour sa part, Sarah avait aussi trouvé son compte dans cette histoire. Un bon indicateur fait monter votre cote, mais une recrue comme Val, du fait de ses contacts avec les puissants, les flambeurs et les mafiosi, était un vrai bonus.

Maintenant son pur-sang était mort, et il y avait quelque chose qui clochait dans ce meurtre. Certes, les prostituées étaient mieux placées que le reste de la société pour être victimes de violences, voire de meurtres. Mais rien n'indiquait qu'elle avait été tuée à cause de son activité.

Le liquide qu'elle avait dissimulé derrière le faux placard à pharmacie, près de cinq mille dollars en moitiés de billets de cinquante, prouvait qu'elle avait fait un boulot pour quelqu'un.

Mais pour qui? Si cela avait un lien avec la mafia, pourquoi l'argent avait-il été laissé là? Celui qui l'avait tuée ne l'aurait-il pas récupéré? Si elle avait été assassinée par des membres du crime organisé parce qu'ils avaient découvert qu'elle travaillait pour le FBI, d'où venait l'argent? L'avait-on tuée parce qu'elle jouait les mouchardes?

Le FBI ne s'occupait généralement pas de meurtres, mais l'assassinat d'une indicatrice était l'exception qui confirmait la règle.

Peter Cronin n'avait pas convoqué son ex-femme sur les lieux du crime simplement pour identifier le corps et certainement pas par pure bonté d'âme. Les indicateurs n'étaient pas les seuls à jouer les maquignons. Si Peter voulait avoir accès aux bases de données du FBI, il faudrait d'abord qu'il allonge des preuves, comme le Rolodex et l'agenda. Il marcherait; il n'avait guère le choix.

À deux heures du matin, Sarah monta dans sa chambre au deuxième étage, enfila le T-shirt super-long dans lequel elle aimait dormir et se coucha. Des images des lieux du crime lui défilèrent dans la tête, telle une série de diapositives macabres, avec des bribes de conversation en fond sonore, et elle se tourna et se retourna pendant une bonne heure avant de sombrer dans un sommeil agité.

8.

À sept kilomètres de Genève, quelques minutes avant midi, une Rolls-Royce bleu cobalt dernier modèle quitta une petite route bordée d'arbres pour s'arrêter devant de hautes grilles en fer forgé. Un pavé numérique et un interphone étaient encastrés dans une colonne de pierre devant la grille.

Le chauffeur appuya sur plusieurs touches et se nomma quand une voix jaillit de l'interphone. Les grilles s'ouvrirent lentement, et la limousine s'engagea sur une étroite allée macadamisée entre deux rangées de pommiers, qui semblait s'étendre à l'infini.

L'unique passager de la voiture était Baumann, impeccable dans son pardessus sport en prince de galles noir et blanc, son pull ras du cou bleu marine et sa chemise blanche. Il s'était rasé la barbe et avait lissé ses boucles brunes en arrière, ce qui lui donnait l'allure d'un jeune banquier genevois prospère en vacances. Il semblait parfaitement détendu.

La veille, tard dans la soirée, il avait atterri sur une petite piste banalisée proche de Genève. Il était arrivé du Cap sans avoir légalement franchi une seule frontière, et donc sans laisser de traces dans un seul fichier informatique.

À Genève, il était descendu à l'Ambassador Hotel, quai des Bergues, qui donnait sur les eaux limpides du Rhône et le pont de la Machine. On lui avait réservé une suite au nom d'un banquier d'affaires anglais dont on lui avait également remis le passeport. Une fois dans sa chambre, il avait bloqué la porte pour qu'aucun visiteur importun ne puisse entrer sans provoquer le maximum de vacarme. Puis il avait pris une douche et s'était écroulé sur son lit. Tard dans la matinée, il avait été réveillé par un appel du concierge qui le prévenait de l'arrivée de sa voiture.

De la vitre de la Rolls, il contempla le parc tiré au cordeau. Des centaines de haies de buis taillées au millimètre s'étendaient devant lui. Cent hectares d'un terrain extrêmement coté sur les rives du lac Léman.

De cette distance, Baumann distinguait à peine le château du XIIIe siècle appartenant à son hôte. On racontait que la demeure (restaurée et rénovée à la fin des années 80) avait abrité Napoléon III.

Le propriétaire actuel, un tout autre type de Napoléon, était un dénommé Malcolm Dyson, un financier américain expatrié, un milliardaire, dont on savait très peu de chose.

Toutefois, au cours de ces quelques derniers mois, Baumann s'était tranquillement constitué un portrait sommaire de ce reclus légendaire. Sa détention à Pollsmoor lui avait donné tout le loisir de faire des recherches. Il avait trouvé dans la bibliothèque de la prison les rares renseignements connus du public, mais ses meilleures sources étaient restées, et de loin, ses codétenus, les escrocs à la petite semaine, les contrebandiers et les trafiquants véreux.

La presse américaine avait baptisé Malcolm Dyson le « Financier fugitif », expression à présent aussi indissociable de son nom qu'une épithète homérique. Il avait fait fortune à Wall Street, en achetant des actions, en investissant dans les matières premières et en boursicotant brillamment. Au milieu des années 80, il était un des magnats les plus en vue de Wall Street.

Puis, en 1987, il avait été arrêté pour délit d'initié, ce qui avait provoqué l'effondrement de son vaste empire. Tous ses avoirs américains avaient été confisqués.

Après son procès, et avant qu'on ne le condamne à la prison, il s'était enfui en Suisse, pays qui n'avait pas de traité d'extradition avec les États-Unis. Lui et feu sa femme s'y étaient installés, reconstruisant son empire de zéro. À soixante-douze ans, Dyson était à présent l'un des hommes les plus riches du monde, à la tête d'une fortune estimée à plusieurs centaines de milliards de dollars. Mais il ne pourrait jamais retourner aux États-Unis, ni se rendre dans un pays susceptible de l'extrader, sauf à vouloir passer le reste de sa vie en prison. Il était donc une sorte de prisonnier, dans la plus dorée des cages.

Il vivait dans un vrai Xanadu suisse qu'il avait baptisé L'Arcadie. Mais surtout, il était devenu un *trader* important sur le marché des matières premières et des devises. On racontait qu'il n'était pas loin d'avoir fait main basse sur la totalité de la réserve mondiale d'or et de platine, qu'il détenait également des parts importantes dans le diamant et dans des métaux stratégiques comme le titane, le platine et le zirconium, vitaux pour les industries de la défense et de l'espace. En quelques années, son empire, parfois surnommé « la Pieuvre », avait dépassé les autres grandes firmes de diamants et de métaux précieux constituant un cartel dont le siège se trouvait dans Charterhouse Street à Londres, entre High Holborn et Farringdon Road. Ses avoirs étaient à présent plus importants que ceux des autres mastodontes des métaux précieux, dont De Beers Consolidated Mines Ltd, l'Anglo American Corporation, Charter Consolidated, la Mineral and Resources Corporation, et Consolidated Gold Fields Ltd. Extraordinairement riche, il était une énigme aux yeux de tous.

La limousine s'arrêta devant une porte taillée dans une haie à côté de laquelle un homme attendait. Grand, la quarantaine, le front dégarni, il portait un complet gris anthracite. On devinait à son allure qu'il était américain.

Il s'approcha de la limousine et ouvrit la portière. « Bienvenue, je m'appelle Martin Lomax. » Il serra la main de Baumann et l'escorta dans un labyrinthe de haies. Baumann se permit un sourire devant l'affectation de Dyson. Il se demanda à quelle autre sorte d'excentricités il allait avoir droit.

Puis les haies s'ouvrirent sur une pelouse vert jade immaculée, bordée d'une profusion de fleurs de couleurs vives : lavandes, nepetas, agapanthes, hémérocalles, roses, chèvrefeuilles, euphorbes.

Lomax lui fit traverser ce jardin méticuleusement entretenu et franchir une autre ouverture dans la haie avant de s'arrêter. Baumann entendit un vague gargouillis. Cela piqua sa curiosité. Il pénétra dans la sérénité verdoyante et ombragée d'un nouveau jardin. Exactement au centre, on avait installé une piscine, un ovale irrégulier de rochers polis qui paraissaient presque naturels.

Dans un fauteuil roulant, à côté d'un vieux cadran solaire en piteux état, Malcolm Dyson parlait dans un téléphone portable. Un petit homme fripé, un peu grassouillet. Un crâne rond presque entièrement chauve. Des taches de vieillesse sur les tempes et sur le dos de ses mains noueuses. Il portait une ample chemise de mousseline blanche à col ouvert qui ressemblait à une tunique. Ses jambes disparaissaient sous un plaid ne révélant que ses chaussures, de confortables mocassins italiens.

Son interlocuteur le rendait visiblement furieux. Il interrompit brutalement la conversation en refermant son combiné. Puis il fixa Baumann avant de le gratifier d'un sourire chaleureux.

– Voilà donc enfin le célèbre Prince des Ténèbres! s'exclama-t-il d'une voix nasillarde.

Seul le regard gris acier ne souriait pas.

Dans un grand gémissement métallique, il fit avancer son fauteuil électrique... d'un mètre, un geste purement symbolique.

Baumann s'approcha, et Dyson lui tendit une main ronde, couverte de taches.

– Monsieur Baumann, dit-il avec un gloussement et un hochement de tête. Je présume que vous savez qui je suis.

Baumann lui serra la main.

– Mais certainement, monsieur Dyson. Je sais deux ou trois choses sur vous.

– J'en suis heureux.

– Récemment, j'ai eu tout le temps de faire des recherches.

Dyson gloussa, comme pour partager la plaisanterie de Baumann, mais ce dernier ne souriait pas.

– Savez-vous pourquoi vous êtes ici? demanda Dyson.

– Non. Je sais seulement que je ne me trouve pas dans la cellule 19 de la prison de Pollsmoor. Je sais aussi que vous avez organisé mon évasion. Mais en toute honnêteté, j'ignore pourquoi.

– Ah! fit Dyson, en haussant les sourcils comme s'il n'avait pas songé à ce détail. Bien. J'espérais que nous pourrions avoir une petite conversation, vous et moi. J'ai une sorte de proposition à vous faire.

– Oui, répondit doucement Baumann avant de lui adresser un de ses sourires éclatants. Je me disais bien que vous en viendriez rapidement au fait.

9.

Le lendemain matin, Sarah arriva tôt au bureau régional du FBI à Boston et porta les photocopies des cartes manuscrites du Rolodex de Valerie Santoro au service des recherches informatiques.

– Vous voulez qu'on les passe au NCIC ? lui demanda aimablement Hector, le jeune stagiaire hispanique.

Le NCIC, le fichier des recherches criminelles du FBI, est consulté par la police chaque fois qu'elle arrête un automobiliste, pour vérifier la liste des vols de véhicules, d'argent liquide et d'armes, ainsi que celle des criminels en fuite, des enfants et des adultes portés disparus. Sarah apprendrait aussi par ce biais quels clients de Val avaient un casier judiciaire ou tombaient sous le coup d'un mandat d'amener.

– Oui, Intelligence and Criminal, aussi. Et bien sûr FOIMS. Pour voir si on a fait une prise.

Le FOIMS était la principale base de données du FBI.

Les bureaux du FBI à Boston occupent quatre étages d'un énorme immeuble moderne arrondi baptisé One Center Plaza. Le box de Sarah se trouvait au quatrième, où les brigades du crime organisé et de lutte contre la drogue se partageaient des locaux. Le sol était couvert d'une moquette brun-roux. De longues cloisons bleues délimitaient de petits espaces de travail, des « modules » contenant deux ou trois bureaux équipés de téléphones, de walkies-talkies et, pour certains, de terminaux d'ordinateurs. Si les jeunes agents étaient initiés à l'informatique, les plus âgés préféraient abandonner les fastidieuses recherches sur ordinateur au personnel spécialisé à l'autre extrémité de l'étage. Dans son module, Sarah disposait aussi d'une déchiqueteuse à papier.

Sur son bureau, elle conservait son pistolet Sig-Sauer dans son étui à l'intérieur d'un petit sac de toile verte (accessoire indispensable quand on s'occupait de lutte contre la drogue et le crime organisé), son beeper, et elle avait ajouté quelques touches personnelles : une photo encadrée de ses parents assis sur un canapé chez eux à Bellingham, dans l'État de Washington, et une autre de Jared, en tenue de hockey, crosse à la main, avec un grand sourire dévoilant ses deux grandes dents de devant.

L'atmosphère était animée, mais calme. On aurait pu se croire dans n'importe quelle entreprise du pays. Le FBI était installé dans ce bâtiment depuis quelques années, après avoir quitté le John F. Kennedy Federal Office Building sur l'autre trottoir, où l'ensemble du bureau de Boston s'entassait sur un seul étage ouvert et bruyant, ce qui ne favorisait pas la concentration.

Sarah regagna son module, contempla un instant le tribunal par la fenêtre, et feuilleta les photocopies de l'agenda de Val que Peter lui avait données.

Les entrées étaient brèves et peu révélatrices. Val ne notait pas les noms de ses clients, seulement l'heure et le lieu des rendez-vous. Le soir de son meurtre, elle en avait eu deux, un à huit heures au Four Seasons, l'autre à onze heures au Ritz. Il n'était pas exclu que l'un de ces deux « clients » l'ait suivie chez elle pour l'assassiner.

Sarah faisait partie des quelques rares employées féminines du bureau de Boston, mais elle ne s'était pas liée avec les autres. Son plus proche ami parmi ses collègues était son colocataire de module, un immense grizzli du nom de Kenneth Alton. Il était au téléphone. Dingue d'informatique, diplômé du MIT, Ken avait les cheveux longs, des lunettes rondes cerclées d'acier à la Lennon et un ventre énorme. Avec ses cent cinquante kilos, il était constamment au régime et passait son temps à siroter des milk-shakes ultra-allégés. Il ne correspondait pas exactement à l'image que le public se fait d'un agent du FBI, et il ne grimperait jamais dans la hiérarchie. Mais son génie informatique faisait tolérer ses petites manies. Ce cher vieil Edgar devait se retourner dans sa tombe.

Sarah travaillait pour le FBI depuis près de dix ans. Son père, flic qui détestait être flic, avait exhorté sa fille unique à éviter la police comme la peste. Comme de bien entendu, elle était entrée dans la police et avait épousé un flic, dans cet ordre.

Si cela faisait quelques années qu'elle s'occupait du crime organisé à Boston, elle s'intéressait surtout à l'antiterrorisme, où elle s'était taillé une petite réputation au sein du Bureau avec son travail sur l'affaire Lockerbie.

Le 21 décembre 1988 à dix-neuf heures trois, un gros-porteur de la Pan Am avait explosé en plein ciel au-dessus de Lockerbie en Écosse, faisant deux cent soixante-dix morts. Le FBI avait lancé l'opération Scotbomb, la plus grande enquête antiterroriste internationale de tous les temps, menant simultanément quatorze mille interrogatoires dans cinquante pays.

Comme Sarah parlait l'allemand, on lui avait demandé d'aller participer aux interrogatoires à Heidelberg. Elle avait complété son initiation aux rudiments de l'antiterrorisme par quelques semaines de formation intensive à Quantico, à l'École des nouveaux agents, avant de partir en mission.

Mère célibataire – à l'époque, Peter avait déjà quitté le domicile conjugal – elle s'était retrouvée à Heidelberg avec un nourrisson malade. Jared, quatre mois, souffrait d'une bronchiolite aiguë. Au début, ni le bébé ni la mère ne fermèrent l'œil de la nuit. Sarah avait passé ses premières semaines en Allemagne sans pouvoir dormir un seul instant. L'enquête n'avait pas été de tout repos, mais elle lui avait permis de faire ses preuves au sein du Bureau.

Sa mission consistait à interroger les amis et parents des soldats américains en garnison à Heidelberg tués dans l'attentat, pour voir s'ils n'étaient pas la cible visée par les terroristes. Les journées étaient longues ; elles ne se terminaient généralement pas avant neuf heures du soir. L'armée avait fourni une unité de commandement et une secrétaire pour taper les rapports.

Chaque enquêteur s'était vu attribuer une victime. Il devait passer en revue tout son entourage, tous ses amis, et même de simples relations. On remuait forcément de la boue en fouillant ainsi. Une victime trompait sa femme, une autre avait des problèmes financiers, une autre encore se droguait. Ces problèmes étaient-ils liés à l'attentat ?

Sarah s'était transformée en éponge, absorbant informations, rumeurs, bribes de conversation surprises. Il fut vite évident que la réponse ne se trouvait pas à Heidelberg.

Le vrai travail d'enquête se passait ailleurs. Elle finit par en connaître des détails par le bouche à oreille du Bureau. La bombe se composait de plastic et d'un mécanisme de retardement dissimulés à l'intérieur d'un radiocassette Toshiba placé dans une valise Samsonite. Venant du vol Malte-Francfort KM-180 d'Air Malta, la valise avait été transférée en bagage non accompagné sur le vol Pan Am 103A de Francfort à Heathrow. Là, elle avait été rangée dans la soute AVE-4041 du vol 103 de la Pan Am.

Sarah apprit ensuite qu'on avait identifié un fragment d'un circuit vert faisant partie du mécanisme de retardement.

Elle avait demandé l'autorisation d'enquêter sur les détonateurs – qui utilisait quoi, ce qui avait été utilisé et où. C'était du pur travail de fourmi, et ce n'était pas son rayon, comme ils disaient au Bureau, mais on lui avait tout de même accordé à contrecœur l'autorisation de chercher.

Tous les renseignements sur les mécanismes de retardement étaient centralisés dans un fichier informatique au Bureau. Elle trouva une correspondance. Le circuit ressemblait à celui qui avait servi dans une tentative de coup d'État au Togo en 1986. Il était également semblable à un autre, saisi au Sénégal en 1988.

Voilà quelle avait été sa contribution et, si elle s'était révélée cruciale, sur le moment Sarah ne savait pas du tout où cela mènerait.

On avait fini par retrouver la trace du mécanisme dans une entreprise suisse, Meister et Bollier Limited, Telecommunications. Il apparut qu'en 1985 vingt de ces mécanismes avaient été vendus aux services de renseignement libyens.

Et l'affaire avait été résolue. Sur le dossier de Sarah figurait la mention « contribution incommensurable ».

Mais à la fin de sa mission à Heidelberg, elle avait découvert qu'il existait très peu de créneaux dans l'antiterrorisme aux États-Unis et aucun à Boston, qu'elle considérait encore comme sa ville, et où, selon les termes de l'ordonnance de garde, elle était tenue de résider. Elle avait donc demandé son transfert au crime organisé.

Elle appela des informateurs, suivit quelques pistes. Pendant près de deux heures, elle remplit des formulaires, rédigea une poignée de 302, ou rapports d'entretien, s'occupa de la paperasserie, ce qui constitue la plus grande partie du travail d'un agent du FBI, rattrapa son retard. Elle passa un coup de fil à l'aéroport pour s'entretenir avec un membre d'une équipe de surveillance sur une enquête pratiquement bouclée.

Puis, il lui vint une idée. Elle reprit son téléphone. Heureusement, ce fut Ted qui décrocha; Peter était sorti.

– Tu peux obtenir les relevés téléphoniques de Val ou je m'en occupe?

– C'est fait.

– Arrête! Tu as obtenu une assignation si vite que ça?

– J'ai un copain qui bosse pour sa compagnie de téléphone.

Sarah secoua la tête, mi-écœurée, mi-admirative.

– Je vois.

– Oh! ne viens pas me dire que les feds ne contournent jamais les règlements. À l'heure actuelle, il est impossible de traiter avec les compagnies de téléphone par la voie normale, tu le sais très bien.

– Qu'est-ce que tu as trouvé?

– D'après ses relevés, à trois heures quarante-quatre l'après-midi de sa mort, elle a reçu un coup de fil de trois minutes.

– Et?

– Elle n'était pas chez elle. Entre trois et quatre heures et quart, elle était chez Diva, un salon de coiffure de Newbury Street. C'est inscrit dans son carnet de rendez-vous. Son coiffeur, un dénommé Gordon Lascalza, et sa manucure, Deborah quelque chose, confirment.

– Et les répondeurs, tu connais?

– Certes! Il y a effectivement des messages sur son répondeur. Trois. Un de la propriétaire du Stardust Escort Service, une certaine Nanci Wynter. Sa mère maquerelle. Et deux de créditeurs, Citibank Visa et Saks. Apparemment, ou elle n'aimait pas régler ses factures, ou elle était à court de fric, ou les deux.

– Et?

– Tous les messages duraient moins de deux minutes. Et ils ont été reçus entre cinq heures et six heures et demie. Cela correspond aussi à ses relevés.

— Tu veux dire que Val est rentrée de chez son coiffeur, qu'elle a écouté ses messages et qu'elle a remis la machine à zéro, c'est ça ?

— Exactement.

— Et nous n'avons pas le long message de trois heures quarante-quatre de l'après-midi parce que les autres ont été enregistrés par-dessus.

— C'est ça.

— Mais tu sais qui est l'auteur du coup de fil, n'est-ce pas ? Grâce aux relevés ?

Ted hésita. Il mentait très mal.

— D'après les relevés, cet appel de trois minutes venait d'un radiotéléphone, un téléphone de voiture. L'abonné est une agence de location de limousines. Elle a une vingtaine de lignes à son nom, probablement toutes installées dans les véhicules qu'elle loue.

Sarah hocha la tête, il ne lui disait pas tout.

— Tu as déjà contacté l'agence de location ou je dois le faire ?

Il y eut un silence.

— Euh, c'est déjà fait.

— Et ?

— D'accord, le coup de fil venait d'une limousine louée pour deux jours par un dénommé Warren Elkind de New York.

— Tu sais quelque chose à son sujet ?

— Rien.

— Fais-moi une fleur. Oublie de dire à Peter que tu m'as parlé de ce type, d'accord ?

Long silence.

— Allô ?

— Oui, oui, je suis là. D'accord. Compris, dit Ted à contrecœur.

— Merci, Ted. À charge de revanche. Oh, autre chose !

— Quoi encore ?

— Est-ce que je peux avoir la bande ?

— La quoi ?

— La bande du répondeur de Val.

— Tu en veux une transcription ? Ou une copie ?

— Je veux l'original.

— Merde, Sarah, pourquoi tu me fais ça ? Elle est déjà dans l'armoire à scellés...

— Cela relève de notre compétence. Val était une de nos indicatrices.

— Cela ne t'avancera à rien, Sarah. Je t'ai déjà dit ce qu'il y a dessus.

— Est-ce que je peux quand même l'emprunter quelque temps ?

Ted soupira.

– Bon, je raccroche avant que tu me réclames autre chose.

– Madame Cahill ? Excusez-moi.

Une longue feuille de sortie papier à la main, Hector le stagiaire lui souriait timidement. Il avait l'expression d'un enfant venant d'accomplir un exploit.

– On a six prises.

Sarah parcourut la feuille. Les six noms n'avaient pas grand-chose en commun. Un sénateur cité dans une enquête sur des pots-de-vin. Un professeur de droit de Harvard spécialisé dans la défense de gens célèbres ; il devait probablement sa surveillance au simple fait qu'un employé haut placé du Bureau l'avait dans le collimateur. Un cadre connu du bâtiment lié à la mafia ; deux petites frappes ayant fait de la prison pour trafic de drogue.

Et Warren Elkind : un éminent banquier de New York, président de la Manhattan Bank, la deuxième du pays. La note bibliographique indiquait que ce collecteur de fonds de premier plan pour Israël avait été la cible de nombreuses menaces de la part de groupes palestiniens et arabes.

Sarah appela le Ritz où elle demanda à parler au directeur de la sécurité.

– Un problème ? s'enquit-il d'une agréable voix de baryton.

– Rien qui concerne directement l'hôtel, le rassura-t-elle. Nous cherchons quelqu'un qui, selon nous, est descendu chez vous il y a quatre jours. J'aimerais avoir la liste de vos clients depuis lundi soir.

– Je serais ravi de pouvoir vous aider, mais nous nous efforçons de protéger la vie privée de nos hôtes.

Le ton de Sarah se fit légèrement plus froid.

– Je suis sûre que vous connaissez la loi...

– Certainement ! fit-il avec un léger grognement. Chapitre 140, section 27, de la loi de l'État du Massachusetts. Mais cela nécessite une procédure légale. Il faut que vous obteniez une assignation du tribunal à présenter à notre responsable des registres. Et ensuite, nous pourrons vous communiquer les documents.

– Combien de temps faudrait-il compter ? dit-elle, sombre.

– Après l'assignation ? Il nous faut quelques jours pour explorer nos fichiers. Il faut compter au moins trois jours pour vérifier les registres de deux semaines. Et il vous faudra vous assurer que l'assignation est suffisamment précise. Je doute qu'un juge délivre une assignation pour les noms de *tous* les clients descendus à l'hôtel à une date donnée.

– N'y aurait-il pas un moyen d'accélérer un peu les choses ? continua Sarah, en baissant la voix. Je peux vous assurer que l'hôtel ne sera absolument pas impliqué...

– Chaque fois que le FBI vient nous réclamer les noms de nos clients, nous sommes impliqués, par définition. Ma tâche est de veiller à la sécurité de nos hôtes. Je suis désolé. Apportez-moi une assignation.

Sarah appela ensuite le Four Seasons et décida cette fois de modifier son angle d'attaque. Elle demanda la comptabilité.

– Je vous téléphone de la part de mon patron, Warren Elkind, qui est descendu chez vous récemment, dit-elle avec la désinvolture et l'assurance un peu lasse d'une fidèle secrétaire. Il y a un problème avec sa note et j'aimerais qu'on voie ça ensemble.

– Pourriez-vous me répéter son nom ?

On la mit en attente. Puis la voix revint en ligne :

– M. Elkind nous a quittés le 18. J'ai sa note sous les yeux, madame. Quel est le problème ?

10.

– Vous êtes un collectionneur, je vois, dit Baumann.

– Ah ! vous vous y connaissez en art, si je comprends bien ! s'exclama Malcolm Dyson, ravi.

La conversation s'était poursuivie à l'intérieur de la maison, dont les murs disparaissaient derrière les tableaux – pour la plupart des maîtres anciens mais aussi quelques contemporains –, de l'entrée dallée de marbre à l'immense salle à manger Régence... et jusque dans le cabinet de toilette voisin du jardin d'hiver. Un Rothko se nichait entre un Canaletto et un Gauguin ; des toiles de Frank Stella, d'Ellsworth Kelly, de Twombly et de Miró se pressaient contre un Corrège, un Bronzino, un Vermeer, un Braque et un Toulouse-Lautrec. Une collection étonnante, mais accrochée de manière grotesque. Un collectionneur avec un compte en banque bien rempli mais sans une once de goût.

Dans l'entrée, au-dessus d'une console Louis XIV dorée, on trouvait, mal éclairée et placée de manière inepte, une *Nativité* du Caravage. Dans un coin du salon, on découvrait un couple étrange, l'*Ecce Homo* d'Antonello da Messina et un Modigliani. Ce ne fut qu'en passant dans la bibliothèque que le déclic se produisit dans l'esprit de Baumann. Il comprit soudain le point commun à la plupart de ces tableaux. Le Caravage avait disparu, une trentaine d'années auparavant, de l'oratoire d'une église de Palerme ; l'*Ecce Homo* avait été volé par les nazis au Kunsthistorisches Museum de Vienne. La plus grande partie de la collection de Dyson venait du marché noir. Des œuvres volées.

Ils s'arrêtèrent dans la bibliothèque, une pièce immense et faiblement éclairée, haute de plafond, aux murs lambrissés d'acajou et couverts de livres anciens. Il y flottait une odeur de feu de bois qui n'avait rien de désagréable. Dyson s'était vanté d'avoir acheté la bibliothèque telle quelle, du moindre livre jusqu'au plafond voûté, dans une demeure seigneuriale proche de Londres.

Le sol disparaissait sous des tapis persans anciens sur lesquels Dyson avait eu quelque difficulté à manœuvrer son fauteuil roulant. Il s'installa devant une petite écritoire ; Lomax, qui prenait des notes dans un carnet jaune avec un stylo à bille en argent, s'assit à côté de lui. Tous deux faisaient face à Baumann, assis dans un fauteuil profond et confortable tapissé de taffetas à rayures vertes et jaunes.

– J'ai quelques notions, c'est tout, dit Baumann. Suffisamment pour savoir que le Bruegel vient d'une galerie de Londres. Et que le Rubens, *Bacchanale*, n'est-ce pas ? a disparu d'une collection privée de Rome dans les années 70.

– Il s'agit bien de *Bacchanale*. Bravo. Le Bruegel s'appelle *Le Christ et la femme adultère*, une œuvre très particulière, à mon avis. La plupart des Renoir viennent de Buenos Aires ; le Greco de Sarrebruck, je crois. Le Vermeer était, paraît-il, au Gardner à Boston, mais comment en être sûr ? Les Dali ont été volés à Barcelone et le Cézanne... Marty, d'où vient donc ce Cézanne ?

– D'une collection privée près de Detroit, répondit Lomax, le nez sur ses notes. Grosse Point Farms, je crois.

– Ne vous méprenez pas, Baumann, reprit Dyson. Je n'enfile pas ma tenue de monte-en-l'air pour piquer les toiles moi-même. Je ne commandite même pas les vols. Les toiles viennent à moi, c'est tout. Les marchands du marché noir du monde entier doivent me prendre pour une proie facile, un homme sans patrie...

– Sans patrie peut-être, mais pas sans carnet de chèques.

– Exact.

Une domestique fit son apparition avec du café et des sandwichs au saumon fumé, les servit et s'éclipsa sans bruit.

– Regardons les choses en face, reprit Dyson. Je ne vais tout de même pas assister à une vente de maîtres anciens chez Sotheby's, n'est-ce pas ? Pas si je veux échapper à Leavenworth ou au foutu trou dans lequel le gouvernement américain veut me voir pourrir. Quoi qu'il en soit, l'art volé est une affaire, cela se vend sept à dix pour cent moins cher que les prix délirants pratiqués chez Wildenstein, Thaw ou Christie's...

– Je présume que vous ne m'avez pas tiré de Pollsmoor pour discuter d'art, monsieur Dyson, l'interrompit Baumann. Vous avez parlé d'une « proposition ».

Dyson le regarda un bon moment par-dessus ses lunettes de lecture, l'œil dur. Puis son visage se détendit, et il sourit.

– J'ai toujours eu un faible pour les hommes sérieux en affaires, dit-il à son assistant.

Son portable sonna sur la table devant lui.

– Quoi encore? Bon Dieu! mais quelle heure est-il là-bas? M. Lin ne dort donc jamais? Très bien... Les Chinois vont faire main basse sur l'Asie, croyez-moi, dit-il à Baumann après avoir raccroché. Alors comme ça, vous seriez le meilleur du monde?

Baumann acquiesça.

– Il paraît, oui. Mais si j'étais aussi bon qu'on le dit, je n'aurais pas passé ces six dernières années en prison, n'est-ce pas?

– Vous êtes trop modeste. Selon mes sources, c'est le BOSS qui a merdé. Pas vous.

Baumann haussa les épaules sans répondre.

– Vous aviez pour instruction d'éliminer un membre du kidon, l'unité d'assassinat du Mossad. Quelqu'un qui tapait sur le système de Pretoria. Seulement l'homme que vous avez buté s'est révélé être un officier de premier plan... comment les appelle-t-on déjà, un *katsa*? C'est bien ça?

– Plus ou moins.

– Il s'ensuit une brouille diplomatique entre Tel-Aviv et Pretoria. Ce qui compromet le programme de bombe A de Pretoria qui comptait sur la coopération d'Israël. Alors on vous a jeté au trou. Prison à vie. Cela les tirait d'un mauvais pas. Exact?

– En gros.

Dyson avait compris l'idée de base, mais Baumann n'avait pas envie d'entrer dans les détails. L'essentiel était que ce milliardaire énigmatique se soit démené pour l'extraire de prison, et les hommes de ce genre n'agissaient pas ainsi sous l'emprise de pulsions humanitaires.

Environ deux mois avant, Baumann avait reçu dans sa cellule la visite d'un prêtre qui, après les banalités d'usage sur la foi et le péché, s'était penché vers lui pour lui murmurer qu'un « ami » de l'extérieur voulait l'aider à s'évader. Le patron, un homme de ressources, entrerait bientôt en contact avec lui par le biais de complices. Baumann serait très rapidement affecté à l'atelier de mécanique.

Il avait écouté sans commenter.

Quelques jours plus tard, on l'avait transféré à l'atelier de mécanique. Un jeune type du bureau du directeur de la prison était venu le voir environ un mois plus tard, sous le prétexte de discuter d'un problème de démarrage, mais en fait pour lui faire savoir que tout était en place.

– Bien, fit Dyson en ouvrant une chemise que Lomax venait de mettre devant lui. J'ai quelques questions à vous poser.

Baumann se contenta de hausser les sourcils.

– Mettons que c'est un entretien d'embauche, continua Dyson. Quel est votre vrai nom, monsieur Baumann ?

– Celui qui vous plaira. Cela fait si longtemps que je ne m'en souviens plus.

Lomax murmura quelque chose à l'oreille de son patron qui hocha la tête et poursuivit :

– Voyons. Né dans le Transvaal occidental. Fils unique de planteurs de tabac. Des Boers. Membres du parti nationaliste.

– Mes parents étaient peu instruits et guère politisés.

– Vous avez quitté l'université de Pretoria en cours d'études. Recruté par le BOSS, comment ça s'appelle maintenant, le Département de la sécurité nationale ?

– On l'a rebaptisé depuis. Maintenant, c'est le Service national des renseignements.

– Comment voulez-vous qu'on s'y retrouve dans ce merdier ? marmonna Dyson avant de poursuivre, presque pour lui-même : Entraînement d'assassin et d'expert en munitions à la Ferme. Meilleures notes en théorie et en pratique. Le BOSS vous a loué à divers services secrets amis. On précise ici, dit-il en jetant un coup d'œil à ses notes, que vous êtes seul responsable de quelque quinze attentats terroristes connus et probablement de bien plus non attribués dans le monde entier. Votre nom de code était Zéro, ce qui signifie que vous étiez un crack.

Baumann ne broncha pas. On frappa timidement à la porte de la bibliothèque. Dyson aboya : « Entrez ! » Un homme grand et mince d'une petite cinquantaine d'années fit son apparition, une feuille à la main. Il avait le visage cireux et concave. Il se sauva après avoir tendu le papier à Lomax. Ce dernier examina la feuille, puis la passa à Dyson en murmurant : « Saint-Pétersbourg. » Dyson la balaya du regard, en fit une boule et visa une corbeille en cuir bordeaux, la ratant d'un bon mètre.

– En 1986, vous avez été engagé en indépendant par Kadhafi pour faire sauter une discothèque à Berlin-Ouest. La bombe a explosé le 5 avril. Tuant trois soldats américains.

– Je suis sûr que l'auteur, quel qu'il soit, avait reçu l'assurance des Libyens qu'aucun membre de l'armée américaine ne serait présent ce soir-là. Il vaut toujours mieux se charger de son propre travail de renseignement.

– Vous savez, dit Dyson, si je voulais engager un assassin, un mercenaire ou un soldat de fortune, on ferait la queue d'ici à Paris. On ne compte plus les tueurs à gages bon marché. Les gens comme vous, en revanche, sont aussi rares que les moutons à cinq pattes. Vous deviez être très demandé.

– On peut le dire.

– Votre langue maternelle est l'afrikaans. Mais vous parlez généralement l'anglais avec un accent britannique.

– Un fac-similé convenable.

– Et convaincant. Quel âge aviez-vous donc quand vous avez fait sauter Carrero Blanco ?

– Pardon ?

– Luis Carrero Blanco.

– Je crains que ce nom ne me dise rien.

– Allons, allons ! Luis Carrero Blanco, Premier ministre sous Franco. Il a sauté en 1972. Les Basques ont revendiqué l'attentat, mais, en fait, ils avaient engagé un mystérieux outsider. Un assassin professionnel qui a palpé un quart de million de dollars américains pour ce coup. Ce n'était pas vous ?

Baumann haussa les épaules.

– Non, et je le regrette.

Le vieillard fronça les sourcils et changea de position dans son fauteuil. Il jeta un regard perplexe à Lomax, puis revint à Baumann.

– Si vous essayez de me cacher quelque chose, vous feriez bien de...

– Bien, à mon tour de vous poser quelques questions, l'interrompit Baumann en élevant à peine la voix.

Un éclair d'agacement passa dans le regard gris de Dyson qui se renfrogna.

– Combien de personnes étaient impliquées dans mon évasion ?

– C'est mon affaire, fit sèchement Dyson.

– Je crains que non. Cela concerne directement ma sécurité à partir de maintenant.

Dyson finit par se tourner vers Lomax.

– Deux, dit ce dernier.

– En tout ? Le faux prêtre et le type du bureau du directeur de la prison ?

– Personne d'autre, répéta Lomax avec irritation.

Il regarda Dyson, qui hocha la tête, et ajouta tranquillement :

– Morts tous les deux.

– Excellent. Tout est réglé alors.

– Des professionnels s'en sont chargés, ajouta Lomax.

– Espérons que ceux qui ont fait le boulot sont plus consciencieux que vos responsables de la sécurité dans cette... Arcadie.

Lomax serra les lèvres. Son visage s'empourpra.

– Écoutez, bordel, s'écria Dyson, en s'étranglant de colère. Vous devriez m'être éternellement reconnaissant... vous devriez baiser le sol sur lequel je roule pour vous avoir tiré de ce cul-de-basse-fosse.

Baumann se leva lentement.

– J'apprécie votre aide, monsieur Dyson, dit-il avec un sourire triste. Mais je ne vous ai rien demandé. Si je n'ai pas l'assurance que vous avez bien pris les précautions élémentaires pour garantir que personne n'est à mes trousses, je me verrais dans l'obligation de refuser de faire affaire avec vous.

– Ce n'est même pas la peine d'y songer.

– Monsieur Dyson, vous m'avez vraisemblablement fait venir ici à cause de mes compétences pour le genre de travail que vous voulez me confier. Je suggère que chacun respecte le champ des compétences de l'autre. Maintenant dites-moi comment l'opération a été organisée.

Dyson lui expliqua que ses hommes avaient acheté le silence de fonctionnaires sud-africains.

Baumann hocha la tête.

– Très bien. J'écouterai votre proposition. Mais sachez que je ne l'accepterai pas forcément. Tout dépend de la nature du travail que vous voulez me confier et de la somme que vous êtes prêt à offrir.

Dyson fit reculer son fauteuil en s'appuyant à l'écritoire, faisant tinter l'encrier et une urne de Meissen.

– Vous pensez vraiment avoir le choix ? Vous êtes un foutu criminel international en fuite maintenant. Et je sais où vous trouver.

– Exact, dit Baumann en jetant un coup d'œil autour de lui. Et on pourrait en dire autant de vous.

Dyson lui lança un regard furieux. Lomax se raidit et tendit lentement la main vers le pistolet dissimulé sous sa veste que Baumann avait repéré dans le jardin.

Baumann poursuivit comme si de rien n'était.

– En outre, j'en sais à présent suffisamment long sur la faiblesse et la perméabilité du système de sécurité de ces lieux. Je peux revenir vous faire une visite quand je veux. Ou passer à vos bureaux de Genève ou de Zoug. Comme vous avez l'air de bien connaître mon passé, vous devez bien vous douter que je n'aurai aucune difficulté à vous traquer.

Dyson posa une main sur les bras de Lomax.

– Tout va bien.

Lomax le foudroya du regard.

– Je suis sûr que nous allons finir par nous entendre. À force de négocier, comme on dit chez moi aux États-Unis.

Baumann se rassit et croisa les jambes.

– Je l'espère. Six ans en prison, cela vous donne envie de faire quelque chose de productif.

– Vous comprenez bien que le travail que je vous demande requiert le secret absolu, dit Dyson. Je ne saurais trop insister.

– Je ne me suis jamais vanté de mes exploits. Vous ne connaissez qu'une infime partie de ce que j'ai pu faire.

Dyson le fixa.

– C'est exactement comme ça que je vois les choses. Il ne faut en aucun cas qu'on puisse me relier à cette affaire, et j'ai l'intention de prendre des mesures pour m'en assurer.

Baumann haussa les épaules.

– Bien entendu. Qu'attendez-vous de moi?

Martin Lomax qui connaissait dans ses moindres détails le projet que son patron ruminait depuis des mois revint dans la bibliothèque environ une demi-heure plus tard. Il savait que Dyson voulait conclure le marché en privé, comme il le faisait toujours.

À son entrée, aussi discrète que d'habitude, les deux hommes semblaient être arrivés au bout de leur conversation.

– Impressionnant, fut l'unique commentaire de Baumann.

Dyson lui adressa un de ses étranges sourires froids.

– Alors cela vous intéresse.

– Non.

– Comment? C'est une question d'argent? demanda Lomax, un peu trop anxieusement à son goût.

– La somme est certainement un élément à considérer. Les risques sont tellement importants que je ferais peut-être mieux de retourner à Pollsmoor. Mais nous discuterons finances plus tard.

– Qu'est-ce que vous...

– Vous avez exposé vos conditions, dit tranquillement Baumann. À mon tour d'exposer les miennes.

11.

– Labo de la criminelle, Kowalski.

– Michael Kowalski? Ici l'agent spécial Sarah Cahill du bureau de Boston.

– Ouais, fit-il sans chercher à masquer son irritation.

– Vous êtes bien ingénieur en acoustique, n'est-ce pas?

Kowalski soupira.

– De quoi s'agit-il?

– Vous pouvez, euh... déseffacer une bande?

Il y eut un long silence. Sarah salua du menton Ken Alton qui partait vers la salle de repos.

Kowalski reprit enfin la parole.

– Audio, vidéo, quoi?

– Audio.

– Non.

Sarah l'entendit couvrir le combiné avec sa main.

– Allô ?

– Oui, je suis là. Désolé, je suis débordé. Bon, vous avez une bande audio que vous avez effacée accidentellement, c'est ça ? Ça m'étonnerait qu'on arrive à vous la récupérer. Pas moyen. La bande est foutue. Désolé.

– Merci.

Sarah raccrocha, lugubre : « Merde ! »

Elle trouva Ken installé à une table de la salle de repos, entre un Pepsi Light et une barre de Snickers, plongé dans un de ses gros romans, comme d'habitude. Elle s'assit près de lui.

– Je préférais l'ancienne.

– L'ancienne quoi ? demanda-t-il en refermant son livre sur le papier d'emballage de sa barre de Snickers.

– Salle de repos. Sur le trottoir d'en face. Tu ne pouvais pas poser ton sandwich quelque part sans que les rats viennent fourrer leur nez dedans. Les rats me manquent.

– C'est les services techniques que tu avais en ligne ?

– Exact.

– Warren Elkind t'a envoyée bouler, c'est ça ?

– Il n'a même pas accepté de me prendre au téléphone... surtout quand il a su que je l'appelais au sujet du meurtre de Valerie Santoro. Je crois bien que j'ai brûlé toutes mes cartouches.

– Allez, ne te laisse pas abattre ! De toute façon, la vie n'est jamais qu'une succession d'emmerdes, non ? Les services techniques sont plutôt doués. S'ils ne peuvent rien faire, en général, cela veut dire que c'est impossible.

– Génial !

– Mais pas toujours. Tu y tiens à ce machin ?

– Qu'est-ce que tu veux dire ?

– Écoute, je connais un type qui était avec moi au MIT. Un vrai génie. Maintenant il est maître assistant ou un truc dans le genre, là-bas. Un ingénieur en électronique. Je peux l'appeler si tu veux.

– Oui, j'aimerais bien. Dis-moi, tu as déjà fait une recherche exhaustive dans les fichiers centraux informatisés ?

– Bien sûr. Pourquoi ?

La machine à Pepsi bourdonna, puis cliqueta.

– Warren Elkind. Je veux savoir si son nom apparaît quelque part. Comment je procède ?

– Tu fais une demande par le biais de Philly Willie. Il l'envoie à Washington au quartier général, aux professionnels de la recherche. Les spécialistes des corrélations sont excellents.

– Je veux tout ce qui se réfère à Elkind. Ils peuvent me faire ça ?

— Ils se servent d'un très bon logiciel, le SyBase. La seule question est de savoir si on va t'en donner l'autorisation. Ça coûte un max. Qu'est-ce qui te fait penser que Phelan va donner son feu vert ?

— Warren Elkind est l'un des plus puissants banquiers d'Amérique. Il a été la cible de menaces terroristes. Si je laisse les choses en l'état, on a une prostituée morte et un banquier riche. Aucun lien. Zéro. Mais si on peut faire une recherche des correspondances, il est possible que nous trouvions un truc à un endroit où nous n'aurions jamais songé chercher. Une piste quoi...

— Ouais, mais Phelan va te dire qu'il n'y a pas mieux au monde que les types du Bureau pour ça. Si ce n'est pas dans le dossier actuel d'Elkind, qu'est-ce qui te fait croire qu'une recherche informatique va révéler quoi que ce soit ?

— C'est toi le génie de l'informatique. À toi de trouver le moyen. Je veux qu'on épluche tous les fichiers, CIA, DIA, NSA, INS, Département d'État, tout le toutim. Du matériau sur lequel nos gens ne font pas forcément de la recherche de correspondances.

— Va en parler à Willie.

— Je sais ce qu'il va me dire : « Sarah, ce n'est pas Lockerbie. »

— C'est sûr, mais ça ne coûte rien de demander, dit Ken en mâchonnant sa barre. Tu penses qu'Elkind a tué ton indicatrice ?

— Non. Enfin, tout est possible, je ne l'exclus pas. Mais sa mort a quelque chose... de pas net. Un paiement de cinq mille dollars... et elle se fait assassiner quelques heures après avoir vu un des hommes les plus puissants de Wall Street. Il y a un truc qui cloche.

12.

Malcolm Dyson, pensa Baumann, était un *faux* désinvolte tendu comme un ressort, qui cachait un sens de l'observation aigu sous des dehors brouillons. Et il avait délibérément fait patienter Baumann une bonne demi-heure pendant qu'il se changeait pour le dîner ; où il devait dîner, chez lui ou dehors, le vieux milliardaire ne l'avait pas précisé. Sa vie privée était mieux protégée qu'un secret d'État.

Son seul commentaire révélateur avait été un aparté au moment où un majordome en livrée le poussait dans l'ascenseur en merisier qui le conduirait dans ses appartements privés.

— Je me suis rendu compte que les États-Unis ne me manquaient même pas. New York, si. J'avais un joli terrain à Katona, dix-sept hectares. Une maison dans la 71ᵉ rue Est qu'Alexandra a passé un temps infini à redécorer. Je l'adorais. Mais la vie continue.

New York est peut-être la capitale financière, ajouta-t-il avec un geste de dédain, mais rien ne vous empêche de vivre au fin fond du Zambèze si ça vous chante, non ?

Dyson revint dans la bibliothèque qui sentait le feu de bois, revêtu d'un smoking à col châle.

– Bon. Vos « conditions », comme vous dites. Je n'ai pas que ça à faire, et je préférerais tout régler avant le dîner.

Baumann garda le silence quelques instants.

– Vous m'avez décrit un projet qui va causer de terribles dégâts, d'abord aux États-Unis, puis dans le monde. Vous voulez que je fasse exploser un engin très sophistiqué à Manhattan, à une date précise, et que, par la même occasion, je désactive un système informatique important. Je ne connais pas vos intentions. Et vous êtes, comme moi, un homme en fuite recherché par toutes les polices du monde. Qu'est-ce qui vous fait croire que je ne vais pas tout bonnement aller proposer aux autorités internationales de leur révéler ce que je sais de votre projet en échange de ma liberté ?

Dyson sourit.

– Intérêt personnel pur et simple, répondit-il flegmatiquement. Je suis quasi hors d'atteinte ici. Je suis protégé par le gouvernement suisse qui empoche d'énormes profits financiers grâce à mes entreprises.

– Personne n'est hors d'atteinte.

– Vous êtes un assassin et un terroriste reconnu qui s'est évadé d'une prison sud-africaine. Pourquoi vous croiraient-ils ? Il est plus vraisemblable qu'ils s'empresseront de vous renvoyer à Pollsmoor. Au mitard. Les Sud-Africains n'ont pas envie que vous parliez, comme vous le savez, et les autres gouvernements du monde n'ont pas du tout envie de vous voir dehors.

– Mais vous décrivez un acte criminel d'une telle ampleur que les Américains, le FBI et, notamment, la CIA, n'auront de cesse de retrouver les coupables. Après un tel attentat, l'opinion publique va exiger des arrestations.

– Je vous ai choisi parce que vous êtes censé être brillant et surtout très discret. Votre mission consiste aussi à ne pas vous faire prendre.

– Mais je vais avoir besoin de recourir aux services d'autrui ; ce n'est pas un boulot que je peux faire seul, et dès que d'autres sont impliqués, les chances de garder le secret sont réduites à néant.

– Est-il nécessaire de vous rappeler, répliqua Dyson, que vous possédez des compétences qui peuvent vous servir à vous assurer que personne ne parle ? De toute façon, le FBI et la CIA, comme le MI6, Interpol et cette putain de Croix-Rouge internationale vont chercher des coupables avec des mobiles. Des individus qui revendiqueront un tel acte, qui ont un programme. Mais je n'ai ni revendications, ni programme. Quels que soient mes problèmes juridiques aux États-Unis, j'ai tout l'argent dont on puisse rêver. Et même beaucoup, beaucoup plus. Bien plus que ce que le pire avare pourrait souhaiter. Au-delà d'un certain point, l'argent devient une pure abstraction. Je n'ai aucun mobile financier, voyez-vous.

– J'en suis conscient, mais votre projet a des lacunes, par exemple...

– C'est vous l'expert, explosa Dyson. C'est vous le foutu Prince des Ténèbres. À vous de colmater les brèches. Et puis à quelles lacunes faites-vous allusion ?

– Par exemple, vous dites que vous n'êtes pas disposé à renoncer au contrôle des opérations.

– Si je veux tout annuler, j'aurai besoin de vous joindre...

– Non. Trop risqué. De temps à autre, je vous contacterai peut-être à l'aide d'une méthode clandestine que je juge sûre. Ou peut-être ne vous contacterai-je pas du tout.

– Je ne suis pas disposé à...

– Ce point n'est pas négociable. Entre professionnels, nous devrions nous comprendre ; il n'est pas question que je compromette l'opération.

Dyson le fixa longuement.

– Si ou plutôt *quand* vous me contacterez, comment pensez-vous procéder ?

– Par téléphone.

– Par téléphone ? Vous vous moquez de moi ! Avec tous les moyens sophistiqués que...

– Pas le réseau terrestre. Je m'en méfie. Un téléphone satellitaire. Un Satcom. Vous en avez un, non ?

– Effectivement. Mais si vous avez l'intention de m'appeler par satellite, vous aurez besoin d'un portable, ce qu'ils appellent un...

– Un Satcom de valise. Cela a la taille d'une petite valise ou d'une grosse serviette. Exact.

– J'en ai un dont je me sers quand je suis loin d'un téléphone, à bord de mon bateau, etc. Vous pouvez le prendre.

– Non, merci. Je me procurerai le mien. Après tout, comment puis-je être sûr que celui que vous me passerez ne sera pas trafiqué ?

– Ne soyez pas ridicule. Pourquoi diable ferais-je une chose pareille ?

– Vous voulez savoir où je me trouve, vous ne vous en êtes pas caché. Comment saurais-je qu'il n'y aura pas de système de radio-repérage dans le récepteur ?

Un système de radiorepérage par satellite, Baumann ne prit pas la peine de l'expliquer, est un dispositif de poche que l'ont peut modifier pour transmettre un signal inaudible en sous-porteuse du signal audio transmis par liaison satellite. Cela permettrait au récepteur de localiser à quelques mètres près l'utilisateur du Satcom portable.

— Quoi qu'il en soit, continua Baumann, j'ignore où vous avez acheté votre portable. Aujourd'hui, à l'aide d'un simple analyseur de spectre sensible, n'importe quels services secrets peuvent identifier et localiser les émissions d'un émetteur particulier. Tout comme la CIA, il y a quelques dizaines d'années, suivait de l'espace certains véhicules au Viêt-nam grâce aux étincelles sortant de leur pot d'échappement.

— Vous coupez les cheveux en quatre...

— Peut-être suis-je trop prudent. Mais je préférerais me procurer le mien, si vous n'y voyez pas d'inconvénient. Cela représente une dépense d'environ trente mille dollars. Je présume que vous pouvez vous le permettre.

Au ton de Baumann, il était parfaitement clair qu'il ferait ce que bon lui semblerait, que cela plaise ou non à Dyson.

Dyson haussa les épaules, feignant l'insouciance.

— Autre chose?

— Vous m'offrez deux millions de dollars. Si vous n'êtes pas prêt à multiplier ce chiffre, ce n'est pas la peine de poursuivre la discussion.

Dyson rit, dévoilant de fausses dents régulières jaunies.

— Vous savez quelle est la règle numéro un en négociation? Il faut toujours être en position de force pour marchander. Vous êtes sur des sables mouvants. Je vous ai fait libérer. Je peux vous griller en une seconde.

— Peut-être, concéda Baumann, mais si vous aviez le choix, vous n'auriez pas pris la peine de me sortir de Pollsmoor. Je ne me trouverais pas ici devant vous. Il existe effectivement d'autres professionnels capables de faire le boulot que vous décrivez... mais vous n'aurez droit qu'à un essai. Si c'est un échec, l'occasion ne se représentera jamais, vous pouvez en être sûr. Voilà pourquoi vous voulez le meilleur au monde. Et vous avez déjà pris votre décision. Alors ne jouez pas à ce petit jeu.

— Combien vous voulez? Trois millions?

— Dix. Pour vous, l'argent est une abstraction, vous l'avez dit vous-même. Une théorie. Pour vous, cinq millions de plus, c'est un simple coup de fil avant votre café du matin.

Dyson rit bruyamment.

— Pourquoi pas cinquante millions, voire un milliard, tant que vous y êtes?

— Parce que je n'en ai pas besoin. Même si j'avais douze vies, je n'aurais pas l'usage d'autant d'argent. Dix millions, c'est ce qu'il me faut pour vivre en toute sécurité et dans l'anonymat. Ce sera mon dernier boulot, et j'aimerais passer le reste de mon existence sans craindre constamment de me faire prendre. En outre, une somme supérieure serait un risque pour moi. La règle de base dans mon milieu est de ne jamais donner à personne plus que ce qu'il peut expliquer. Je peux expliquer une fortune de dix millions de dollars. Un milliard, non. Oh ! frais non compris, bien sûr.

Dyson le fixait de ses yeux gris acier.

– À l'exécution du contrat.

– Non. Un tiers à la signature, un tiers une semaine avant la date, et le dernier immédiatement après l'exécution. Et l'argent doit commencer à circuler avant que je ne fasse quoi que ce soit.

– Je n'ai pas dix millions de dollars planqués sous mon matelas. Un retrait de cette ampleur éveille la curiosité.

– Je ne veux surtout pas une trop grosse somme en liquide. Trop facile de remonter à la source. Et je ne voudrais pas que vous puissiez faire main basse dessus.

– Si vous ouvrez un compte à Genève ou Zurich...

– On ne peut pas se fier aux Suisses. Je ne tiens pas à ce qu'on saisisse mes fonds. Je suis sûr qu'un jour ou l'autre, une partie de cette affaire finira par transpirer. Je veux pouvoir être en mesure de nier toute participation.

– Les îles Caïman ?

– Je ne fais pas confiance aux banquiers, fit Baumann avec un sourire sinistre. J'ai eu affaire à trop d'entre eux.

– Alors que suggérez-vous ?

– Le paiement doit être remis entre les mains d'un inter-médiaire que nous jugerons sûr tous les deux.

– Par exemple ?

– L'homme que nous avons tous les deux rencontré dans les ser-vices secrets panaméens G-2, répondit Baumann avant de le nom-mer. Comme vous le savez peut-être, sa famille a été tuée accidentel-lement pendant l'opération Just Cause, l'invasion américaine du Panama.

Dyson acquiesça.

– Il a toujours été antiaméricain, mais depuis, il serait difficile de trouver un homme haïssant davantage les États-Unis. Il a un mobile tout trouvé pour coopérer avec nous.

– D'accord.

– Il sera notre agent d'exécution, notre intermédiaire. Vous lui ferez une lettre de crédit. Il ne pourra pas toucher l'argent lui-même, mais il pourra le libérer selon un calendrier que nous allons mettre au point. Il approuvera le transfert de fonds, que la banque panaméenne déboursera. De cette manière, ni lui ni moi ne pourrons nous enfuir avec l'argent. Et vous ne pourrez pas refuser de payer.

Malcolm Dyson examina très longuement ses ongles parfaits. Puis il releva la tête.

– D'accord. C'est un plan très intelligent. Votre connaissance du monde financier est impressionnante.

– Merci, fit Baumann modestement.

Dyson lui tendit la main.

– Quand pouvez-vous commencer?

– Je commencerai mes préparatifs dès que j'aurai reçu le premier versement, c'est-à-dire trois millions trois cent mille dollars, répondit Baumann en lui serrant la main. Je suis heureux que nous soyons parvenus à un accord. Bon dîner.

DEUXIÈME PARTIE

CODES

Tout l'art de la guerre est basé sur la duperie.
Sun Tzu, *L'Art de la guerre.*

13.

Le plus grand service du renseignement du monde est aussi le plus secret. Il s'agit de la NSA, la National Security Agency, encore surnommée Ne Dit Jamais Rien [1].

La NSA qui occupe une enceinte tentaculaire de cinq cents hectares à Fort Meade dans le Maryland chapeaute le Sigint, c'est-à-dire le service de décryptage des signes. Lequel comprend le Comint chargé de l'interception et du décryptage des communications : radar, télémétrie, laser et infrarouge non imagé. On l'a comparée à un énorme aspirateur avalant les renseignements électroniques du monde entier et, si nécessaire, les décodant.

Schématiquement, la NSA a la capacité, entre autres, d'écouter électroniquement la plupart des conversations téléphoniques dans le monde entier.

Aux termes de deux lois, l'Executive Order 12333, Section 2.5, et le Foreign Intelligence Surveillance Act, Section 101/F-1, elle ne peut mettre sur écoutes la ligne téléphonique d'un citoyen américain sans un mandat de l'Attorney général des États-Unis qui ne l'accorde qu'en cas de présomption d'espionnage au profit d'une puissance étrangère.

Une écoute volontaire est donc proscrite. Mais rien n'empêche la NSA d'écouter les communications *surprises* par ses satellites en se baladant sur le réseau international.

Non seulement la loi se prête aux interprétations, mais toutes les requêtes d'écoute de l'agence sont approuvées par un tribunal top

---

1. En anglais, Never Say Anything.

secret purement symbolique. Et de toute façon, si ses satellites interceptent un coup de téléphone entre Londres et Moscou, personne ne peut dire si celui qui appelle est un citoyen américain.

La NSA est donc pratiquement en mesure d'intercepter *tout* appel téléphonique entrant ou sortant des États-Unis, de même que tout télex, câble ou fax partout dans le monde, au moyen de l'interception de micro-ondes. On estime que cette agence passe quotidiennement au crible des millions d'appels téléphoniques.

Pour mener à bien une entreprise aussi audacieuse, la NSA entre dans les scanners de ses super-ordinateurs des listes de surveillance top secret composées de certains « mots clés », groupes de mots, noms et numéros de téléphone. Ainsi, tout appel téléphonique ou fax, par exemple, contenant une allusion à des « armes nucléaires », au « terrorisme », au « plutonium » ou à « Kadhafi », ou encore aux noms de camps d'entraînement de terroristes, ou bien aux noms de code de certaines armes secrètes, peut être retenu pour une analyse plus poussée.

Les appels téléphoniques codés ou brouillés ont tendance à éveiller les soupçons de la NSA.

Le soir où Baumann accepta de travailler pour Malcolm Dyson, un fragment d'une conversation téléphonique entre deux points en Suisse fut capté au hasard par un satellite espion géostationnaire se déplaçant à trente-cinq mille kilomètres de la surface terrestre à la vitesse exacte de la révolution de la Terre. Cette conversation fut transmise par des câbles utilisant des liaisons hertziennes, par le biais de deux tours micro-ondes en visibilité situées en Suisse.

Dans de nombreuses régions du monde, les données topographiques, montagnes, étendues d'eau, etc., ne permettent pas aux conversations de transiter exclusivement par câbles. De ce fait un énorme trafic téléphonique est transmis entre des tours micro-ondes. Comme chaque tour émet ses ondes sous une forme conique, certaines ondes continuent de se déplacer dans l'éther, où elles peuvent être captées par satellite.

Le signal capté, qui contenait un fragment de la conversation téléphonique, fut recueilli par un satellite de la NSA, renvoyé vers un autre en orbite au-dessus de l'Australie, puis vers un relais, pour atterrir enfin à Fort Meade, où quelque quatorze hectares d'ordinateurs sont installés dans les sous-sols du QG de la NSA. On dit qu'il s'agit de la plus formidable concentration de puissance informatique au monde.

En quelques minutes, le signal fut classé et reconstitué. C'est seulement alors que l'on apprit deux ou trois choses intéressantes à propos de cette conversation interceptée.

D'abord, les analystes de la NSA découvrirent que le signal était numérique ; il avait été converti en une série de zéros et de uns. Les signaux numériques ont ce grand avantage sur les analogiques qu'on les reçoit avec une clarté maximale.

Mais ce n'est pas le seul. Une fois brouillés, ils sont sûrs, impénétrables, incompréhensibles pour quiconque en dehors d'une poignée d'agences gouvernementales des pays développés.

Les analystes de la NSA découvrirent alors un deuxième point intéressant. On avait protégé de toute écoute la conversation captée ; en d'autres termes, on l'avait sécurisée au moyen d'un système d'encodage numérique sophistiqué dernier cri. À l'heure actuelle, il n'est pas rare que des citoyens privés, notamment dans le monde de la haute finance, passent leurs appels les plus sensibles sur des téléphones sophistiqués et sûrs qui codent numériquement leurs voix de sorte qu'on ne puisse ni les espionner ni les écouter.

Mais la grande majorité des fabricants de ces téléphones sûrs (l'un des plus gros étant Crypto A.G. à Zurich) coopèrent avec les autorités en vendant leurs codes à la NSA et au GCHQ (l'homologue britannique de l'agence américaine). Les conversations téléphoniques, même les plus codées, peuvent donc être écoutées par la NSA et le GCHQ. Les hommes d'affaires internationaux évoquant des projets illégaux et les cartels de la drogue discutant de transactions ont tous tendance à parler imprudemment sur des téléphones « sûrs », sans se rendre compte que la plupart ne le sont pas du tout.

Mais ce code numérique particulier était inconnu de la NSA ou du GCHQ. C'était là la troisième découverte étrange.

Le signal brouillé fut immédiatement envoyé au service de cryptoanalyse au QG de la NSA. On l'entra dans un super-ordinateur Cray qui le compara à tous les codes connus. Mais le Cray en sortit bredouille. Le signal était impossible à décoder. Au lieu d'entendre des voix, on ne captait qu'une déconcertante série de uns et de zéros incompréhensible pour l'ordinateur.

En soi, c'était extraordinaire. Les ordinateurs de la NSA contiennent les clés de pratiquement tous les codes connus jamais inventés, jamais utilisés. Cela comprend tout système employé par quiconque à n'importe quel moment de l'histoire, analysé dans un article spécialisé, publié dans un livre, même un roman, voire toute idée de code jamais envisagée.

Si l'on introduit dans les ordinateurs un échantillon suffisant du code et que ce code soit connu de la NSA, ils le déchiffreront. La plupart des signaux numériques sont percés immédiatement. Mais, en l'occurrence, au bout de quelques minutes, puis de quelques heures de débit, les ordinateurs séchaient toujours.

La NSA a littéralement horreur des codes qu'elle ne connaît pas. Pour un cryptoanalyste, un code impossible à percer est comparable à un coffre impénétrable pour l'as des perceurs, à une serrure résistant à un crocheteur professionnel. C'est un défi à relever.

Deux cryptoanalystes, des « cryppies » dans le jargon de Fort Meade, fixaient l'écran avec un mélange de frustration et de fascination.

– Nom d'un chien, mais qu'est-ce qui foire avec celui-là ? dit George Frechette à son collègue, Edwin Chu. Tout passe sauf cette série.

Edwin Chu ajusta ses lunettes rondes à monture en écaille et contempla un long moment les chiffres qui s'affichaient sur l'écran.

– On vient de se dégoter un petit nouveau.

– Ça te dirait de jouer un peu avec ?

– Et comment ! fit Edwin.

14.

Maître assistant en informatique au MIT, le professeur Bruce Gelman, petit homme mince au crâne dégarni et à la barbe effilée, jouissait d'une réputation nationale dans le domaine de l'électronique. Selon Ken Alton, il était également un « hacker », un mordu légendaire n'ignorant rien des subtilités de la téléphonie et l'un des fondateurs de la Thinking Machines Corporation.

On pouvait lui donner trente ans aussi bien que quarante. Avec sa grosse veste à carreaux sur une chemise en flanelle, il ne ressemblait guère à un prof de fac, mais il faut dire que c'est rare chez les informaticiens. Son bureau se trouvait dans les laboratoires d'intelligence artificielle occupant un haut immeuble de bureaux anonymes dans Kendall Square à Cambridge.

– Je croyais que vos gars décodaient ça en deux temps trois mouvements, dit-il en sirotant un café dans un gobelet en plastique géant. Et vous venez me dire que les labos du FBI ont jeté l'éponge ?

– Pratiquement, oui, répondit Sarah.

Gelman leva les yeux au ciel, se gratta la barbe et gloussa.

– Je vois, fit-il avec une politesse exagérée, ne laissant subsister aucun doute sur ce qu'il pensait du FBI. Bien entendu, le technicien auquel vous avez eu affaire a raison, il n'est pas *des plus simples* de récupérer une bande effacée. C'est vrai.

Sarah sortit la bande d'un sac de mise sous scellés en plastique numéroté et la lui tendit.

Gelman avala une autre gorgée de café, posa son gobelet et fronça les sourcils.

– On pourrait avoir un coup de chance. Avoir affaire à un vieux répondeur, par exemple. Ou à un appareil bas de gamme.

– Pourquoi cela nous serait-il utile ?

– La bande n'adhère peut-être pas aux têtes. Si les guides-bande ont un peu de jeu, elle s'est peut-être un peu baladée.

– Ce serait plus facile ?

Tendant la main vers son énorme gobelet, Gelman le renversa. Il le redressa, réussissant à sauver un peu de café, puis, tirant des Kleenex bleu pâle d'une boîte en plastique, entreprit d'éponger la flaque qui menaçait une pile de papiers.

– Beurk ! Bref ! Cela nous laisserait un bout d'information enregistrée avant ou après ce qui a été enregistré dessus.

– Et si le répondeur n'est pas vieux et que les guides-bande n'aient pas de jeu ?

– Bon, une bande est en trois dimensions, d'accord ? dit-il en avalant bruyamment une gorgée de café. Elle a une épaisseur. Les surfaces recto et verso de la bande réagissent différemment au processus d'enregistrement.

Sarah ne voyait pas trop bien où il voulait en venir, mais elle opina du chef.

– On compare donc les surfaces recto et verso pour voir s'il y a des traces d'information magnétique au verso. Parfois, ça marche.

– Et sinon ?

– Eh bien, par un effet que l'on appelle « diaphonie magnétique », on trouve des traces sur *une* section de la bande de ce qui a été enregistré sur la section la *suivant* immédiatement. Cela veut dire qu'on peut chercher des données dans divers endroits. Cela m'étonne que vos labos n'y aient pas songé ! On peut donc balayer la bande et la reconstruire en deux dimensions en se servant de la technologie du magnétoscope.

– Vous pourriez m'expliquer ?

Gelman fronça les sourcils et contempla la pile de papiers tachés de café sur son bureau.

– Voilà. Il s'agit d'une technique que j'ai mise au point pour le compte... d'une autre agence gouvernementale. Oh ! et puis merde, autant le dire, il s'agit de la NSA. Quoi qu'il en soit, normalement une bande audio est magnétisée, négatif ou positif, sur une piste, d'accord ?

Sarah hocha la tête.

– Mais sur une bande vidéo, l'information se présente différemment. Elle est enregistrée sur des pistes placées transversalement par rapport à la bande, afin de faire rentrer davantage d'information sur la même longueur de bande.

– Euh ! oui.

– Donc pour la lire, un magnétoscope se sert d'une tête de lecture à balayage hélicoïdal. Ce qui veut dire que la tête se déplace en formant un angle par rapport à la bande, d'accord?

– D'accord.

– Donc, si vous voulez repasser une piste vraiment étroite d'information restante qui se trouve, si l'on peut dire, sur les bords d'une bande plus large – l'information verticale comme l'information horizontale –, vous pouvez utiliser la technologie du magnétoscope, une tête de lecture à balayage hélicoïdal.

Il s'interrompit, et Sarah l'encouragea de la tête à continuer.

– Le balayage hélicoïdal balaie donc la bande, transversalement, passant sur l'information qui vient d'être enregistrée, puis sur la bande étroite d'information restante, celle qui nous intéresse, n'est-ce pas? Si bien qu'à intervalles réguliers on pêche des bribes de l'information recherchée. Le reste, c'est du déchet, dit Gelman qui s'emballait, de plus en plus enthousiaste. La question est donc de savoir comment séparer le bon grain de l'ivraie, si vous voyez ce que je veux dire. Comment séparer le son que nous voulons récupérer de celui qui ne nous intéresse pas. Eh bien, on rédige un programme pour le différencier, d'accord?

– D'accord.

– Bon, je connais la distance et le temps entre les bouts de la piste qui nous intéressent, appelons ça la suite d'impulsions magnétiques. Je peux la calculer en me basant sur la vitesse à laquelle tourne la tête de lecture. Je connais donc la *périodicité*. Je dis alors à l'ordinateur ce que je cherche et lui demande de me sortir tout signal présentant un intérêt. Ensuite, je place une sorte d'« image » numérique de l'information magnétique dans mon ordinateur, à l'aide d'un équipement spécial, un mécanisme de tête de lecture à balayage hélicoïdal qui convertit le signal analogique en un signal numérique. C'est la même technologie que dans un lecteur de CD ou un magnétophone numérique, d'accord? En fait, c'est un magnétocassette compact numérique modifié qui peut lire la bande audio récupérée comme s'il s'agissait d'une bande numérique à haute densité.

– Écoutez, dit Sarah, se décidant enfin à l'interrompre. Je n'y connais absolument rien en informatique, c'est pour ça que je suis venue vous voir. Vous êtes en train de me dire que vous allez pouvoir reconstituer cette bande, c'est ça?

– C'est ça.

– Combien de temps cela va-t-il vous prendre?

– Quelques heures, peut-être. Mais pour bien faire, probablement une semaine...

– Très bien. Je vous engage. Pourriez-vous me donner quelque chose dans deux ou trois jours?

— *Trois jours!* fit Gelman. Enfin, théoriquement oui, mais...
— Superbe! dit Sarah. Merci.

15.

Baumann se réveilla en sueur avec une violente migraine. Ses draps étaient à tordre, comme si on avait versé des litres d'eau glacée dessus. Il ouvrit les doubles rideaux pour laisser entrer le soleil matinal. Il regarda l'avenue des Portugais, puis le ciel et en conclut qu'il devait être huit ou neuf heures. Il avait eu besoin de récupérer, mais il lui restait beaucoup à faire.

S'asseyant quelques instants sur le bord du lit, il se massa les tempes pour faire passer sa migraine. Il avait la tête encore vibrante de cauchemars. Il avait rêvé qu'il était de retour au mitard, ce théâtre des horreurs.

Il avait supporté les flagellations, les coups de canne que l'on subissait attaché à la potence, bras et jambes écartées, sous l'œil maussade d'un médecin de la prison. Mais le mitard, ou le « trou » comme certains l'appelaient, était ce qu'il y avait de pire à Pollsmoor, un horrible endroit froid et humide. Il avait eu besoin de toute la force de sa volonté pour le subir sans craquer. On vous jetait au trou pour une bagarre dans la cour, pour avoir frappé un boer, ou bien sans raison précise sinon que votre tête ne revenait pas au gardien chef. En réalité, il n'y avait passé qu'un mois en tout et pour tout pendant son séjour à Pollsmoor. Cela voulait dire isolement, cellule de béton nu, « régime de punition » composé de porridge au maïs, de soupe claire et encore de porridge.

Ni cigarettes, ni journaux, ni lettres, ni visiteurs. Ni radio, ni télévision. Aucun contact avec le monde extérieur; vous vous retrouviez coincé dans une minuscule cellule fétide sans lumière dont les murs semblaient se refermer sur vous. Un animal dans une cage empestant l'urine et les excréments... votre urine et vos excréments.

Pourquoi refaisait-il ce rêve? Que signifiait-il? Que son subconscient doutait qu'il fût sorti de prison?

Il prit une longue douche brûlante à la limite du supportable. Puis il enfila l'épais peignoir blanc du Raphaël (sur lequel le nom de l'hôtel était brodé en lettres dorées), s'installa dans une des chaises longues de sa suite et passa quelques coups de téléphone. Tout en parlant dans son français impeccable au très léger accent britannique, il lissa en arrière ses cheveux mouillés.

Il avait atterri à Orly en provenance de Genève-Cointrin avec un faux passeport fourni par le personnel de Dyson. Voyager dans la CEE était devenu étonnamment simple depuis son emprisonnement. Personne ne jeta le moindre coup d'œil à son passeport suisse. Mais quelle que fût la manière dont le personnel de Dyson se l'était procuré, il ne s'y fiait pas. S'il était faux, était-ce un travail de premier ordre? Le faussaire jouait-il les informateurs auprès des autorités suisses? S'il s'agissait d'un passeport légal, sa disparition avait-elle été signalée? Si on avait graissé la patte d'un haut fonctionnaire suisse, la transaction était-elle sûre?

Dyson s'était offert de lui fournir l'éventail complet des documents dont il aurait besoin, passeports, permis de conduire, cartes de crédit, mais il avait poliment refusé. Les papiers fournis par Dyson étaient comme la cloche accrochée au cou d'un mouton; s'il le voulait, Dyson pouvait le suivre à la trace.

Tant qu'il ne serait pas entré en contact avec un faussaire professionnel, il fallait qu'il se crée de toutes pièces une identité plausible. Les choses s'étaient compliquées en cinq ou six ans. Les passeports étaient plus difficiles à maquiller; on ne pouvait plus louer une voiture en payant en liquide. L'émergence du terrorisme international avait incité les compagnies aériennes à imposer des contrôles aléatoires des bagages enregistrés et des bagages à main sur les vols transatlantiques. Le monde était devenu bien plus soupçonneux. De plus, il n'osait pas se procurer à un seul endroit tous les documents nécessaires. Il lui faudrait donc se rendre dans plusieurs pays au cours des prochains jours.

Il avait réservé la suite 510 au Raphaël sur l'avenue Kléber dans le XVIᵉ arrondissement, un établissement luxueux et discret. Il n'y était encore jamais descendu (jamais il n'aurait fait preuve d'une telle imprudence), mais en avait entendu parler par des relations. Avec son grand salon, la suite était immense pour un hôtel parisien, et coûtait une fortune, mais après tout c'était l'argent de Dyson qu'il dépensait, pas le sien. Et il était important de cultiver les bonnes apparences.

Il avait suffisamment d'argent pour tenir un moment, des dollars américains, des francs suisses et français. Le premier versement de Dyson avait déjà été transféré d'une banque de Panama.

Il avait besoin de vêtements. Il n'avait que le costume et les chaussures trouvés en prêt-à-porter chez Lanvin, rue du Rhône, à Genève. Il lui faudrait acheter plusieurs chemises, quelques paires de chaussures, et deux ou trois costumes classiques d'homme d'affaires.

Il faudrait régler cela en quelques heures, parce qu'il avait encore plus important à faire.

Une heure plus tard, il était assis dans la boutique nue et sans charme d'une société de communications satellitaires au cinquième étage d'un immeuble du boulevard de Strasbourg, dans le Xe arrondissement. L'entreprise travaillait avec des sociétés, des organismes de presse et quiconque pouvait avoir besoin d'un téléphone satellitaire.

Le directeur, M. Gilbert Trémaud, traita Baumann avec la plus grande déférence : le gentleman britannique qui voyageait beaucoup dans le Tiers-Monde avait besoin d'un téléphone compatible Immarsat-M- et Comsat.

— Le modèle le plus compact que je puisse vous proposer, expliqua M. Trémaud dans un anglais parfait, est un MLink-5000 qui est environ cinq fois moins encombrant que la plupart des autres téléphones satellitaires portables. Il pèse treize kilos avec les piles. Il est extrêmement facile à transporter, très fiable, et ne fait pas de clics.

Il alla en chercher un dans une vitrine fermée à clé. Cela ressemblait à une mallette en aluminium. Baumann appuya sur le fermoir. La mallette s'ouvrit comme un livre.

— L'antenne ?

— Une antenne en réseau plate, expliqua Trémaud. L'époque de l'antenne parabolique est révolue, Dieu merci. La largeur de faisceau est beaucoup plus grande, ce qui veut dire que la précision de la visée a moins d'importance.

— Où est l'antenne ? demanda Baumann.

Trémaud toucha le couvercle.

— La voici.

— Très pratique, dit Baumann en souriant.

— En effet. Vous pouvez aisément vous en servir dans un appartement ou une chambre d'hôtel. Il suffit de le poser sur le rebord d'une fenêtre et d'ouvrir le couvercle pour déployer l'antenne. Le mesureur de champ vous aide à trouver l'angle voulu. L'appareil calculera l'azimut pour vous. Savez-vous où vous l'utiliserez ?

Baumann réfléchit un instant.

— Pourquoi cette question ?

— Il y a quatre satellites en service actuellement. Selon l'endroit où vous êtes, vous passez par le biais de l'un d'eux. Si vous vous trouvez à Moscou, par exemple, assurez-vous que votre chambre donne à l'ouest. Mais si vous êtes à...

— Dans combien de temps puis-je l'avoir ?

— Vous pouvez l'acheter aujourd'hui, si vous le désirez. J'en ai trois en stock. Mais vous ne pourrez pas repartir avec.

— Pourquoi ?

— Ces appareils font l'objet d'un contrôle très strict. D'abord, il faut faire une demande de numéro d'identification qui servira de numéro de téléphone. Il faut compter au moins trois jours...

– C'est impossible. Je pars ce soir.

– Ce soir ? s'exclama Trémaud. Mais c'est parfaitement impossible.

– Je l'achète sans numéro d'identification.

Trémaud haussa les épaules, ouvrit les mains et écarquilla les yeux.

– Si je pouvais, monsieur, ce serait avec joie. Mais je dois entrer un numéro d'identification dans l'ordinateur à côté du numéro de série de chacune des unités vendues. Sinon, l'ordinateur ne le sortira pas du stock.

– Je vais vous dire, reprit Baumann en se mettant à compter des billets de cinq cents francs. Je me trouve dans une position délicate parce que j'en ai besoin immédiatement. Je suis prêt à vous dédommager, dit-il en continuant à compter ses billets, généreusement... Il doit y avoir un moyen de contourner des restrictions aussi stupides, n'est-ce pas ?

Trémaud regarda Baumann compter le reste du liquide. Puis il tira la liasse vers lui et recompta à son tour. Il leva les yeux vers son client et déglutit. Il avait la gorge sèche.

– Oui monsieur, dit-il en opinant légèrement du chef. Il y a un moyen.

16.

Cela faisait près d'un an qu'Alexander Pappas avait pris sa retraite du FBI, mais Sarah n'avait jamais vu retraité moins en retrait que lui. Son patron à son arrivée au bureau de Boston, avant Lockerbie, était devenu un ami cher, puis un mentor. Il y avait une sorte de lien filial entre eux, sans aucun doute, mais Alex Pappas était aussi de ceux qui tenaient à voir les femmes progresser au Bureau. Il semblait avoir décidé que, dans l'équipe féminine, Sarah Cahill était l'élément qui méritait le plus son appui. Ils étaient devenus proches au moment où le mariage de Sarah avait commencé à battre de l'aile et où elle avait eu besoin de se confier ; Pappas était devenu son conseiller, son père confesseur, l'homme sur qui tester ses idées. Elle avait parfois le sentiment qu'il l'avait sauvée de la folie.

Un autre lien les unissait : ils avaient tous les deux travaillé sur d'importants attentats terroristes. En mars 1977, quand Pappas avait été nommé à la division de l'antiterrorisme ou bureau de Washington, une secte religieuse se baptisant les Musulmans Hanafi s'était emparée de trois immeubles à Washington. Prenant cent trente-neuf personnes en otage, ils avaient menacé de les tuer si on ne répondait pas à leurs exigences qui se résumaient, en fait, à une vengeance contre une secte rivale. Le FBI et la police avaient encerclé les trois immeubles, mais il avait fallu l'intervention de Pappas pour convaincre les preneurs d'otages de se rendre sans violence. Un vrai coup de chance car, comme il l'expliqua ensuite à Sarah, le ministère de la Justice avait clairement fait savoir au FBI qu'il n'était pas question de recourir à la force, en aucune circonstance.

Puis, à la fin de sa carrière, Pappas avait été appelé à New York pour participer à l'enquête sur l'attentat terroriste du World Trade Center du 26 février 1993 après qu'une explosion dans un parking au sous-sol de l'une des tours jumelles eut fait six morts et un millier de blessés. Même s'il minimisait régulièrement sa contribution à cette enquête et en parlait rarement, Sarah savait qu'il avait joué un rôle bien plus central qu'il ne voulait le dire.

Il préférait laisser les autres s'en attribuer tout le mérite. « Écoutez, expliqua-t-il un jour à Sarah. Pour les jeunes, c'était un moment charnière pour la suite de leur carrière. Ou ça passait, ou ça cassait. Moi, je n'avais pas besoin de tirer la couverture. J'étais un vieux sur le point de raccrocher. » Puis il ajouta avec un ricanement : « Bien entendu, si cela s'était produit vingt ans plus tôt, vous auriez vu mon nom s'étaler sur toutes les pages de *Newsday* et du *Times*, vous pouvez me croire. »

Veuf, Pappas vivait dans une petite maison confortable à Brookline, dans la banlieue de Boston. Environ une fois par mois, il invitait Sarah et son fils à dîner. Il était excellent cuisinier. Jared adorait les soirées chez Pappas et avait de l'affection pour le vieux monsieur.

Pappas les accueillit à la porte. Il se pencha pour serrer Jared contre lui et, comme d'habitude, fit mine de le soulever de terre.

– Je n'y arrive pas, suffoqua-t-il. Tu es trop lourd.

– Et toi, tu n'es pas assez fort, riposta Jared, ravi. Tu es trop vieux.

– Tu as raison, jeune homme, fit Pappas en embrassant Sarah sur la joue.

Grand, de forte carrure, Pappas avait la taille un peu enveloppée. Il faisait largement ses soixante-sept ans avec son visage rond, ses bajoues, ses yeux bruns chassieux, sa tignasse argentée et ses oreilles démesurées.

La maison embaumait l'ail et la tomate.

– Lasagnes, annonça-t-il. Tu as déjà mangé des lasagnes grecques, Jared ?

– Non, fit ce dernier, méfiant.

Pappas lui passa la main dans les cheveux.

– On les appelle des *spanakopita*. Je vous en ai déjà fait une fois, non ?

Jared secoua la tête.

– Non ? Mais qu'est-ce qui m'arrive ? La prochaine fois, alors. Ma femme Anastasia faisait les meilleurs spanakopitai que tu aies jamais goûtées.

– Moi ? non, répliqua Jared.

– Ne joue pas au bel esprit. Bon, suis-moi, j'ai quelque chose à te montrer.

– Non, je vais jouer avec le Victrola au sous-sol, dit Jared en courant vers l'escalier.

– Après. Il y a plus intéressant, je te promets. D'accord ?

Il lui tendit un petit paquet plat enveloppé de papier argenté.

– Une carte de base-ball !

– Pas du tout, dit solennellement Pappas.

– Si, répliqua Jared tout aussi solennel en ouvrant soigneusement le paquet. Wouaou ! Top cool ! C'est un Reggis Jackson. Ça vaut entre trente et quarante dollars !

– Oh ! Alex ! gronda Sarah. Vous n'auriez pas dû.

Pappas rayonnait.

– Bon, si nous voulons avoir une chance de manger avant demain matin, il faut que Jared m'aide à faire la salade.

Jared tira la langue, mais suivit joyeusement Pappas dans la cuisine où ils discutèrent base-ball.

– Le plus grand joueur de tous les temps, c'était Babe Ruth, grommela Pappas.

Jared qui, au lieu d'aider, regardait Pappas couper un concombre répliqua, exaspéré :

– C'était un grand Blanc affreusement lent.

– Pardon ? s'exclama Pappas, incrédule, en reposant son couteau. Pardon ? Babe Ruth a volé dix-sept bases deux fois dans sa carrière. Et ils ne couraient pas tant que ça dans les années 20. À l'époque, on voyait rarement des bases volées.

– Et qui a fait plus de *home runs* ? dit Jared.

– Aaron, c'est vrai, mais sur une durée bien plus longue. D'abord, Babe Ruth a eu une carrière beaucoup plus courte que celle d'Aaron. Et le Babe n'était même pas batteur tout le temps ! Les six premières années, il a été alternativement lanceur et joueur de champ extérieur, Jared.

Jared hésita et regarda longuement Pappas.

– Le meilleur, c'était Willie Mays.

– Oh ! alors maintenant tu laisses tomber Hank Aaron.

– Mays a été un des plus grands coureurs. Et Ruth était avantagé... les terrains étaient plus petits dans les années 20.

– Vous savez, dit Sarah, si on ne mange pas, je vais m'évanouir et Jared va être obligé de rentrer en stop à la maison.

78

Jared se dépêcha de manger et disparut au sous-sol pour jouer avec le Victrola de Pappas. Sarah et Pappas, tapant dans ce qui restait des cannolis, entendirent les accents lointains de l'orchestre de Paul Whiteman.

Ils discutèrent un moment de la chambre noire que Pappas construisait au sous-sol, du cours de photo noir et blanc pour adultes qu'il suivait. Sarah lui résuma le meurtre de Valerie Santoro, lui parla de la recherche dans les bases de données et de l'implication non encore éclaircie d'un banquier du nom de Warren Elkind.

— Je doute sérieusement que le directeur de la Manhattan Bank ait tué Valerie Santoro, dit Sarah.

— Pourquoi? Les riches n'assassinent pas?

— Allons. Il y a autre chose derrière tout ça.

— Comme toujours, mon petit. Comme toujours. Quand on décide de devenir un indicateur du FBI, on prend des risques.

— Bien sûr, mais...

— À ce jeu-là, on mise très gros...

— Mon boulot est de protéger la source...

— Sarah, si vous voulez vraiment protéger une source, il ne faut pas se servir de ses renseignements, alors à quoi bon?! Écoutez toujours votre instinct. Vous avez des soupçons à propos du meurtre de votre indicatrice? N'abandonnez pas l'enquête à la police. Voyez si la bande du répondeur révèle quoi que ce soit. Qu'il s'agisse de la mafia ou de votre banquier, vous le saurez bien assez vite. En parlant de mafia, vous voyez toujours votre Italien?

Sarah le regarda d'un air ébahi.

— C'est censé être drôle? s'exclama-t-elle, feignant l'indignation. Est-ce que tous les Italiens appartiennent à la mafia?

— Ouais, et tous les Grecs vendent des souvlakis. Comment il s'appelle déjà? Angelo?

— Andrew. Et c'est du passé.

— Il était beau mec.

— Pas mon type.

— Pas un père en puissance?

— Allons, Alex! Il faisait comme si Jared n'existait pas. Il n'arrivait pas à digérer le fait que j'aie un fils.

— Vous ne me croirez probablement pas si je vous dis que vous finirez par trouver l'homme qu'il vous faut, à vous comme à Jared. Tombez amoureuse d'abord. Et Jared suivra le mouvement.

— Vous avez raison. Je ne vous crois pas.

— Ça arrivera. De plus, celui avec qui vous aurez envie de vivre une histoire sérieuse devra réussir l'examen que lui infligera Jared, qui est un excellent juge. Il m'aime bien, moi, non? Alors ne vous en faites pas. Ça viendra.

17

Quelques heures après avoir reçu le fragment codé de la conversation téléphonique captée par un satellite espion au-dessus de la Suisse, Edwin Chu perça le code.

Plus exactement, les super-ordinateurs Cray de la NSA le percèrent, en utilisant toutes les capacités d'analyse disponibles, dont plusieurs techniques cryptoanalytiques inconnues en dehors de l'agence. Mais Edwin Chu était resté vissé devant la machine, s'efforçant au mieux de la seconder... une sorte de passager binaire plein de bons conseils.

La NSA s'intéresse toujours à de nouveaux codes, et Chu n'avait pas travaillé sur le Cray jusqu'au petit matin pour le simple plaisir de satisfaire sa curiosité.

Quoique...

Ce ne fut pas facile. En fait, avec davantage d'expérience, il aurait fallu à Chu moins d'une heure et non huit pour percer le code. Il aurait bien aimé pouvoir se servir d'un super-ordinateur Cray de la dernière génération, mais il avait dû se contenter d'un modèle plus ancien.

– J'espérais plus ou moins que ce serait du RC-4, expliqua-t-il à Frechette, faisant allusion à un code disponible sur le marché.

Les seuls logiciels cryptographiques dont la NSA autorisait l'exportation utilisaient les algorithmes d'une certaine longueur, plus précisément de quarante bits. Les plus connus étaient le RC-2 et le RC-4, des codes modulables raisonnablement sûrs, sauf pour la NSA qui possédait des puces spéciales destinées à les percer en quelques minutes.

– Du gâteau, annonça-t-il modestement à George Frechette en lui tendant des écouteurs. Il paraît qu'à Zurich il y a une nouvelle société qui fabrique de nouveaux téléphones sûrs à codage vocal et qui a dit à l'agence d'aller se faire voir.

– Tant mieux pour eux, murmura Frechette.

– Je pense que cela vient de chez eux. Cette société a été créée par un émigré russe, un spécialiste du codage, qui faisait partie du 8e conseil du KGB, lequel était chargé de la sécurité de toutes les communications soviétiques codées. Ce type était un de leurs meilleurs éléments. Un vrai génie. Il a fini par se lasser du niveau pathétique de la technologie soviétique. Après l'effondrement de l'Union, l'argent s'est fait tellement rare qu'il ne pouvait même plus réaliser ses conceptions les plus avancées. Alors il a viré capitaliste.

– Ah bon!

Chu expliqua que le Russe avait mis au point son propre algorithme de codage à l'époque où il travaillait encore pour le KGB. Bien entendu, le KGB ne l'avait pas autorisé à le publier dans une revue de mathématique. En passant dans le privé, le Russe l'avait gardé secret.

C'était là son erreur.

L'un des grands paradoxes du monde du codage est que plus on garde secret un logiciel cryptographique, moins il est à l'abri. Sauf si l'on met son algorithme à la disposition de tous les pirates du monde, on ne se rend jamais compte de ses défauts cachés.

En l'occurrence, l'algorithme dépendait de l'insolubilité d'une fonction polynomiale complexe, que la NSA avait résolue deux ans avant. Le créateur devait l'ignorer, comme il ignorait aussi que la NSA stockait un tas de solutions partielles précalculées dans des mémoires à accès rapide, ce qui avait permis à Chu de réduire les fonctions polynomiales complexes à une série de fonctions plus simples.

Bref, le code n'avait pas été facile à percer.

– Heureusement, nous avons un bon bout du signal, suffisant pour qu'on travaille dessus, dit Edwin Chu. Écoute ça.

George Frechette leva la tête, clignant les yeux.

– Ces types sont des Américains?

– La voix n° 1 a l'air américaine. La voix n° 2 est étrangère, suisse, allemande, hollandaise, je n'en suis pas sûr.

– Qu'est-ce que t'as l'intention d'en faire?

– Le faire transcrire et saisir et on s'en lave les mains, mon vieux. Aux autres de s'arracher les cheveux. Quant à moi, conclut-il en regardant sa montre, c'est l'heure de mon Big Mac.

18.

Dans une quincaillerie proche de l'Étoile, Baumann acheta un assortiment d'outils et chez Brentano's, avenue de l'Opéra, deux dictionnaires de poche Webster à la couverture en plastique rouge pour les messages codés. Dans le VIIIe arrondissement, il choisit plusieurs costumes et chemises, du prêt-à-porter certes mais de bonne qualité, ainsi qu'une série de cravates, plusieurs paires de chaussures anglaises, un attaché-case en très beau cuir, et une poignée d'autres accessoires.

Puis il rentra au Raphaël. Il n'était pas encore midi, mais le bar anglais lambrissé était déjà très animé. Baumann s'installa à une petite table où il sirota un *express* en feuilletant une pile de magazines et de journaux économiques américains : *Forbes, Fortune, Barron's*, etc. De temps en temps, il levait le nez pour observer le va-et-vient des clients.

Il ne tarda pas à remarquer un homme d'une quarantaine d'années qui avait tout de l'homme d'affaires américain. Ce dernier conversait à une table voisine avec un jeune cadre. L'homme d'affaires aux cheveux poivre et sel se plaignait à l'autre que l'hôtel ne lui ait pas apporté son *Wall Street Journal* avec son petit déjeuner, comme il l'avait expressément demandé.

Le coup de chance se produisit quand un serveur, lui apportant un téléphone, l'appela par son nom. À la fin de l'appel téléphonique apparemment urgent, les deux Américains se précipitèrent dans le hall. Le jeune s'assit pendant que son compagnon prenait l'ascenseur.

Baumann se glissa dans la cabine juste avant la fermeture des portes. L'homme d'affaires appuya sur le bouton du septième étage ; Baumann fit de même, sans nécessité, puis sourit, comme gêné de sa propre maladresse. Visiblement pressé, l'autre ne lui rendit même pas son sourire.

Baumann le suivit dans le couloir. L'homme s'arrêta devant le 712, et Baumann poursuivit son chemin, disparaissant dans un virage. De son poste d'observation, il vit l'homme entrer dans sa chambre, en ressortir quelques secondes plus tard, vêtu d'une gabardine brun-roux, avec un parapluie pliant à la main, et se diriger à grands pas vers l'ascenseur.

Baumann ne pouvait en être sûr, bien entendu, mais, vu l'heure, il y avait de fortes chances que les deux Américains se rendent à un déjeuner d'affaires. C'était une tradition parisienne, il le savait ; et ces déjeuners pouvaient durer deux bonnes heures, voire plus.

Il accrocha le panneau NE PAS DÉRANGER à la poignée de la porte de l'Américain et, enfilant des gants en latex, se mit aussitôt au travail. La chambre 712 était considérablement plus petite que sa suite, mais l'équipement de base, dont le coffre encastré près du lit à deux places, était le même, ainsi qu'il s'y attendait.

Le coffre, comme dans tous les hôtels où Baumann était descendu, était une plaisanterie, destinée surtout à décourager les femmes de chambre malhonnêtes de voler un appareil photo ou un portefeuille gonflé de billets. Il était du type que l'on trouve communément dans les meilleures chambres d'hôtel : une boîte en acier petite, lourde, encastrée dans du béton, et extrêmement difficile (mais pas impossible) à soulever.

On formait une série de chiffres de son choix sur un clavier sur l'avant de la boîte ; les chiffres apparaissaient sur un écran à cristaux liquides ; puis en appuyant sur la touche « étoile » ou une autre, on activait électroniquement le mécanisme de verrouillage.

Baumann inséra une petite clé coudée dans le trou sur la façade du coffre, puis fit glisser la plaque. Il n'en fallut pas plus pour révéler la serrure ordinaire à deux clés. Au bout d'une minute ou deux de tâtonnements avec ses outils de crochetage improvisés, ceux qu'il avait achetés à la quincaillerie quelques heures plus tôt, la serrure céda et le coffre s'ouvrit.

Comme d'habitude avec ce type de dispositifs électroniques, le coffre était alimenté par deux piles, dans ce cas, deux piles AA, pour l'écran et le mécanisme de verrouillage. Souvent les piles se vidaient et devaient être remplacées. Le client oubliait la combinaison qu'il avait lui-même choisie. D'où le mécanisme manuel qui lui avait permis d'ouvrir le coffre aussi facilement.

Le passeport était là, bien sûr. Si, en voyage, les Européens ne sortent jamais sans leurs papiers, les Américains ont tendance à faire l'inverse. M. Robinson, M. Sumner Charles Robinson, avait rangé son passeport, ainsi qu'une bonne liasse de traveller's checks et une petite pile de monnaie américaine, dans son coffre.

Baumann empocha le passeport, puis compta rapidement le liquide (deux cent vingt dollars) et les traveller's checks (quinze cents dollars). Il songea un instant à prendre le liquide et les chèques, puis décida de n'en rien faire. À son retour en fin d'après-midi ou dans la soirée, M. Sumner C. Robinson ouvrirait peut-être (ou non) le coffre et remarquerait (ou non) la disparition de son passeport. Dans ce cas, il se rendrait compte à son grand soulagement que son liquide et ses chèques étaient toujours là et il penserait probablement avoir simplement égaré son passeport.

En effet, il était grotesque d'imaginer qu'un voleur prenne le passeport en laissant l'argent liquide. Après avoir fouillé en vain sa chambre, ses poches et ses bagages, il pouvait très bien ne même pas informer la direction de l'hôtel, ni a fortiori la police, de la disparition de son passeport. Cela ne valait vraiment pas la peine de voler l'argent.

Martin Lomax, l'aide de camp de Malcolm Dyson, appela les bureaux de la société à Zoug en Suisse sur un téléphone sûr pour vérifier que les dispositions financières avaient été prises et que le paiement de Baumann avait été viré dans une banque du Panama. Lomax avait téléphoné aux bureaux trois jours de suite, parce qu'il était consciencieux et que son patron détestait qu'on néglige le moindre détail.

En outre, se méfiant beaucoup de la puissance des services

secrets du gouvernement américain, Dyson lui avait donné l'instruction de ne jamais évoquer l'événement à venir sur autre chose qu'un téléphone sûr. Et pas n'importe lequel, parce que Dyson, n'étant pas né de la dernière pluie, savait que pratiquement toutes les sociétés de téléphones codés, dont le célèbre Crypto, A.G., de Zurich, vendaient leurs codes à la NSA et au GCHQ. On ne pouvait donc plus parler de téléphone vraiment sûr, à moins d'être un petit futé.

Mais Dyson n'avait pas acheté ses téléphones auprès de ces sociétés. Un émigré russe à Genève avait fait savoir qu'il avait besoin d'un financement pour créer une entreprise, une société de communications sûres. Le Russe, spécialiste du codage, avait travaillé pour le KGB. Dyson fournit l'argent qui permit au Russe de fonder sa société. Son premier prototype fut pour Dyson. Ces téléphones étaient vraiment sûrs, impossibles à percer. C'est seulement avec ces appareils que Dyson et ses associés parlaient librement.

Baumann rentra dans sa chambre et passa le reste de l'après-midi à prendre des notes.

Le projet de Malcolm Dyson était certes brillant, mais plus il y réfléchissait, plus il lui découvrait de lacunes. Certaines des hypothèses de Dyson pouvaient se révéler fausses. En outre, le milliardaire ne connaissait pas les particularités du lieu, ni le dispositif de sécurité, ni ses points faibles, et c'était crucial. Il sous-estimait le risque que Baumann se fasse prendre ou tuer. C'est le détail qui tue, et Baumann n'avait pas l'intention d'en négliger un seul.

Quand le garçon d'étage frappa à sa porte pour livrer ses emplettes vestimentaires du matin, Baumann avait esquissé un plan d'action, très rudimentaire certes, mais exploitable. Il s'habilla et sortit marcher un peu.

Dans un tabac, il acheta une carte de téléphone qui lui permettrait de passer plusieurs appels internationaux de n'importe quelle cabine publique. Il en trouva une dans le sous-sol d'un café et, après quelques instants d'hésitation, appela New Haven dans le Connecticut. Il avait obtenu le numéro auprès des renseignements grâce à l'adresse figurant sur le talon des traveller's checks de Robinson.

Une femme répondit. Au ton de sa voix, il comprit qu'il avait dû la réveiller. Il était tard là-bas.

– Madame Robinson ? s'enquit Baumann avec un accent pincé très british. Nigel Clarke à l'appareil, je me permets de vous appeler de Paris.

Il s'exprimait comme s'il avait des petits cailloux plein la bouche.

Son interlocutrice confirma qu'elle était bien la femme de Sumner Robinson et parut craindre que quelque chose ne fût arrivé à son mari.

– Mon Dieu! non, n'ayez pas d'inquiétude. Voilà, j'ai trouvé le passeport de votre mari dans un taxi... Étonnant, n'est-ce pas?

Il écouta un instant avant de poursuivre.

– J'ai obtenu votre numéro auprès des renseignements. Mais dites-lui bien de ne pas s'inquiéter... Je l'ai sur moi. Que dois-je faire pour le lui...

Il écouta de nouveau.

– C'est cela même. À l'aéroport Charles-de-Gaulle.

La voix de Baumann était joviale, mais ses yeux restaient de glace. Il entendit des pas dévaler l'escalier. Une jeune femme, entourée d'un cumulus de fumée, fit la grimace en voyant qu'il occupait la cabine. Il la regarda froidement; elle rougit, jeta sa cigarette par terre et reprit l'escalier.

– Oh! il ne quitte pas Paris avant la fin de la semaine? Excellent... Bon, l'ennui est que mon avion pour Londres décolle dans quelques secondes et... oh! c'est le dernier appel, je crains de devoir vous quitter... mais si vous pouviez me donner une adresse, je le ferais envoyer par DHL ou un autre service express à la seconde où je rentrerais chez moi.

Il eut un petit gloussement poli quand la femme bafouilla sa gratitude devant tant de générosité.

– Grands dieux, non! Il n'en est pas question. De toute façon, c'est une affaire de quelques livres, tout au plus, une broutille.

Il avait fait ce qu'il fallait, il le savait. En effet, l'homme d'affaires américain n'avait peut-être pas signalé la disparition ou le vol de son passeport, ni réclamé de duplicata à l'ambassade américaine. Quoi qu'il en soit, sa femme allait l'appeler à son hôtel pour lui dire que son passeport avait été retrouvé par un charmant Anglais à l'aéroport Charles-de-Gaulle, mais qu'il ne devait pas s'inquiéter puisque M. Cooke ou Clarke allait lui renvoyer sur-le-champ son passeport par express.

Sumner Robinson se demanderait comment son passeport avait bien pu échouer dans un taxi. Il douterait peut-être de l'avoir rangé dans le coffre-fort. Quoi qu'il en soit, il ne signalerait ni sa disparition ni son vol aujourd'hui, puisqu'il devait le récupérer dans quelques heures. Le gentil Anglais finirait bien par le renvoyer le lendemain : sinon pourquoi aurait-il pris la peine d'appeler New Haven?

Baumann pourrait donc se servir du passeport pendant au moins trois jours pleins. Peut-être plus, mais il ne prendrait pas ce risque.

Il raccrocha et remonta à l'étage. « Le téléphone est à vous », dit-il à la jeune femme en lui adressant un sourire cordial et un imperceptible clin d'œil.

Il dîna seul à l'hôtel. À la fin du dîner, on lui apporta dans sa chambre un grand carton contenant le MLink-5000. Il le sortit de son emballage, lut les instructions et l'essaya. Tournant les vis à oreilles sur le panneau arrière, il prit le combiné, ouvrit le couvercle, ajusta l'angle d'élévation et passa deux coups de téléphone.

Le premier fut pour une banque du Panama qui confirma que le premier virement avait bien été effectué par Dyson.

Le second fut pour Dyson sur sa ligne privée : « L'affaire est en route », dit-il sèchement, avant de raccrocher.

Au cours des dix dernières années, il était devenu considérablement plus difficile de fabriquer un faux passeport américain. Pas impossible, bien sûr : pour un faussaire averti, rien n'est impossible. Mais s'il connaissait les rudiments du métier, Baumann était loin d'être un professionnel. Il laissait cela à d'autres.

Dans un jour ou deux, il contacterait un faussaire de sa connaissance en qui il avait confiance. Mais, en attendant, il lui faudrait faire de son mieux dans les six heures qui le séparaient du décollage à l'aéroport Charles-de-Gaulle de son avion pour Amsterdam.

Il examina soigneusement le passeport de Sumner Robinson. Elle était loin l'époque où l'on pouvait découper la photo du propriétaire en titre pour y coller la sienne. À présent, la page clé du passeport américain contenant photo et renseignements était plastifiée par mesure de sécurité. L'autre assurance contre les faux était l'emblème d'un aigle américain, emprunté au grand Sceau des États-Unis, qui tenait entre ses serres les flèches de la guerre et la branche d'olivier de la paix. L'aigle, qui apparaissait aussi en encre dorée sur la couverture du passeport, figurait, imprimé en encre verte, sur la feuille de plastique, légèrement à cheval sur la photo du détenteur du passeport.

Perdu dans sa concentration, Baumann se passait la langue sur les dents de devant. Il savait que le Département d'État avait dépensé des fortunes pour un papier impossible à falsifier fabriqué par la société Portal's. Néanmoins, la sécurité du passeport tenait en fait à une malheureuse feuille de plastique transparent adhésif.

Il appela la réception pour réclamer une machine à écrire électrique dont il avait un besoin urgent afin de préparer un contrat. Pouvait-on en faire monter une dans sa chambre ? Bien sûr, mais il faudrait quelques minutes pour ouvrir le bureau contenant les machines à écrire qui était fermé pour la soirée.

Dans une rue proche de l'hôtel, il repéra une boutique de photocopie éclairée au néon, ouverte toute la nuit. Il demanda à l'employé de photocopier en la réduisant l'image de l'aigle sur la couverture du passeport, expliquant en passant qu'il avait besoin d'en mettre un sur la couverture d'un dossier de présentation destiné à un important client français le lendemain matin. Aucune loi ne l'interdisait. Puis, avec une laser couleurs Canon 500, l'aigle fut reproduit en encre verte sur une feuille de plastique transparent. Baumann en fit faire plusieurs copies : une erreur est si vite arrivée. Après un bref arrêt dans un Photomaton, il rentra à l'hôtel.

Il retira soigneusement l'ancienne feuille de plastique du passeport, en prenant soin de ne pas trop arracher de papier en dessous. Avec un cutter, il retira la photo de Robinson qu'il remplaça par la sienne. Il plaça la feuille de plastique dans la machine à écrire fournie par l'hôtel et remplaça les données biographiques du passeport de Robinson, parties avec l'ancien plastique.

À trois heures du matin, il était satisfait du résultat. Seule une inspection minutieuse révélerait que le passeport avait été trafiqué. Et, devant décoller de Roissy-Charles-de-Gaulle à bord d'un avion chargé, il savait que la police française jetterait à peine un coup d'œil à ce passeport d'un homme d'affaires américain.

Il se fit couler un bain brûlant dans lequel il médita longtemps. Puis il somnola deux petites heures, se leva, s'habilla et rangea ses affaires dans sa valise Vuitton.

19.

Le Prince des Ténèbres avait commencé.

Dyson raccrocha avec un frisson d'anticipation. Il avait engagé le meilleur (il n'engageait jamais que les meilleurs) ; cet expert de l'enfer terroriste allait réaliser son projet et dans exactement deux semaines la chose serait accomplie.

Il appuya sur une touche de son téléphone de bureau pour convoquer Martin Lomax.

Le siège de Dyson & Company A.G., dans la rue du Rhône à Genève, était un cube de verre dans lequel se reflétaient les immeubles voisins. Un bâtiment des plus discrets : selon l'heure de la journée et l'endroit d'où on le regardait, le cube de verre disparaissait. La nuit, il s'embrasait d'une lumière blanchâtre quand les traders de Dyson hurlaient leurs ordres à tous les coins de la planète.

Le bureau de Dyson, orienté au sud-ouest, se trouvait au dernier étage. Tout y était d'un blanc immaculé : canapés en cuir, moquette et tissu aux murs. Même son massif bureau de forme irrégulière avait été taillé dans une immense veine de marbre blanc de Carrare.

Les tableaux, accrochés ici avec goût, étaient les seules taches de couleur. *La Vertu*, un tableau de Rubens représentant trois femmes, avait été saisi à un homme riche pendant la Seconde Guerre mondiale. Un Van Dyck (*La Sainte Famille avec sainte Anne et un ange*) qui avait disparu d'Italie quelque temps avant pour faire sa réapparition en ces lieux. La *Sainte Catherine* de Holbein était sortie de sa cachette en Allemagne de l'Est peu après la chute du Mur.

Dyson considérait l'acquisition de maîtres anciens au marché noir comme l'un de ses plus grands plaisirs d'exilé. C'était un moyen de se libérer des conventions de la légalité, de faire un pied de nez au reste du monde, une satisfaction délicieusement illicite. Il laissait aux autres le soin d'acheter leurs toiles de second ordre par l'intermédiaire d'agents munis de *catalogues raisonnés* autour d'un plateau de fruits de mer chez Wilton's dans Bury Street, à Londres, où les marchands se pressaient comme des sardines. Ses tableaux, les plus grands du monde pour certains, avaient été détachés de leur cadre et cachés dans un pied de table ou passés en fraude par la valise diplomatique.

Le marché de l'art lui rappelait Wall Street, où les règles ne s'appliquaient que si l'on ne faisait pas partie du club. Le philanthrope Norton Simon avait avoué un jour détenir un bronze du dieu Shiva sorti d'Inde en contrebande. En fait, la plus grande partie de l'art asiatique en sa possession était un produit de la contrebande. Même le très sérieux Musée des beaux-arts de Boston avait été pris la main dans le sac avec un Raphaël volé que le directeur prétendait avoir acquis à Gênes.

Dyson ne se voyait pas comme un homme amer, mais comme un homme libéré. Le souci de vengeance clarifiait tout.

Il s'était vu coller plusieurs étiquettes avant d'échapper aux griffes de la justice américaine après le grand scandale du délit d'initié, mais la plus frappante semblait être « le plus grand fraudeur fiscal de l'histoire de la nation ». Rien de plus faux. Il aurait pu citer plusieurs titans du monde des affaires bien plus coupables que lui.

Toujours est-il qu'on lui avait trouvé quelque cinquante et un chefs d'inculpation, évasion fiscale, fraude fiscale, fraude boursière. On avait gelé tous ses biens américains. Des négociations poussées s'étaient engagées avec la SEC [1] et le ministère de la Justice. Dans le meilleur des cas, il allait écoper de plusieurs années de prison, et c'était inacceptable. Si son ci-devant ami Warren Elkind n'avait pas coopéré avec le ministère de la Justice pour le piéger, rien de tout

---

1. Équivalent américain de la COB *(N.d.T.)*.

cela ne serait arrivé. Ils n'auraient jamais eu les preuves nécessaires pour l'inculper.

Pendant que les négociations piétinaient, Dyson était parti en voyage d'affaires en Suisse avec sa femme Alexandra. Ils décidèrent de ne pas rentrer. Le gouvernement suisse rejeta toutes les demandes d'extradition américaines. Sa logique était inattaquable : au regard de la loi suisse, Dyson avait été accusé de « violations fiscales », ce qui ne constituait pas un délit tombant sous le coup de l'extradition. Était-ce une pure coïncidence si Dyson était justement l'un des chefs d'entreprise les plus lourdement imposés de Suisse ?

Peu après, il s'était rendu au bureau des statistiques démographiques à Madrid, avait prêté serment d'allégeance au roi d'Espagne et renoncé à sa citoyenneté américaine. À présent citoyen espagnol résidant à Genève, il n'empruntait jamais de lignes commerciales parce qu'il redoutait les chasseurs de primes. Un homme très riche dans sa situation faisait une proie facile. Ils pouvaient vous kidnapper puis exiger un milliard de dollars contre la promesse de ne pas vous remettre aux mains du gouvernement américain. Les agents fédéraux essayaient continuellement de le prendre au piège. Il ne voyageait qu'à bord de son jet privé.

Mais maintenant il se moquait pas mal que les chasseurs de primes soient à ses trousses. La lumière avait disparu de sa vie. Ils avaient assassiné sa femme et sa fille, l'avaient cloué dans un fauteuil roulant, et ils allaient le payer très cher.

Assis dans son fauteuil électrique derrière son immense bureau, le petit homme chauve au crâne et aux mains constellés de taches de vieillesse et au regard gris acier fumait un Macanudo. La porte s'ouvrit sur Martin Lomax. Le fade et fidèle Lomax.

Il s'assit à sa place habituelle, un fauteuil de cuir blanc près du bureau, et « dégaina » stylo et carnet comme un revolver de son étui.

– Je voulais m'assurer que nous n'avions plus le moindre lien avec la Bourse, dit Dyson.

Lomax leva les yeux, intrigué, comprenant qu'il s'agissait d'une question et non d'un ordre. Il jeta un coup d'œil à sa montre pour vérifier la date.

– Oui, c'est le cas. Depuis exactement trois jours.

– Et la Réserve fédérale ? Pas de changement de politique ?

– Non. Elle ne renflouera plus les banques. Nos renseignements sont sûrs. Washington appelle ça une « réforme bancaire »... on laisse tomber les gros dépositaires quand une banque fait faillite. Les banques exagèrent, de toute façon. Ça leur apprendra.

– Parfait, dit Dyson en tournant son fauteuil vers la baie vitrée pour contempler tristement la pluie. Parce que notre Prince des Ténèbres s'est mis au travail.

20.

Paul O. Morrison, directeur adjoint du Centre de l'anti-terrorisme de la CIA, fonçait dans l'étroit couloir menant à la salle de conférences où l'on venait de réunir à la hâte quelque vingt-cinq personnes. Une chemise pleine de feuilles sorties de l'imprimante dans une main, un gobelet à moitié plein de café froid dans l'autre, il courait en éclaboussant la moquette au passage.

En pénétrant dans la salle de conférences, il sentit immédiatement la tension qui y régnait. Marmonnant des excuses pour son retard, il posa son gobelet sur la grande table en acajou et jeta un regard inquiet autour de lui.

Petit et mince, Morrison avait un teint cireux et des lunettes à lourde monture noire. Sans formule d'introduction — ils savaient tous pourquoi ils étaient là —, il entra dans le vif du sujet : « J'ai la transcription complète avec moi. »

Il tendit la pile de feuilles au directeur du Centre de l'anti-terrorisme, un joueur de squash mince comme un fil, d'une cinquantaine d'années, Hoyt Phillips (Yale, promotion 61) qui en prit une et fit passer le reste.

La réaction, immédiate, resta discrète : murmures de stupéfaction, quelques chuchotements, puis un silence grave. Morrison attendit, l'estomac noué, que tout le monde ait terminé sa lecture.

Le Centre de l'antiterrorisme, dont l'existence était, encore récemment, l'un des secrets les mieux gardés de la CIA, avait été créé en 1986 pour pallier l'embarrassante impuissance du gouvernement face à la montée du terrorisme international.

L'idée de départ était simple : donner à la dizaine d'agences gouvernementales concernées par le terrorisme — FBI, Département d'État, Pentagone, services secrets, etc. — un lieu centralisant tous les renseignements issus du monde entier et permettant de coordonner tous les efforts de la lutte contre le terrorisme.

La CIA avait résisté à cette idée pendant des années. En effet, celle-là s'opposait à la tradition même de l'agence, dont les gentlemen espions aimaient mieux lutter contre la menace soviétique que se salir les mains avec de vulgaires terroristes.

En outre, la direction n'aimait pas trop l'idée de partager son « produit » avec ses frères de la communauté du renseignement. Et pour qu'un tel centre fonctionne, il fallait autoriser les collecteurs, les hommes sur le terrain qui glanaient les renseignements, à frayer avec les analystes. Impensable. Cela ne s'était tout simplement jamais fait.

La CIA avait presque toujours maintenu une véritable muraille de Chine entre ses analystes et ses opérateurs, pour ne pas souiller le produit. Les types en trench, pensait-on, devaient faire leur boulot sans connaître le reste du tableau, ou du moins sans programme ni parti pris. Les partis pris politiques étaient l'affaire des ronds-de-cuir.

William Casey ne semblait pas animé du même souci. Nommé directeur de la CIA, il ordonna la création d'un « Centre de fusion » interagences auquel on affecterait à plein temps des représentants triés sur le volet de la communauté du renseignement, à savoir dix-huit ou dix-neuf agents issus de la NSA, du FBI, de l'INR (la branche du renseignement du Département d'État), de la DIA, entre autres. Bien que travaillant au quartier général de la CIA, ils se verraient verser leurs salaires par leurs agences respectives.

Jusqu'au printemps 1994, les quelque vingt-cinq employés du Centre s'entassèrent dans des bureaux au cinquième étage du QG de la CIA. Ensuite, on leur alloua des locaux plus spacieux et plus modernes dans l'immeuble neuf voisin. Lequel n'était ni cossu ni très impressionnant ; quiconque a franchi le seuil du QG de la CIA pourrait en témoigner.

Tout ce qui se passe dans le monde en matière de terrorisme s'inscrit sur les terminaux du Centre. Armé de communications et autres liaisons sûres avec la NSA et les divers services du renseignement, le personnel du Centre est chargé de garantir la coopération entre les différentes agences, de produire du renseignement (tout en protégeant et les sources et les méthodes) et de calmer les conflits autour des répartitions des crédits si courants dans les bureaucraties gouvernementales.

Comme le Centre fait partie de la Direction des opérations de la CIA, son directeur est toujours un opérationnel ; et son directeur adjoint, toujours un analyste de la Direction du renseignement. Malgré ses prouesses athlétiques, Hoyt Phillips, le directeur, était l'un de ces hommes usés par l'agence ; las d'une carrière contrecarrée par sa propre médiocrité, il tuait le temps en attendant la retraite.

En réalité, c'était le directeur adjoint, Paul Morrison, qui dirigeait le Centre, gérant adroitement ses six sections. Phénomène rare pour un bureau de la CIA, l'organigramme du Centre est assez clair. On y trouve le personnel de renseignement chargé de ce que l'on appelle l' « analyse ciblée » (évaluation des informations recueillies par la CIA et autres sources), le personnel des rapports, un groupe d'attaque technique, un groupe d'évaluation et d'information, un groupe opérationnel, etc.

Et, bien entendu, tout ce petit monde se réunit régulièrement : trois fois par semaine à huit heures quarante-cinq, une fois tous les deux mois pour la commission du renseignement interagences, et une fois par mois pour la réunion de prévention et de prévision. En l'occurrence, la réunion matinale avait été exceptionnellement avancée à sept heures et demie.

Ce n'était pas encore un cas d'urgence, mais ce n'en était pas loin.

Ce matin-là, Paul Morrison avait été réveillé à quatre heures et demie par un agent de surveillance du Centre, lequel venait d'être alerté par le directeur adjoint du bureau des télécommunications et des services informatiques de la NSA de l'existence d'une interception Sigint méritant une attention immédiate. À son arrivée au bureau, Morrison trouva la transcription complète de la conversation téléphonique interceptée que la NSA avait envoyée par fax sûr.

NSA
États-Unis d'AMÉRIQUE

TOP SECRET UMBRA

DOSSIER : TCS-1747-322

D/OTCS, DD/OTCS, D/DIRNSA

Décryptage interception COMINT. Texte de transcription complet.

VOIX I : ... M. Heinrich Fürst [First ?] a accepté la mission de vente.

VOIX II : Vraiment ? Excellent. Quand [blanc] le bureau régional de New York ? [blanc]

VOIX II : [blanc] la cible étant ?

VOIX I : Warren Elkind [blanc]... attan Bank dont [blanc].

VOIX II : Oh ! je vois. Il prend donc cela très au sérieux.

VOIX I : Il a engagé un professionnel.

VOIX II : Ça, je n'en doute pas. J'ai vu le dossier de ce type. Probablement le [silence de trois secondes] le plus intelligent au monde à être encore vivant.

VOIX I : Les idiots ne survivent pas...

VOIX II : Je sais. Mais cela me préoccupe. Et s'il se révélait du genre incontrôlable ? Enfin, il n'est pas vraiment du genre soumis.

VOIX I : ... fera le boulot.

VOIX II : sans qu'on puisse remonter à la source ?

VOIX I : on s'occupera de lui.

VOIX II : Oui. Bien entendu. Mais on ne pourra pas nous relier à l'affaire ? Faire tomber Wall Street – vous avez vu ce qui s'est passé avec le World Trade Center et Oklahoma City. Ils n'ont eu de cesse de mettre la main sur les coupables. Si nous sommes liés de quelque manière que...

VOIX I : ... ne se produira pas. Le patron sait ce qu'il fait.

TOP SECRET UMBRA

– Bien, dit Hoyt Phillips en se raclant symboliquement la gorge. On tient peut-être quelque chose. Je dis bien peut-être.

– Vous êtes sûr que nous avons le même document sous les yeux ? s'exclama, surprise, Margaret O'Connor assise en face de lui.

Petite femme fougueuse de trente-quatre ans aux cheveux châtains courts, au visage constellé de taches de rousseur, à la voix étonnamment grave, elle était la représentante du Bureau du renseignement et de l'exploitation du Département d'État.

Phillips haussa ses épais sourcils blancs.

– Ne nous laissons pas emporter, voulez-vous. Ce que nous avons là, ce sont deux types qui parlent d'une manière alambiquée...

– Hoyt..., l'interrompit Noah Willkie, un beau Noir d'une quarantaine d'années en costume bleu avec des lunettes à monture en écaille, le représentant du FBI détaché à Langley depuis sept mois. Ils font allusion à un terroriste, c'est indéniable... « probablement le plus intelligent au monde »... qui a été engagé par quelqu'un, vraisemblablement leur « patron ». Et ils craignent que ce type ne soit « incontrôlable », ce qui veut dire qu'il agit en leur nom, ce qui est la raison pour laquelle il a été engagé.

– Noah, expliqua Phillips patiemment, si vous connaissez un peu le produit NSA, vous savez bien que, venant d'eux, on a toujours des fragments de conversation téléphonique truffés de parasites qui paraissent forcément plus effrayants qu'ils ne le sont. Bon Dieu ! il suffit qu'un étudiant du MIT passant un an à Vienne téléphone à un copain de Londres en utilisant l'expression « j'ai fait la bombe », en d'autres termes, je me suis pété la gueule à la bière, pour que ce soit le branle-bas de combat et qu'on nous tire du lit au beau milieu de la nuit.

Le directeur adjoint Morrison observait son patron sans rien dire, se demandant si Phillips se moquait vraiment de l'interception ou s'il cherchait à lui savonner la planche pour des raisons connues de lui seul. Comme le directeur avait approuvé la suggestion de Morrison d'avancer la réunion d'une heure un quart, peut-être couvrait-il seulement ses arrières. Pensait-il sincèrement que cette interception n'avait aucun sens ? Ou se donnait-il simplement des airs ?

– Euh, Hoyt, reprit calmement Morrison, je crois que cela mérite qu'on s'y arrête. La transcription parle d'une « cible », manifestement la Manhattan Bank. Ils parlent d'un « boulot » fait sans laisser de traces. Ils craignent qu'on ne remonte jusqu'à eux. Ils parlent de « faire tomber Wall Street »...

– Ce qui veut dire ? demanda le représentant de la DIA, Wayne Carter.

– Franchement, je ne sais pas s'il faut le prendre au sens propre ou figuré, admit Morrison. Mais ils font un parallèle avec le World Trade Center et Oklahoma City.

– Savons-nous qui parle? demanda Margaret O'Connor à Bob Halpern, le représentant de la NSA.

– Non. Le signal a retenu l'attention d'un de nos analystes à cause du code; ils n'en avaient encore jamais vu de semblable.

– En tout cas, on a au moins un nom là-dedans, dit Richard Jarvis, un opérationnel de la CIA. Le nom du terroriste, non? Heinrich Fürst? C'est déjà pas si mal.

– C'est un nom de code, répondit Morrison. Et cela ne correspond à aucun pseudo ou nom de code dans aucune de nos bases de données.

– Nom de Dieu! fit quelqu'un, dégoûté.

– Consonance allemande, suggéra Noah Willkie. Peut-être devrions-nous aller voir du côté des archives de la Stasi.

Après la chute du Mur, les fichiers de feu les services secrets est-allemands étaient tombés entre les mains des services occidentaux, notamment de la Bundesnachrichtendienst ou BND, les services secrets ouest-allemands. Les documents contenaient des renseignements sur les terroristes financés par les Allemands de l'Est.

– Bien, qui est le terroriste le plus intelligent en vie? demanda Margaret O'Connor à la cantonade.

– Carlos le chacal, ricana un des analystes de la CIA.

– Non, lui c'est le plus couillon, s'exclama un autre.

Carlos, le terroriste légendaire, Ilich Ramirez Sanchez de son vrai nom, avait participé à certains des attentats terroristes les plus horribles des années 70, mais, malgré sa réputation redoutable, c'était un opérateur apathique qui aimait trop et l'alcool et les femmes. Devenu obèse, il a vécu comme un animal traqué dans un appartement minable à Damas jusqu'en août 1994, quand les services français l'ont enlevé au Soudan pour le coller dans une cellule de la Santé.

– La question, dit Jarvis, est de savoir qui sont les terroristes les plus doués dont nous connaissions l'existence sans pouvoir les localiser.

– C'est bien là le problème, dit Morrison. Quels sont les terroristes dont nous connaissons l'existence? Les vraiment bons, ceux qui passent au travers des mailles du filet, nous n'avons pas forcément de dossiers sur eux. De toute façon, qu'est-ce qu'on entend par terroriste? Qui est un terroriste? Un poseur de bombe de l'IRA? Kadhafi? L'un des Abu... Abu Nidal, Abu Abbas, Abu Ibrahim? Ou un pays, comme la Syrie?

– Il s'agit manifestement d'un individu, de sexe masculin, dit O'Connor. Un mercenaire. Peut-être qu'un des génies de l'informatique de l'Agence pourrait faire cracher à Desist une liste des terroristes recensés, avec profils, etc.

— Une fois de plus, vous montez en ligne, dit Hoyt Phillips. Vous êtes tous prêts à engager des sommes colossales pour nous lancer aux trousses d'un... feu follet. Nous ne savons toujours pas si c'est du tangible.

Il y eut un long silence.

— Mais pouvons-nous courir le risque de nous tromper ? finit par dire Noah Willkie.

— Je crains de devoir être d'accord avec Noah, dit Morrison à son patron. Nous devons procéder comme si c'était du solide.

Phillips lâcha un long soupir exaspéré.

— Si, je dis bien *si* c'est le cas, j'exige que cette affaire ne sorte pas de cette pièce. Je ne veux pas que la Maison-Blanche parte en guerre. Je ne veux pas avoir le NSC sur le dos. Dès que la Maison-Blanche sera dessus, ce sera le bordel. Et là, bonjour l'amateurisme.

— Nous sommes les seuls ici en dehors de la NSA à être au courant, dit Paul Morrison.

— Eh bien ! que cela reste ainsi. Il ne faut pas que le contenu de cette interception, son existence même sortent de cette pièce. Rien, et je souligne *rien*, ne doit être mis sur Cactis.

Cactis (Community Automated Counterterrorism Intelligence System) était un réseau de communication sûr : un système de messagerie électronique sophistiquée entre la NSA, la CIA, le Département d'État, la DIA, et le reste de la communauté antiterroriste. Cactis avait été créé en avril 1994, pour remplacer l'ancien système, connu sous le nom de Flashboard. Bien entendu, il y a un « entrefer » complet entre Cactis et la base de données interne de la CIA, de sorte que les archives les plus sensibles de l'Agence sont inaccessibles de l'extérieur du bâtiment.

— Je ne suis toujours pas convaincu que nous ayons quelque chose de solide, poursuivit Phillips. Quand ce sera le cas, je serai ravi de créer un groupe de travail ou une chose de ce genre. Pour l'instant, je ne suis pas prêt à débloquer trop de ressources pour cette affaire, dit-il en joignant les mains. On s'en tient là.

— Et depuis quand êtes-vous chargé du dossier terrorisme ? demanda Bob Halpern, acide.

— Vous m'avez très bien compris, Bob. Je n'ai pas envie d'être dérangé toutes les cinq minutes par un crétin du NSC pas fichu de faire la différence entre un AK-47 et une sucette. Cela veut dire ni groupe de travail, ni rapport à vos agences respectives. Rien. On ne met rien par écrit. Rien, c'est clair ? Comme dit le proverbe, ne faisons pas une montagne d'une motte de terre, conclut-il en se levant.

21.

Environ une heure après la fin de la réunion, l'agent spécial Noah Willkie, l'homme du FBI affecté au Centre antiterrorisme, fumait une Camel Light dans la cour séparant l'ancien bâtiment de la CIA du nouveau. Il sursauta en entendant qu'on l'appelait. Se retournant, il eut la surprise de voir venir vers lui Paul Morrison, le directeur adjoint du Centre. Morrison ne fumait pas ; que faisait-il là ?

– Noah, votre idée à propos des archives de la Stasi m'a plu.

– La Stasi... oh oui ! merci.

– Vous semblez faire la même interprétation que moi de la transcription.

Noah Willkie fronça les sourcils, se demandant ce qu'il fallait entendre par là.

– En ce sens que nous avons peut-être affaire à un acte de terrorisme potentiellement grave, expliqua Morrison. J'ai également eu le sentiment que vous n'étiez pas d'accord avec le directeur pour ignorer la chose.

Willkie tira sur sa cigarette.

– Vous savez ce qu'on dit : le patron n'a peut-être pas toujours raison, mais il reste le patron.

Morrison acquiesça et garda le silence un instant.

– À propos, comment va Duke Taylor ? Cela fait un temps fou que je ne l'ai pas vu.

Perry « Duke » Taylor, le supérieur immédiat de Willkie au FBI, un des directeurs de la division renseignement, était à la tête de la section antiterrorisme du Bureau.

– Oh ! Duke va bien. Fidèle à lui-même.

– Son fils a réussi à entrer à l'université ?

– Il passe un an dans une école préparatoire. À Deerfield, je crois. Après il tentera de nouveau sa chance.

– Hum ! S'il a hérité des gènes de son père, il s'en sortira.

– Hum ! fit Willkie.

Il tira de nouveau sur sa cigarette en lorgnant Morrison du coin de l'œil.

– Je parie que Duke serait de votre avis pour ce truc de la NSA.

Nous y voilà, pensa Willkie.

– Certainement, répliqua-t-il sèchement. Si je le lui montrais. Mais j'ai bien entendu ce qu'a dit Hoyt.

– Mais avant tout, vous avez un devoir de loyauté vis-à-vis du Bureau.

– Ce n'est pas si simple. Je dois aussi respecter les procédures de l'Agence.

– Qui a dit que Hoyt représentait l'Agence ? gloussa Morrison. Tout dépend de quel point de vue on se place.

Willkie fronça de nouveau les sourcils.

– Ce qui veut dire...

– Mettons, dit Morrison avec un léger sourire énigmatique, que cette piste soit sérieuse et qu'une grosse bombe explose vraiment. Qui va se faire lyncher ? La CIA ? J'en doute. Si cela se passe sur le territoire national, c'est vous qui trinquerez, les gars, non ? On dira que, décidément, le FBI n'arrête pas de merder. D'abord Waco, puis le World Trade Center, Oklahoma City, et maintenant ça. Et mettons que le directeur du Bureau apprenne qu'un de ses agents était au courant mais ne lui a rien dit... (Il secoua la tête comme s'il refusait de songer à l'énormité des conséquences.) C'est à vous de voir.

Depuis sept mois que l'agent spécial Noah Willkie était détaché au Centre de l'antiterrorisme au QG de la CIA à Langley, il se rendait rarement sur son ancien territoire, le bâtiment J. Edgar Hoover entre la 9ᵉ et la 10ᵉ rue à Washington. La plus grande partie de son travail d'agent de liaison pouvait se faire par téléphone et par fax. La seule raison de retourner au bâtiment Hoover était la salle de gym au sous-sol qu'il ne fréquentait pas. Le QG du FBI ne lui manquait pas et, en plus, travailler à la CIA, l'usine à emmerdes dans le jargon maison, était une expérience nouvelle pour lui.

Malheureusement, il ne s'était pas passé grand-chose en sept mois. Le travail était sans intérêt, de la routine, de la bureaucratie pure et simple. La réunion de ce matin avait été différente. Malgré la volonté d'Hoyt Phillips, le directeur du Centre, de minimiser l'événement, Willkie savait qu'il se tramait quelque chose d'important. Et cette étrange rencontre avec Paul Morrison devant le nouveau QG... qu'est-ce que cela voulait dire ? Morrison le pressait manifestement de mettre Duke Taylor au courant, mais pourquoi ? Une lutte de pouvoir entre lui et son patron ? Laissait-il entendre que, quoi qu'ait dit Hoyt, la CIA explorerait secrètement cette piste dans une tentative de voler la vedette au FBI et aux autres ? Ou Morrison essayait-il seulement de refiler le boulot à risques au Bureau, en l'incitant à ouvrir l'enquête que la CIA se refusait d'entreprendre ?

Au lieu de passer son heure de déjeuner à faire du jogging autour du terrain de la CIA, Willkie alla rejoindre son patron Duke Taylor à Washington après l'avoir prévenu par téléphone.

Perry Taylor, la cinquantaine, n'était pas loin de la retraite, mais son allure le démentait. C'était un vrai bourreau de travail, passionné et exigeant. Et en même temps c'était l'une des personnes les plus affables et faciles à vivre que Willkie eût jamais rencontrées.

Beau dans le genre net et carré, Taylor était de taille moyenne, avec des cheveux gris coupés court et de petits yeux bruns derrière de grandes lunettes cerclées. Marié à son béguin de jeunesse depuis près de trente ans, il paraissait heureux en ménage.

Mais ce tableau idyllique à la Norman Rockwell avait viré en coulisse au cauchemar à la Hopper. Les proches et les collègues de Taylor savaient que, ne pouvant avoir d'enfant, sa femme et lui avaient d'abord adopté une ravissante petite fille qui était morte d'une rougeole à cinq ans. Ils avaient ensuite adopté un garçon de quatre ans qui leur avait empoisonné la vie en grandissant. Multipliant les problèmes avec la loi, d'une hostilité dépassant la rébellion habituelle des adolescents, drogué, il était un véritable objet de perplexité pour ses parents à la mentalité bourgeoise. Si Taylor évoquait sa vie de famille de temps à autre, il ne parlait jamais de ses problèmes au bureau. Chose que Noah Willkie respectait.

À son arrivée, il trouva Taylor attablé devant son habituel déjeuner spartiate : une salade, un petit pain, une canette de Fresca. Ce dernier l'accueillit chaleureusement, lui offrit un café et parla de choses et d'autres.

Willkie se rappelait avoir entendu dire que, si Hoover n'était pas ravi à l'idée de voir des agents noirs, il désapprouvait encore plus que ses employés boivent du café pendant les heures du bureau. Un jour, il était entré dans une telle rage en surprenant un agent sur le fait qu'il l'avait aussitôt fait muter à l'autre bout du pays.

Willkie résuma la réunion du matin et les remarques de Morrison. À la fin de l'exposé, Taylor garda le silence un long moment. Willkie remarqua alors la musique classique que diffusait en sourdine une radio posée sur le rebord de la fenêtre. Il jeta un coup d'œil aux plaques de récompense accrochées aux murs, à l'étagère de dictionnaires, à la chope en céramique du FBI revêtue du nom de Taylor, à une tasse à café sur laquelle on pouvait lire : « Quand est-ce qu'on s'amuse ? »

– Bon, j'imagine qu'il faudrait commencer par voir si le nom de Heinrich Fürst figure dans la base de données sur les terroristes. Dans la « générale » aussi.

– Exact, dit Willkie. Mais Paul Morrison dit qu'il l'a déjà fait, et vous savez que la leur est bien meilleure que la nôtre.

– Ça, c'est ce qu'ils disent, répondit Taylor en souriant. Mais si nous mettons nos meilleurs chercheurs dessus, disons Kendall ou Wendy, peut-être que nous trouverons quelque chose. N'oubliez pas que c'est la NSA qui *suppose* que ce nom s'orthographie comme ça, en se fondant sur la transcription d'une conversation. Il doit exister des centaines de façons différentes d'épeler ou de transcrire le même nom.

– Je ne serais pas aussi optimiste.

– D'accord. Aucune raison de l'être. Ensuite, on prend les profils de tous les terroristes connus au monde et on trouve un moyen de réduire la liste en éliminant ceux qui ne correspondent pas.

– Je pense qu'on peut éliminer les idéologues purs et durs. Les gens d'Abu Nidal. Le Hezbollah. Le FPLP. Le Sentier lumineux.

– Non, je ne crois pas que ce soit aussi simple. Au Sentier lumineux, ils sont peut-être maoïstes, mais ils sous-traitent aussi pour les trafiquants de drogue colombiens, non?

Willkie acquiesça.

– À l'heure actuelle, continua Taylor, tout le monde est à vendre. L'idéologie semble parfois ne jouer aucun rôle. Les seuls terroristes que nous puissions éliminer avec certitude, ce sont les morts ou ceux qui sont derrière les barreaux. Et cela nous laisse encore du champ, sans compter les terroristes dont nous n'avons encore jamais entendu parler, qui font leurs premières armes.

– C'est cette allusion au plus intelligent, objecta Willkie. On ne qualifie pas un néophyte de plus intelligent au monde. Et puis qui irait engager un néophyte? Selon moi, c'est quelqu'un qui a une carrière derrière lui. On n'a peut-être rien sur lui, mais il a forcément de l'expérience.

– Je vous l'accorde, dit Taylor en haussant les épaules. Mais cela ne nous avance guère. Alors prenons les choses dans l'autre sens. Partons de la cible. La Manhattan Bank.

– S'il s'agit vraiment de la cible. Il s'agit peut-être d'une cible parmi d'autres. Ou pas du tout d'une cible.

– Exact. Mais si nous faisions une recherche complète sur la banque et Elkind? Pour voir s'ils ont reçu des menaces. Vérifier les opérations internationales dans lesquelles la banque est impliquée. Voir si Elkind a des ennemis. Il peut en avoir qu'il ne soupçonne pas du tout. Réunir tout ce que nous avons là-dessus.

– Hé! À vous entendre, vous attendez de moi que je vous aide. J'ai déjà un job à plein temps. Vous vous souvenez? C'est vous qui m'avez désigné.

– Oh, mais je ne pensais pas à vous, Willkie. On a des tas de gens pour faire ce genre de travail. En revanche, vous pouvez nous tenir au courant, nous alerter si quelque chose d'intéressant survient. La CIA ne juge peut-être pas cela digne d'intérêt, mais ce sont des cons, de toute façon. Merci d'être venu m'en parler. Je dois admettre que je ne vais pas pleurer si nous attrapons cet enfoiré avant la CIA.

22.

Jared avait invité à dîner Colin Tolman, un de ses copains. Les deux gamins de huit ans étaient assis sur le tapis du salon au milieu de cartes de base-ball et de super-héros. La radio hurlait du techno-rap. Ils avaient tous les deux des casquettes des Red Sox vissées sur le crâne, visière en arrière. Celle de Jared était relevée. Il portait un jean et un T-shirt. Leurs sacs à dos Mighty Morphins Power Rangers étaient posés à côté d'eux. Ils avaient déjà vu le film deux fois. Mais rien n'est plus inconstant qu'un gamin de huit ans. Dans un mois, les Mighty Morphins seraient certainement au rancart, morts, du passé, comme disait Jared.

– Ça craint! hurla Jared à l'entrée de Sarah. Regarde, maman, j'ai un Frank Thomas. Ça vaut trois dollars cinquante, au bas mot!

– Tu pourrais couper ça, ou baisser au moins? Bonjour, Colin.

– Bonjour, Sarah, dit Colin, un petit blond grassouillet. Pardon. Bonjour, madame Cronin.

– Elle veut qu'on l'appelle Mme Cahill, précisa Jared en baissant la radio. Même moi je suis pas censé l'appeler Sarah. Maman, Colin a un classeur plein de Spiderman et de X-men.

– Génial, dit Sarah. Je ne sais même pas de quoi vous parlez. Toi aussi, Colin, tu collectionnes les cartes de base-ball?

– Non, fit Colin avec un petit sourire en coin. Personne ne les collectionne plus, sauf Jared. Maintenant la mode, c'est surtout les cartes de basket ou de super-héros.

– Je vois. Comment s'est passé ce dernier jour d'école?

– Jared s'est fait mettre à la porte de la classe.

– Non? Pourquoi?

– Parce qu'il riait, continua Colin, ravi.

– Quoi? fit Sarah.

– Ouais. Et c'est ta faute, pauvre cloche, s'écria Jared.

– C'est pas vrai, répliqua Colin en riant. Je t'ai rien fait faire, abruti.

– Hé! attention à ce que tu dis, lança Sarah.

– Allez, dis-le. Raconte-lui ce que tu as fait, abruti, reprit Jared.

– Jared arrête pas de donner des ordres à tout le monde. De nous dire ce qu'on doit faire et tout. Mme Irwin nous a demandé quel effet cela faisait à notre avis d'être vieux et j'ai dit que j'imaginais très bien Jared à cent ans dans son fauteuil roulant, bavant et tout, en train de donner des ordres à tout le monde en leur filant des coups de canne.

Sarah soupira, secoua la tête, ne sachant pas quoi répondre. Secrètement, cela ne lui déplaisait pas que Jared ait été envoyé chez le principal pour avoir ri, mais elle savait aussi qu'il ne fallait pas encourager ce genre d'attitude.

– Est-ce qu'on peut regarder la télé? demanda Jared.

Elle jeta un coup d'œil à sa montre.

– Un quart d'heure, pendant que je prépare le dîner.

– Cool.

– Top cool, corrigea Colin.

Après le dîner, Sarah monta dire bonne nuit à son fils. Il lisait la biographie de Satchel Paige, avec Huckleberry dans les bras. Cela ne lui arrivait plus que rarement de se blottir contre son ours, il laissait ça aux mômes.

– C'est une version expurgée?

– Non, une version pour adultes, dit-il en se replongeant dans sa lecture.

Il finit par lever les yeux vers elle.

– Oui?

– J'espère que je ne dérange pas Son Excellence. Je venais juste lui souhaiter une bonne nuit.

– Alors, bonne nuit, fit Jared en tendant une joue.

– Tu ne l'as pas déjà lu ce livre?

Jared la fixa sans rien dire.

– Si, et alors?

– Tout va bien?

– Oui, fit-il en se replongeant dans sa lecture.

– Tu me le dirais si ça n'allait pas, n'est-ce pas?

– Oui, fit-il sans lever le nez.

– C'est le week-end prochain, c'est ça? demanda Sarah, comprenant soudain.

Samedi était dans deux jours, ce qui voulait dire qu'il passait la journée avec son père.

Jared continua à lire comme s'il n'avait rien entendu.

– Tu es inquiet pour samedi.

Il leva les yeux.

– Non, je ne suis pas « inquiet » pour samedi.

– Mais tu ne meurs pas d'impatience.

– Non, fit-il d'une petite voix après un instant d'hésitation.

– Tu veux en parler?

– Pas vraiment, dit-il encore plus doucement.

– Tu ne veux pas que papa vienne ce week-end? Tu n'es pas obligé, tu le sais.

– Je sais. Enfin, je ne sais pas. Ça va. C'est juste que... Pourquoi est-il comme ça?

– Parce qu'il est comme ça. (Cela ne voulait rien dire, cela n'avançait à rien, et ils le savaient tous les deux.) On a tous nos points faibles, et papa...

– Oui, je sais. Il est comme ça. (Il retourna à son livre.) Mais ça m'exaspère.

23.

Le plus difficile dans le domaine de l'antiterrorisme, c'est peut-être de déterminer quelles pistes ignorer et lesquelles suivre. On est confronté à une masse énorme de renseignements, dont la plus grande partie est constituée de bruits, de parasites : conversation sur l'oreiller, télégrammes interceptés, rumeurs. Quatre-vingt-dix pour cent de cette masse est inutilisable.

Néanmoins, ignorer la bribe d'information pouvant se révéler cruciale peut avoir un coût incalculable. Tout professionnel du renseignement qui ne tient pas compte d'une piste débouchant sur un attentat peut être tenu responsable professionnellement, et moralement, de la mort d'un être humain... voire de cent mille.

Pour arriver là où il en était, Duke Taylor s'était appuyé sur de nombreuses compétences : son aptitude à s'entendre avec pratiquement tout le monde, ses grandes capacités intellectuelles (qu'il dissimulait souvent), ses talents de golfeur. Mais surtout il avait un instinct, et c'est ce qui faisait toute la différence entre un pro et un bureaucrate du renseignement.

Et son instinct lui soufflait que Noah Willkie avait raison et la CIA tort : un attentat terroriste important se préparait.

Peu après sa conversation avec Willkie, il convoqua deux de ses meilleurs lieutenants, Russell Ullman et Christine Vigiani, tous les deux analystes de l'antiterrorisme, pour les mettre au courant de l'interception de la NSA. Ullman, un grand blond costaud du Minnesota, la trentaine, était un analyste opérationnel. Spécialiste de l'exploitation des renseignements, Vigiani était une brune minuscule du genre introverti, un peu plus âgée. Ils l'écoutèrent en prenant force notes tous les deux.

– Pour des raisons sur lesquelles je ne m'étendrai pas, rien de ce que vous venez d'entendre ne doit sortir de cette pièce. Voilà pourquoi, une fois n'est pas coutume, je vous ai convoqués sans les chefs de section et d'unité. Je veux m'assurer que les gars de Fort Meade ajoutent quelques noms à leur liste de surveillance : Heinrich Fürst, et le dénommé Elkind. Russell, est-ce que vous pouvez faire une liste de tous les mots clés possibles ?

– Oui, mais comment allons-nous interroger la NSA si nous ne sommes pas censés être au courant ?

– Je m'en occupe, Russ. L'aspect diplomatique, c'est mon affaire. Vous autres, vous vous chargez du plus gros du travail. Chris, rassemblez tout ce que vous pouvez glaner sur Fürst. Demandez à Kendall ou à Wendy de procéder à une recherche informatique exhaustive. Wendy sera peut-être plus indiquée pour cela. Elle connaît les langues germaniques, les diverses orthographes, etc. Demandez à nos légats en Allemagne et en Autriche de prendre discrètement des contacts, de voir ce qu'ils peuvent trouver.

Les *legal attachés* ou légats du FBI sont des conseillers pour les affaires légales en poste auprès de seize ambassades américaines dans le monde entier. Ils échangent des renseignements avec les polices et les services secrets étrangers.

Vigiani hocha la tête et griffonna une note.

– On peut toujours essayer, dit-elle dubitative. Mais je suis sûre que ce n'est pas son vrai nom.

– Bon, voyez déjà ce que vous pouvez trouver. N'oubliez pas nos gens. Peut-être que quelqu'un sait quelque chose. Interrogez tous ceux qui sont susceptibles d'avoir entendu parler d'Elkind ou de la Manhattan Bank. Agents sur le terrain, transcripteurs, jusqu'au type qui surveille les voitures de service au bureau d'Albuquerque.

– Et comment suis-je censée opérer ? demanda Vigiani, sincèrement curieuse.

– Wendy, l'as de l'ordinateur, vous aidera. Il y a un paramètre de recherche caché qu'elle peut utiliser, avec mon autorisation. Elle vous expliquera. En deux mots, chaque fois que quelqu'un accède aux bases de données du Bureau, on en garde une trace dans les fichiers centraux, ce qu'il cherchait, etc. Bon et maintenant le plus important : je veux une pile de dossiers sur mon bureau demain matin... sur tous les suspects possibles.

– Vous plaisantez, dit Ullman.

– Mettez dessus le nombre de gens nécessaire, d'accord ? Je veux tous les suspects habituels, plus tous ceux qui sont dans le collimateur. Tous les terroristes fichés. Il faut ratisser large pour commencer.

– Eh bien ! s'exclama Ullman. Tous les terroristes vivants en d'autres termes.

– Tous ceux qui correspondent à ce mode opératoire. Sur mon bureau. Demain matin.

24.

Le mariage de Sarah avec Peter Cronin était une énigme qui ne faisait que s'épaissir avec le temps. Elle l'avait épousé pour une raison fort simple. Il l'avait mise enceinte. Soit, mais pourquoi avait-elle décidé de garder le bébé ? Pourquoi s'était-elle sentie obligée de l'épouser pour la simple raison qu'il l'avait engrossée ? Et, surtout, comment avait-elle pu être attirée par lui ?

Effectivement, ce blond viril et musclé au sourire éclatant avait un physique de star. Cela n'aurait pas dû retenir son attention plus de cinq minutes. Une fois qu'on le connaissait un peu mieux, il devenait évident qu'il était grossier, dominateur, un vrai rat. Mais il pouvait aussi avoir un charme fou lorsqu'il le voulait.

La première fois qu'il l'avait invitée à sortir après leur rencontre à l'occasion d'une mission mineure FBI-police, elle avait accepté tout de suite. Il est différent de moi, s'était-elle dit, mais justement cela tombe très bien. Elle était trop raffinée, une petite injection de jugeote bien terre à terre ne lui ferait pas de mal. Leur vie sexuelle avait été incroyablement excitante. Elle ne s'était jamais sentie aussi transportée. Ils se disputaient, le mâle violent et furibond refaisant surface, et ils se réconciliaient sur l'oreiller. Ce régime en dents de scie avait duré huit mois jusqu'à ce qu'elle ait un retard de quelques jours dans ses règles et qu'un test de grossesse acheté en pharmacie confirme ses soupçons.

Ils n'avaient même jamais évoqué l'éventualité d'un avortement ; ce n'était pas son genre. C'était la première fois qu'elle se retrouvait dans cette situation. Elle n'avait encore jamais eu l'occasion de mettre son code moral à l'épreuve.

Mais Peter voulait se marier et, bien que la voix de la raison ne cessât de hurler à Sarah de n'en rien faire, ils étaient passés peu après devant M. le maire. Ils s'installèrent ensemble, et ce fut comme si rien n'était arrivé. Leur relation resta tumultueuse, ils se bagarraient tout le temps, il avait toujours le chic pour la faire fondre en larmes.

Et, quelques mois après, il s'était mis à collectionner les aventures. D'abord ce fut la sœur d'un de ses collègues policiers, puis une secrétaire rencontrée dans un bar, les premières d'une longue série.

Au début, Sarah s'en était prise à elle-même. Elle n'avait rien d'une bonne épouse. Trop obsédée par sa carrière. C'est sûr, Peter travaillait tard, mais elle rentrait encore plus tard. Il ne lui était pas venu à l'esprit que si un homme travaille dur, on dit qu'il est ambitieux, mais que si une femme en fait autant, on dit qu'elle est négligente. Après une bagarre homérique, Peter avait promis de mettre un terme à ses activités hors programme. Sarah avait accepté ses excuses larmoyantes. Ils essaieraient de recoller les morceaux pour leur enfant à naître.

Un jour, à cinq heures du matin, enceinte de sept mois, Sarah rentra chez elle plus tôt que prévu, fourbue et rompue. Elle avait passé la nuit à surveiller un magasin de métaux précieux à Cranston, Rhode Island, qui blanchissait de l'argent pour le cartel de Medellín. Elle entra dans l'appartement sans faire de bruit pour ne pas réveiller Peter qu'elle trouva couché dans leur lit avec une autre.

Quelques semaines après qu'il eut déménagé, elle l'avait vu sortir d'un bar à tapas de Porter Square, bras dessus, bras dessous avec une femme différente.

Quelques mois après la naissance de Jared, Sarah avait accepté la mission en Allemagne, sautant sur l'occasion de s'éloigner de Boston avec son fils. Partir à l'étranger avec un bébé de trois mois n'avait rien de simple, mais c'était déjà plus facile que de risquer sans arrêt de croiser Peter en galante compagnie.

Le divorce avait été prononcé pendant son séjour en Allemagne. Toutefois, aux termes de l'ordonnance de garde, Sarah était tenue de résider dans la même ville que Peter. En 1991, elle était donc rentrée à Boston avec son fils de trois ans.

Peter s'était pris d'un soudain intérêt pour le petit garçon. Peter et elle restaient courtois l'un avec l'autre et se faisaient occasionnellement des faveurs, tout en se détestant comme seuls des divorcés peuvent le faire.

Peter ne semblait pas regretter d'avoir divorcé, mais cela ne l'empêchait pas d'être d'une jalousie pathologique. Dès qu'elle commençait à fréquenter un homme, il l'apprenait, faisait tout son possible pour provoquer une rupture, toujours sous prétexte de protéger Jared.

Elle avait eu quelques histoires sérieuses, mais chaque fois Peter ou ses collègues s'étaient ingéniés à harceler ou à menacer l'heureux élu. On le traquait, on venait l'interroger chez lui, on ne cessait de l'arrêter pour des infractions mineures au code de la route, de lui coller des contraventions. Cela ne favorisait pas vraiment la poursuite de la relation.

De toute façon, la plupart de ses flirts ne duraient pas. D'abord, les hommes n'avaient pas envie de sortir avec une femme encombrée d'un enfant. Mais de plus, elle s'était lancée à corps perdu dans sa carrière, rentrait à des heures impossibles, si bien que, lorsqu'elle rencontrait quelqu'un qui ne voyait pas d'inconvénient à ce qu'elle ait un enfant, elle n'était pas disponible. Si elle commençait à sortir avec l'homme en question, elle ne cessait d'annuler des rendez-vous à cause de son travail. Quand le type dont elle avait fini par se rapprocher prévoyait quelque chose de spécial, elle le décommandait généralement à la dernière minute. Et puis elle s'était durcie depuis son divorce. Elle était devenue autonome, peu encline à feindre la vulnérabilité, provocante même. Une femme n'ayant pas besoin d'un homme dans sa vie, parce qu'elle en avait déjà épousé un : et on connaissait le résultat. À quoi bon remettre ça ?

25.

Peu après le décollage du vol KLM de Paris, Baumann remarqua un homme à trois rangées de lui qui le fixait avec l'air de le reconnaître.

Ce visage lui disait quelque chose.

L'homme était grand et costaud. Des cheveux coupés court avec une raie, des yeux enfoncés. Un visage grassouillet, des joues flasques, qu'il avait déjà vus quelque part... mais où ? Il y avait longtemps. Une affaire désagréable. L'affaire de Madrid ?

Non.

Non. En fait, il n'avait jamais vu cet homme de sa vie. Maintenant il en était sûr. D'ailleurs, l'homme ne le fixait plus ; il cherchait manifestement à attirer le regard de quelqu'un d'autre, dans la rangée derrière lui.

Baumann souffla silencieusement, relâcha ses muscles et se laissa aller dans son siège. On étouffait dans cette cabine surchauffée. La sueur perlait sur une de ses tempes.

Une alerte. Il lui faudrait constamment rester sur ses gardes. Ce malabar lui avait rappelé un autre homme, dans un autre lieu ; la ressemblance était frappante. Fermant les yeux quelques secondes, il se retrouva dans une chambre d'hôtel glaciale de Madrid pour un après-midi ridiculement lumineux et chaud.

On avait mis les fenêtres de sa suite du Ritz à Madrid à l'épreuve des balles. On lui apportait chaque jour des fleurs et des fruits frais. Le salon était ovale ; tout était dans les tons crème, peinture, tapisserie, meubles.

Les quatre jeunes Basques étaient entrés dans la suite, engoncés dans leur costume-cravate : il fallait porter une cravate pour être admis dans l'hôtel, à l'époque. Leur chef était un homme énorme, corpulent et gauche, avec une coupe en brosse. Ils paraissaient impressionnés par Baumann qu'ils connaissaient pourtant sous un autre nom. Bien entendu, il s'était grimé et il n'ouvrit pas la bouche.

Ils ne verraient jamais son visage. La seule attitude qu'il consentit à afficher était un petit leurre ; bien que n'étant pas fumeur − il ne prendrait cette habitude que plus tard en prison −, il avait tenu à fumer des Ducados, la marque de cigarettes la plus vendue d'Espagne. Ils seraient incapables de déterminer sa nationalité.

Ils ne savaient rien de lui, mais il leur avait chaudement été recommandé par un intermédiaire, c'est pourquoi ils payaient ses services un quart de million de dollars. Pour 1973, c'était une somme très confortable. Ils avaient mis du temps à réunir leurs pesetas, économisant sou après sou, dévalisant des banques.

Dans l'intimité de la suite de l'hôtel, ils lui racontèrent leur histoire. C'étaient des séparatistes basques, qu'on pouvait considérer, selon son appartenance politique, comme des libérateurs, des militants ou encore des terroristes et ils faisaient partie de l'ETA. (En basque, c'était les initiales de Euskadi Ta Askatasuna, Pays basque et liberté.)

Ils venaient d'Irun, de Ségovie, de Palencia et de Carthagène. Ils méprisaient le régime du généralissime Francisco Franco qui opprimait leur peuple, leur interdisait de parler leur propre langue, et avait même fait exécuter certains de leurs prêtres pendant la guerre civile.

Ils réclamaient l'amnistie pour les quinze membres de l'ETA, étudiants et ouvriers, prisonniers politiques depuis les procès de Burgos en décembre 1970. Franco se mourait, il n'en finissait pas de mourir et, pour renverser son gouvernement honni, il n'y avait pas d'autre solution que d'assassiner son unique confident, son bras droit, l'amiral Luis Carrero Blanco. C'était le seul moyen de briser l'aura d'invincibilité du pouvoir.

Carrero Blanco, lui expliquèrent-ils, le Premier ministre, était considéré comme le successeur désigné de Franco, l'avenir du régime. Il incarnait le franquisme pur et dur ; il annonçait l'après-franquisme. Il était anticommuniste, antisémite, ultraconservateur. Ses sourcils broussailleux lui avaient valu le surnom d'Ogro, l'ogre.

L'ETA avait fait plusieurs tentatives maladroites pour éliminer Franco et Carrero Blanco. Après avoir vu *Le Jour du chacal*, un film relatant un complot fictif d'assassinat du général de Gaulle, les quatre jeunes Basques avaient eu l'idée d'engager un professionnel, un outsider dont on ne savait rien. En fait, ils étaient très conscients de ne pas avoir le choix s'ils voulaient que le travail soit fait.

D'où l'opération Ogro.

Baumann ne leur adressa pas la parole, pas une seule fois. Il communiqua avec eux au moyen d'une ardoise magique. Ils n'entendirent jamais le son de sa voix. Ils ne réussirent jamais à le filer, mais ce ne fut pas faute d'essayer.

On lui avait fourni dix volontaires de l'ETA pour l'assister, mais il s'occupa seul de la logistique. Il se prépara soigneusement pour le meurtre, se documenta minutieusement, comme à son habitude. Il apprit que tous les matins, à neuf heures, Carrero Blanco assistait à la messe dans une église jésuite du Barrio de Salamanca. Il étudia l'itinéraire du chauffeur de Carrero Blanco, nota le numéro d'immatriculation de sa Dodge Dart noire.

Il loua un appartement en sous-sol au 104 Calle Claudio Coello dans le Barrio de Salamanca, sur le trajet qu'empruntait Carrero Blanco pour se rendre à l'église, juste en face de l'édifice. Les volontaires de l'ETA creusèrent un tunnel de sept mètres de long et de soixante centimètres de hauteur, en forme de T, entre l'appartement et le milieu de la chaussée. Ils évacuèrent les gravats dans des sacs poubelle en plastique ; une quantité énorme. Creuser le tunnel fut un vrai travail de forçat. L'oxygène était rare et le sol émettait un gaz fétide qui leur donnait de violents maux de tête. De plus, ils vivaient dans la crainte que l'odeur ne se répande dans l'immeuble et alerte les voisins.

Cela avait pris huit jours. Pendant ce temps-là, un contact de l'ETA réussit à sortir du dépôt de poudre d'Hernani deux cents kilos d'explosif Goma 2 de forme tubulaire comme des saucisses de Pampelune. On plaça cinq paquets d'explosif dans des bidons de lait carrés à intervalles réguliers dans la barre du T du tunnel. Longtemps, Baumann chercha un moyen de s'assurer que l'explosion se ferait à la verticale ; il finit par résoudre le problème en bouchant le tunnel à l'aide de sacs de gravats.

La veille de l'assassinat, Baumann dîna seul de petites anguilles fraîches et de boudin noir qu'il fit glisser avec de l'Oruja. Le lendemain, le 20 décembre 1973, la Dodge Dart noire de Carrero Blanco s'engagea dans la Calle Claudio Coello. Baumann s'y trouvait, debout sur une échelle, déguisé en peintre en bâtiment. Lorsque le véhicule passa au-dessus du tunnel, Baumann appuya sur un détonateur électrique dissimulé dans un pot de peinture.

Il y eut une explosion étouffée, et la carcasse en flammes de la voiture fut catapultée au-dessus du toit de la mission jésuite de quatre étages pour atterrir sur la terrasse du premier étage sur l'autre façade. À l'enterrement de l'Ogro, des Madrilènes et des partisans de droite entonnèrent le *Cara al Sol*, le chant de la phalange.

Dès l'ouverture de l'enquête, Baumann balança par le biais d'un intermédiaire chacun des volontaires de l'ETA qui avaient creusé le tunnel. Les dix hommes moururent pendant l'« interrogatoire » énergique de la police. Baumann avait accompli la mission pour laquelle on l'avait engagé, et aucun des participants encore vivants du complot n'avait vu son visage.

Aujourd'hui, à Madrid, au 104 Calle Claudio Coello, les touristes peuvent encore voir l'immeuble plutôt minable d'aspect dans lequel Baumann avait loué un appartement au sous-sol. De l'autre côté de la rue, à l'endroit exact de l'assassinat, on peut lire gravé dans la pierre :

AQUI RINDIO SU ULTIMO SERVICIO
A LA PATRIA CON EL SACRIFICIO DE SU VIDA
VICTIMA DE UN VIL ATENTADO EL ALMIRANTE
LUIS CARRERO BLANCO
20 XII 1974

Quelques années après l'attentat, on publia un livre dans lequel les quatre leaders basques revendiquaient l'assassinat, en négligeant de mentionner qu'ils avaient engagé un professionnel. C'est Baumann lui-même qui avait suggéré cette version tronquée des faits. Non seulement c'était tout à la gloire du mouvement basque, mais cela lui permettait d'effacer ses propres traces. Personne n'avait besoin de savoir que l'ETA était un groupe d'empotés. Des rumeurs coururent, qui persistent encore aujourd'hui, selon lesquelles la CIA aurait apporté un soutien logistique aux Basques pour les aider à vaincre Franco. (En vérité, il n'avait pas fallu tant de logistique que ça.)

Au retour de Baumann à Wachthuis, le QG de la sûreté sud-africaine à Pretoria, on avait eu vent de son exploit. On n'arrêtait pas de raconter comment, du haut de ses deux mètres, H.J. Van der Bergh, le chef de la sûreté, avait réagi en apprenant ce qu'un de ses agents, Henrik Baumann, nom de code Zéro, venait de faire à Madrid. « Nom de Dieu! avait explosé Van der Bergh. Mais qui est ce Baumann? Un agent du renseignement? Mon cul. Plutôt le foutu prince des ténèbres, oui. »

26.

Le lendemain matin, à huit heures et demie pétantes, Duke Taylor arrivait à son bureau au QG du FBI à Washington. Il sursauta en trouvant Russell Ullman et Christine Vigiani assis en tailleur sur la moquette devant sa porte. Ils étaient entourés de trois hautes piles de chemises de couleurs différentes. Ils avaient l'air épuisés, débraillés. De grands cernes mauves gâtaient le teint normalement frais d'Ullman. Les yeux de Vigiani, généralement brûlants de concentration, étaient clos.

– Mon Dieu! À vous voir, on croirait que vous avez dormi tout habillés.

– Ouais..., râla Vigiani.

– La porte de votre bureau était fermée à clé, l'interrompit Ullman, la voix rauque. J'espère que ce n'est pas grave si nous avons empilé les dossiers ici.

Taylor jeta un nouveau regard admiratif aux trois piles.

– Eh bien! je ne pensais pas que vous alliez me prendre au pied de la lettre, s'exclama-t-il en ouvrant la porte. Quelqu'un veut du café?

– Commençons par les plus évidents, dit Ullman lorsqu'ils furent installés. Si on élimine tous ceux qui sont morts ou en prison, cela nous laisse surtout des Arabes. En outre, la plupart des terroristes les plus connus sont relativement âgés maintenant.

Taylor l'encouragea à poursuivre d'un signe de la tête.

– Ahmed Jabril, chef du commandement général du Front populaire de libération de la Palestine. Ancien capitaine dans l'armée syrienne. Baassiste. Palestinien de la ligne dure. Avec son groupe, il est responsable de...

– Jabril est un pion des services secrets syriens, l'interrompit Taylor. Continuez.

Les yeux clos, il écoutait, le dos calé dans son fauteuil. Vigiani et Ullman étaient assis sur des chaises prises en sandwich entre les piles de dossiers. Pendant qu'Ullman faisait son laïus, Vigiani feuilletait une liasse de chemises sur ses genoux en prenant des notes.

– Bien. Ensuite on a Abu Nidal, bien sûr. Nom de guerre de Sabri Khalil al-Banna, a rompu avec Arafat en 1974 pour fonder le Conseil révolutionnaire du Fatah. Brutal, brillant, le plus astucieux des opérateurs qui soit. On pense qu'il a tué un bon millier de gens, pour deux tiers des Palestiniens. Responsable d'attentats terroristes dans plus de vingt pays, dont le massacre de la synagogue d'Istanbul en 1986 et les attentats des aéroports de Rome et de Vienne en 1985. Jamais pris. A vécu un temps en Libye. Lui et son organisation sont basés à présent dans la plaine de la Beqaa. Vous saviez qu'on n'a pas de photo de lui?

Taylor acquiesça.

– Il appartient à cette race plutôt rare de terroristes, les idéologues purs et durs. Il ne loue jamais ses services. Continuez.

Christine Vigiani leva le nez de ses dossiers.

– En fait, il accepte de l'argent.

– Seulement pour éliminer quelqu'un qu'il veut tuer de toute façon, dit Ullman en lui lançant un regard profondément irrité. Quoi qu'il en soit, ça ne sent pas l'opération Abu Nidal. En revanche, Abu Ibrahim, alias Mohammed Al-Umari, a retenu mon attention. Chef

110

du groupe du 15 Mai. Spécialiste des détonateurs barométriques et du plastic. Peut-être le fabricant de bombes le plus compétent sur le plan technique. On a aussi Imad Mughniya, le cerveau du détournement de l'avion koweitien en 1988, qui est lié au Hezbollah.

– Le problème, dit Taylor en poussant un soupir, c'est qu'aucun d'entre eux ne peut passer pour un Allemand. Je ne vais pas les éliminer, mais je ne les retiendrai pas non plus. Chris, quels sont vos principaux suspects.

Vigiani se redressa sur sa chaise, but une grande gorgée de café et écarquilla les yeux.

– Je peux fumer ?

– J'aimerais mieux..., commença Ullman.

– D'accord, dit Taylor. Vous en avez probablement besoin.

Vigiani sortit un paquet de Marlboro, en alluma une, et inhala la fumée avec un plaisir évident. Russell Ullman la regarda avec répugnance et éloigna symboliquement sa chaise de quelques centimètres.

– Puisque nous parlons d'Arabes, je ne comprends pas pourquoi il n'a évoqué ni le Jihad islamique, ni le Hamas. Notamment le Hamas qui s'est vraiment fait remarquer récemment. Étant donné que Warren Elkind est un grand partisan d'Israël, on pense tout de suite au Hamas, et à la voiture piégée qu'ils ont fait exploser devant l'ambassade d'Israël à Londres en juillet 1994. Sans parler de l'attentat en Argentine qui a tué...

– Nous ne parlons pas d'Arabes, nous parlons de terroristes mercenaires, et aucune de ces organisations ne loue les services de ses membres, précisa Ullmann, excédé. Jusqu'à preuve du contraire, bien entendu.

Il y eut un silence lourd.

– On a un terroriste basque de l'ETA, enchaîna Vigiani, qui a travaillé pour le cartel de Medellín, mais c'était il y a un bon bout de temps. On le croit mort, mais les informations varient. Celui-là, je vais le suivre.

– Enfin ! ce type est mort ! coupa impatiemment Ullman.

Vigiani l'ignora.

– Et au départ, j'aurais cru que, dans l'aile provisoire de l'Armée républicaine irlandaise, nous allions trouver de bons candidats, mais aucun n'a le profil recherché. Aucun ne vend ses services, apparemment. Bien que tous le pourraient, selon moi. En outre, d'après les renseignements les plus récents, certains groupes protestants d'Irlande du Nord, l'Association pour la défense de l'Ulster et les Forces volontaires de l'Ulster, ont commencé à recourir à des mercenaires, des assassins payés, pour les opérations vraiment sérieuses. Je me suis pas embêtée avec ces connards d'Okbomb, dit-elle, utilisant le nom de code du Bureau pour Oklahoma City. Bien trop primitifs. Et voyons, on a aussi un Sud-Africain, mais il est en prison à vie à Pretoria ou à Johannesburg ou un truc dans le genre. Et en extrapolant un peu, on a aussi Frank Terpil, l'ancien de la CIA que Kadhafi a engagé pour former ses forces spéciales.

Taylor acquiesça, les yeux toujours clos.

— Son acolyte Ed Wilson purge une longue peine dans un pénitencier fédéral, continua Vigiani, mais Terpil court toujours. D'après son dossier, il a été impliqué dans des assassinats en Afrique et dans une tentative de coup d'État au Tchad en 1978. Il se cache quelque part, et pour ce que j'en sais, il est peut-être encore actif.

Taylor ouvrit les yeux et fronça les sourcils en contemplant le faux plafond isolé de son bureau.

— Peut-être.

Vigiani prit une note avant de poursuivre.

— Et tous ces anciens camps d'entraînement d'Allemagne de l'Est... c'est peut-être de l'histoire ancienne mais certains de ceux qui s'y sont entraînés sont probablement encore sur le marché. Le problème, c'est que nos données sur ces types sont plutôt maigres.

— Vous avez contacté les Allemands? demanda Taylor.

— C'est en cours, dit Ullman.

— Parfait. Je serais tenté de m'intéresser de plus près à ce Terpil et aux types entraînés en Allemagne de l'Est que l'on pourra repérer. Demandez à votre équipe de continuer à creuser. Chris, qu'est-ce que votre recherche a donné sur Warren Elkind?

Vigiani écrasa sa cigarette dans le grand cendrier en verre qu'elle avait pris sur le bureau de Taylor. Elle présenta une rapide biographie d'Elkind, soulignant son travail charitable pour Israël.

— À part cela, on n'a pas grand-chose, malheureusement. Un de nos agents à Boston vient juste de faire une recherche informatique exhaustive sur son compte.

— Vraiment? dit Taylor, intéressé. À quel service appartient-il?

— Crime organisé, je crois, et c'est une femme.

— Qui s'appelle?

— Cahill, je crois. Sarah Cahill.

— Je connais ce nom. Excellent travail sur Lockerbie. Une spécialiste de l'antiterrorisme. Je me demande bien pourquoi elle enquête sur Elkind. Hum. Il faut que je lui parle. Faites-la venir ici. En attendant, vous devriez rentrer chez vous dormir un peu.

27.

Le lendemain matin, après le passage de Peter, venu chercher Jared pour la journée, Sarah partit travailler tôt. Le samedi au bureau était devenu un rituel depuis que son ex-mari exerçait son droit de visite. De toute façon, elle avait une masse de travail à rattraper, et elle voulait explorer les pistes possibles pour l'assassin de Valerie.

Cela se révéla inutile.

À son arrivée au bureau, elle trouva un message de Teddy Williams sur sa messagerie vocale. Elle sauta dans sa voiture pour se rendre à la brigade criminelle.

– Qu'est-ce que tu as?

– Des traces de sang de la victime, dit Teddy.

– Sur quoi?

– Une veste que nous avons trouvée dans le placard géant d'un dénommé Sweet Bobby Higgins.

Sarah s'adossa au mur et ferma les yeux. Elle se sentit soudain prise de nausées.

– Sweet...?

– Sweet Bobby Higgins vit dans une grande maison à Malden avec pas moins de quatre épouses. Entre elles, elles s'appellent des belles-épouses. Trois sont sœurs, je crois. Chacune a les armoiries qu'il s'est choisies tatouées sous le nombril.

– Comme on marque le bétail. Qui est-ce?

– Un petit ami plus ou moins régulier de la mère maquerelle de ton amie Valerie. Un collecteur de fonds.

– Ça m'étonnerait.

– Valerie l'escroquait et la mère maquerelle le savait.

– Peut-être qu'elle le savait, mais je doute qu'elle ait envoyé un mac buter Valerie. On vous a rencardés?

– On était là-bas avec un mandat de perquisition de routine, fondé sur les relevés de téléphone de la mère maquerelle. C'est ton ex-mari qui l'a repérée. Une veste blanc et doré dont les manches semblaient souillées. En regardant de plus près, Peter a trouvé de minuscules gouttelettes comme des larmes allongées ou des virgules, d'une quinzaine de millimètres de long. Sweet Bobby n'avait pas vu de sang. Quand nous en avons trouvé, on aurait dit qu'il allait nous sauter dessus.

– Vous l'avez analysé?

– Cela correspond pile au sang de Val. Et ne va pas t'imaginer que c'est un coup monté. De toute façon, il n'a pas d'alibi. Il est foireux comme c'est pas permis, ce type.

– Est-ce qu'il nie que la veste lui appartienne ?

Ted eut un gros rire.

– Il aurait du mal. J'ai rarement vu veste plus moche.

– Test balistique ?

– Sweet Bobby a un Glock. Cela correspond aux balles de 9 mm qui ont tué Valerie Santoro.

– Et tu penses que ça suffit pour boucler l'affaire ? Que t'a dit le service balistique ?

– Ils ont trouvé une correspondance.

Elle secoua la tête.

– Enfin ! Les Glocks n'ont pas d'âme ! Une correspondance balistique ne peut pas être considérée comme sûre, en l'occurrence. Mais si vous tenez à dire que Sweet Bobby est le coupable, ne vous gênez pas. C'est votre problème. Je m'en fiche et, en ce qui me concerne, plus vous coffrerez de maquereaux, mieux ce sera.

– Dégradants pour la gent féminine, c'est ça ?

– Ce sont des ordures, c'est tout. Vous avez intérêt à prier pour que son avocat n'ait pas l'astuce de vous coincer sur le Glock, sinon l'affaire sera classée sans suite. Vous n'avez toujours pas de témoins ?

– Il a un casier, ce mec.

– Oui, et si vous n'augmentez pas votre taux d'élucidation, vous vous retrouverez tous les deux aux vols de voitures. Pas la peine de monter sur tes grands chevaux avec moi, Ted. Je m'en contrefiche. Félicitations.

En fin d'après-midi, Sarah traversait Cambridge pour rentrer chez elle lorsqu'elle aperçut Peter et Jared sur un terrain de sport. Leurs jeans et leurs T-shirts souillés de boue, ils se lançaient un ballon de football américain. Il venait juste de se mettre à pleuvoir. Peter faisait de grands moulinets avec les bras ; Jared avait l'air minuscule et maladroit. Il lui adressa un signe enthousiaste de la main en la voyant descendre de la voiture.

Peter se retourna et leva le pouce pour signaler que tout allait bien.

– Tu es en avance, lui cria-t-il.

– Ça vous dérange si je vous regarde un peu ?

– D'accord, maman, répondit Jared. Papa est juste en train de me montrer comment on fait des passes.

– Un dégagement, maintenant, expliqua-t-il à Jared. Tu cours cinq mètres droit devant toi, tu vires à quarante-cinq degrés, et tu cours encore cinq mètres, d'accord ?

– Tout droit et ensuite à droite ? demanda Jared d'une petite voix flûtée.

– Go! hurla soudain Peter.

Jared se mit à courir. Peter hésita, puis lança le ballon que Jared rattrapa. Sarah sourit.

– Non! J'ai dit un dégagement, t'es sourd ou quoi? T'es censé virer sec. Tu fais un dégagement comme une passe avant.

– Je sais même plus ce que c'est qu'une passe avant.

– Tu cours droit devant toi, le plus vite possible, et je l'envoie par-dessus ta tête. Pour un dégagement, tu vires à droite, d'accord?

Jared revint vers son père en courant.

– Peut-être, mais je l'ai rattrapé!

– Enfin, Jerry, tu n'es même pas fichu de rattraper le ballon comme il faut. Tu te sers seulement de tes mains. Faut que tu le bloques. Faut que tu te jettes dessus.

– Je ne veux pas que ça me fasse mal.

– Joue pas les poules mouillées, tu veux! Ne viens pas me dire que le ballon te fait peur! Allez, essaie encore. Go!

Jared se mit à courir, puis vira à droite, en dérapant un peu dans la boue.

– Bloque-le avec la poitrine, rugit Peter en lançant le ballon qui traça un arc parfait. Avec la poitrine. Avec la...

Jared fit un pas de côté, le ballon lui échappa et retomba mollement dans l'herbe. Se penchant pour le ramasser, Jared glissa et s'étala de tout son long.

– Nom de Dieu! s'écria Peter, dégoûté. Le ballon ne va pas te mordre. Place ton corps devant le ballon, bordel! Il va pas te mordre!

– J'ai...

– Place les deux mains sur le ballon.

Frustré, Jared se remit debout et revint vers son père en courant.

– Écoute, Jerry, dit Peter d'une voix plus douce. Il faut que tu le bloques avec ton corps. Bien, on va essayer autre chose. Tu cours dix mètres, puis tu te retournes. Le ballon sera là. Compris?

– Compris, répondit Jared d'une voix maussade, tête baissée.

Se demandant si sa présence ne le gênait pas, Sarah décida de partir.

– OK! On y va! cria Peter.

Jared démarra, accélérant progressivement. Peter lança le ballon loin et vite, un vrai boulet de canon. Jared se retourna et reçut le ballon dans l'estomac. Sarah entendit le *ouff* de l'air expulsé par le choc. Plié en deux, Jared s'effondra par terre.

– Jared! s'écria Sarah.

Peter eut un gros rire.

– Eh bien, mon petit gars, on peut dire que tu te l'es pris dans le bide. Il en a eu le souffle coupé, t'as vu ça, Sarah? C'est rien.

Jared se remit debout tant bien que mal, rouge comme une écrevisse. Ses joues ruisselaient de larmes.

– Bon Dieu, papa! Pourquoi t'as fait ça?

– Moi, j'ai fait quelque chose? s'écria Peter en se remettant à rire. Je t'ai dit de le bloquer avec la poitrine. T'avais l'air d'un vrai clown. T'as envie d'apprendre, oui ou non?

– Non, hurla Jared. J'ai horreur de ça, ajouta-t-il en se dirigeant cahin-caha vers Sarah.

– Peter!

Sarah courut vers son fils, se coinça le talon gauche dans des mauvaises herbes, trébucha et tomba à genoux dans la boue.

Lorsqu'elle se releva, Jared lui sauta au cou.

– Je le déteste, sanglotait-il contre son chemisier. C'est un sale con, maman, je le déteste.

– Tu t'es drôlement bien débrouillé là-bas, chéri.

– Je le déteste. Je le déteste. Je ne veux plus qu'il vienne me chercher.

Peter s'approcha, la mâchoire serrée.

– Écoute, Jerry. Je ne veux pas que tu aies peur du ballon. Si tu t'y prends bien, tu ne peux pas te faire mal.

– Fous le camp d'ici, explosa Sarah, le cœur battant.

Elle serra Jared si fort contre elle qu'il poussa un cri de douleur.

– Bon Dieu! s'exclama Peter. Regarde ce que tu lui fais.

– Fous le camp d'ici.

– T'es qu'un sale con, cria Jared à son père. Je ne veux plus jouer au football avec toi. Jamais. T'es qu'un sale con.

– Jerry, dit Peter d'une voix cajoleuse.

– Va te faire foutre, papa! répliqua Jared d'une voix tremblante avant de tourner des talons.

– Jared!

– Je rentre, maman.

Quelques minutes plus tard, Sarah et Peter se retrouvaient au bord du terrain sous le crachin. Ses cheveux blonds étaient ébouriffés, son sweat-shirt souillé de boue. Dans son jean délavé, il avait l'air aussi mince et soigné que jamais. Il n'avait jamais eu l'air aussi séduisant et elle ne l'avait jamais autant détesté.

– J'ai parlé avec Teddy.

– Ouais?

– Il m'a dit pour Sweet Bobby machinchose.

– Et alors, tu es surprise qu'on ait coincé le tueur de ta pute aussi vite?

– Non. Je pense juste que vous n'avez pas arrêté le bon.

– Enfin, Sarah, on a du sang sur les vêtements du mec, qu'est-ce qu'il te...

116

– Vous avez suffisamment de preuves pour le boucler. Je pense simplement qu'il n'est pas le tueur.

Peter secoua la tête en souriant.

– Comme tu voudras. Cela ne t'ennuie pas que je me serve de ta douche ? Pour pouvoir me changer ? Jared et moi, on va dîner dehors. Hilltop Steak House.

– Je ne pense pas que Jared soit d'attaque.

– Il reste avec moi jusqu'à ce soir, n'oublie pas.

– C'est lui qui choisit, Peter. Et je ne crois pas qu'il ait envie de t'accompagner au Hilltop ce soir. Désolée.

– Il faut que ce gosse apprenne à se défendre, à être autonome, dit-il doucement.

– Bon Dieu ! Peter, il a huit ans. C'est un enfant !

– Un garçon, Sarah. Avec un grand potentiel. Il a juste besoin d'un peu de discipline, c'est tout, reprit-il sur un ton presque suppliant. Joey Gamache était un poids léger, mais ça ne l'a pas empêché de devenir un champion du monde. Si tu veux mettre KO Floyd Patterson, Marvin Hagler, ou Mike Tyson, il faut que tu apprennes à encaisser. Tu cherches à en faire une mauviette. Jerry a besoin d'un père.

– Tu n'es pas un père, mais un adversaire, riposta Sarah méchamment. Des boulets de canon dans les côtes. Des crochets dans la mâchoire. Tu es brutal, voilà ce que tu es, et je ne le permettrai pas. Je ne te laisserai plus traiter mon fils comme ça.

– Mon fils, ricana Peter.

Il y eut un silence.

– Écoute, facilite-nous les choses. Rentre chez toi. Jared n'a pas envie de sortir avec toi ce soir.

– Ce môme a besoin d'un père, insista Peter.

– Ouais. Seulement il n'est pas prouvé que tu fasses l'affaire.

28.

À quatre heures et des poussières, le coursier du bureau, un Noir grassouillet d'âge moyen, posa une petite enveloppe jaune matelassée d'environ dix centimètres sur douze dans la corbeille de Sarah.

– Ça vient d'arriver. Urgent.

– Merci, Sammy.

L'enveloppe portait l'adresse du MIT.

Sarah sortit la bande de l'enveloppe et la mit dans le magnétophone.

Les voix étaient indistinctes, aussi lointaines que si elles provenaient d'un tunnel balayé par le vent. Même sur l'appareil le plus perfectionné que Sarah put arracher aux services audio, la qualité acoustique de l'enregistrement restait désespérément mauvaise. Mais une fois qu'on y était habitué, on parvenait à comprendre ce qui se disait.

Concentré, sourcils froncés, se caressant distraitement la barbe avec son petit doigt, Will Phelan était assis à la table de conférence à côté de Ken, qui écoutait, les yeux clos, calé dans sa chaise, bras croisés sur son ventre rebondi.

Sarah fournissait les sous-titres.

– Celui-là, c'est juste un appel de relance ordinaire.

Une voix masculine. L'homme disait appartenir aux services des cartes de crédit et laissait un numéro vert. C'était suivi d'un bip, puis la voix féminine synthétisée du dateur annonçait : « Lundi, seize heures douze. »

– Bien, dit Sarah. Écoutez.

Une autre voix d'homme. Si la première avait l'air perdue dans un ouragan électronique, celle-là semblait littéralement rebondir sur des vagues de parasites.

« Maîtresse ? C'est Warren. » Une vague de parasites.

« ... Le Four Seasons ce soir à huit heures. Chambre 722. Je bande depuis des jours en pensant à toi. J'ai été obligé de me masturber dans les toilettes de l'avion. Ce doit être en infraction avec les lois aériennes. Il va falloir me punir. »

Phelan haussa les sourcils et se tourna vers Ken qui semblait au bord de l'éclat de rire.

Un bip. Puis la voix du dateur annonça : « Lundi, dix-sept heures vingt. »

Phelan s'éclaircit la gorge.

– D'accord, vous avez...

– Attendez, dit Sarah. Encore un.

Vagues de parasites. La voix suivante était masculine, haut perchée, avec un accent anglais. La liaison, lointaine, s'interrompait toutes les trois secondes.

« Valerie, ici Simon. Bonsoir. » Voix lente, délibérée, flegmatique. « Votre ami est au Four Seasons, chambre 722. Vous cherchez un petit objet rond et plat qui ressemble à un CD... »

Une pause, puis « ... doré. Peut-être dans une pochette. Mais sans aucun doute rangé dans sa serviette ». Vague de parasites. « Une camionnette vous attendra au coin de la rue de l'hôtel ce soir. Vous apporterez la disquette à la camionnette et vous attendrez qu'on la copie. Puis vous irez la rendre à la réception. Vous leur direz que vous l'avez trouvée. À votre retour chez vous, vous recevrez vers minuit la visite d'un ami qui vous donnera le reste de ce que nous sommes convenus. Au revoir. »

Un bip, puis la voix synthétisée : « Lundi, six heures cinq. »
Sarah arrêta la bande et regarda les deux hommes.

– C'est recevable ? demanda Phelan.

– Et comment ! dit Ken. Bruce Gelman croule sous les accréditations, de toute façon.

– C'est d'un genre de CD-ROM qu'ils parlent ? demanda Phelan.

– Probablement, répondit Sarah. En l'occurrence, avec ce que nous avons... les cinq mille dollars coupés en deux, le vol d'une disquette... nous n'avons pas affaire au meurtre banal d'une prostituée par un maquereau. C'est un coup monté plutôt élaboré, je dirais.

Phelan hocha la tête, pensif.

– Par qui et pourquoi ?

– Ma théorie est que Warren Elkind s'est fait piéger. Cet Elkind a quelque chose ou a accès à quelque chose, quelque chose ayant un lien avec l'informatique, qui a une grande valeur pour des gens ne manquant pas de ressources.

Sarah éjecta la bande et la fit tourner entre ses mains.

Phelan poussa un long soupir.

– Il y a quelque chose là-dedans, c'est sûr. Mais cela ne suffit pas pour continuer. Qu'est-ce que la recherche de fichiers interagences a donné ?

Sarah expliqua que le nom d'Elkind était sorti exactement cent vingt-trois fois. Les renseignements étaient arrivés par fax et non par lettre, parce que Phelan avait eu la bonne idée de préciser que c'était urgent. La plupart des références à Elkind étaient à jeter au panier, des « conversations surprises » dans le jargon de la communauté du renseignement. Un larbin de la CIA à Djakarta avait entendu citer son nom à propos d'un accord bancaire important avec le gouvernement indonésien. Un employé des services de renseignement de l'armée américaine à Tel-Aviv avait entendu une rumeur (fausse) selon laquelle il aurait accepté un pot-de-vin d'un ministre israélien. On avait raconté à un autre qu'il avait graissé la patte d'un membre du gouvernement israélien. Des conneries.

Le téléphone posé sur une table près du mur sonna. Ken se leva pour aller répondre.

– Je serais tenté de laisser Elkind hors du coup, dit Phelan.

– C'est pour toi, Sarah, dit Ken.

– Oui ?

– Agent Cahill ? Duke Taylor du QG à l'appareil.

– Oui, dit-elle, le cœur battant.

Il fallait que ce soit sérieux.

– Combien de temps vous faut-il pour boucler vos valises et sauter dans le premier avion pour Washington ? Il faut que je vous voie sur-le-champ.

TROISIÈME PARTIE

CLÉS

Soyez discret au point d'être invisible ; mystérieux au point d'être inexistant. Vous serez ainsi le maître du destin de l'adversaire.

Sun Tzu, *L'Art de la guerre.*

29.

« *Goedenavond, Mijnheer* », dit le petit homme corpulent en se levant à demi pour accueillir Baumann au Hoppe, un *bruine krogen* célèbre. Ces « cafés bruns », typiques d'Amsterdam, doivent leur nom à leurs murs et à leurs plafonds jaunis par la fumée du tabac. Endroit bruyant et bondé, faiblement éclairé, celui-là se trouvait sur la Spui, en plein quartier universitaire.

« Bonsoir », répondit Baumann en évaluant du regard le dénommé Jan Willem Van den Vondel, plus connu sous le surnom de Sac d'os, probablement à cause de sa corpulence.

Ancien mercenaire, Sac d'os avait œuvré au Moyen-Orient et en Afrique sous une incroyable diversité de noms d'emprunt. Il avait fait partie des redoutés *affreux*, ces soldats travaillant à leur compte qui aidaient des dictateurs à se maintenir au pouvoir en Afrique et en Asie. Dans les années 60 et 70, il était intervenu au Congo belge (actuelle République démocratique du Congo, et ex-Zaïre), en Angola à l'époque où le pays était encore une colonie portugaise, en Rhodésie blanche avant qu'elle ne devienne le Zimbabwe, au Yémen sous l'ancienne monarchie et en Iran sous le chah. En 1977, il avait participé à la tentative de renversement avortée du gouvernement marxiste du Bénin, un petit pays de l'Afrique occidentale. Un an plus tard, il avait aidé Ahmed Abdallah à s'emparer de la présidence des Comores, archipel au large de la côte sud-est de l'Afrique. Dix ans plus tard, plusieurs de ses employés, gardes du corps du président Abdallah, devaient assassiner l'homme qu'ils avaient conduit au pouvoir.

Van den Vondel, homme à l'hygiène douteuse et à l'odeur désagréable, avait un aspect assez répugnant. Il avait des oreilles en chou-fleur et de mauvaises dents, tachées par son habitude de chiquer.

Cela ne l'avait pas empêché de devenir un des meilleurs faussaires du milieu. Il avait accepté de rencontrer Baumann sur la simple recommandation d'un ami commun, un ancien mercenaire habitant à présent Marseille que Baumann avait engagé pour exécuter une sale besogne à Ostende une dizaine d'années plus tôt. Le Français qui avait travaillé pour Sac d'os au Congo belge connaissait seulement Baumann sous l'identité de Sidney Lerner, riche Américain, une couverture que le Sud-Africain s'était donné beaucoup de mal à créer.

« Sidney Lerner » était censé être l'un de ces milliers de *sayanim* du Mossad, ces volontaires qui aidaient les services secrets israéliens par loyauté envers Israël. Un *sayan* (assistant en hébreu) doit être juif à cent pour cent, mais pas citoyen israélien ; en fait, les sayanim sont toujours des juifs de la diaspora ayant parfois de la famille en Israël. Aux États-Unis, on en compte quelque cinquante mille. Un médecin sayan, par exemple, soignera une blessure par balle d'un agent du Mossad sans le signaler aux autorités. Un sayan peut refuser une mission, cela leur arrive souvent, mais on sait qu'il ne trahira jamais un agent du Mossad.

Comme Baumann s'y était attendu, le faussaire avait demandé à leur ami commun pourquoi diable Sidney Lerner ne se procurait pas ses faux papiers auprès de son *katsa*, son correspondant au Mossad. Il avait ses raisons, avait répondu le mercenaire sans préciser. Ça t'intéresse ou non ? Cela intéressait Sac d'os.

Baumann en vint directement au fait.

– J'ai besoin de trois séries complètes de documents.

Le faussaire plissa les yeux.

– Belges ?

– Américains et britanniques.

– Passeports, permis de conduire, etc. ?

Baumann acquiesça et but une gorgée de bière.

– Mais monsieur Lerner, cela revient bien moins cher de les faire faire à New York ou à Londres.

– La rapidité a beaucoup plus d'importance que le prix pour moi, expliqua Baumann.

Le faussaire lui adressa un grand sourire grisâtre. C'était de la musique douce pour ses oreilles en chou-fleur.

– Dites-moi, monsieur Lerner, quels sont vos impératifs de temps ?

– Il me les faut pour demain soir.

Van den Vondel éclata de rire, comme s'il n'avait jamais entendu meilleure blague.

124

– Oh, mon Dieu ! hoqueta-t-il entre deux gloussements. Autant me demander de devenir le roi d'Angleterre.

Baumann se leva.

– Je suis désolé que nous ne puissions faire affaire.

Le rire du faussaire s'éteignit aussitôt.

– Monsieur Lerner, s'empressa-t-il de dire, ce que vous demandez est absolument irréaliste. Impossible. Tout le monde vous le dira. À moins que vous n'ayez le malheur de vous entendre avec un faussaire à la petite semaine dont le travail vous mettra les autorités américaines ou anglaises aux trousses en deux temps, trois mouvements. Je suis un artisan, monsieur Lerner. Je fournis un travail de tout premier ordre. De bien meilleure qualité que l'authentique, pourrais-je ajouter.

Baumann se rassit.

– Combien de temps vous faut-il ?

– Tout dépend de ce que vous voulez exactement. Les documents anglais ne posent aucun problème. En revanche, les américains... c'est un défi de taille.

– C'est ce que j'ai cru comprendre.

– En avril 1993, expliqua Sac d'os, le gouvernement américain a commencé à fabriquer des passeports revêtus de ce que l'on appelle un cinégramme, ce qui ressemble à un hologramme, si vous voyez ce que je veux dire.

Baumann hocha la tête d'un air impatient en fermant les yeux.

– Il fait partie du stratifié sur la page d'identité. À la lumière, on voit deux images différentes se superposer. Nous n'avons pas encore trouvé de méthode satisfaisante pour le copier, mais cela ne devrait pas tarder. Heureusement, les passeports américains ancienne mouture sont encore en circulation. Ils sont beaucoup plus simples à reproduire. Mais encore assez difficiles. Pour fabriquer un passeport neuf, il faut pouvoir se procurer le papier ou, mieux encore, les carnets qu'utilise le gouvernement. Cela exige aussi l'équipement ad hoc, qui est strictement contrôlé, difficile à obtenir et extrêmement coûteux...

– Et cela prend du temps, j'imagine.

– Effectivement. Du fait de vos délais, la contrefaçon est à exclure. La seule solution est de maquiller un passeport valide.

– Je connais le procédé, dit Baumann avec un petit sourire.

Il tira le passeport de Summer Robinson de sa poche, l'ouvrit et le montra au faussaire, en couvrant le nom avec son pouce.

– Vous avez engagé un amateur, fit l'autre, désapprobateur.

Baumann acquiesça.

– C'est du travail grossier. Vous avez eu de la chance de ne pas vous faire pincer avec un truc pareil. Vous n'avez pas intérêt à le réutiliser.

Baumann écouta sans broncher cette critique de ses talents de faussaire.

– C'est la raison de ma présence ici. Je ne doute pas une seconde que vous ferez du bien meilleur travail. Mais comment pouvez-vous garantir qu'un passeport volé ne sera pas signalé et placé sur la liste de surveillance des ordinateurs de tous les ports d'arrivée américains ? Le seul moyen serait de trouver un passeport appartenant à un ressortissant qui, ne s'en servant jamais, ne remarquerait donc pas son absence.

– Exactement, monsieur Lerner. Le réseau dont je dispose possède les noms et adresses d'Américains vivant à l'étranger, en Belgique, aux Pays-Bas, au Luxembourg et autres. Des Américains détenteurs de passeport qui voyagent rarement.

– Bien, dit Baumann.

Les deux hommes négocièrent un prix, assez élevé du fait de la quantité de personnel nécessaire, dont le petit groupe de spécialistes de l'effraction qui réclameraient leur part.

Au moment de prendre congé, Baumann ajouta, comme songeant in extremis à un dernier détail :

– Oh, et pendant que vous y êtes, tâchez de leur demander un assortiment de cartes de crédit. Visa, Mastercard, American Express, etc.

– Des cartes de crédit ? répondit Van den Vondel, l'air dubitatif. Les passeports rarement utilisés sont une chose. Mais les cartes de crédit. On remarque toujours qu'on ne les a plus. On les annulerait immédiatement.

– Exact. Mais cela ne fait pas de différence pour moi, dit Baumann en serrant la main moite et huileuse du faussaire. À demain soir, donc.

30.

Une fois son affaire conclue avec le faussaire, Baumann prit un taxi pour l'aéroport de Shipol, loua une Mercedes dans une agence restant ouverte toute la nuit et suivit la direction de la frontière belge. Il était épuisé, il aurait eu besoin d'une bonne nuit de sommeil, mais il y avait une certaine logique à ce voyage nocturne. La distance entre Amsterdam et Liège n'est que de deux cents kilomètres, quelques heures en voiture. Après minuit, les routes étaient désertes et le trajet fut rapide. Cela prenait moins de temps que de prendre l'avion jusqu'à Bruxelles, puis de faire la route jusqu'à Liège. Et Baumann voulait arriver aux petites heures de la matinée.

Quelques coups de fil à des transporteurs d'armement clandestins du port d'Anvers lui avaient permis d'obtenir le nom d'un trafiquant installé depuis des années dans un village au sud de Liège. Selon ses sources, le dénommé Charreyron était tout indiqué pour le travail qu'il voulait lui confier.

Historiquement, la Belgique a toujours été le plus grand fabricant et marchand d'armes d'Europe. Elle exporte quatre-vingt-dix pour cent de sa production. Au confluent de la Meuse et de l'Ourthe, troisième port fluvial d'Europe, Liège est depuis le Moyen Âge la capitale de cette industrie au cœur de la sidérurgie belge.

En 1889, décidant que son armée avait besoin d'un unique fournisseur fiable pour le Mauser Modèle 1888, le gouvernement belge fonda à Liège la Fabrique nationale d'armes de guerre. Dix ans après, la Fabrique se mit à produire des Brownings, qu'elle fabrique encore à ce jour, ainsi que des fusils et des mitrailleuses. (C'est avec ces fusils que Fidel Castro a pris le pouvoir à Cuba.) De ce fait, plusieurs marchands d'armes portatives se sont installés autour de Liège au cours de la première moitié du XXe siècle, certains arrondissant leurs fins de mois en donnant dans la clandestinité.

À quatre heures du matin, Baumann arrivait à Liège. Il faisait encore nuit noire. Épuisé, il réfléchit à ce qu'il avait de mieux à faire.

Il pouvait se rendre place Saint-Lambert pour se reconstituer avec un café bien tassé et lire la presse. Ou bien se garer dans un endroit calme et attendre que les premières lueurs de l'aube le réveillent.

Il décida de ne pas entrer en ville. En conduisant, il se surprit à se perdre dans ses pensées. La campagne nimbée d'obscurité lui rappelait le Transvaal occidental de son enfance.

Sa petite ville natale avait été fondée au début du XIXe siècle par des *voortrekkers*, des pionniers. Elle était très rapidement devenue une *plakkie-dorp*, une ville de planches. Dans son enfance, elle se composait de fermes hollandaises et de *rondavels* aux toits de chaume. Entourée d'arbres à pain, la ferme de ses parents se trouvait au pied du Magaliesberg, à quarante kilomètres de Pretoria.

Il s'était initié à la chasse dans le bush voisin qui grouillait de bêtes sauvages et de springboks, le gibier idéal. Il avait passé seul son enfance et son adolescence, préférant la solitude à la compagnie des autres enfants qui l'ennuyaient. Lorsqu'il ne chassait pas, ne marchait pas, ne ramassait pas de spécimens de roches et de plantes, il lisait. Il n'avait ni frère ni sœur : ses parents boers avaient tenté à plusieurs reprises d'avoir d'autres enfants, mais la succession de fausses couches les avait vite convaincus que sa mère était incapable d'y arriver.

Son père, un producteur de tabac qui avait vendu sa ferme à la Magaliesberg Tobacco Corporation, la coopérative propriétaire de la plupart des plantations de la région, était un homme sombre et silencieux qui mourut d'une crise cardiaque quand Baumann avait six ans. Il en gardait peu de souvenirs. Ensuite, sa mère s'était mise à la couture pour les faire vivre.

Elle se faisait constamment du souci pour ce fils unique qu'elle ne comprenait pas. Il était différent des autres gamins de la ville, des fils de ses voisins et de ses quelques amis. Elle craignait qu'il n'ait été traumatisé par la mort précoce de son père, qu'il ne se soit refermé sur lui-même à cause de l'absence de frère et de sœur, que son existence solitaire ne l'ait rendu maussade à vie. Et elle désespérait de trouver une solution.

Plus elle le poussait à suivre l'exemple des autres enfants, à jouer, voire à faire des bêtises, plus il se repliait sur lui-même. Mais il ne lui posait jamais de problèmes. Il excellait à l'école, faisait son lit, rangeait sa chambre, lisait et chassait. Elle avait fini par renoncer à pousser son fils dans une direction que, manifestement, il refusait de suivre.

La mère et le fils s'adressaient rarement la parole. Dans la chaleur étouffante des longs après-midi et soirées de décembre, l'été en Afrique du Sud, ils s'installaient tous les deux dans la cuisine. Elle cousait ; il lisait. Ils vivaient dans deux univers séparés.

L'année de ses douze ans, un après-midi, il était tombé dans le bush sur un Tswana ivre, un membre d'une tribu noire locale. (Il avait appris à différencier les tribus voisines, les Tswanas, les Ndébélés, ou les Zoulous.) L'ivrogne, un jeune homme d'environ dix ans de plus que lui, se mit à se moquer du petit Blanc et, sans une seconde d'hésitation, Baumann le visa avec son fusil de chasse et tira.

Le Tswana mourut sur le coup.

Le sang de sa victime, sa cervelle même lui éclaboussèrent le visage, les mains et sa chemise en mousseline. Baumann brûla la chemise ensanglantée, se lava dans un ruisseau et rentra torse nu chez lui, laissant le cadavre à l'endroit où il était tombé.

À son retour, sa mère, voyant qu'il rentrait bredouille, ne lui demanda même pas ce qui était arrivé à sa chemise. Elle avait renoncé à poser des questions à force de n'obtenir que des réponses monosyllabiques. Ils passèrent tranquillement la soirée à lire et à coudre.

Mais ce soir-là, il fut incapable de se concentrer sur sa lecture, car le meurtre l'avait grisé plus que tout ce qu'il avait connu jusque-là. Il avait été terrifié, bien sûr, mais cela lui avait aussi donné un agréable sentiment de puissance sur le Noir insolent. Ce n'était pas une question raciale pour lui. Ce qui l'enivrait littéralement, c'était d'avoir pu mettre un terme à une vie humaine, d'autant qu'au bout de quelques semaines il comprit que son geste ne lui attirerait aucun ennui.

Il ne se passa rien. Il n'y eut ni enquête ni entrefilet dans le journal, rien.

Il s'en était tiré sans dommage. C'était comme de chasser une bête sauvage, sauf que c'était cent fois plus excitant, plus *réel*.

Et tuer avait été si simple. Baumann se jura solennellement de ne plus jamais tuer d'êtres humains, parce qu'il craignait de ne pas être capable de s'arrêter s'il recommençait.

Il connut alors une transformation radicale et étonnante. Sa personnalité changea presque du jour au lendemain. Il s'ouvrit au monde extérieur, devint animé et sociable. Il fut soudain plein d'humour, charmant, populaire. Il se mit à faire du sport, à sortir. Il se fit des tas d'amis. Quelques années plus tard, il s'intéressa de très près aux filles.

Sa mère en fut déconcertée mais ravie. Elle attribua la transformation miraculeuse de son fils à quelque mystérieux effet des poussées hormonales de la puberté. Elle ne savait pas ce qui avait provoqué le déclic, mais elle s'en félicitait.

Elle prenait rarement le temps d'observer combien le nouveau comportement de son fils sonnait creux. Il y avait quelque chose de mort dans ses yeux, quelque chose de faux dans sa jovialité, quelque chose de foncièrement faux. Avec elle, son plus proche (et unique) parent, il était poli, convenable, presque guindé. Entre eux, il y avait un espace mort, une froideur, sentait-elle parfois.

Elle mourut lorsque, à près de trente ans, il était déjà un agent confirmé du BOSS, la police secrète sud-africaine. Il prit les dispositions pour l'enterrement en affichant la dose voulue de chagrin. La poignée d'amis et de voisins qui assistèrent à la cérémonie remarquèrent combien le jeune Baumann paraissait bouleversé, ce pauvre garçon qui avait perdu son père si tôt, et maintenant sa mère, un garçon si gentil et si poli.

31.

Duke Taylor conduisit Sarah Cahill dans son bureau où il la présenta à Russell Ullman et Christine Vigiani qui se levèrent pour l'accueillir avec autant d'enthousiasme que s'ils avaient eu affaire à un boa constricteur.

L'air conditionné fonctionnait remarquablement bien au sixième étage de l'immeuble Hoover. Pourquoi les directeurs et de la CIA et du FBI avaient-ils tous deux leurs bureaux au sixième étage ? se demanda Sarah. Le vieil Edgar s'était-il dit « Si l'usine à emmerdes le fait, alors moi aussi » ?

Sarah évalua très rapidement ses interlocuteurs. Ullman était un grand blond filasse, une version de Peter nourrie au grain. Vigiani semblait posséder une intelligence aiguë et être une emmerdeuse patentée. Taylor lui plut aussitôt, elle aima sa sérénité, son humour.

Taylor se carra dans son fauteuil de cuir au dossier haut, sous un énorme sceau du FBI.

– Vous avez participé à l'enquête Lockerbie en Allemagne, n'est-ce pas?

– C'est exact.

– Cela vous a valu beaucoup d'éloges. Apparemment, vous avez contribué à l'élucidation de l'affaire.

– Vous croyez que je serais assise ici si c'était le cas? riposta-t-elle avec une étincelle dans le regard.

– Où seriez-vous?

Elle haussa les épaules.

– Qui sait?

– Mais vous savez pertinemment qu'il nous a fallu vingt et un mois pour trouver le mécanisme de retardement et que c'est cela qui a permis d'élucider l'affaire. Sans vous, nous aurions probablement fini par trouver... mais cela aurait pris encore plus longtemps. Le Bureau vous doit une fière chandelle.

– J'accepterai une augmentation avec joie.

– D'après votre dossier, vous avez montré un grand sens du commandement. Vous dirigiez une brigade à Heidelberg. Apparemment, vous aimez aussi dire ce que vous pensez.

– Quand j'estime que c'est important. Mes supérieurs à Heidelberg ont été un peu contrariés de me voir leur répéter avec insistance que l'affaire ne se résumait pas forcément aux agissements d'un ou deux Libyens.

– C'est-à-dire?

– Que la Syrie travaillait peut-être avec l'Iran. C'est juste une théorie. Quelques mois avant l'attentat du vol 103 de la Pan Am, deux types du QG du Front de libération de la Palestine ont été arrêtés en Allemagne avec des détonateurs barométriques. Qui les commanditait? La Syrie. Mais comme l'administration Bush jugeait les relations avec la Syrie cruciales dans le processus de paix au Moyen-Orient, on n'a pas voulu faire de vagues. Ensuite, comme nous avons eu besoin d'elle dans notre camp pendant la guerre du Golfe, ils sont définitivement passés au travers des mailles du filet.

– Intéressant, fit Taylor. Sans commentaires.

– Cela me rappelle des souvenirs.

– Cela m'étonne que vous ayez duré aussi longtemps au Bureau, continua-t-il en souriant.

– J'ai la réputation de faire avancer les choses. D'aller à l'essentiel.

130

– Est-ce que vous avez aussi une théorie sur l'attentat du World Trade Center? Certains pensent que nous n'avons pas non plus complètement résolu cette affaire.

– J'ai peur que mon point de vue ne vous plaise pas.

– Dites toujours.

– Eh bien, nous n'avons pas creusé l'aspect international assez profondément. C'est comme pour Lockerbie... on préfère se boucher les yeux, parce qu'on serait obligé d'agir si on savait. Tout le monde a l'air ravi de faire porter le chapeau à une poignée de disciples incompétents d'un cheikh aveugle. Mais si on étudie les preuves de près, on s'aperçoit qu'un des membres du gang était un agent dormant de l'Irak. Je pense que c'est lui qui tirait les ficelles. Selon moi, Saddam Hussein était derrière l'attentat du World Trade Center.

– Ils ont fait appel à vous pour Okbomb?

– Non. J'étais rentrée à Boston à l'époque. Mais je le regrette.

– Si j'avais dirigé l'opération, je l'aurais fait. L'antiterrorisme vous manque?

– Voilà donc où vous vouliez en venir, dit Sarah après un silence. Oui, cela me manque beaucoup. Mais j'ai des raisons personnelles de me trouver là où je suis.

– J'ai lu votre dossier; je suis au courant de votre situation. Je sais les sacrifices que l'on doit parfois faire pour sa famille.

– C'est un entretien d'embauche?

– En quelque sorte. Vous pensez que nous sommes assez sévères avec les terroristes?

– Par nous, vous entendez le FBI ou les États-Unis?

– Les États-Unis.

– Vous voulez rire! Bien sûr que non. Nous avons un discours dur, mais cela s'arrête là. Rappelez-vous la fois où, pendant la guerre du Golfe, le Pentagone a voulu frapper les camps d'entraînement terroristes dans la campagne irakienne. La Maison-Blanche a dit non. Il ne fallait pas contrarier les Syriens parce que nous avions besoin d'eux dans la coalition contre Saddam Hussein. Voilà ce qu'on appelle être dur, non? Et quand le président du Pakistan, Zia, a été tué dans un accident d'avion avec l'ambassadeur américain et que le Département d'État a refusé d'autoriser nos agents à aller enquêter sur place? C'est être dur, ça aussi, non? Nous avons plus d'une vingtaine d'agences et de services pour lutter contre le terrorisme et nous n'avons même pas été fichus d'arrêter le gang des infoutus-de-poser-correctement-une-bombe du World Trade Center.

– Pourquoi, à votre avis?

– Parce que nous sabotons le travail. Le cheikh aveugle derrière l'attentat du World Trade Center figurait sur notre liste de surveillance de terroristes soupçonnés, mais il a obtenu deux fois des visas d'entrée parce que son nom était mal orthographié sur la demande, je me trompe ?

– Vous pensez que, si nous étions plus sévères, les attentats comme ceux d'Oklahoma ne se produiraient pas ?

Sarah réfléchit.

– Je ne sais pas. On ne peut rien contre les fous.

Taylor se cala dans son fauteuil et se croisa les bras.

– Bien. Nous avons remarqué que vous avez mené une enquête poussée sur les antécédents d'un banquier de New York, un certain Warren Elkind. Cela paraît un peu loin de vos attributions, à moins que cela n'ait avec le crime organisé un lien que j'ignore.

Sarah lui lança un regard pénétrant. C'était donc ça.

– Une prostituée qui se trouvait être l'une de mes principales indicatrices – elle m'a aidée à résoudre une ou deux affaires importantes – a été assassinée. Une call-girl, en fait, pas une prostituée... dans son domaine, on tient aux nuances. Quoi qu'il en soit, la police de Boston a trouvé un coupable, mais je reste sceptique, je dois l'avouer. Apparemment, cette call-girl a été engagée pour voler quelque chose, un CD-ROM, je crois, au dénommé Elkind.

– Quel est le lien entre Elkind et cette prostituée ? demanda Russell Ullman.

– Un rapport préexistant. Elle faisait des séances sado-maso avec lui chaque fois qu'il venait à Boston. Elle était sa dominatrice. Sa maîtresse. Elle a dû être engagée par quelqu'un qui était au courant de ses rapports avec Elkind.

– Que contenait ce CD-ROM ? demanda Vigiani.

– Je l'ignore. Des fichiers bancaires, je suppose. Manifestement quelque chose d'assez précieux.

– Mais comment savez-vous que la call-girl a été engagée pour ça ? insista Vigiani. Vous n'avez pas parlé avec Elkind, si ?

– Non, dit Sarah. Pas encore. Il a refusé de me prendre au téléphone, en fait. Je le sais parce que j'ai une bande.

– Vraiment ? s'exclama Taylor en se penchant vers elle. Mise sur écoutes téléphoniques de la prostituée ?

– Son répondeur.

Sarah expliqua comment on avait récupéré la bande effacée.

– Les labos de la criminelle du FBI ! dit Taylor en se rengorgeant. Ce sont vraiment les meilleurs au monde !

Sarah se racla la gorge.

– En fait, j'ai dû m'adresser à l'extérieur. Au MIT. Nous n'avons pas la technologie nécessaire.

– Vous avez une transcription ? demanda Taylor.

– Mieux que ça. J'ai la bande sur moi. J'avais l'intuition que vous voudriez l'entendre.

Sarah leur passa deux fois la bande sur un vieux Panasonic qu'Ullman avait fini par dénicher dans un bureau voisin.

– Bon, nous aimerions vous montrer quelque chose, dit Taylor en lui tendant une transcription de la conversation téléphonique interceptée par la NSA.

Ils attendirent en silence qu'elle en prenne connaissance.

Sarah lut, intriguée. En arrivant au nom de Warren Elkind, elle leva les yeux un instant avant de poursuivre sa lecture.

– Qui parle?

– Nous l'ignorons, dit Taylor.

– Où cette conversation a-t-elle été interceptée?

– En Suisse.

Sarah laissa échapper un long soupir en regardant ses interlocuteurs.

– La « cible », comme ils disent, est soit Warren Elkind, soit la Manhattan Bank, soit les deux. Elkind est non seulement un des banquiers les plus puissants du monde, mais il est aussi un important collecteur de fonds pour Israël. Pas mal de Palestiniens seraient probablement ravis de le voir rôtir en enfer.

Vigiani haussa les épaules comme pour dire : *C'est une surprise pour vous?*

– Et ce Heinrich Fürst, quelle que soit l'orthographe de son nom, qui a « accepté la mission de vente », qu'est-ce que vous avez découvert à son sujet?

– Rien, dit Taylor.

– Rien sur toute la ligne, renchérit Ullman. Nous avons essayé toutes les orthographes, tous les homophones possibles, tout ce qui pouvait s'en rapprocher. Rien.

– Fürst..., fit Sarah. J'ai une idée.

– Allez-y, dit Taylor, dubitatif. Nous sommes preneurs.

– Voilà. Quand je travaillais sur Scotbomb en Allemagne, j'ai consacré pas mal de temps à étudier les mécanismes de retardement des bombes. J'ai discuté avec un colonel de la DIA, un vieux monsieur mort il y a un an ou deux, d'une tentative de coup d'État au Togo en 1986. Et ce type de la DIA a cité, vraiment en passant, le nom d'un homme que l'on pensait impliqué dans cette affaire. Un terroriste mercenaire qui se faisait appeler Fürst. L'un des nombreux noms d'emprunt de ce type.

Taylor qui se massait les paupières rouvrit les yeux, surpris.

– *Heinrich* Fürst? fit Vigiani.

– Non, juste « Fürst » ou « Herr Fürst ».

– Allemand? demanda Ullman.

– Non, répondit Sarah. Je veux dire, le pseudo l'était, à l'évidence, mais pas le mercenaire.

– Vous avez réussi à connaître son vrai nom ? demanda Taylor.

– Non, juste ça et une sorte de nom de guerre.

– Qui était ?

– Eh bien, ce type était bon, vraiment bon dans sa partie, et apparemment aussi amoral qu'on peut l'imaginer. Brillant, impitoyable, toutes les épithètes que vous pourrez trouver... le meilleur dans son domaine. Un Sud-Africain blanc, dont on disait qu'il aurait travaillé pour le BOSS, les anciens services secrets sud-africains. Certains de ses admirateurs l'appelaient le « Prince des Ténèbres ».

– Aime les enfants, les chiens, Mozart et marcher sur la plage, dit sèchement Vigiani.

– Mon allemand est un peu rouillé maintenant, reprit Sarah, mais est-ce que *Fürst* ne veut pas dire...

– *Fürst*, l'interrompit Ullman. Fürst... prince... Oh ! mon Dieu ! *Fürst der Finsternis*. Cela se traduit par « Prince des Ténèbres ».

– Exact, dit Sarah. C'est juste une hypothèse.

Taylor eut un sourire en coin.

– Pas mal. Je commence à comprendre la pluie d'éloges dans votre dossier. Vous avez l'esprit fait pour ce boulot.

– Merci. C'était le cas, jadis.

– Encore maintenant. Bien, s'il est vrai que notre bon prince est vraiment un Sud-Africain, nous devrions prendre contact avec Pretoria. Pour voir ce qu'ils ont sur lui.

– Euh... À votre place, je serais prudente.

– Allons ! s'exclama Vigiani. Le nouveau gouvernement sud-africain est tout ce qu'il y a de plus coopératif. Si vous pensez que ce type a travaillé pour le BOSS, c'est là qu'il faut chercher la réponse. À Pretoria.

– Une seconde, dit Taylor. À quoi pensez-vous, Sarah ? Que cela pourrait lui revenir aux oreilles ?

– Je pense que nous devrions envisager l'éventualité, si faible soit-elle, que certains Sud-Africains blancs puissent être justement les commanditaires de Herr Fürst.

– Enfin ! Les Sud-Africains blancs ne sont plus au pouvoir, lança Vigiani, irritée.

Sarah la regarda, l'air interdit.

– Je ne pense pas que ce soit aussi simple, reprit-elle calmement. Qui, à votre avis, constitue la plus grande partie du personnel des services secrets sud-africains ? Des Blancs. Des Anglos et des Afrikaners. Et ils n'apprécient pas trop qu'on leur ait coupé l'herbe sous le pied.

Vigiani garda son air renfrogné. Remarquant que Duke Taylor fronçait les sourcils, Sarah précisa :

— Mettons que l'on contacte les services sud-africains pour les interroger sur un terroriste se faisant appeler Heinrich Fürst. Et qu'un groupe à l'intérieur de ce service fasse en fait travailler cet agent. On va déclencher des tas d'alarmes.

— Si nous ne passons pas par la voie officielle pour Pretoria, grommela Taylor, cela exclut non seulement les canaux du Département d'État mais aussi notre nouveau légat. [La présence d'un légat à Pretoria ne date que de l'élection de Nelson Mandela. Au temps de l'apartheid, les États-Unis n'entretenaient pas de rapports diplomatiques avec l'Afrique du Sud.] Il faut que nous prenions des contacts. Des sources privées, de toute confiance.

— On a un agent là-bas ? demanda Sarah.

— Pas à ma connaissance. Je vais me renseigner, mais je ne crois pas. Du moins, pas quelqu'un de suffisamment haut placé dans le gouvernement.

— Quelqu'un avec qui le Bureau, l'Agence ou le gouvernement serait en rapport, quelqu'un de fiable ?

— On va se mettre en chasse. Mais la première étape consistera à créer un groupe d'intervention d'élite ultrasecret, Sarah, et j'aimerais que vous en fassiez partie.

— Où ? À New York ?

— Ici, dit Taylor.

— J'ai un petit garçon, vous vous souvenez ?

— Il est transportable. De toute façon, c'est l'été. Il ne va pas à l'école en ce moment, n'est-ce pas ?

— Non. Mais franchement je préférerais éviter ça.

Taylor lui jeta un regard perplexe. Jadis, sous l'ère Hoover, jamais un agent n'aurait refusé une mission, cela ne se faisait tout simplement pas. Jadis, on vous aurait dit : « Vous voulez votre chèque ? Vous êtes à Washington dans trente jours. Votre fils, c'est votre problème. Si vous le voulez avec vous, venez avec lui. »

— Agent Cahill, reprit Taylor, glacial. Si nos renseignements sont bons, un acte terroriste important va se produire à New York dans les semaines qui viennent. Si ce sur quoi vous travaillez est plus important et plus urgent, dites-le-moi, je serais curieux de le savoir.

Surprise par sa soudaine intensité, Sarah se pencha vers lui.

— Vous me demandez de bouleverser ma vie, de prendre mon fils sous le bras et de quitter Boston pour des semaines, voire des mois. D'accord. Mais pour travailler ici ? À Washington ? Pourquoi ne pas aller nous installer à Altoona ?

— Pardon ? s'exclama Taylor, effaré.

Les agents Ullman et Vigiani observaient l'échange, aussi fascinés que les spectateurs d'une corrida.

— Si cela doit se produire à New York, c'est là-bas que nous

135

devons aller. Si vous voulez faire une enquête, il faut mettre le paquet. Cela veut dire collaborer étroitement avec le NYPD [1]. Ce serait stupide de rester à Washington.

– Mais Sarah, toutes nos ressources sont ici, les ordinateurs, les liaisons sûres...

– Enfin ! J'avais des liaisons sûres avec le Bureau quand j'étais à Jackson dans le Mississippi, à ma sortie de l'école. Vous voulez dire que vous ne pouvez pas faire la même chose à New York ? Je ne peux pas le croire.

– Vous voulez dire installer un centre opérationnel secret au QG du bureau de New York ?

– Et pourquoi ne pas passer une publicité pleine page dans le *New York Times*, tant que vous y êtes ? dit Sarah.

– Pardon ?

– Si vous voulez garder la chose secrète, oubliez le 26 Federal Plaza. Il faut que nous trouvions un autre local.

– Vous dites « nous », puis-je en conclure que vous acceptez ?

– À deux conditions.

Vigiani secoua la tête, écœurée. Ullman se plongea dans ses notes.

– Lesquelles ?

– D'abord, on crée un QG propre au groupe d'intervention.

– Mais c'est incroyablement onéreux !

– Écoutez, il va nous falloir plusieurs lignes téléphoniques, des téléphones sûrs. Et, de toute façon, le bureau de New York ne dispose pas de cet équipement.

– D'accord. Je suis sûr que le bureau de New York a quelque chose sous la main. Quoi d'autre ?

– J'aimerais amener deux personnes avec moi. Une de mes amies de la brigade du crime organisé, Ken Alton. C'est un as de l'informatique, et nous pourrions avoir besoin de ses talents.

– Tope là, dit Taylor. Qui d'autre ?

– Alexander Pappas.

– Alex Pappas ? Je croyais qu'il avait pris sa retraite il y a deux ans ?

– L'année dernière, en fait.

– Il va accepter de remettre ça ?

– Je pourrais utiliser la force, bien sûr, mais je pense que, secrètement, il n'attend qu'une occasion. Ils ont fait appel à lui pour Tradebom.

– Bon, c'est très inhabituel, mais je crois que cela peut s'arranger. Vous en êtes alors ?

---

1. New York Police Department.

– J'en suis.

– Bien. Et si vous dirigiez l'opération ?

32.

Les composants d'une bombe perfectionnée ne sont pas difficiles à obtenir. Bien au contraire : on peut aisément acheter les fusibles, les fils et les accessoires dans le premier magasin d'électronique venu. Quant aux explosifs et aux amorces, on en trouve dans la plupart des chantiers de construction.

Mais le détonateur, le mécanisme qui permet de programmer l'explosion de la bombe à une heure donnée ou dans des conditions spécifiques, pose davantage de problèmes. Il est souvent fabriqué au cas par cas. Il doit être extrêmement fiable. En fait, sa fabrication demande une habileté consommée. Pour cette raison, la plupart des terroristes ou des opérateurs ne songeraient pas plus à construire leurs propres détonateurs qu'à fabriquer leurs propres voitures. On ne peut pas être expert en tout.

Comme prévu, Baumann arriva à l'aube dans la petite ville industrielle de Huy, au sud-ouest de Liège. Le propriétaire d'un magasin de fournitures de bureau lui indiqua aimablement la direction de l'immeuble moderne de plusieurs étages, en briques, qui abritait la Carabine automatique de Liège, un petit fabricant de fusils d'assaut et de composants connexes. Sans porter d'intérêt particulier aux fusils d'assaut, Baumann avait néanmoins pris rendez-vous avec le directeur commercial de la société, Étienne Charreyron.

Rien n'avait été plus facile que d'obtenir ce rendez-vous. Se faisant passer pour un certain Anthony Rhys-Davies, sujet de Sa Très Gracieuse Majesté, Baumann avait expliqué qu'il était vendeur de munitions chez Royal Ordnance, le grand fabricant d'armes britannique qui fournit pratiquement toutes les armes portatives de l'armée anglaise. Passionné d'histoire militaire, il profitait de ses vacances pour faire le tour des célèbres champs de bataille de Belgique. Mais alliant les affaires au plaisir, il envisageait de rencontrer M. Charreyron afin de discuter avec lui d'une entente commerciale éventuelle avec Royal Ordnance. Qu'un homme d'affaires en vacances soit habillé sport ne paraîtrait pas du tout incongru.

Bien entendu, M. Charreyron fut ravi d'organiser une rencontre à l'heure qui conviendrait au vendeur britannique. Difficile de résister à de telles perspectives. Sa secrétaire accueillit chaleureusement M. Rhys-Davies, prit son pardessus et lui proposa un café ou un thé avant de le conduire dans le bureau encombré de son patron.

Baumann tendit la main à Charreyron et sursauta. Il fallait bien que cela arrive un jour dans le petit univers insulaire dans lequel il opérait. Charreyron et lui s'étaient connus des années avant, sous des noms différents. Une catastrophe potentielle. Baumann en eut le vertige.

Étienne Charreyron réagit comme s'il avait vu un fantôme.

– Quoi... vous... je vous croyais mort !

Baumann qui avait rapidement repris un semblant de sang-froid lui répondit avec un grand sourire :

– Je me sens parfois un peu mort, mais je suis bien vivant.

– Mais enfin... Luanda... Nom de Dieu... !

Pendant dix secondes, Charreyron ne fit guère mieux que bredouiller lamentablement, l'air horrifié et perplexe. Indécise, sa secrétaire attendait à la porte. Il la renvoya d'un geste.

Dix ans plus tôt, Charreyron et Baumann avaient servi ensemble en Angola. Ancienne colonie portugaise, l'Angola était déchiré par une guerre civile depuis 1976, le MPLA marxiste soutenu par Cuba luttant contre les forces de l'UNITA pro-occidentales, financées par l'Afrique du Sud.

Les employeurs de Baumann l'avaient envoyé là-bas orchestrer une campagne secrète de terrorisme. C'est là qu'il avait rencontré un spécialiste du déminage ayant pour *nom de guerre* Hercule, un mercenaire qui avait jadis travaillé pour la police belge.

Dans les années 60, le dénommé Hercule avait construit des bombes pour le légendaire chef mercenaire Mike O'Hore, le leader sud-africain du cinquième commando, les fameuses « Oies sauvages ». Baumann avait toujours considéré ce dernier, dont les exploits étaient connus dans le monde entier, comme un flemmard de première qui s'y entendait pour soigner sa publicité. Mais il recourait toujours aux meilleurs pour fabriquer ses bombes.

Lorsqu'il était devenu nécessaire pour Baumann de disparaître d'Angola, il avait organisé un « accident » à l'extérieur de Luanda, la capitale, faisant croire qu'il avait été tué dans une embuscade. Tous les autres mercenaires, dont Hercule, qui ne le connaissaient que sous un autre nom, le crurent mort.

Les spécialistes du déminage sont une race à part. Ils font leur pénible travail dans tous les coins du monde, là où le devoir les appelle. Au Cambodge, ils ont nettoyé les champs de mines dans les années 70 ; en Angola, des Allemands et quelques Belges se sont chargés de cette même tâche. Après la guerre du Golfe, le gouvernement koweïtien a passé contrat avec Royal Ordnance qui lui envoya un nombre impressionnant de ses spécialistes du déminage. Leur boulot est tellement stressant que beaucoup d'entre eux, du moins ceux qui s'en tirent indemnes, raccrochent dès qu'ils trouvent à se recaser.

Baumann apprit alors que le fameux Hercule/Charreyron avait abandonné ce travail dangereux au début des années 80 quand la petite société belge Carabine automatique de Liège l'avait engagé.

– Bon Dieu ! ça fait plaisir de vous voir ! C'est... c'est tout simplement stupéfiant ! Asseyez-vous, je vous en prie.

– Le plaisir est partagé.

– Oui, c'est merveilleux de vous revoir ! continua l'autre, cordial bien que manifestement terrifié. Mais je ne comprends pas. Vous... enfin la nouvelle de votre mort était de la désinformation en quelque sorte, c'est ça ?

Baumann acquiesça, apparemment ravi de partager ce secret avec un vieux compagnon d'armes.

– Rhys-Davies est une couverture alors ?

– Exactement.

Il confia au Belge l'histoire, entièrement inventée mais plausible, de sa défection d'Afrique du Sud pour l'Australie, puis l'Angleterre où il s'occupait d'une mission de sécurité top secret pour le compte d'un cheikh installé à Londres.

– Mon client m'a demandé d'entreprendre un projet extrêmement sensible, poursuivit-il en expliquant le genre de détonateur dont il avait besoin.

– Mais cela fait des lustres que je n'ai pas fait ce type de travail, protesta faiblement Charreyron.

– C'est comme le vélo, non ? Ça ne s'oublie pas. Et la technologie n'a guère évolué au cours de ces dernières années.

– Oui, mais..., protesta Charreyron tout en prenant des notes.

– Le relais doit être relié à un récepteur d'appel de poche. Lorsqu'il recevra un signal, le relais se fermera, fermant à son tour le circuit entre la batterie et le détonateur.

– Mais vous n'aurez pas besoin d'un système pour désamorcer la bombe ?

– Si, mais je veux que le mécanisme de retardement se déclenche automatiquement si elle n'est pas désamorcée.

Charreyron, qui avait retrouvé son sang-froid, haussa nonchalamment les épaules.

– Autre chose. Il faut aussi un capteur à micro-ondes intégré qui déclenchera l'explosion si quiconque s'approche de l'engin.

Charreyron acquiesça de nouveau, l'air un peu surpris.

– Il m'en faut trois exemplaires. Un pour les essais, et les deux autres à envoyer, séparément.

– Bien sûr.

– Bon, parlons prix.

– Oui, dit le Belge qui, après un calcul rapide, annonça une somme importante en francs belges.

Baumann eut l'air effaré. Des détonateurs de cette complexité coûtaient généralement dans les dix mille dollars pièce, et il avait horreur de se faire flouer.

– Vous comprenez, expliqua Charreyron, la difficulté est de trouver les récepteurs d'appel. Il vous en faudra trois, et il faut les acheter aux États-Unis. Vous savez combien c'est compliqué... qui dit récepteur d'appel dit abonnement et immatriculation détaillée. Il faut les acheter clandestinement. Et comme je ne tiens pas du tout à ce qu'on puisse remonter jusqu'à moi grâce au numéro de série, il faudra que j'en achète plusieurs et que je les trafique un peu.

– Au nom de notre vieille amitié..., fit Baumann, jovial.

Le marchandage était chose courante dans ce domaine ; le Belge ne fut pas surpris.

– Je peux descendre à quinze mille chacun. Mais pas en dessous, le risque est trop grand. Il va falloir que j'aille les acheter moi-même à New York, il faut donc que j'inclue le prix du voyage. Et vous êtes tellement pressé...

– Très bien, dit Baumann. Quarante-cinq mille dollars. Non, arrondissons à cinquante mille.

Les deux hommes se serrèrent la main. Charreyron avait enfin l'air détendu. Baumann compta vingt-cinq mille dollars qu'il posa sur le bureau.

– Vous aurez l'autre moitié à mon retour dans une semaine. Pouvez-vous disposer d'un hangar vide à l'extérieur de la ville pour que nous procédions à un essai ?

– Certainement. Mais je pense qu'il nous reste encore un point à régler.

– Ah ?

– Pour cinquante mille dollars de plus, je peux vous garantir que personne ne saura rien de nos rapports passés.

– Cinquante mille, répéta Baumann comme s'il réfléchissait.

– Et ensuite, plus de passé, fit Charreyron en frappant dans ses mains.

– Je vois, dit Baumann. Mais permettez-moi de vous expliquer quelque chose. J'ai de nombreux contacts dans la police qui ont tout intérêt à me faire bénéficier de tout renseignement susceptible de m'intéresser. Rumeurs, bruits sur mon passage ici, ce genre de choses. Je vous paie bien, avec une prime généreuse à venir. Mais il n'est pas question que j'apprenne que le moindre détail de notre conversation ou de mon passé est sorti de ce bureau. Pas le moindre. Dans le cas contraire, je vous laisse imaginer les conséquences pour votre famille et vous-même.

Charreyron pâlit.

– Je suis un pro, dit-il, battant rapidement en retraite. Je ne trahirai jamais un secret.

– Parfait. Parce que vous me connaissez, et vous savez que rien ne m'arrêterait.

Charreyron hocha vigoureusement la tête.

– Je n'en soufflerai pas un mot. Je vous en prie. Pardonnez-moi ce que j'ai dit à propos de ces cinquante mille. C'était une erreur stupide.

– Ne vous inquiétez pas. C'est oublié. Tout le monde commet des erreurs. Mais ne faites pas celle de me sous-estimer.

– Je vous en prie, murmura Charreyron.

Dans sa carrière de démineur, il avait constamment risqué de perdre un bras ou une jambe, voire la vie. Mais rien ne le terrifiait davantage que ce Sud-Africain impitoyable et flegmatique qui venait de faire son apparition dans son bureau dix ans après... un homme que, il n'en doutait pas une seconde, rien n'arrêterait.

33.

Quelques jours plus tard, Baumann revint tester les détonateurs.

Dans l'intervalle, il avait mis une petite affaire sur pied. Le soir de son retour à Amsterdam, il rencontra de nouveau Sac d'os Van den Vondel qui lui apportait les trois séries de documents volés qu'il avait demandées, des papiers américains et britanniques et une petite liasse de cartes de crédit. Sac d'os fit clairement comprendre qu'il était ravi de faire affaire avec M. Sidney Lerner et qu'il le serait plus encore de retravailler pour le Mossad, si jamais on avait encore besoin des services de quelqu'un d'extérieur.

Baumann fit la grasse matinée plusieurs jours de suite. Il alla au cinéma, dîna dans des restaurants chers. Il consacra plusieurs après-midi à étudier des plans de New York. Il se rendit dans des bars topless autour de Rembrandtsplein et s'offrit une heure de plaisir avec une jeune prostituée dans le quartier chaud. Un soir, à l'Odéon, un night-club populaire, il dragua une charmante jeune femme qu'il ramena à son hôtel. Comme elle était à peu près aussi déchaînée que lui, ils passèrent une bonne partie de la nuit à faire l'amour, jusqu'à ce qu'ils s'arrêtent, d'épuisement. Le lendemain matin, elle voulut rester, ou du moins le revoir le soir même. Il fut tenté, son séjour à Pollsmoor lui avait presque fait oublier le plaisir sexuel, mais il savait que c'était une mauvaise idée de devenir trop intime avec quiconque dans cette ville. Il lui répondit donc qu'il devait malheureusement prendre un avion dans l'après-midi.

Comme New York et San Francisco, Amsterdam est connu dans

le monde entier pour être un lieu de rencontre des surdoués de l'informatique ou *hackers*. Baumann avait peut-être passé trop de temps en prison pour être au courant des derniers progrès technologiques, mais il savait où trouver quelqu'un qui le serait. Il prit rendez-vous avec un membre de Hacktic, société hollandaise basée à Amsterdam qui publiait une revue spécialisée. Il lui décrivit le genre de personne qu'il recherchait : un surdoué habitant New York, sans casier judiciaire.

— Pardon, lui répondit-on, c'est un *cracker* que vous cherchez, c'est-à-dire un pirate, pas un surdoué. Un surdoué se donne pour mission de comprendre, disons une technologie non documentée, afin d'améliorer le monde dans lequel nous vivons et d'empêcher le gouvernement de nous réduire en esclavage. Un pirate possède les mêmes compétences, mais il s'en sert pour pénétrer chez vous par effraction, souvent dans un but mercenaire, inavouable.

— Bien, un pirate alors.

— J'ai un nom pour vous. Mais il n'acceptera votre proposition que s'il lui trouve de l'intérêt et que cela lui rapporte très, très gros.

— Oh ! ce sera le cas.

La veille de son départ, dans un grand magasin d'électronique, il acheta, pour la somme de mille florins, environ six cents dollars, un petit appareil. Il s'agissait d'un MTA Junior, un mode de transmission asynchrone, dont les banques se servent pour encoder les bandes magnétiques des cartes de crédit. Il réencoda ses cartes volées.

Lorsqu'on paie avec une carte de crédit dans un magasin, la carte passe généralement dans un transpondeur qui lit le numéro CVC en tête de la bande magnétique et l'envoie immédiatement par ligne téléphonique au centre de traitement de données de la compagnie émettrice. Les ordinateurs vérifient si la carte en question n'est pas arrivée à expiration ni volée. Si tout est en ordre, les ordinateurs renvoient un code d'autorisation dans la seconde. (Ceux d'American Express sont de deux chiffres, ceux de Visa et de MasterCard, de quatre ou cinq.)

Baumann était pratiquement sûr qu'on avait signalé le vol de la plupart sinon de toutes les cartes de crédit en sa possession. Sinon, c'était seulement une question de temps.

Mais il avait fait échouer le processus. Chaque carte avait à présent un code d'autorisation du nombre de chiffres voulu encodé dans sa bande magnétique. Chaque fois qu'un commerçant la passerait dans le transpondeur, le code d'autorisation apparaîtrait instantanément sur l'écran. La machine lirait le code... sans le transmettre nulle part.

Il était fort improbable que le commerçant se demande pourquoi le téléphone ne s'était pas déclenché, pourquoi plusieurs secondes ne s'étaient pas écoulées avant l'arrivée du code d'autorisation. Et si cela se produisait, Baumann dirait que la bande magnétique devait être abîmée. Dommage. Et cela s'arrêterait là. Une excellente chance de réussite, presque sans risque.

Ensuite, il commanda plusieurs séries de papiers à en-tête au nom de vagues sociétés fantômes... une entreprise d'import-export, un cabinet juridique, une société de garde-meubles.

Enfin, il réserva une place sur un vol de la Sabena entre Bruxelles et Londres sous un faux nom pour lequel il n'avait pas de papiers, sachant que, tant qu'il voyagerait dans la CEE, on ne lui réclamerait pas son passeport. Puis il réserva une place de Londres à New York au nom de l'un de ses passeports américains tout neufs, celui d'un homme d'affaires du nom de Thomas Allen Moffatt.

Étienne Charreyron s'était débrouillé pour avoir l'usage d'une écurie désaffectée des environs de Huy appartenant à un associé qui passait le mois à Bruxelles. L'associé venait de liquider aux enchères tous les chevaux de la famille.

L'écurie sentait encore le crottin, le foin humide et l'huile de machine. L'éclairage était plus que succinct. Charreyron sortit délicatement d'une vieille valise en cuir trois boîtes en plastique noir de la taille d'une boîte à chaussures. Le couvercle de chacune était une plaque d'aluminium brossé, sur laquelle on voyait trois minuscules ampoules, des diodes électroluminescentes.

— Cette lumière vous dit que le récepteur d'appel est branché et fonctionne, expliqua Charreyron à Baumann. Celle-ci que la batterie fonctionne. Et celle-là que le mécanisme de retardement est branché et fonctionne.

Charreyron retira la plaque d'aluminium de l'un des détonateurs.

— J'ai installé deux systèmes distincts des deux côtés, pour la redondance. Deux piles de neuf volts, deux séries de deux bornes à vis à relier chacune aux amorces. Deux mécanismes de retardement, deux récepteurs d'appel réglés sur la même fréquence, deux relais. Et même deux tiges en ferrite comme antennes. Cela devrait tromper les démineurs, conclut-il en relevant la tête. Cela double les chances que ça marche, non ?

— Et un capteur à micro-ondes.

— Il n'y a pas de place pour autre chose, et c'est tout ce dont vous aurez besoin.

— On en teste un ?

— Oui, bien sûr, dit Charreyron en prenant une boîte.

— Et si nous testions plutôt celle-ci, dit Baumann en lui en montrant une autre.

Charreyron eut un petit sourire; il parut apprécier le défi.

– Comme vous voudrez.

Il installa la boîte sur une étroite planche placée en travers d'un tonneau en acier vide. Il y attacha deux amorces et alla se poster à l'autre extrémité de l'écurie.

– Premier essai pour le radioguidage.

Il sortit un petit portable de sa poche de poitrine, l'ouvrit et composa un numéro. Puis il regarda sa montre. Baumann l'imita.

Les deux hommes attendirent en silence.

Quarante-cinq secondes plus tard, ils entendirent une déflagration. Les amorces accrochées au détonateur avaient explosé, remplissant le tonneau de fragments de plastique.

– C'est long, observa Baumann.

– Cela varie.

– Oui.

Le détonateur qui déclenchait les amorces avait été armé par un circuit qui se fermait quand le récepteur d'appel intégré recevait un signal émis par satellite. Selon le trafic satellite, le signal pouvait être reçu en quelques secondes ou en quelques minutes.

– Et le capteur à micro-ondes?

Charreyron traversa l'écurie pour aller attacher deux nouvelles amorces au détonateur. Il le réarma et pressa un bouton pour activer le mécanisme de retardement.

– Dès que le mécanisme se déclenche, le capteur à micro-ondes est armé. Vous pouvez fixer ce temps à dix secondes au plus court.

– Et au plus long?

– Soixante-douze heures. Mais si vous avez besoin d'un délai plus long, je peux vous le remplacer.

– Non, ça ira.

– Bien. Je l'ai réglé à dix secondes. Et maintenant le capteur.

Dans l'obscurité Baumann vit une lumière rouge s'allumer.

– Ça y est, il est armé. Aimeriez-vous...?

– Distance?

– Huit mètres, mais on peut également l'ajuster.

Baumann se dirigea lentement vers le tonneau. Il s'arrêta à environ neuf mètres, s'en approcha pas à pas, jusqu'à ce que l'explosion sourde des amorces le fasse sursauter.

– Très précis.

– Première qualité, dit Charreyron, s'autorisant un sourire de fierté.

– Vous faites du beau travail. Vous avez pensé à la signature?

– Cela m'a demandé pas mal de recherches. Mais j'ai fini par trouver une signature libyenne assez convaincante.

La plupart des engins explosifs ont des « signatures » qui permettent à un enquêteur de connaître leur provenance. Il peut s'agir des épissures, des soudures ou bien encore des marques laissées par les outils utilisés.

Par exemple, l'IRA provisoire fabrique ses détonateurs par séries de cent. Des techniciens s'installent dans un entrepôt ou une écurie où ils travaillent sans discontinuer pendant plusieurs jours à fabriquer des détonateurs identiques qui sont alors redistribués. On le sait non seulement grâce à des renseignements, mais aussi grâce à l'inspection des détonateurs de bombes de l'IRA retrouvées intactes : les marques minuscules mais identiques permettent de dire que chaque fil a été coupé par la même pince. Certains groupes terroristes laissent une signature sans le vouloir, par négligence, parce qu'ils ont toujours construit la bombe d'une certaine façon. D'autres, en revanche, la laissent délibérément, pour revendiquer subtilement la paternité de l'acte.

— Bon, en ce qui concerne le transport, dit le Belge, vous pouvez repartir avec si vous le désirez, mais je présume que vous ne voulez pas prendre ce risque.

Baumann eut un petit ricanement.

— C'est bien ce que je pensais. L'engin peut être complètement démonté et remonté. Je vais vous montrer. Le transport en est facilité.

— Mais vous n'allez pas les expédier de Liège.

— Cela manquerait de discrétion, étant donné la réputation de la ville. Non, je les expédierai de Bruxelles. Dissimulés, disons, dans un appareil électronique ordinaire comme une radio. Par express, si vous voulez. Il suffit de me donner une adresse.

— Parfait.

— Et.. euh... pour ce qui est du paiement, les récepteurs d'appel m'ont coûté un peu plus que prévu.

Baumann sortit une enveloppe pleine de billets et compta la somme que Charreyron lui réclamait. C'était un supplément raisonnable, environ 30 % de plus que le chiffre initial. Le Belge n'essayait pas de le rouler.

— Parfait, dit Charreyron en empochant l'argent.

— Bon, fit Baumann, cordial. Transmettez mon meilleur souvenir à votre charmante épouse, Marie. Elle est bien conservatrice au musée Curtius, n'est-ce pas ?

Le regard de Charreyron s'assombrit.

— Et à la petite Berthe. Qui a six ans et qui fréquente l'*école normale*, c'est bien ça ? Vous devez en être très fier.

— Où voulez-vous en venir ?

— Seulement à ceci, chez ami. Je connais l'adresse de votre appartement rue Saint-Giles. Je sais où se trouvent votre fille et votre femme à cet instant précis. Souvenez-vous de ce que je vous ai dit : si *quiconque* est mis au courant du moindre détail de nos transactions, les conséquences pour vous-même et votre famille seront incalculables. Rien ne m'arrêtera.

– Pas la peine d'en dire plus, dit le Belge, blême. J'ai compris.

En sortant de l'écurie obscure dans la lumière éblouissante de l'après-midi, Baumann se demanda s'il fallait tuer Charreyron. L'air embaumait l'herbe fraîchement coupée.

La vie est une succession de paris, se dit-il. Charreyron ne tirerait aucun avantage à dénoncer un mercenaire sud-africain dont il ne connaissait même pas le nom et il ne tenait certainement pas à mettre les autorités au courant de ses activités passées à Luanda. En outre, la menace sur sa famille serait convaincante.

Non, Charreyron vivrait. Baumann lui serra la main, monta dans sa voiture de location et démarra. Faire affaire avec un homme rencontré dans une autre vie était un risque énorme... mais son évasion de Pollsmoor aussi. Avant de poursuivre dans cette entreprise, il fallait néanmoins qu'il s'assure qu'on ne pouvait pas le pister.

Il savait comment. Il longea la vallée de la Meuse, puis la Sambre qui se jette dans la Meuse à Namur. Cette portion de route était d'une beauté à couper le souffle, avec ses à-pic et ses canaux, ses fermes et les ruines d'anciens bâtiments en brique. Il traversa Andenne et, juste avant d'arriver à Namur, quitta la route et tourna en rond jusqu'à ce qu'il trouve une clairière dans les bois. Il coupa le contact.

34.

Des cinquante-six bureaux régionaux et des quatre cents antennes du FBI aux États-Unis et à Porto Rico, le bureau de New York est généralement considéré comme le meilleur et le pire endroit où être affecté. Des inculpations de membres du Congrès pour avoir accepté des pots-de-vin à l'attentat du World Trade Center en passant par la lutte contre les cinq principales familles de la mafia, New York traitait toujours les affaires les plus passionnantes.

Avec ses quelque mille deux cents agents, New York est le plus grand bureau régional. Il occupe huit étages du Jacob J. Javits Federal Building au 26 Federal Plaza, dans la pointe de Manhattan. Contrairement à tous les autres, il est dirigé non par un agent spécial mais par un sous-directeur, parce qu'il est à la fois plus gros et plus important.

Sarah avait toujours trouvé le building Javits parfaitement

sinistre. Haut et banal avec sa façade de pierre noire alternant avec du grès, il est planté au milieu d'un « parc » désert de béton émaillé de plates-bandes remplies d'œillets d'Inde, de fougères et de pétunias, résultat de la tentative désespérée de quelque paysagiste pour rendre l'endroit agréable. Les pigeons ont fait des bordures de granite du bassin leur lieu de prédilection.

Le premier jour, elle arriva avant huit heures, transpirant déjà à cause de la chaleur. Le deux-pièces meublé qu'elle sous-louait se trouvait dans la 71 ͤ Rue Ouest près de Colombus Avenue, à deux pas de la station de métro, de plusieurs pizzerias convenables et d'un café grec. Les deux premiers jours, elle s'était exclusivement nourrie de salades grecques et de pizzas. Que pouvait-elle demander de plus ?

De la lumière, peut-être ? Par quelque ingénieux hasard architectural, toutes les fenêtres de l'appartement donnaient sur des colonnes d'air fermées. Il faisait tellement sombre à n'importe quelle heure de la journée dans la petite chambre et le living-salle à manger à l'ameublement bon marché qu'on aurait pu y cultiver des champignons.

Pour le première fois depuis des années, Sarah vivait seule. C'était déconcertant, parfois pesant, mais pas complètement désagréable. La veille, elle s'était couchée tard après avoir lu dans son bain en sirotant un verre de vin. Elle avait écouté un enregistrement des derniers quatuors de Beethoven jusqu'à se confondre avec la musique.

Jared était en colonie de vacances dans le nord de l'État de New York. Cela faisait des mois qu'il insistait pour y aller, et elle avait toujours refusé. Ils n'avaient pas assez d'argent ; elle comptait l'envoyer dans un centre aéré près de Boston.

Mais avec son transfert soudain à New York et le bouleversement que cela avait provoqué dans la vie de son fils, elle avait dû réunir l'argent. La nouvelle mission s'accompagnait d'une augmentation de salaire qui rendait la chose possible. De toute façon, il valait mieux que Jared passe deux semaines en colo (bien qu'il eût réclamé un mois), plutôt que de rester à New York, qui n'était, selon elle, pas un lieu fréquentable pour un garçon de huit ans.

Elle se sentit toute petite dans le hall immense tout en marbre du 26 Federal Plaza. Elle montra son insigne à la réception qui l'envoya à l'antiterrorisme, dans un coin du vingt-troisième étage.

Un bel homme, très grand et mince, d'une quarantaine d'années, l'accueillit. Harry Whitman, le chef du groupe spécial d'intervention. Il portait un costume léger kaki avec la chemise blanche habituelle et, seule note plus colorée, une cravate turquoise.

– Alors, c'est vous Sarah Cahill. Bienvenue.
– Merci.

Dans son bureau, une petite photo dédicacée de Hoover, pas un bon signe, et, Dieu sait pourquoi, une grande photo officielle de George Bush dans un cadre doré, appuyée contre un côté de sa table de travail. Cela faisait des années que Bush n'était plus au pouvoir. Vraiment pas un bon signe.

— Le reste du groupe spécial d'intervention et vous serez installés à l'extérieur. Je vais vous présenter aux autres dans une minute et vous expliquerai comment le groupe opère. Vous êtes responsable d'une opération désignée par un nom de code. Mais commençons par le commencement. Perry Taylor vous aimait bien, je crois, eh bien, maintenant, il vous apprécie encore plus.

— Pourquoi?

— Sur votre suggestion, il a battu le rappel en Afrique du Sud à la recherche d'une piste sur votre terroriste.

— Et?

— Nous avons un nom. Demain matin, nous devrions avoir un visage.

Le cœur de Sarah se mit à battre.

— Un nom?

— Henrik Baumann.

35.

Baumann fit le tour de la clairière pour s'assurer qu'il était bien seul et que personne ne pouvait le surprendre. Du coffre de sa voiture, il sortit le MLink-5000, le téléphone satellitaire qui ressemblait à une mallette métallique. Il le posa sur le toit de la voiture et l'ouvrit. Ces nouvelles antennes à réseau plates étaient décidément beaucoup moins voyantes que les paraboliques.

Comme l'émetteur avait une largeur de faisceau bien plus grande que sur les anciens modèles, l'exactitude avait moins d'importance. En ajustant l'angle d'élévation, il étudia l'écran à affichage à cristaux liquides indiquant la puissance du signal. Dès que le niveau maximal s'afficha, il tourna les écrous à oreille sur le panneau arrière et sortit le combiné.

Puis il passa un coup de téléphone.

Ses années au service du BOSS lui avaient permis de se familiariser avec les rouages du gouvernement sud-africain. Il savait que toute recherche le concernant suivrait deux directions possibles. Soit l'Afrique du Sud en prendrait l'initiative et s'adresserait pour ce faire à l'extérieur, soit un autre pays se renseignerait sur lui en s'adressant à l'Afrique du Sud.

Le premier cas de figure, une demande de l'Afrique du Sud adressée aux services de sûreté et de police du monde entier, était de loin le plus vraisemblable. Un ancien membre du BOSS s'était évadé de prison et avait probablement quitté le pays : les Sud-Africains demanderaient de l'aide.

Le second cas de figure était moins plausible, mais serait plus inquiétant. Cela voudrait dire qu'une police ou des services secrets en avaient appris suffisamment long pour interroger l'Afrique du Sud à son sujet. Cela indiquerait une fuite dans l'entourage de Dyson.

Quand des gouvernements communiquent entre eux, ils passent presque invariablement par des canaux officiels. Une demande officielle d'information sur un dénommé Henrik Baumann au gouvernement sud-africain arriverait par les canaux diplomatiques ou ceux du renseignement et pouvait être envoyée soit au procureur général, soit directement à la police sud-africaine. Mais, quoi qu'il en soit, elle aboutirait à un seul endroit. En effet, tous les fichiers concernant les prisonniers, comprenant jugements, photos et empreintes, sont centralisés au Bureau criminel sud-africain de Pretoria.

Mais le Bureau criminel était une grosse bureaucratie. Une demande de renseignement pouvait passer entre des vingtaines de mains ou plus.

En revanche, le service des passeports employait un personnel beaucoup plus réduit. Si on s'intéressait à lui, on réclamerait l'original de sa demande de passeport. Jadis, une seule personne, un Afrikaner corpulent dont il avait oublié le nom, s'occupait de ce type de requêtes.

Il avait dû être remplacé depuis le temps. Mais le nouveau responsable travaillait probablement encore seul.

Au deuxième appel, il eut la responsable en question en ligne.

– Ici Gordon Day d'Interpol à Lyon, je m'occupe d'une demande...

– Désolée, dit-elle d'une voix agréable quand Baumann eut exposé son cas. Nous ne sommes pas censés traiter directement avec des agences extérieures...

– Je sais, répondit-il avec la jovialité du fonctionnaire britannique lambda, mais voyez-vous, la demande a déjà été faite et j'ai besoin de savoir si les documents ont effectivement été envoyés, parce qu'il semble qu'il y ait un peu de cafouillage ici, au QG.

– Je n'ai reçu aucune demande d'Interpol en ce qui concerne un passeport de ce numéro.

– En êtes-vous bien sûre ?

– Oui, monsieur Day. J'en suis sûre, mais si vous m'envoyiez un fax avec...

– La demande ne pourrait-elle pas avoir atterri dans un autre service ?

– Pas à ma connaissance, monsieur.

– Oh! flûte. Peut-être a-t-elle été rangée avec celle d'un autre pays, la France, disons, ou encore...

– Non, monsieur. La seule demande que j'aie reçue venait du FBI.

– Ah! Cela tient debout. Ils nous en ont également envoyé une. Le signataire était un dénommé... attendez... je dois l'avoir quelque part par là...

– Taylor, monsieur, de l'antiterrorisme.

– Taylor! C'est ça. Les choses sont déjà plus claires. Merci infiniment pour votre aide.

– Je vous en prie, monsieur.

L'antiterrorisme. Le FBI. Les Américains étaient sur sa piste. Il fallait qu'il modifie ses plans, cela devenait indispensable.

Il n'atterrirait pas à New York. Non, ce serait une erreur.

Il atterrirait à Washington.

36.

Une vingtaine d'années plus tôt, expliqua Harry Whitman à Sarah, un agent de la brigade criminelle avait suivi les cours de l'école du FBI avec un policier sud-africain. L'école du FBI organise des programmes de formation intensive de quinze semaines à Quantico, en Virginie, pour initier les policiers de grades intermédiaires aux derniers développements en matière de techniques d'enquête.

– Comme ce Sud-Africain, un certain Sachs, avait participé à trois sessions de recyclage organisées par le FBI en Europe, nos gens le connaissaient déjà un peu. Nous avons vérifié son dossier auprès du Département d'État et de la CIA pour voir s'il n'avait pas mal tourné. Négatif. Heureusement pour nous, ce Sachs fait partie à présent des services secrets, si bien que, grâce à lui, nous avons directement accès au cœur des ténèbres. On a demandé à quelqu'un de l'équipe de la CIA à Johannesburg d'entrer en contact avec lui, très officieusement.

– Le type de la CIA a demandé au flic sud-africain de se renseigner sur ce fameux Heinrich Fürst?

– Oui, de rassembler tout ce qu'il pouvait glaner. Taylor estimait que, s'il y avait une embrouille quelque part et que notre contact fût dans le coup, il déclencherait un flot de communications. Juste après le rendez-vous avec notre homme, nous avons mis une surveillance en place. On a demandé aux experts de contrôler toutes les transmissions entrant et sortant d'Afrique du Sud, de vérifier l'intensité du trafic par câble vers leur ambassade ici.

– Et ?

– Et on n'a rien remarqué d'inhabituel. Pas de frénésie d'appels ou de télex. On ne peut rien prouver par la négative, mais cela suggère que le contact est net.

– Peut-être.

– Le lendemain matin, il nous rapportait un nom. Sur Heinrich Fürst, rien, mais sur le Prince des Ténèbres, alors là, tout le contraire. « Tous ceux qui travaillent aux services secrets savent qui c'est, c'est un type qui s'appelle Henrik Baumann. » Son nom de code est... ou était... Zéro, ce qui désigne leur meilleur agent. Nous avons donc demandé à notre légat de prier officiellement plusieurs services du gouvernement sud-africain, le procureur général, la police, etc., de nous communiquer tous les documents concernant le dénommé Henrik Baumann. Demandes de passeport, acte de naissance, fichiers, tout le toutim. Il ne nous reste plus qu'à attendre. Pour voir si c'est bien notre homme.

– Ils sont coopératifs ?

– Vous plaisantez ? Ils se démènent comme de beaux diables, oui ! Qu'un ex-agent sud-africain puisse être impliqué dans une affaire de terrorisme les a mis en état d'alerte. Surtout un vestige blanc de l'ancien régime. Ils adorent accuser les gouvernements précédents. Bon, il faudrait que j'appelle le Centre de communications pour voir s'ils n'ont pas du nouveau.

Il décrocha son téléphone et pressa une touche. Sarah regarda la photo de Busch décrochée du mur en se demandant depuis combien de temps elle attendait là. Depuis l'élection Clinton ?

– Je vois, disait Whitman, haussant les sourcils. Je vois.

Curieuse, Sarah tenta d'interpréter son intonation.

Whitman raccrocha et lui adressa un drôle de sourire.

– On a une série complète d'empreintes...

– Génial.

– Et un problème. Il y a un peu plus de trois semaines, notre M. Baumann s'est évadé du quartier de haute sécurité de la prison de Pollsmoor. Les policiers de Pollsmoor ont découvert sa disparition, trouvé deux cadavres et ouvert une enquête sur son évasion. Ils ont suivi la procédure habituelle : ils ont réclamé à la Brigade criminelle de Pretoria le formulaire SAP-69 avec les empreintes du fugitif, ainsi que son dossier contenant les jugements, entre autres éléments. Mais rien n'en est sorti, aucune trace de notre ami. Les Sud-Africains ne contactent généralement pas les autorités internationales en cas d'évasion, même s'il s'agit d'un ancien membre de leurs propres services secrets. Ils s'apprêtaient à renoncer à le rechercher, voire à clore le dossier. Quoi qu'il en soit, d'après moi, c'est notre homme. Maintenant, permettez-moi de vous conduire à vos ravissants bureaux pour vous présenter les joyeux campeurs avec qui vous allez travailler.

Les « ravissants bureaux » consistaient en un appartement avec terrasse au dernier étage d'un immeuble délabré, au cœur de Manhattan, dans la 37ᵉ Rue Ouest, non loin de la Septième Avenue. Le quartier était minable, l'ascenseur brinquebalant encore plus inquiétant.

Toutefois, en sortant de l'ascenseur, on découvrait un décor radicalement différent.

Le FBI louait ce local à une société vendant des accessoires de vitrine pour le commerce de détail partie s'installer à Stamford dans le Connecticut. Comme le Bureau s'en était déjà servi pour monter une souricière dans une affaire de drogue à Chinatown, le système de sécurité existait déjà. Sarah pénétra dans une salle d'attente séparée du reste de l'étage par un mur sur lequel s'étalait une raison sociale inventée de toutes pièces.

Whitman lui expliqua qu'une réceptionniste surveillait les caméras vidéo placées dans les couloirs et les escaliers de secours et n'ouvrait la porte contrôlée électroniquement qu'aux visiteurs autorisés. Un système d'alarme volumétrique était installé à la réception ; le reste de l'espace était équipé de systèmes d'alarme volumétrique à infrarouge passif et de systèmes à infrarouge actif point à point. Pour permettre au personnel de travailler tard dans la nuit dans les divers bureaux, le système d'alarme fonctionnait par zones. Les coffres regroupés dans une salle étaient dotés de leurs propres alarmes.

– Des liaisons de communication sûres, dit Whitman lorsqu'ils pénétrèrent dans une ancienne salle d'exposition visiblement transformée en QG. J'ajouterai que, comme l'installation de ce local nous a coûté un bon paquet de fric, je ne suis pas mécontent qu'il resserve, dit-il en jetant un coup d'œil en coin à Sarah comme si elle était responsable de cet état de fait. Fax sûrs, terminaux d'ordinateurs sûrs, une ligne directe avec le centre de surveillance de Langley, et même deux STU III, pour le plaisir.

Les STU III, les « téléphones noirs » dans le jargon maison, servaient exclusivement aux appels top secret.

Plusieurs personnes inconnues de Sarah attendaient en buvant du café et en lisant le *Daily News* et le *New York Post*. Elle reconnut les autres. Alex Pappas était en grande conversation avec Christine Vigiani. Tous deux fumaient comme des troupiers. Russell Ullman faisait des mots croisés. Seul dans son coin, Ken Alton était plongé dans un livre intitulé *Le Chat de Schrödinger*, de la science-fiction probablement.

152

– Bien, annonça Whitman en levant les bras pour attirer l'attention. Je présume que toutes les personnes présentes ont été affectées au groupe spécial d'intervention. Sinon, vous en savez déjà trop, et je vais devoir vous faire assassiner.

Cette déclaration provoqua quelques gloussements polis. Whitman se présenta et présenta tout le monde. Tous ceux qui étaient dans la pièce, du Bureau ou non, arboraient le badge du FBI, accroché à une chemise, ou bien à une poche de poitrine, ou encore au bout d'une chaîne de métal. Les hommes du FBI portaient tous des plaques d'identification laminées et, semble-t-il, des mocassins Rockports.

Chaque agent du FBI du groupe spécial d'intervention travaillait en tandem avec un policier de New York. Le partenaire de Sarah était un dénommé George Roth, un inspecteur bedonnant avec une face de lune, un front dégarni, des cicatrices d'acné placées symétriquement sur les deux joues, un gros nez couperosé, et un accent de Brooklyn à couper au couteau. Il fit à peine attention à elle. Il hocha imperceptiblement la tête et ne lui tendit pas la main. Il sortit une pastille de menthe de sa poche, se la fourra dans la bouche et se la cala à l'intérieur de la joue gauche.

Ravie de vous rencontrer, moi aussi, pensa Sarah.

Whitman repoussa une tasse de café dans laquelle flottait un vieux mégot pour s'asseoir sur un coin de bureau.

– Bien, vous avez tous été choisis pour ce groupe, mais je tiens à vous rappeler la loi du secret en vigueur ici. Je ne soulignerai jamais assez l'importance du secret. Ceux d'entre vous qui ne sont pas de New York n'imaginent pas le bordel que ce serait si le bruit courait qu'une importante banque de Wall Street *pourrait être* la cible d'un attentat terroriste dans deux semaines. Ce serait la panique totale. Ceux qui sont de la partie savent de quoi je parle. Si vous devez contacter d'autres services de la ville, ne leur dites pas que vous travaillez sur une affaire de terrorisme. Vous recherchez un homme en fuite, d'accord? Et pas un putain de mot à la presse, compris?

Il y eut des hochements de tête, des raclements de gorge.

– Quand on travaillait sur Tradebom, un membre du groupe d'intervention avait un compagnon de beuverie, un journaliste de *Newsday*. Il n'a pas pu s'empêcher de l'ouvrir. Et, bien entendu, *Newsday* a publié un article sur l'un des terroristes que nous avions l'intention d'arrêter dès que nous serions fin prêts, si bien que nous avons dû coincer ce type beaucoup trop tôt. Ce qui a tout fait foirer. Bien, cette fuite a été détectée alors que le groupe d'intervention était nombreux. Comme le vôtre ne compte que dix personnes, en cas de fuite, croyez-moi, j'en retrouverai la source. Si l'un de vous a un compagnon de beuverie chez les journalistes, je lui conseille de se mettre au régime sec jusqu'à la fin de l'enquête.

Le nom de code du groupe d'intervention, poursuivit-il, était Opération Minotaure. Il expliqua que le Minotaure était un monstre mythologique, d'une force colossale, à la tête de taureau et au corps d'homme. Le Minotaure – il ne prit pas la peine de préciser s'il était censé symboliser le terroriste qu'ils poursuivaient – se nourrissait exclusivement de chair humaine. Peut-être était-ce un nom de code trop optimiste car, dans la mythologie grecque, le Minotaure était piégé dans un lieu (le Labyrinthe, construit par Dédale) dont il ne pouvait s'échapper.

– Euh, combien de temps ce fameux groupe spécial est-il censé durer ? demanda l'inspecteur Roth.

Sarah perçut l'ironie. Elle se sentit mal à l'idée de travailler avec lui.

– Le directeur a donné le feu vert pour une enquête dite préliminaire, dit Whitman. Ce qui veut dire que le groupe a cent vingt jours devant lui. Théoriquement, s'il y a de bonnes raisons, il peut être reconduit pour quatre-vingt-dix jours. Mais j'aimerais que tout soit réglé bien avant.

– Et comment ! marmonna un des agents.

– Qu'est-ce que vous entendez par « théoriquement » ? demanda Pappas.

– Je veux dire qu'en réalité Washington nous accorde deux semaines en tout et pour tout.

Il fut interrompu par un chœur de protestations, de sifflets et de cris.

– Vous voulez rire ? s'exclama Christine Vigiani.

– Pas du tout. Deux semaines, et l'enquête est close. Et nous n'avons même pas droit à une enquête dite totale en bonne et due forme. Pour les non-initiés, la principale différence entre une enquête préliminaire et une enquête totale tient surtout à tout ce qu'on n'a pas le droit de faire. Pas d'écoutes téléphoniques. Pas de surveillance. Pas de couvertures.

– On a le droit de poser des questions ? dit Roth. Si on est poli ? Whitman l'ignora.

– Écoutez, je sais qu'un groupe spécial d'intervention de dix personnes, ce n'est rien. Certains d'entre vous se souviennent peut-être de l'affaire du cyanure dans le Tylenol, en 1982, quand un maître chanteur a essayé d'extorquer un million de dollars à Johnson & Johnson. Le bureau de New York avait mis *trois cents* agents sur le coup, de la brigade criminelle au contre-espionnage. Pour moi, dix personnes, cela revient à pisser dans un violon, mais je pense que Washington lance un ballon d'essai avec un groupe petit et souple qui ne croule pas sous la paperasserie. Ce n'est pas moi qui décide, ajouta-t-il en haussant les épaules.

154

— Corrigez-moi si je me trompe, fit Roth. Mais ne serait-il pas exact de dire qu'on a que dalle sur ce type ? Enfin quoi ! On ne connaît même pas son nom.

— Pas tout à fait, dit Sarah.

Tout le monde se tourna vers elle. Elle expliqua ce qu'ils venaient de recevoir de Johannesburg.

Au lieu de l'explosion d'enthousiasme qu'elle attendait, il y eut un grand silence, que Vigiani finit par rompre.

— Ce type s'est évadé de prison en Afrique du Sud depuis plus de deux semaines et nous n'étions même pas au courant ? Ils ne nous ont pas avertis, ils n'ont pas alerté Interpol, *rien* ? J'avoue que je ne saisis pas.

— Je ne crois pas que cela ait été délibéré, dit Sarah. L'Afrique du Sud est traitée en paria depuis si longtemps qu'elle n'a pas l'habitude de partager ses problèmes internes avec les autorités internationales. Ils ne sont pas encore très au point là-bas.

— Ah ! nous avons un nom, quel soulagement ! s'exclama Roth. Il nous suffit de poser des questions autour de nous, si nous y sommes autorisés, pour savoir si quelqu'un ne connaîtrait pas un terroriste du nom d'Henrik Baumann. Ça nous facilite drôlement la tâche.

— Une piste est une piste, lâcha Sarah, irritée.

— Votre mission frise l'impossible, dit Whitman. Oui, nous avons un nom et nous n'allons pas tarder à recevoir des empreintes, voire une photo. Mais il n'empêche que nous cherchons une aiguille dans une meule de foin.

— Une aiguille dans une meule de foin ? fit Roth. Vous voulez dire un brin de paille dans un champ du Nebraska.

— Ce n'est pas avec une mentalité pareille que nous allons retrouver ce type, dit Whitman. Il faut que chacun d'entre vous se dise qu'il est là, quelque part. Mettez-vous dans la peau du fugitif. Imaginez ce qu'il peut faire, projeter, être obligé d'acheter, où il peut s'installer. Personne n'est à l'abri d'une erreur.

— À vous entendre, ce type n'en fait jamais ! s'exclama Roth.

Sarah répondit sans lever la tête.

— Si, il en fera une. Il faut simplement qu'on le prenne sur le fait.

37.

Le 26 février 1993, à douze heures dix-huit, une bombe dissimulée dans un camion Ryder jaune de location explosait au niveau B-2 du parking du World Trade Center. À cette heure-là, environ cinquante mille personnes se trouvaient dans la tour de cent dix étages, l'un des sept bâtiments de l'ensemble. L'explosion bloqua des dizaines de milliers d'entre elles, dont les dix-sept enfants d'une maternelle de Brooklyn, dans des bureaux et des cages d'escalier, ainsi que dans des ascenseurs. L'attentat fit un millier de blessés, pour la plupart intoxiqués par la fumée, et six morts. L'un des grands symboles de New York venait de subir près d'un milliard de dollars de dégâts.

Après une enquête minutieuse, on arrêta huit hommes, dont quatre furent inculpés après un procès extraordinaire de cinq mois au cours duquel on appela deux cent sept témoins à la barre et réunit quelque dix mille pages de preuves. Les quatre hommes, tous des immigrants arabes, étaient les disciples d'un recteur aveugle d'une mosquée du New Jersey.

Jamais les États-Unis n'avaient encore été touchés par un attentat terroriste d'une telle ampleur. La bombe, de fabrication artisanale, se composait de soixante kilos d'explosifs et de trois cylindres d'hydrogène. Moins de quatre cents dollars de matériel.

Les experts du terrorisme (qui se révélèrent soudain extraordinairement nombreux) proclamèrent que l'Amérique venait de perdre son innocence, que ses villes étaient devenues des forteresses. Dans les principaux gratte-ciel, notamment les plus connus, la sécurité fut renforcée. Les parkings devinrent bien moins faciles d'accès. On plaça des bornes en béton autour des espaces publics pour empêcher les voitures d'y entrer. On passa les paquets venant de l'extérieur aux rayons X. On vérifia de manière plus rigoureuse les laissez-passer des visiteurs et les badges des employés.

Malheureusement, cette vigilance accrue ne dura que quelques mois. Les nouvelles caméras de sécurité et les bornes restèrent en place, mais le choc de l'attentat finit par s'estomper, et la vie reprit son cours normal.

Les experts du terrorisme déclarèrent que l'Amérique avait enfin rejoint les rangs de l'Europe, de l'Amérique latine et du Moyen-Orient, où le terrorisme est chose courante. En fait, les États-Unis avaient déjà eu à souffrir du terrorisme.

Quelques incidents isolés : à Chicago, en 1886, une bombe

explosa au milieu d'une foule de policiers ; en 1920, il y en eut une autre dans Wall Street. À la fin des années 60 et au début des années 70, il y eut une petite vague d'attentats gauchistes, dus pour la plupart à la faction Weather Underground of the Students for a Democratic Society et autres membres de la « gauche blanche » qui avaient lancé une campagne de terrorisme urbain dans l'espoir de provoquer une révolution. Lors d'un célèbre incident en 1970, des gauchistes avaient fait sauter le centre de recherches de l'armée de l'université du Wisconsin avec une bombe artisanale composée de diesel et d'engrais. Mais les Weathermen, qui se débandèrent en 1976 à cause de querelles intestines, avaient plus ou moins cessé d'exister en 1980.

Dans les années 70, le monde connut une vague de terrorisme, mais les États-Unis y échappèrent en partie, à l'exception d'une série d'attentats, du milieu des années 70 au début des années 80, dus au FALN, groupe pour l'indépendance de Porto Rico. En fait, en 1980, la foudre tua plus que le terrorisme sur le territoire américain, alors que, dans le reste du monde, il faisait de nombreuses victimes.

Ces dernières années, l'Amérique avait connu des menaces terroristes : en 1983, quand un bâtiment de guerre US abattit accidentellement un avion de ligne iranien et, en 1991, pendant la guerre du Golfe. Mais cela ne se matérialisa guère. Des cinq incidents terroristes recensés sur le sol américain en 1991, aucun n'était lié au Moyen-Orient. Quatre eurent lieu à Porto Rico ; le seul touchant le territoire même des États-Unis fut un attentat visant le centre des impôts de Fresno en Californie, le 1er avril, dû à un groupe se faisant appeler Up the IRS, Inc. (Baisons les impôts).

En fait, sur les trente-quatre incidents terroristes enregistrés aux États-Unis et à Porto Rico entre 1987 et 1991, il n'y eut ni mort ni blessé à déplorer.

Si la bombe du World Trade Center fit prendre conscience à l'Amérique que le terrorisme pouvait aussi s'y produire, elle l'oublia vite. À la fin de 1994, elle avait retrouvé son état normal de joyeuse insouciance.

Cela dura jusqu'au 19 avril 1995, jour où explosa la bombe de l'Alfred P. Murrah Federal Building à Oklahoma City, le pire attentat terroriste de l'histoire des États-Unis. Comme au World Trade Center, la bombe se trouvait à bord d'un camion Ryder jaune de location. Elle se composait d'une tonne d'engrais à base d'ammonitrate. Elle tua cent soixante-sept personnes.

Heureusement, commençant à prendre le terrorisme au sérieux, le FBI avait créé six groupes d'intervention spécialisés dans le pays au début des années 80. Le plus important se trouvait à New York. Il opérait à partir du 26 Federal Plaza, sous le commandement joint du FBI et de la police de New York. Et pendant plus de dix ans, jusqu'à l'attentat du World Trade Center, il n'y eut pas d'incident international, pas de *major special* comme on appelle ces attentats aux États-Unis.

Le groupe spécial d'intervention se compose toujours à parité d'agents du FBI et d'inspecteurs de la police de New York. Aux termes de l'accord à l'origine de sa création, le FBI dirige ces opérations. Les membres de la police prêtent le serment de *marshal*, ce qui leur permet de lutter contre les infractions à la loi fédérale. Un inspecteur chapeaute les policiers ; un surveillant du FBI, les agents.

C'est une mission de choix pour les flics, et les membres affectés au groupe spécial d'intervention représentent toujours le dessus du panier du corps des enquêteurs. Ce sont souvent des inspecteurs chevronnés ; les membres du FBI sont souvent plus jeunes. Ils opèrent toujours en équipes de deux, regroupées en brigades. L'une est chargée des intégristes musulmans, une autre du terrorisme national, une autre encore des groupes internationaux comme les sikhs ou l'IRA provisoire.

En 1985, le groupe spécial d'intervention ne comptait que six flics et six agents. Pendant la guerre du Golfe, ce chiffre passa à deux cents : cent agents, cent inspecteurs. En 1994, après l'attentat du World Trade Center, l'effectif était redescendu à soixante. On parlait même de dissoudre le groupe.

Après tout, la bombe du World Trade Center était un incident isolé, n'est-ce pas ? Et les risques qu'une telle chose se reproduise étaient peu élevés, non ?

Oklahoma City vint tout remettre en cause : l'Amérique semblait avoir définitivement cessé d'être à l'abri du terrorisme.

À quinze heures trente, Baumann atterrit à Dulles, l'aéroport international de Washington. Une heure et demie plus tard, il avait récupéré ses bagages et prenait un taxi pour le centre de la ville. Dans sa serviette de cuir, en liasses nettes, se trouvaient les traveller's checks Thomas Cook en diverses devises pour un montant total de plusieurs centaines de milliers de dollars payables à une société fictive. Baumann savait que la CIA se servait de traveller's checks Thomas Cook non signés (souvent détournés de fonds destinés à la mission américaine aux Nations unies) pour payer ses agents contractuels. Comme ça, il n'y avait pas de trace écrite. Si l'inspecteur des douanes avait découvert les chèques en ouvrant sa serviette, ce qui n'arriva pas, cela n'aurait pas posé de problème : ces chèques étaient des devises non négociables et ne pouvaient être taxés par la douane américaine.

Baumann descendit au Jefferson parce qu'il avait entendu dire qu'il s'agissait d'un hôtel confortable et élégant et qu'il se trouvait aussi avoir une chambre libre pour un homme d'affaires stressé venant de rater son avion.

À son arrivée à l'hôtel, comme il était trop tard pour téléphoner, il commanda un cheeseburger dans sa chambre, prit un bain brûlant et dormit pour récupérer. Le matin, les traits reposés et l'air prospère dans un de ses costumes d'homme d'affaires, il dévora un énorme petit déjeuner, lut le *Washington Post* et sortit marcher un peu.

Quand on appelle le standard du FBI, on n'entend pas le bip régulier qui signifie que l'on est enregistré. Mais Baumann partait du principe que le FBI enregistrait tous les appels, légalement ou non. Il ne craignait pas que l'on reconnaisse sa voix, mais que le FBI garde la trace du numéro de l'hôtel. À éviter absolument. Il se mit donc en quête d'une cabine téléphonique.

Il en trouva une dans l'atrium d'un immeuble de bureaux d'où il put appeler sans qu'il y ait trop de bruit de fond.

– J'aimerais parler à l'agent Taylor de l'antiterrorisme, s'il vous plaît.

Un dénommé Taylor du QG du FBI avait signé la requête de copie de sa demande de passeport auprès du service des douanes sud-africaines. Cela ne voulait pas dire que Taylor était l'enquêteur, seulement qu'il était l'autorité responsable. C'était déjà un excellent début.

– Le bureau de M. Taylor, dit une agréable voix féminine.

– J'aimerais parler à l'agent Frank Taylor, s'il vous plaît.

– Je suis désolée, mais vous êtes au bureau de Perry Taylor...

– Mais je suis bien à l'antiterrorisme, n'est-ce pas ?

– Effectivement, monsieur, mais il n'y a pas de Frank Taylor...

– Oh, flûte, je suis désolé. Ce doit être le bon agent Taylor. Ici Paul Tannen du *Baltimore Sun*. Je suis en train de corriger un article sur la lutte contre le terrorisme. Le journaliste évoque un... il doit effectivement s'agir de l'agent Perry Taylor... en termes très favorables, je dois dire, mais vous savez combien les journalistes sont devenus paresseux, avec les ordinateurs et tout ça.

La voix de son interlocutrice s'anima.

– Je ne vous le fais pas dire.

– C'est vrai, quoi, avec ces vérificateurs d'orthographe, de grammaire et le reste ! C'est à peine s'ils sont obligés de savoir écrire maintenant.

La dame eut un joli rire musical.

– Vous vouliez parlez à l'agent Taylor ?

– Non, je ne voudrais pas l'ennuyer avec des questions de relecture d'épreuves, mais merci tout de même. Merci infiniment et oh !... une dernière chose. Notre journaliste a interviewé l'agent Taylor chez lui. Enfin, c'est ce qu'il prétend. Il habite Washington, c'est bien ça ?

– Alexandria, en fait.

Baumann lâcha un énorme soupir exaspéré.

– Vous voyez ce que je veux dire ?

38.

– En sa qualité d'agent responsable de l'enquête initiale qui nous a tous conduits ici, dit Whitman, Mme Cahill dirigera l'enquête et sera responsable des opérations au quotidien.

Sarah se racla la gorge, exposa les renseignements dont ils disposaient pour l'instant et lut un résumé paraphrasé de la conversation interceptée par la NSA. Malheureusement, expliqua-t-elle, elle ne pouvait pas leur donner des copies de la conversation elle-même, toujours classée top secret, mais elle s'efforçait d'en obtenir au moins une. Elle ne leur précisa pas, il n'y avait pas de raison qu'ils le sachent, que la CIA et le FBI étaient à présent à couteaux tirés à cause de la fuite de la conversation interceptée par la NSA vers le FBI. De toute façon, les deux agences n'arrêtaient pas de se tirer dans les pattes ; cela passerait. Elle évoqua le CD-ROM volé à Warren Elkind, et copié avant de lui être rendu.

– Quelqu'un a parlé avec ce dénommé Elkind ? demanda l'inspecteur George Roth en se fourrant une pastille de menthe dans la bouche.

– Pas encore, dit Sarah. Le bureau de New York lui a envoyé deux agents. Ils l'ont mis au courant de la menace, mais cela n'a pas eu l'air de le préoccuper ; selon lui, il en reçoit constamment. Ce qui est vrai, son service de sécurité le confirme. Son avocat, qui était présent à l'entretien, lui a interdit de répondre à nos questions.

– Connard ! fit Roth. On devrait laisser ces enfoirés faire sauter sa banque ou le descendre, ou Dieu sait quoi. Ça lui apprendrait.

– C'est son droit de refuser de nous parler, dit Sarah.

– Nous devrions essayer de nouveau, répliqua Pappas. Peut-être devriez-vous tenter votre chance.

– J'y travaille, dit Sarah. À ma façon. Il parlera, je vous le promets. Ce qui nous intéresse, entre autres, c'est de savoir ce qu'il y avait sur ce CD-ROM. Ken, pourquoi un terroriste voudrait-il récupérer un CD-ROM ?

– Les possibilités sont infinies. Selon moi, ce CD-ROM doit contenir des informations permettant aux méchants de violer la sécurité de la banque. Mots de code, clés, ce genre de trucs.

– C'est difficile à copier ?

– Grands dieux, non! C'est aussi simple que de faire une photocopie. Pour environ deux mille dollars, on peut se procurer un lecteur-enregistreur. Pinnacle Microsystems en fabrique, Sony aussi.

– Bien. Russell, avez-vous joint les Israéliens? Sont-ils coopératifs?

– Oui à la première question, non à la seconde. Le Mossad est aussi bavard qu'une carpe. Ils ont refusé de confirmer qu'Elkind est l'un des leurs, comment on dit déjà? *sayanim.* Ils n'ont même pas voulu révéler si quelqu'un du Mossad a jamais été en contact avec ce type. Officieusement, ils confirment qu'ils sont bien au courant du côté pervers d'Elkind, surtout parce qu'il fait partie des gros donateurs à Israël et tout ça, et qu'ils aiment bien être informés. Ils prétendent ne rien savoir à propos d'un lien éventuel entre le terrorisme et Elkind, mais peut-être qu'ils cachent juste leur jeu.

– Rien sur les listes de passagers?

– Rien chez les principales compagnies, ni chez les moins importantes, répondit Vigiani. Mais cela ne m'étonne pas, on ne trouvera rien à moins qu'il ne voyage sous son vrai nom ou un pseudo connu, et il ne fera pas une chose pareille s'il a un peu de cervelle.

– Sarah, dit Pappas, nous pourrions peut-être contacter tous les services secrets avec lesquels nous entretenons des rapports : le SIS, le MI6 et le MI5, la DGSE, les Espagnols, les Allemands. Les Russes ont peut-être quelque chose dans leurs archives de l'époque soviétique.

– Bonne idée. Vous voulez bien coordonner cette opération? Demandez toute trace de Henrik Baumann sous son véritable nom, ses pseudos connus, les noms de ses amis, parents ou associés. Tout ce qu'on peut pêcher. Ce type donne dans le terrorisme depuis des années, il a bien dû laisser une trace quelque part.

Pappas acquiesça et prit des notes.

– Attention, il faudra peut-être faire sérieusement pression. L'antiterrorisme, c'est comme les recettes de grand-mère, tout le monde se dit prêt à donner un coup de main, mais, le moment venu, tout le monde se défile. Mais je vais faire passer le mot.

– J'adore! ricana l'inspecteur Roth. Cette enquête est tellement top secret qu'on ne peut rien dire à personne, sinon à quelques milliers de gens dans le monde, de Madrid à Terre-Neuve. Voilà ce que j'appelle garder un secret.

– Écoutez..., dit Pappas, exaspéré.

Sarah se tourna lentement vers le flic.

– Inspecteur Roth, ou vous êtes avec nous, ou vous êtes contre nous. C'est aussi simple que ça. Si vous voulez partir, personne ne vous retient.

Elle croisa les bras et le regarda bien en face.

Roth eut un demi-sourire en coin. Il inclina presque la tête.

– Je vous présente mes excuses.

– Acceptées. Ken, nous avons déjà procédé à une recherche exhaustive dans les bases de données, mais comme c'est ta spécialité, peut-être pourrais-tu tout reprendre de zéro.

– Je vais essayer, mais j'y connais que dalle en matière de terrorisme.

– Tu comprendras vite. Le plus intéressant se trouve à la CIA qui détient la principale base de données de l'État sur le terrorisme. Elle est divisée en deux parties : l'interagences, et l'autre purement CIA qui contient des informations, des sources et des méthodes sur les opérations. J'aurais aussi besoin de quelqu'un... Christine ?... pour vérifier tout lien possible entre notre terroriste et les malades de droite responsables d'Okbomb.

– Je doute qu'on trouve quelque chose. C'est manifestement un projet d'envergure internationale...

– Je suis d'accord avec vous. Mais vérifiez tout de même, d'accord ? Ne serait-ce que pour exclure cette hypothèse.

– Sarah ? Et Elkind ? dit Pappas. Il reste la meilleure piste que nous ayons. Si on peut le convaincre que sa banque est visée, il sera forcément un peu plus réceptif.

– Ouais, soupira Sarah. Il devrait, en tout cas.

À moins qu'il ne cache quelque chose, songea-t-elle.

Le numéro de téléphone et l'adresse de Perry Taylor figuraient dans l'annuaire du grand Washington, à Alexandria.

Chez Hertz, Baumann loua une voiture, une Ford Mustang noire, avec un de ses faux permis américains, celui d'un dénommé Carl Fournier du Connecticut. Puis il se rendit à Alexandria pour localiser le 3425, Potomac Drive, un ranch moderne en brique à la façade de bardeaux patinés par le temps.

Passant devant au ralenti, il remarqua que la pelouse était une moquette vert bouteille immaculée, un vrai green. La seule voiture dans l'allée récemment asphaltée était une Jeep Cherokee vert chasseur, édition limitée, récente. La voiture familiale.

Il rentra à Washington et passa la journée à faire des achats dans un magasin d'électronique, un magasin d'articles pour chiens et un autre d'articles de sport. Levé tôt le lendemain matin, il arriva à Alexandria vers cinq heures.

Il faisait encore nuit ; le ciel se striait à peine des lueurs roses de l'aube. Il y avait une seconde voiture dans l'allée à côté de la Jeep : une Oldsmobile dernier modèle, bleu métallisé. La maison était encore plongée dans l'obscurité.

Baumann passa devant sans ralentir. Il se trouvait dans un quartier bourgeois où l'on ne manquerait pas de remarquer une voiture qui ralentirait ou s'arrêterait. On pouvait compter sur les voisins, ici comme ailleurs, pour s'occuper de ce qui ne les regardait pas. Ils écoutaient les querelles domestiques, remarquaient les nouvelles voitures, observaient l'état du jardin. Les maisons étaient très éloignées les unes des autres ; les propriétés étaient symboliquement délimitées par des palissades ou des haies de rondins, mais il n'y avait aucune intimité. Il pouvait toujours y avoir un voisin matinal pour jeter un coup d'œil dehors.

Baumann se gara à quelques rues de là, sur le parking presque désert d'une station Mobil, et revint à pied vers la maison de Perry Taylor. Il portait un cardigan sport, un jean, des Nikes blanches neuves. Il était tout à fait dans le ton.

Il tenait dans une main une laisse de chien d'un rouge éclatant qui tintait à chaque pas et dans l'autre un gadget en aluminium que la boutique pour chiens appelait un « ramasse-bêtises » pour nettoyer après le passage de toutou. Il siffla tout bas en s'avançant vers la maison et se mit à appeler doucement : « Tigre ! Viens, mon bon chien ! Reviens, Tigre ! »

En remontant l'allée de Taylor, il fut soulagé de trouver la maison encore dans le noir. Il continua à appeler son chien à voix basse. Puis il s'approcha de l'Oldsmobile et s'agenouilla rapidement.

Si Taylor ou un voisin le surprenait dans cette position, il avait une excuse toute prête. Mais il avait tout de même le cœur battant. En homme du FBI s'occupant d'antiterrorisme, Taylor était forcément du genre prudent.

Il ne lui fallut que quelques secondes pour coller un minuscule objet rectangulaire aimanté, une boîte plate en métal de moins d'un pouce de côté, sous le pare-chocs arrière de l'Oldsmobile.

– Tigre, mon chien, où es-tu ? murmura-t-il en se redressant.

Il avait besoin d'obtenir quelques renseignements sur cette voiture, mais, pour ce faire, il lui faudrait allumer sa torche-stylo, dont le faisceau était petit mais puissant. Trop risqué.

Une lumière s'alluma à une fenêtre du premier étage dans la maison voisine. Baumann redescendit tranquillement l'allée, en haussant les épaules et en secouant la tête d'un air résigné, pour le bénéfice du voisin qui ne devait pas manquer de l'observer.

39.

Les plus belles maisons d'Amsterdam se trouvent sur le canal Herengracht, constituant un ensemble que l'on appelle le *Gouden Bocht* ou tournant d'Or.

L'une des plus grandioses, de style Louis XIV, avec son escalier à double volée dans sa magnifique entrée et ses plafonds à fresques, appartenait à un Américain d'une quarantaine d'années ayant épousé une Hollandaise extrêmement riche dont il dirigeait la banque familiale.

À une heure fort matinale, le téléphone sonna dans la vaste chambre baignée de lumière, réveillant l'Américain et sa ravissante femme blonde. L'homme décrocha, écouta, dit quelques mots, raccrocha et fondit en larmes.

– Que se passe-t-il? demanda sa femme.

– C'est Jason. Il est en train de mourir.

Cela faisait cinq ans que l'homme était brouillé avec son jeune frère installé à Chula Vista en Californie. Depuis que ce dernier avait déchiré sa famille républicaine conservatrice en annonçant qu'il était homosexuel.

Les deux frères s'étaient disputés, ressuscitant des années de ressentiment et de rivalité. Ils ne s'étaient pas adressé la parole depuis.

Mais Thomas venait d'apprendre que Jason était entré dans la phase terminale du sida. Selon ses médecins, il lui restait au mieux une semaine à vivre.

En plus de deux ans, Thomas n'était sorti de Hollande qu'une seule fois pour assister à une réunion à Londres. Ayant les voyages en horreur, il s'était juré de ne jamais plus mettre le nez en dehors d'Amsterdam.

Il se leva, descendit boire une tasse du *koffie verkeerd* (café au lait chaud) préparé par la bonne et réserva des places sur le premier vol pour San Diego pour sa femme et lui. Puis il alla chercher son passeport dans son bureau au dessus de marbre où il conservait tous ses papiers importants.

Le passeport n'y était pas.

C'était étrange, car il l'y avait vu deux ou trois jours auparavant lorsqu'il avait dû faire une photocopie de son acte de naissance. Il fouilla de nouveau le tiroir, le sortit pour vérifier que le passeport n'avait pas glissé derrière.

Mais il n'y était pas.

La femme de ménage qui venait un jour sur deux avait récemment nettoyé son bureau, mais elle n'y aurait certainement pas touché. Thomas doutait même qu'elle ait jamais ouvert ce tiroir.

En fin de matinée, Thomas, sa femme et la femme de ménage avaient vainement fouillé la maison de fond en comble. Le passeport avait bel et bien disparu.

– Appelle l'ambassade pour leur signaler que tu l'as perdu, lui dit sa femme, à bout de patience. Ils te le remplaceront sur-le-champ. On ne peut plus se permettre de chercher si on veut attraper le vol de cet après-midi, Thomas.

Il téléphona au consulat américain, dans Museumplein, pour signaler la perte de son passeport. Après l'avoir baladé de service en service, on finit par le prier de passer remplir des formulaires.

– Pourriez-vous me répéter votre nom ? lui dit la femme au bout du fil.

Il s'exécuta avec un certain agacement, car il avait déjà dit son nom trois fois à cette femme bornée. Il le lui avait même épelé.

– Moffatt, Thomas Allen Moffatt.

40.

Comme le parking de la station Mobil était trop exposé aux regards, Baumann alla se garer devant une boutique voisine vendant des beignets qui projetait une lumière fluorescente sulfureuse sur les véhicules rangés dans son petit parking. Il entra boire une tasse de café. La serveuse, petite jeune femme aux cheveux blonds presque blancs, lui tendit une grande tasse de café noir avec un beignet nature en lui souhaitant joyeusement une bonne journée. Il acheta une première édition du *Post* près de l'entrée.

De retour dans sa voiture, il parcourut le journal appuyé contre le volant en sirotant son café. Il prit le récepteur sous le siège avant, le brancha dans l'allume-cigares et ajusta l'antenne. De l'extérieur, on pouvait le croire plongé dans sa lecture alors qu'en fait il observait l'écran à cristaux liquides. Un point lumineux rouge lui apprit que le mouchard ou « chien de meute » qu'il avait placé sous le pare-chocs de l'Oldsmobile transmettait un signal, mais que le véhicule n'avait pas bougé.

L'appareil émettait un signal RF. Certains chiens de meute étaient équipés d'une antenne d'une trentaine de centimètres de long, mais pas le sien. Pas pour la voiture d'un homme du FBI. Ce modèle transistorisé était pourvu d'une antenne très courte difficile à détecter.

L'oscillo, posé à côté de lui sur le siège avant, lui indiquait où était l'émetteur et sa position par rapport à lui. Cela lui permettait de filer l'homme du FBI en toute impunité. Même les directeurs adjoints avaient appris à repérer les indices d'une surveillance.

Il y avait un risque que le FBI ne procède à des vérifications RF régulières sur la voiture de Taylor, auquel cas ils découvriraient le chien de meute ; mais ils ne devaient pas le faire tous les jours. Quoi qu'il en soit, il lui faudrait agir vite.

À sa seconde tasse de café, à sept heures cinquante, le point rouge lumineux se mit à bouger.

Il suivit l'homme du FBI à cinq cents mètres de distance. Une seule fois, il se rapprocha suffisamment pour le voir. À un grand carrefour, il profita du fait que Taylor se trouvait dans la file de droite, près de l'entrée d'un centre commercial, pour s'engager dans le parking.

Avec ses jumelles Nikon 7 × 50, il put examiner attentivement Taylor. Ce dernier ne risquait pas de le voir derrière les vitres fumées de la Mustang. De corpulence moyenne, il semblait avoir une petite cinquantaine d'années. Ses cheveux gris étaient parfaitement coupés et il portait des lunettes cerclées. Il était vêtu d'un costume en popeline vert olive avec chemise blanche et cravate à rayures dorées : le bureaucrate dans toute sa splendeur.

Son badge fixé à sa poche de poitrine avec un clip informa Baumann qu'il devait généralement garder sa veste dans la journée. Chaque fois qu'un employé du FBI se trouvait dans un local du Bureau, il était tenu d'arborer son badge.

Baumann laissa l'Oldsmobile bleu métallisé le distancer et la suivit prudemment. Connaissant mal Washington, il se trompa deux ou trois fois et se retrouva même dans une impasse, mais c'était inévitable.

Quand le point lumineux rouge s'immobilisa de nouveau, Baumann se rapprocha et vit Taylor entrer dans le petit parking d'un centre commercial de Pennsylvania Avenue. Il se gara en double file un peu plus haut et sortit ses jumelles.

Perry Taylor descendit de voiture, glissa une pièce dans le compteur et entra chez un traiteur qui annonçait sur sa vitrine des petits déjeuners spéciaux et des plats à emporter. Prenait-il son petit déjeuner ? Si oui, c'était une occasion en or.

Un peu fébrile, Baumann sortit de sa Mustang et passa devant l'Oldsmobile en prenant mentalement quelques notes.

Un, il y avait un laissez-passer de parking du FBI sur le tableau de bord. Rien d'étonnant à cela, tous ceux qui travaillaient au QG du FBI avaient le droit de laisser leur voiture dans son garage. Malheureusement il était très bien gardé, et difficile d'accès.

Deux, si Taylor avait branché l'alarme de la voiture, rien ne l'indiquait. Il ne devait pas l'avoir fait.

Et trois, il y avait une mallette sur le siège avant, une Samsonite grise. Très intéressant, mais comment mettre la main dessus? Il était possible mais peu vraisemblable que Taylor n'ait pas fermé sa portière à clé. Baumann repassa devant la voiture, faisant mine de chercher un numéro dans la rue, et essaya la portière de sa main gantée. Fermée à clé.

C'est alors qu'il remarqua une petite plaque vissée sur le tableau de bord contre le pare-brise. Bien sûr. Le numéro d'identification de la voiture y était gravé. Baumann s'approcha pour copier la longue série de chiffres et de lettres. Taylor sortit alors de la boutique, un sac en papier blanc à la main : son petit déjeuner? son déjeuner? Baumann poursuivit son chemin jusqu'à sa Mustang de location. Il prit note du nom du garage où Taylor avait probablement acheté sa voiture, qui figurait à l'arrière près de la plaque d'immatriculation, puis il redémarra et disparut.

41.

Sarah et Pappas ne furent pas les premiers à arriver au QG de l'opération Minotaure. À sept heures quinze, tout le monde était là à l'exception de Ken Alton qui avait passé la majeure partie de la nuit à installer un réseau local en un temps record. Chacun des membres du groupe d'intervention étant équipé d'un terminal, le réseau leur permettrait d'accéder à des fichiers et des dossiers sans perdre une seconde. Ken avait expliqué à Sarah qu'il ne se souciait pas trop de ce qu'il appelait la défense intérieure, puisque chacun des membres de l'équipe avait soigneusement été trié sur le volet. Si on lui accordait quelques heures supplémentaires, il créerait un périmètre de défense adéquat, avec un système de sécurité « à l'épreuve du feu ». Mais – quoique négligé en apparence – Ken était un perfectionniste et Sarah lui dit d'en rester là. Pas le temps de faire trop compliqué.

Le groupe se scinda en équipes et se dispersa pour la journée, chacun muni d'un biper au cas où Sarah aurait besoin de les joindre. L'inspecteur Roth et elle s'installèrent dans le bureau qu'elle s'était attribué. Probablement celui du président de la société d'accessoires de vitrine. On avait truffé le sol d'équipements de sécurité sophistiqués, mais on n'avait pratiquement touché à rien d'autre dans les locaux. Un ensemble de fauteuils de bureau miteux abandonné là écrasait la pièce qui avait une vue sur la ville à couper le souffle. De là-haut, New York avait l'air propre, dynamique et plein de promesse. Le bureau était recouvert de Formica imitation bois, rafistolé dans un coin avec un bout de vinyle mal choisi. Le siège du fauteuil à dossier haut en vinyle moutarde avait des trous par lesquels s'échappaient des touffes de coton blanc. Pas étonnant qu'on les ait laissés là. Le seul élément de la pièce à avoir un aspect officiel était le coffre-fort approuvé par le FBI, un coffre-fort à combinaison de quatre tiroirs, en béton et en acier, pour ranger les documents top secret.

— Bien, inspecteur Roth, selon mes sources, vous êtes un des meilleurs flics de la ville, vous avez fait des merveilles à la brigade des criminels en fuite en retrouvant la trace de douze fugitifs en un an et demi, vous excellez dans le domaine des passeports et des cartes de crédit, et vous avez une sorte de don incroyable pour retrouver les gens, une sorte de sixième sens. J'espère que mes sources ne se trompent pas.

Roth se fourra une pastille de menthe dans la bouche.

— Elles exagèrent. Je ferai de mon mieux, c'est tout ce que je peux dire.

— Cela me convient tout à fait.

— Voilà, dit-il pendant que Sarah se préparait à prendre des notes. On a un organisme qui pourrait nous être utile, l'Apple. Il regroupe les chefs de la sécurité de neuf cents entreprises et immeubles éparpillés dans toute la ville. Ils s'occupent en priorité d'effractions et de petits délits. Ils sont surtout obsédés par les toilettes publiques, les docks de chargement et les entrées de service, mais depuis le World Trade Center, le terrorisme les inquiète beaucoup. Le coordinateur du programme est un pote à moi. Je vais lui passer un coup de fil.

— Mais si la Manhattan est la cible, pourquoi s'embêter avec neuf cents autres entreprises?

— On part de l'hypothèse que la Manhattan est peut-être une cible parmi d'autres. J'ai probablement tort, mais je pense qu'il vaut mieux exclure les différentes possibilités que d'avoir une vilaine surprise au bout du compte.

— Qu'allez-vous leur demander?

— S'ils ont reçu des menaces ou remarqué un comportement suspect. Nous sommes à New York. Comme les menaces et les comportements suspects font partie du décor, la réponse sera oui, et il faudra qu'on trie. On a le budget nécessaire, non, alors pourquoi ne pas le gaspiller?

— C'est une façon de voir.

— En outre, je pensais que nous pourrions dresser la liste des principaux gratte-ciel et sites pour les garder sur nos écrans radars.

— Comme l'Empire State Building et le World Trade Center?

— Et le Rockefeller Center, le Lincoln Center, les Nations unies, le Chrysler Building, l'Empire State, la statue de la Liberté, la Bourse.

— La statue de la Liberté?

— Ouais, une bande de nationalistes croates y a placé une bombe il y a quinze ou vingt ans. Et elle a pété. Pas mal de dégâts, mais, par chance, pas de blessés. La grande dame est gérée par le service des parcs nationaux qui passe les sacs des visiteurs au scanner électronique.

Sarah acquiesça et se cala dans son fauteuil moutarde qui lâcha un couinement de protestation. On frappa discrètement à la porte. Russell Ullman entra, une grande enveloppe kraft à la main.

— Elles sont arrivées.

— Quoi donc?

— Les empreintes.

— Les empreintes de votre prince, précisa Roth. Je vous disais bien qu'un jour votre prince viendrait.

— Nous sommes dans la dernière ligne droite, dit Ullman qui avait du mal à maîtriser son enthousiasme. Maintenant on le tient.

L'inspecteur Roth se frotta le visage d'une grosse main grassouillette.

— Oh, vraiment? dit-il, affectant l'ennui le plus profond. Petit, la course n'a même pas commencé, on n'en est même pas aux starting-blocks.

Sarah arracha l'enveloppe des mains d'Ullman et l'ouvrit. Roth avait raison. Les starting-blocks n'étaient même pas encore en vue.

Il s'agissait d'une série complète d'empreintes, prises dans les règles de l'art.

— Où est la photo?

— Ils n'ont pas réussi à en trouver une.

— Quoi? Qu'est-ce que ça veut dire, ils n'ont pas réussi à en trouver une? Ils n'ont pas été fichus de dégoter une photo de ce type?

— Les Sud-Africains disent qu'ils sont incapables de mettre la main sur une photo de Baumann. Pour les gens de son espèce, les agents très secrets, le BOSS ne conservait qu'une unique photo dans son fichier central du personnel. Question de sécurité. Mais elle semble avoir disparu... volée, piquée, Dieu sait quoi.

— Essayez la prison, Russell, fit sèchement Sarah. Vous n'y avez pas pensé?

— Si. Pollsmoor photographie tous les prisonniers à leur arrivée, comme toutes les prisons, et les range dans deux endroits différents, mais les deux photos de Baumann ont disparu au cours des dernières semaines.

— Conneries! explosa Sarah.

– Non, je vous assure, protesta Ullman. Ils ont cherché partout, mais les fichiers photos ont été volés.

– Comment est-ce possible ?

– Écoutez, dit Ullman, pendant des années, le gouvernement sud-africain a tout fait pour garder le visage de ce type secret. Comme la CIA pour ses agents très secrets. Il devait rester en tout et pour tout trois photos de lui dans les dossiers du gouvernement. Si notre homme a le bras suffisamment long ou des amis bien placés, il n'a pas eu de mal à les faire disparaître. Les Sud-Africains ont protégé son anonymat si bien et si longtemps que maintenant, alors qu'ils ont besoin d'une photo, ils sont incapables de mettre la main sur une seule.

– On dirait effectivement que notre terroriste a des amis très bien placés, remarqua Roth.

42.

Perry Taylor arriva au QG du FBI à huit heures vingt et s'engouffra dans l'entrée principale du personnel du côté 10ᵉ Rue de l'immeuble. Cela voulait dire qu'il serait à son bureau à huit heures trente. C'était un ponctuel, ce qui convenait parfaitement à Baumann, parce que cela voulait dire aussi qu'il était un homme d'habitudes, un point faible des plus utiles.

Malheureusement, la voiture ne quitta pas le bâtiment du FBI de la journée. Le point rouge resta immobile et lumineux : on n'avait pas découvert le chien de meute, il émettait toujours, et la voiture n'avait pas été déplacée.

Baumann acheta des lunettes de soleil bon marché, un T-shirt de Washington et joua les touristes dans le voisinage du QG du FBI. Il déjeuna d'un hot-dog acheté à un stand installé à l'angle de la 10ᵉ Rue et de Pennsylvania Avenue.

Il remarqua que les portes de l'entrée du garage sur Pennsylvania Avenue restaient fermées, vraisemblablement pour des raisons de sécurité. Les attentats du World Trade Center et d'Oklahoma City avaient rendu le FBI nerveux, rien de plus normal. Il nota que des visites guidées de l'immeuble étaient proposées aux touristes. Sans raison particulière, sinon qu'il avait du temps à tuer, il en fit une au milieu de la matinée. Cela commençait devant les photos des dix criminels les plus recherchés du pays pour s'achever par un film sur les armes de poing.

Il consacra plusieurs heures à surveiller les différentes entrées du personnel pour voir si Taylor se montrait. Il n'en fit rien. Dédaignant la cafétéria, de nombreux employés sortirent du QG pour se restaurer, mais Taylor devait déjeuner dans son bureau, avec le contenu du sac blanc rapporté de chez le traiteur.

À quatre heures de l'après-midi, Baumann attendait au volant de sa voiture que Taylor sorte de l'immeuble. Le point rouge ne commença à bouger qu'à six heures quarante-cinq. Baumann reprit sa filature à bonne distance. Taylor parut emprunter le même itinéraire qu'à l'aller.

Baumann était découragé. Cela pourrait continuer ainsi pendant des jours, et il n'apprendrait rien à moins de pénétrer dans le bureau de Taylor ou chez lui. Taylor rentrait à Alexandria, mais, pour s'en assurer, Baumann suivit l'Oldsmobile le plus loin possible sans prendre de risques.

Pénétrer chez Taylor ne serait pas un problème, mais il ne pensait pas y trouver quoi que ce soit. Les hommes du FBI prudents comme lui ne conservaient pas de dossiers chez eux. Pénétrer dans son bureau serait possible, mais périlleux, voire inconsidéré. Manifestement, Taylor, ou un de ses collaborateurs, s'était intéressé à son passé. Cela voulait dire qu'on pouvait le reconnaître.

Mais, même en partant de l'hypothèse qu'il puisse entrer dans le bureau sous un déguisement convaincant, que pouvait-il espérer y trouver, sans avoir la possibilité d'y rester seul... chose très improbable ?

Il soupçonnait la mallette Samsonite grise de Taylor de contenir son badge, une liste du personnel ou Dieu sait quoi encore. Si Taylor s'arrêtait en chemin, il sauterait sur l'occasion.

L'Oldsmobile n'était pas munie d'un système d'ouverture automatique, ce qui était fâcheux car cela lui aurait facilité la tâche. Avec ses jumelles, il aurait pu observer Taylor composer son code.

Si Taylor devait de nouveau abandonner sa mallette sur le siège avant, il pouvait ouvrir la portière en deux petites secondes à l'aide d'une lame sans que personne s'en aperçoive.

Si Taylor enfermait la mallette dans le coffre, c'était différent. Il existait des méthodes simples et brutales. On pouvait extraire la serrure avec une tenaille, puis ouvrir le coffre à l'aide d'un tournevis. Mais même en procédant avec soin, les dégâts seraient immédiatement visibles. Taylor comprendrait qu'on avait forcé son coffre, et cela éveillerait aussitôt ses soupçons. Cela ficherait tout par terre.

L'effraction pure et simple était donc à exclure.

Baumann rentra au Jefferson, prit quelques notes, sortit marcher un peu. D'une cabine téléphonique qu'il n'avait pas encore utilisée, il appela Taylor chez lui. Si sa femme répondait, il demanderait à lui parler en se présentant comme un vieil ami, pour bien montrer qu'il ne cherchait pas à vendre quelque chose.

Mais Taylor décrocha lui-même.

– Allô?

– Perry Taylor?

– Lui-même. Qui est à l'appareil?

– Monsieur Taylor, selon nos fichiers, vous n'êtes pas abonné à *Time Magazine*, et nous aimerions vous offrir...

– Désolé, mais cela ne nous intéresse pas. Bonsoir.

Baumann lut quelques pages d'une histoire de l'architecture de New York et se coucha tôt.

Le lendemain matin, il procéda de la même façon que la veille. Il suivit Taylor à bonne distance d'Alexandria au QG du FBI. De nouveau, Taylor s'arrêta chez le traiteur de Pennsylvania Avenue, vraisemblablement pour acheter son déjeuner. Il entra dans le garage du FBI par la même porte sur la 10e Rue et ne quitta pas le bâtiment avant la fin de sa journée de travail.

Baumann eut ainsi amplement le temps de faire ce qu'il avait à faire. Il rentra à l'hôtel et téléphona au garage dont le nom, Brautigan Motors, figurait à côté de la plaque d'immatriculation de l'Oldsmobile.

– Voilà, je me fais l'effet d'un parfait imbécile, expliqua-t-il en riant quand le service clientèle lui répondit. Perry Taylor, à l'appareil. Je vous ai acheté une Oldsmobile de 1994, et je viens juste d'enfermer mes clés dedans.

Les quelques mots échangés la veille avec Perry Taylor lui avaient permis de repérer les particularités de sa voix : un baryton retentissant, un léger accent du Sud, une élocution parfaite. L'imitation aurait pu tromper n'importe qui sauf un proche; heureusement, le jeune homme du service clientèle ne semblait pas connaître Taylor.

– Désolé, monsieur. Je suppose que vous n'avez pas de clé de rechange?

– Ma femme en a une, mais elle est partie dans sa famille à Miami Beach. Pas très malin de ma part, n'est-ce pas?

– Monsieur Taylor, il va falloir que vous me donniez votre numéro VIN qui se trouve sur la voiture ou dans vos papiers. Vous pensez pouvoir le trouver?

– Aucun problème, le voici.

– Excellent. Sinon, nous aurions un vrai problème. Ne quittez pas, s'il vous plaît, je cherche votre dossier.

Quelques minutes plus tard, le jeune homme revenait en ligne.

– Je vais vous donner un numéro, monsieur Taylor, lui dit-il comme s'il s'adressait à un simple d'esprit, ce qui était de bonne guerre, étant donné les circonstances. Il vous suffit d'apporter ce numéro... le code de votre clé, d'accord?... à n'importe quel serrurier pour qu'il vous en fabrique une neuve. D'accord?

– D'accord, dit Baumann. Merci beaucoup.

43.

Le lendemain après-midi, hélas, Perry Taylor rentra directement chez lui sans s'arrêter. Baumann téléphona au garage pour remercier de son aide le dénommé Kevin. Il valait mieux éviter que ce dernier n'appelle Taylor pour s'assurer que tout était rentré dans l'ordre.

Le lendemain matin, Taylor s'arrêta chez le traiteur, mais pas suffisamment longtemps pour lui permettre d'agir.

Ce soir-là, à quelques kilomètres de chez lui, Taylor fit un arrêt dans un centre commercial qui comprenait un supermarché géant, une pharmacie, une librairie et diverses petites boutiques.

Baumann pénétra sur le parking au moment où Taylor descendait de voiture.

L'occasion se présentait enfin.

Taylor enferma sa mallette dans son coffre. Baumann attendit qu'il entre dans le magasin pour s'approcher de l'Oldsmobile.

Taylor avait encore oublié de brancher l'alarme. Baumann inséra nonchalamment la clé du coffre dans la serrure et l'ouvrit. Un coffre dans un état impeccable : ni miettes, ni vieux journaux, ni chiffons sales, ni magazines cornés. Il ne contenait qu'une boîte de balles de tennis intacte et la mallette grise. Baumann la prit, referma le coffre et regagna sa voiture.

La mallette était munie d'un mécanisme de fermeture, trois cadrans à chiffres, que Taylor n'avait pas activé. Pourquoi l'aurait-il fait? Elle était à l'abri dans le coffre.

Dans une des poches, Baumann trouva un Smith & Wesson semi-automatique, Modèle 1006, fonctionnant avec des cartouches de 10 mm. Il y avait aussi un agenda et une grosse pile de fichiers. En feuilletant le tout avec ses gants en latex, il se mit à transpirer. Il brancha l'air conditionné, mais sans obtenir de résultats très probants. Il aurait fallu que la voiture roule pour que ce soit efficace.

Comme Taylor n'avait pas de liste de courses à la main, il risquait de ressortir vite, auquel cas Baumann ne disposait que de quelques minutes pour passer les papiers en revue et remettre la mallette en place. Il ne fallait pas que Taylor se rende compte qu'on avait touché à sa voiture. Heureusement, il avait garé son Oldsmobile dans un endroit isolé et peu passant.

De nombreux documents portaient la mention « confidentiel » ou « secret », mais cela ne voulait pas dire grand-chose. Pour qu'un document ait de l'intérêt, il fallait au moins qu'il soit revêtu de la mention « top secret ». Baumann savait qu'il y avait trois degrés de secret dans le gouvernement américain : confidentiel, secret et top secret. Top secret étant le plus haut. Il n'y en avait pas de plus élevé contrairement à ce qu'on croyait communément.

Mais il existait plus de trente *sous-ensembles* de classification, appelés « compartiments ». Un employé du gouvernement pouvait avoir accès à un ou plus, mais pas aux autres.

Puis Baumann tomba sur un document digne d'intérêt qu'il ne s'était pas attendu à trouver. Qu'il n'aurait jamais osé espérer trouver, plutôt.

Il s'agissait d'une feuille verte revêtue de la mention Airtel.

Baumann savait qu'au FBI on recensait trois catégories de communications entre les QG et les différents bureaux. Une communication de routine était une Lettre, imprimée sur du papier blanc. Un peu plus urgent que la Lettre, venait l'Airtel imprimé sur papier vert. Du moins, il était vert au QG, mais les bureaux en recevaient des copies bleues. Jadis, un Airtel était expédié par voie aérienne, mais cette spécificité était caduque. À présent ils étaient soit faxés, soit envoyés par coursier. Les documents les plus urgents étaient des Télétypes, sur papier kraft, jadis transmis par télétype et à présent faxés ou envoyés par coursier. La seule différence entre les deux était l'en-tête.

Cet Airtel était adressé à Adic NY, le directeur adjoint du FBI responsable du bureau de New York. Signé par Perry Taylor, il donnait la liste des membres d'une cellule de crise du groupe d'intervention spécial chargé de l'antiterrorisme, nom de code Opération Minotaure, avec leurs affiliations. Cinq d'entre eux appartenaient au FBI : deux du QG, trois du bureau de Boston, dont un retraité de fraîche date.

Baumann comprit aussitôt qu'il s'agissait des noms des agents du FBI désignés pour enquêter sur un acte terroriste « supposé imminent » à New York. C'était après lui qu'ils en avaient.

Il tenait les noms de ses chasseurs.

Comme il n'avait pas le temps de faire une photocopie, il nota les noms, les renseignements et rangea soigneusement les documents dans la mallette. Puis il alla la replacer dans le coffre de l'Oldsmobile qu'il referma. Il se pencha pour récupérer l'émetteur sous le pare-chocs arrière... c'était trop risqué de l'y laisser plus longtemps. Il passait les doigts sous le pare-chocs lorsqu'il entendit une voix derrière lui.

– FBI. On ne bouge plus.

Baumann se retourna et, découvrant Perry Taylor à un mètre derrière lui, ne put réprimer un sourire. Ou bien il avait été négligent, ou bien il l'avait sous-estimé. Taylor avait dû l'apercevoir près de sa voiture et quitter le supermarché par une autre sortie. Il n'avait pas de sac à la main.

Baumann était en très mauvaise posture, et il en eut le vertige. Il ne voulait pas tuer Perry Taylor ; ce n'était pas du tout dans ses intentions. Il eut un sourire penaud et un rire gêné.

— Drôle d'endroit pour perdre une lentille de contact, non ? dit-il avec un accent du Sud, sorte de seconde nature à présent.

Taylor hésita.

— Où l'avez-vous perdue ? demanda-t-il, sceptique.

L'avait-il vu ouvrir le coffre ?

Le parking était désert. Personne ne pouvait les voir.

— Quelque part par là, dit Baumann en secouant la tête. C'est vraiment pas ma journée.

— Je comprends, dit Taylor. Laissez-moi vous aider.

Bien sûr ! Il n'avait pas son arme sur lui. Elle était dans le coffre. Il s'approcha, faisant mine d'aider Baumann, mais en vérité, Baumann en était sûr, pour le déstabiliser, voire tenter de le désarmer.

— Merci, dit-il.

Taylor s'approcha. La main droite de Baumann se plaqua sur sa trachée et serra. Perry Taylor s'affaissa sur le sol, comme un quinquagénaire terrassé par la trop forte chaleur d'une soirée d'été à Washington.

QUATRIÈME PARTIE

EMPREINTES

Sous l'appât parfumé il y aura certainement un poisson pris à l'hameçon.

Sun Tzu, *L'Art de la guerre.*

44.

Certaines polices utilisent encore le vieux système Henry de classification des empreintes, les regroupant selon leurs diverses caractéristiques, boucles, arcs, verticilles et crêtes.

C'est un système assez baroque. Une boucle peut être ulnaire ou radiale ; à poche centrale, simple ou en tente. Les verticilles sont de quatre types : simple, à boucle centrale, à boucle double ou accidentel. En outre, un verticille peut être à spirale à gauche, à spirale à droite ou concentrique. Ensuite, on a les crêtes. Chaque empreinte a son dessin digital unique de crêtes. Pour une identification positive, il faut au moins huit points d'identification, encore appelés caractéristiques de crête, déterminés par le savant anglais du XIXᵉ siècle, sir Francis Galton. Malheureusement, avec le système Henry, il faut procéder manuellement aux comparaisons, empreinte par empreinte, ce qui peut prendre des semaines, voire des mois.

Mais, depuis 1986, aux États-Unis, on se sert d'une autre méthode : l'AFIS (Système d'identification automatique des empreintes) qui, à l'aide de scanners optiques rapides, analyse, numérise et stocke les empreintes sous une forme informatisée. On calcule la position des détails sur une échelle de cinq cent douze pixels par pouce et on les convertit en une série de chiffres, faciles à comparer à d'autres. Les boucles et les verticilles sont transformés en octets et en bits. Grâce à l'AFIS, le FBI et les principales polices du pays peuvent comparer des empreintes au rythme de neuf mille par minute.

Le service d'identification du FBI a dans une mémoire en ligne les empreintes de quelque vingt-quatre millions de criminels condamnés, plus celles de quarante autres millions d'Américains, dont des employés fédéraux et des anciens combattants. Et très récemment, l'AFIS du FBI a été connecté électroniquement aux machines AFIS des capitales des États et des principales villes du pays. Ce réseau, l'IAFIS, basé dans de nouveaux locaux à Clarsburg, Virginie-Occidentale, relie les polices locales au FBI par un système de transmission sans papier qui ne tardera pas à éliminer complètement les vieilles fiches d'empreintes.

La cellule de crise du groupe spécial d'intervention venait d'être réunie à la hâte par biper. Ken Alton, qu'on avait tiré du sommeil, apparut, un peu chancelant, un gobelet de café à la main. Sarah fit circuler des copies de la fiche des empreintes communiquée par les Sud-Africains. Sur la partie inférieure figuraient les empreintes de contrôle des cinq doigts d'Henrik Baumann et, sur la partie inférieure, l'impression simultanée des quatre doigts de la main.

– Vous n'aurez peut-être pas besoin de ces empreintes, mais elles sont là au cas où. Les chiffres que vous voyez sous chacune d'elles sont les chiffres Henry que les Sud-Africains utilisent encore. Technologie préhistorique, mais nous ne sommes pas en position de nous plaindre. Le service d'identification est en train de les agrandir, de tracer les crêtes et de les convertir dans le système AFIS.

– C'est tout ? s'exclama l'inspecteur Roth. Et les empreintes de ses lèvres ?

Il y eut des gloussements dans l'assistance.

– Pardon ? fit Sarah, déconcertée.

– C'est une blague entre nous, expliqua Wayne Kim du service de médecine légale du NYPD. La revue de médecine légale a publié un ou deux articles sur le recours aux empreintes labiales pour identifier quelqu'un. On étudie les rides et les sillons, à fourche double, triple, réticulés, des trucs comme ça.

– Je vois, dit Sarah. Bon, quelques précisions. Jusqu'à ce qu'on reçoive la conversion AFIS, vous pouvez faxer ces empreintes, mais assurez-vous que vous vous servez bien du fax à haute résolution sûr. Et soyez prudents, car même ce fax peut introduire des détails erronés. Si vous recevez une série d'empreintes dont vous pensez qu'elles peuvent être celles de notre homme, je préférerais qu'on les envoie par coursier à Washington plutôt que de les cochonner avec un fax.

– Sarah, dit Ken, encore groggy, en quoi le système AFIS est-il plus fiable pour les correspondances ?

– Eh bien, la machine attribue un A ou un B aux empreintes en fonction de leur qualité par rapport à l'original. Un C est un rejet. Dans tout les cas, elle ne vous donne pas un oui ou non définitif, mais une liste des dix premiers en ordre décroissant assortis d'un nombre. Un score dit parfait est de 19998. Mais souvenez-vous, nous sommes dans les forces de l'ordre, pas dans les services secrets, donc tout ce que nous faisons doit être recevable au tribunal. Et pour respecter la loi, même quand l'ordinateur aura craché le gagnant, le service de l'identification devra encore faire une vérification manuelle, enfin visuelle.

Ken hocha la tête.

— On va les entrer dans le NCIC, le fichier des recherches criminelles? demanda Mark McLaughlin du NYPD, un blond au visage constellé de taches de rousseur.

— Non, le NCIC se sert d'un système différent, une simple classification numérique que le Bureau a inventée pour stocker des empreintes sur ordinateur. Il se fonde sur un compte de crêtes entre le delta et le cœur. Il s'agit en fait d'un système assez grossier, utile pour mettre sur une piste, mais c'est tout. L'AFIS et l'IAFIS sont mille fois plus efficaces.

— Il faut aussi les envoyer à Albany, à la division de la justice criminelle, service des empreintes, puisqu'on part du principe que notre homme est ici, dit Roth. Comme ça, si on l'arrête et qu'on lui prenne ses empreintes n'importe où dans l'État, on le tient. À mon avis, cela vaut le coup de prendre le temps de les envoyer dans tous les États pour chercher une correspondance et de les autoriser à les garder en mémoire, s'ils veulent. L'État de New York le fera, mais beaucoup d'autres, non.

— Qu'est-ce qu'on doit faire avec les empreintes une fois qu'on en a? demanda l'un des agents de terrain, Dennis Stewart, dont la spécialité était le crime organisé.

— Ici, on a un équipement de base. Un Ramcam, un petit lecteur qui fait un cliché thermique de l'empreinte, et le Crimcon, qui est relié à un moniteur vidéo. L'inspecteur Roth sera l'homme de la situation dans ce cas-là... c'est lui qui va s'en occuper.

Plus tard, quand le groupe se dispersa, Pappas s'approcha de Sarah.

— Écoutez, Sarah, avec toute cette technologie sophistiquée, on finit par oublier que tous les ordinateurs perfectionnés du monde ne remplaceront jamais une bonne vieille filoche.

— Qu'est-ce que vous suggérez?

— Je crains seulement que le temps ne nous manque et que tous ces jouets ne nous distraient.

— Alex, si nous ignorons la nouvelle technologie, c'est à nos risques et périls.

— Vous vous rappelez quand l'administration Reagan a déboursé dix-sept millions de dollars pour un système informatique baptisé Trap/Targit qui était censé prédire des attentats à partir d'indices? Un four total. Ça n'a jamais marché. Je me demande seulement si nous ne devrions pas revenir à des méthodes plus traditionnelles, le bon vieux brainstorming, par exemple. Qu'est-ce que vous faites ce soir ?

– Je vais chercher Jared qui rentre de colonie. Entre six et sept heures à Pennsylvania Station.

– Vous avez prévu d'aller dîner quelque part tous les deux ?

– Je n'ai pas fait de projets. Je me disais que cela dépendrait de lui.

– Peut-être que je pourrais passer plus tard, quand il sera couché. Non, j'ai une meilleure idée. Demandez-lui donc si cela lui dirait que je vous emmène dîner dans un bon petit restau grec que j'ai découvert sur la Première Avenue. Vous et moi, on pourra parler, et Jared mettra son grain de sel. Mais je ne voudrais pas m'imposer...

– Oh ! il sera ravi de vous voir, Alex. Mais manger grec, je ne sais pas. Vous savez à quel point il est difficile dans ce domaine.

– Va pour le MacDo alors, celui du carrefour de la 71ᵉ, Broadway et Amsterdam Avenue.

Alex Pappas dévora son Big Mac et ses frites avec autant d'enthousiasme qu'une moussaka ou une spanakopita. Bien entendu, Jared récupéra une bonne portion de ses frites qu'il avala aussi goulûment que s'il sortait d'un camp de travail soviétique et non de colonie de vacances.

En deux semaines, il semblait avoir grandi et minci, il ressemblait plus à un jeune homme qu'à un petit garçon rondouillard. Sarah l'imaginait parfois adulte, beau à couper le souffle. Et la seconde d'après, il redevenait le môme en short aux genoux égratignés, faisant semblant de roter.

– J'ai hâte d'aller jouer dans Central Park.

Sarah secoua la tête.

– Pas sans surveillance. Pas question.

– Arrête ! Je n'ai pas besoin d'être surveillé !

– Il n'est pas question que tu ailles jouer dans Central Park sans moi, Jared. Il faut se méfier des inconnus, tu te souviens ?

– Je ne suis plus un bébé !

– Central Park peut être un endroit dangereux pour les enfants. Seulement sous surveillance. C'est la règle. Mais comme je vais être très, très occupée pendant la journée et que je ne veux pas que tu passes ton temps vissé devant la télé à la maison, je t'ai inscrit à la YMCA près de Lincoln Center. Sur la 63ᵉ Ouest, pas loin d'ici. L'immeuble n'a pas l'air mal. C'est là que tu passeras tes journées.

– La YMCA ? Mais je n'ai pas envie d'aller à la piscine !

– Il n'y a pas que la piscine, il y a aussi des ateliers d'artisanat, du basket et d'autres sports. Tu vas bien t'amuser.

182

– Pitié! gémit Jared.

– Crois-moi, lui dit Pappas, quand tu seras aussi vieux que moi, tu donneras ta chemise pour passer tes journées au centre aéré. Ta chemise!

45.

– Si Baumann est effectivement à New York, déclara Pappas quand Jared fut couché, cela signifie signifié qu'il est entré sur le territoire au cours du mois dernier, depuis son évasion de Pollsmoor.

– Cela réduit la fourchette temps, mais nous ne savons pas s'il est entré légalement ou illégalement. C'est un pro, il peut être entré en douce sans laisser de traces. Ce qui veut dire qu'il est pratiquement impossible de le retrouver.

– Il faut réfléchir en termes de probabilités. On peut effectivement entrer illégalement aux États-Unis en traversant à pied la frontière avec le Canada... Il faut qu'on demande leurs fichiers d'entrées aux Canadiens.

– Et s'il est arrivé par le Mexique? Nous sommes foutus si nous devons dépendre de l'aide des Mexicains.

– Réfléchissez en termes de probabilités. Le Mexique sert bien moins souvent à des entrées illégales dans ce genre de cas.

– Mais qu'est-ce qu'on demande aux Canadiens de chercher? Ils ne pourront nous aider que s'il est venu avec son propre passeport, sous son propre nom. Ce qui est hautement improbable.

– Exact, mais cela vaut le coup d'essayer.

– Et s'il arrive directement aux États-Unis... quel que soit le passeport qu'il utilise... les aéroports internationaux ne manquent pas. Est-ce qu'il ne choisirait pas un trou paumé comme... je ne sais pas, moi. Il n'y a pas un aéroport international à Great Falls dans le Montana avec seulement un inspecteur des douanes?

– Au contraire, rétorqua Pappas. Qui dit un seul inspecteur dit surveillance renforcée, ce qu'il veut éviter à tout prix. Mieux vaut débarquer dans le pays par un grand aéroport animé où environ six cents personnes se pressent à la douane. Toute cette cohue et juste un pauvre petit inspecteur des douanes surmené pour gérer ces hordes. À sa place, c'est ce que je ferais : j'atterrirais à JFK, Dulles, ou Miami, quelque chose de gros.

– Génial! s'exclama-elle amèrement. Donc on cherche un type qui serait entré aux États-Unis au cours du mois dernier. Sous Dieu sait quel nom. Un type... quoi. Cela réduit le champ des possibles, non?

Pappas haussa les épaules.

– Et comme si cela ne suffisait pas, je suis censée faire passer au crible tous les fichiers d'entrée dans tous les ports d'arrivée des États-Unis. Mais pourquoi ne les regroupe-t-on pas dans une sorte de banque de données centralisées ?

– Parce que c'est comme ça. Un jour peut-être, mais pour l'instant tout le travail de recherche doit se faire à la main. Je peux avoir une autre tasse de Nescafé ?

– Bien sûr.

Sarah partit dans la cuisine. En attendant que l'eau chauffe, elle dressa mentalement la liste de tous les aéroports des États-Unis et du Canada. Montréal, Toronto, Vancouver, Washington (le National et Dulles), LAX... la liste était interminable, et elle finit par perdre le fil. Et si Baumann n'était pas entré dans le pays par la voie des airs ? C'était à devenir cinglé, sans espoir.

Elle retourna dans le living avec une tasse de café et une autre d'Earl Grey.

– Mettons qu'il ne soit pas encore à New York, qu'il ne soit même pas entré dans le pays. Dans ce cas, il faudrait contacter Interpol pour qu'ils lancent un avis de recherche international. Mais c'est sans garantie et on risque d'alerter Baumann.

– Rien de mal à cela. Peut-être que cela lui fera peur, que cela l'incitera à annuler.

– Aucune chance.

– Non, effectivement.

– On pourrait faire circuler un signalement en ville. Quelle dommage qu'on n'ait pas de photo ! Mais là aussi, ça trahirait notre existence et ça provoquerait un vent de panique.

– Pas si nous passons par le bureau de New York en disant que nous sommes sur la piste d'un type accusé d'un crime grave en Europe.

– D'accord. Concentrons-nous sur le problème du passeport. Admettons qu'il soit entré directement aux États-Unis, mais pas avec son propre passeport. Comment procède-t-on pour le retrouver ?

– On a pas mal d'options, dit Pappas. Est-ce que je peux fumer ?

– Je préfère pas, pas avec Jared à côté.

– Vous n'êtes pas drôle, soupira Pappas en étendant les jambes avant d'avaler une autre gorgée de café. Nous sommes passés par là dans Tradebom. En fouillant les appartements de certains suspects, nous avons trouvé des passeports nicaraguayens. Des vrais, tout ce qu'il y avait de plus légal.

– Comment se les étaient-ils procurés ?

– Qui sait ? Un fonctionnaire nicaraguayen corrompu a dû

vendre des formulaires vierges aux sandinistes qui les ont à leur tour vendus ou donnés à des frères d'idéologie. Cela se produit tout le temps, dans le monde entier.

Sarah réfléchit un instant.

– Alors qu'est-ce qu'on fait ? On demande à nos légats de sonder leurs homologues et leurs contacts locaux ?

Pappas acquiesça.

– On demande à tous les pays avec qui nous sommes en rapport de vérifier s'ils n'ont pas délivré de passeport à ce type. On pourrait peut-être même leur demander de procéder à une vérification complète des fichiers, s'ils en ont envie.

– Mais sans photo, on obtiendra que dalle. Et tous les pays n'accepteront pas. Ils seront plus enclins à nous aider s'ils pensent que notre type a falsifié un de leurs passeports. Mais la plupart ne vont pas nous accueillir à bras ouverts.

– J'ai peur que ce soit une perte de temps.

– Moi aussi. Ce qui joue pour nous, c'est qu'il est peu probable – encore des probabilités – qu'il ait utilisé un passeport étranger.

– Pourquoi pas, s'il est si facile d'en obtenir un ?

– Parce que cela veut dire passer par la douane *et* l'immigration dans la plupart des aéroports américains avec des fonctionnaires qui étudient le document de près. Exactement le genre de chose à éviter, surtout quand on est le Prince des Ténèbres.

Du coin de l'œil, Sarah aperçut Jared dans son pyjama « Roi Lion » qui clignait les yeux, les cheveux tout ébouriffés.

– Vous pourriez pas baisser un peu le volume ? grommela-t-il.

– Désolé, chéri.

– Désolé, dit Pappas. Nous allons parler moins fort. Hé ! bonhomme, cela t'ennuie si je fume ici ?

– Non, Alex, tu peux.

Sarah se leva, foudroya Pappas du regard et embrassa Jared sur le front avant de le reconduire au lit. À son retour, ils reprirent leur conversation un ton plus bas.

– Bien, il faut donc qu'il se procure un passeport américain. Comment il fait ?

Pappas tira sur sa cigarette, en soufflant ostensiblement la fumée dans la direction opposée à la chambre de Jared.

– Les possibilités sont nombreuses. La méthode classique consiste à se rendre dans un cimetière, à prendre le nom d'un contemporain mort dans sa petite enfance, à se procurer son acte de naissance, puis à faire une demande de passeport. Mais c'est plus facile à dire qu'à faire. Cela demande un travail dingue, et de plus en plus souvent, on classe ensemble les actes de naissance et de décès. Non, il faudrait qu'il en vole un ou qu'il en acquière un faux.

– Ce n'est pas si facile de fabriquer un faux passeport américain maintenant.

– Non, effectivement. Il n'est pas impossible d'engager quelqu'un de très doué. Mais ces gens-là sont très rares.

– Et s'il engage vraiment quelqu'un de très doué?

– Si c'est de la contrefaçon haut de gamme, nous ne l'attraperons pas de toute façon.

– Allons, Alex, il existe bien un réseau informatique reliant tous les postes de douane des frontières. Un truc qui s'appelle Ibis, non?

– Exact, mais...

– D'après mes souvenirs de stage, nous mettions des listes de surveillance et des photos de fugitifs à toutes les frontières, et l'officier des douanes consultait ses listes classées soit alphabétiquement, soit par numéro de passeport.

Pappas hocha la tête et alluma une autre cigarette.

– Mais maintenant on a des lecteurs de documents automatiques dans les principaux ports d'arrivée, n'est-ce pas? Ils scannent optiquement l'information codée en bas du passeport et ils sont programmés pour repérer les variantes afin de s'assurer que le passeport est bien valide. Donc si notre type montre un faux passeport, il va se faire prendre instantanément, non?

– Si c'est du travail de cochon, c'est sûr. Mais pas si c'est bien fait. Vous rêvez si vous pensez que le système est équipé pour repérer les faux. Ce n'est pas le cas.

– Mais si le numéro d'un faux passeport ne correspond pas à des numéros existants, il ne sera pas repéré?

– Pas du tout. Encore une illusion technologique. On le sait peu, mais le système ne remarque pas les numéros de passeport qui n'existent pas.

– Nom de Dieu! Mais les passeports perdus ou volés doivent bien être entrés dans le système, non? Sinon à quoi il sert?

– Effectivement, on entre les passeports perdus ou volés dans l'ordinateur, si bien que si quelqu'un tente d'en utiliser un, un message d'alarme se déclenche. Voilà comment nous avons arrêté les terroristes qui ont volé tous ces passeports américains il y a deux ans.

Il faisait allusion à un incident récent que le FBI n'avait jamais rendu public. Un groupe terroriste avait fait main basse sur mille cinq cents passeports américains valides. Mais comme le FBI avait fait entrer les numéros de ces passeports dans les fichiers de l'INS, tous les terroristes tentant de les utiliser avaient été pris la main dans le sac.

– Ce qui veut dire, reprit Sarah, que Baumann ne va pas utiliser un passeport volé.

– Eh bien, non, pas nécessairement. Il y a toujours un délai

186

entre le moment où on vole un passeport et le moment où il figure sur la liste de surveillance. Peut-être que le gars à qui on l'a piqué a mis un ou deux jours à s'en rendre compte. Ou peut-être que la dame chargée d'entrer ces données dans Ibis a pris sa semaine pour visiter Disneyworld avec ses mômes.

– Il peut donc utiliser un passeport volé.

– Sans aucun doute.

– Merde! Ça y est, je sais! On fait un contrôle croisé.

– Hum?

– On sait que les scanners optiques de documents dans tous les ports d'arrivée stockent tous les renseignements sur les personnes entrées sur le territoire, l'heure, la date, le vol et l'endroit. OK?

– Oui.

– Tout cela se trouve dans une énorme banque de données au Département d'État. On compare *cette* liste à la liste de tous les passeports déclarés perdus ou volés au cours du mois dernier. Au bout du compte, on se retrouve avec une liste de tous les passeports perdus ou volés qui ont été utilisés depuis qu'ils ont été signalés.

– Vous et votre chère technologie, gloussa Pappas.

– Bien sûr, cela ne marchera pas si le passeport dont Baumann s'est servi pour entrer dans le pays n'a jamais été signalé. Mais mettons qu'il l'ait été. On a alors une liste de toutes les entrées illégales, on filtre cette liste et on l'a.

– Pas possible, dit Pappas. Ce sont deux banques de données distinctes. Triste mais vrai. On n'est pas équipés pour ce genre de chose. Cela paraît parfait en théorie, mais il faudrait comparer une liste de milliers de passeports volés ou perdus à une autre de millions de gens entrés aux États-Unis récemment, et ce, à la main. Cela prendrait un temps infini. Crevant et franchement impossible.

– Voilà pourquoi Dieu a inventé les ordinateurs.

– Écoutez, Sarah. Cela n'a jamais été fait tant que j'ai été au Bureau. Jamais. Il y a une raison à cela.

– C'est juste. Ils ne connaissaient pas Ken Alton, le roi de l'informatique. Je vais l'appeler. Il doit probablement s'apprêter à passer la nuit devant son écran.

– Ne vous faites pas d'illusion, mon petit. Et n'oubliez pas que, même si vous trouvez quel passeport il a utilisé, il est déjà dans le pays.

– Honte sur vous! Alex. Je vous signale qu'on a une piste.

– L'ombre d'une piste.

– Allons, cela nous ferait un sacré point de départ.

– Avec un peu de chance.

– Ouais, il faut compter sur la chance de temps en temps. Être positif.

46.

Dans une grande ville comme New York, Henrik Baumann était dans son élément. Il pouvait se fondre dans la foule en changeant constamment d'aspect. Il prit ses dispositions, établit ses contacts, acheta ce dont il avait besoin dans le plus parfait anonymat.

Au début, il choisit une chambre au quarante et unième étage du Hilton, dans ce qu'on appelait l'Executive Tower. Il y avait des chambres moins chères et des hôtels plus agréables, mais il voulait être le plus haut possible.

Il installa son MLink-5000 sur le rebord d'une fenêtre donnant à l'est, orienta l'antenne, vérifia le mesureur de champ et réajusta l'angle d'élévation. Au lieu d'utiliser le téléphone, il brancha dans le port modulaire le petit fax qu'il avait acheté dans la 42ᵉ Rue. Sur une table voisine, il plaça la machine à écrire électronique bon marché acquise au même endroit et plusieurs bordereaux vierges.

Pour la première fois, il était inquiet. La situation avait changé.

Il n'avait jamais eu l'intention de tuer le dirigeant du FBI chargé de le retrouver, mais le type ne lui avait pas laissé le choix. Il s'était efforcé de maquiller le meurtre en agression fortuite. Il avait subtilisé le portefeuille de sa victime avant de lui tirer deux balles dans la tête et la gorge avec un pistolet muni d'un silencieux. Il avait également retiré de sa mallette l'Airtel donnant la liste des membres de la cellule de crise du groupe spécial d'intervention secret, mais il n'avait rien pris d'autre. Ceux qui enquêteraient penseraient, du moins l'espérait-il, que le tueur n'avait même pas ouvert le coffre de la voiture. Même s'ils le soupçonnaient, ils ne sauraient pas qu'il était en possession de la liste.

Quoi qu'il en soit, le FBI en avait appris suffisamment long sur ses projets pour ouvrir une enquête. C'était sérieux. Maintenant, il y avait un risque que sa mission échoue, qu'il se fasse prendre. Et pour la première fois il se demanda s'il devait poursuivre.

Il avait déjà reçu une bonne partie de son salaire et il savait qu'il pouvait disparaître à présent si cela devenait nécessaire sans qu'on le retrouve jamais. Mais il n'avait encore jamais renoncé à une mission, sauf sur ordre ; les ronds-de-cuir avaient tendance à être prudents, voire craintifs. Il avait le sentiment que son travail avait à peine commencé. Et il s'enorgueillissait de son intelligence, de son art de rester insaisissable.

En vérité, malgré les risques, il était sûr de pouvoir foncer sans se faire prendre. On l'avait engagé pour faire un boulot, l'entreprise la plus ambitieuse de sa vie, et il allait le faire. Il savait qu'il était le meilleur dans sa partie ; son orgueil lui interdisait de faire marche arrière.

D'où la fuite pouvait-elle venir ? Il devait rester des trucs en suspens... il y en avait toujours, on ne pouvait pas travailler dans le vide... mais la fuite ne venait pas de son côté, il en était pratiquement sûr. Oui, l'expert en déminage de Liège connaissait une petite partie de l'opération, la nature et le mécanisme de la bombe. Mais il en savait très peu, et certainement pas suffisamment pour avoir informé le FBI.

Non, la fuite ne pouvait venir que du clan Dyson. La question était de savoir si l'un des associés de Dyson avait été retourné ou si leur sécurité était compromise.

Dans la première hypothèse, à savoir que l'un des hommes de Dyson avait parlé, on pouvait aussi bien tirer un trait sur l'opération. C'était exactement la raison pour laquelle il ne se fiait pas aux groupes ! Il saurait bien assez tôt si c'était ça. Il continuerait comme prévu, mais en redoublant de prudence et en se préparant à tout annuler en cas de besoin.

Et si la fuite n'avait pas été d'origine humaine, mais mécanique, technique ? Un fax ou un téléphone sur écoute, un micro dans les bureaux de Dyson ? Les Russes, les Britanniques et les Américains étaient tous équipés pour écouter des conversations téléphoniques par satellite. Mais Dyson et ses gens ne parleraient jamais sur des lignes normales ; Baumann avait insisté sur ce point. Et si les gens de Dyson avaient parlé ouvertement sur un équipement amateur, des téléphones codés achetés dans le circuit commercial ?

C'était possible.

Il était parfaitement inconcevable que cette unique et brève conversation par satellite avec Dyson ait été la source de la fuite, puisqu'il n'avait dit que quelques mots en se gardant d'être trop explicite. Toutefois, la CIA, la NSA et le GCHQ pouvaient utiliser un analyseur de spectre pour capter le signal caractéristique de ce Satcom. Mais pour quel motif ?

L'expérience lui avait appris combien il était dangereux de communiquer par liaisons même dites « sûres » et il s'efforçait d'y recourir le moins possible. Quand les Libyens l'avaient engagé pour poser une bombe dans la discothèque La Belle à Berlin-Ouest en 1986, ils avaient eu la bêtise d'envoyer un message « sûr » de Tripoli à Berlin-Est prédisant un « joyeux événement » dans un club de Berlin. Ayant intercepté le message, les Américains s'étaient démenés pour fermer les clubs de Berlin, mais ils ne savaient pas lequel était visé. L'opération avait failli rater, et Baumann était furieux. Depuis, les Libyens ne communiquaient plus que par coursiers, par contacts humains, la seule voie sûre.

Utiliser de nouveau le Satcom était un risque, mais faible. Il lui faudrait néanmoins prendre des précautions supplémentaires à présent. Ce serait son dernier coup de téléphone à Dyson, à moins d'une urgence grave.

D'où le fax sûr.

Baumann passa un coup de téléphone sûr à la banque de Panama qui lui confirma que le deuxième tiers de trois millions avait été viré à son compte du Liechtenstein. Excellent ; il restait exactement une semaine avant la date fatidique. Dyson n'avait pas tardé. Il fallait dire que trois millions trois cent mille dollars étaient de la menue monnaie pour lui.

Baumann appela ensuite la banque du Liechtenstein pour lui passer un ordre d'achat de lingots d'or pour une valeur de six millions six cent mille dollars. Il perdait quelques milliers de dollars dans la transaction, mais, à long terme, le jeu en valait la chandelle.

Ensuite il rédigea un message :

FUITE VOTRE CÔTÉ. SERVICES SECRETS AMÉRICAINS PARTIELLEMENT AU COURANT. PASSEZ AU DÉTECTEUR MAISON, BUREAUX, ÉQUIPEMENT DE COMMUNICATION. VÉRIFIEZ PERSONNEL. N'UTILISEZ PAS LE TÉLÉPHONE. JE NE SERAI PLUS JOIGNABLE. DEUXIÈME PAIEMENT BIEN REÇU.

À l'aide du dictionnaire de poche Webster relié de plastique rouge acheté à Paris, le jumeau de celui de Dyson, il coda le message grâce à un simple code de substitution et le tapa sur un bordereau. Le texte avait l'apparence d'une correspondance commerciale tout à fait authentique demandant les prix d'une liste d'articles : article # 101.15, article # 13.03, etc. Dyson était le seul à savoir que cela renvoyait à la page 101 du dictionnaire, à la quinzième entrée sur la page, etc. Ce code simplissime était pratiquement impossible à percer.

Baumann avait fixé une plage de cinq minutes à Dyson pour faxer une réponse codée du même style. Il commanda un déjeuner, somnola un peu et réinstalla le MLink-5000.

Pile au début des cinq minutes, son Satcom clignota pour indiquer l'arrivée d'un signal, puis le fax se mit en branle.

Baumann lut le message, le brûla avec toutes les autres feuilles utilisées dans un cendrier en verre, jeta les cendres dans les toilettes, tira la chasse, et sortit faire un tour.

On avait donné pour mission à Christine Vigiani de faire la liaison avec la NSA. En réalité, cela se résumait à une chose : découvrir tout ce qu'elle pourrait sur la conversation téléphonique interceptée et les presser d'en dire plus. Sarah s'était arrangée pour lui obtenir les autorisations nécessaires afin qu'elle puisse lire la transcription.

Non seulement la NSA était connue pour être du genre cachottier, mais elle rechignait à mettre les agences rivales dans le secret de ses sources et méthodes plus qu'il n'était strictement nécessaire. Vigiani avait un mal fou à trouver un interlocuteur à la NSA qui connaisse son affaire et qui puisse ou veuille bien parler.

Finalement un analyste du nom de Lindsay l'appela sur un des téléphones noirs. Non seulement il était cordial, mais il semblait connaître la conversation interceptée.

— Avant toute chose, lui dit Vigiani, nous avons besoin de savoir si vous avez capté les numéros de téléphone de l'appelant ou du destinataire.

— Non.

— Non ? Vous en êtes sûr ?

— Oui. La réponse est non.

— Aucun des deux.

— Exact.

— Pourquoi ?

— Comment vous expliquer ? soupira-t-il. Nous avons capté une bribe de conversation à mi-parcours, si l'on peut dire. Quelques minutes au beau milieu d'un appel téléphonique.

— Mais l'interception..., commença Vigiani, pas très sûre d'elle.

Sentant son ignorance, Lindsay lui répondit en langage clair.

— En fait, il est rare d'obtenir le numéro appelé. Pur hasard. Il aurait fallu qu'on se branche sur l'appel dès la toute première seconde pour entendre le numéro composé sur cadran ou sur touches.

— C'est si rudimentaire que ça ?

— C'est ce que permet la technologie.

— Bien, nous aimerions que vos satellites recherchent ce même code. Selon nous, l'appelant va continuer à se servir de ce téléphone codé, et maintenant que nous connaissons la clé, il suffira de capter tout ce qui se balade dans l'air avec cette configuration.

— Cela ne fonctionne pas comme ça. Nos satellites ne peuvent pas dire quel code est utilisé tant que le signal n'est pas renvoyé vers la Terre et examiné.

— Vous plaisantez ! Suis-je bien en train de parler à la NSA ?

Pour toute réponse, Lindsay se contenta d'observer un silence glacial.

— Très bien, reprit Vigiani. Que savez-vous de cette interception ?

— Plusieurs choses. Pour commencer, nous savons qu'il s'agissait d'un signal numérique, ce qui est utile, parce que les signaux téléphoniques numériques ne sont pas si nombreux à circuler pour l'instant. Ce sera bientôt le cas. Mais pas encore.

— Quoi d'autre ?

– Et nous savons dans quel relais le signal a été capté, son emplacement exact. Il s'agit du relais de Genève-Nord, numéro Alpha 3021, situé sur une montagne au nord de Genève. Si notre appelant utilise de nouveau ce téléphone, le signal sera certainement transmis par le même relais. Nous pouvons cibler cette station.

– D'accord...

– En outre, chaque relais micro-ondes utilise un jeu connu et fixe de fréquences. Nous pouvons demander à notre station réceptrice d'écouter ces fréquences, de les scanner. Bien sûr, nous prierons les Britanniques, le GCQG d'en faire autant. Avec beaucoup de chance, nous enregistrerons un autre signal qui ne se décode pas.

– Parfait, mais cette fois, tâchez d'obtenir le numéro de téléphone, d'accord?

– D'accord, dit sèchement l'homme de la NSA. Tout ce que vous voudrez.

Vigiani raccrocha et se rendit dans le bureau de Sarah. Cette dernière était au téléphone, entourée de la plupart des membres de la cellule de crise. Tout le monde, y compris elle-même, avait l'air accablé.

– Que se passe-t-il? dit Vigiani à Ullman.

– C'est Duke, répondit-il sans même se retourner.

47.

S'efforçant de conserver un semblant de calme, Sarah s'adressa au groupe de l'opération Minotaure.

– Quels que soient nos soupçons, nous ne pouvons éliminer la possibilité que Perry Taylor ait été la victime d'un vol à main armée... banal. C'est du moins l'hypothèse retenue par les labos du Bureau et de la police criminelle de Washington.

– Dans un parking en plein jour? s'exclama George Roth.

– C'était en début de soirée.

– Mais en plein soleil.

– D'accord, mais sa voiture était garée dans une zone assez isolée du parking.

Pappas hochait la tête, mais Sarah n'arrivait pas à deviner ce qu'il pensait.

– Écoutez, dit Roth. Baumann veut nous faire croire que Taylor a été victime d'un hold-up. Y en a-t-il un parmi vous pour y croire? Je ne connaissais pas Taylor. Dites-moi vous autres : il se droguait?

– Bien sûr que non, dit Vigiani. C'est manifestement un coup de Baumann. Ce qui veut dire qu'il est aux États-Unis.

Russell Ullman pour qui Perry Taylor avait été une sorte de figure paternelle avait gardé le silence jusque-là. Il avait les yeux rouges.

– Est-ce que le labo s'est renseigné sur le mode opératoire des meurtres de Pollsmoor pour établir une corrélation ? demanda-t-il d'une voix faible.

– Oui, dit Sarah. Mais il n'y a rien de commun.

– Comment cela ?

– Taylor semble être mort de blessures par balles à la gorge et au front tirées presque à bout portant.

– Mais qu'est-ce que vous croyez ! explosa Vigiani. Que Baumann va laisser une signature... une pancarte disant « coucou, c'est moi » ? Allons !

– Bien, reprit calmement Sarah. Vous avez peut-être raison.

– Une ressemblance entre la mort de Taylor et celle de votre call-girl à Boston ?

Sarah secoua la tête.

– Selon la balistique, non.

– Si Duke a bien été tué par Henrik Baumann, dit Pappas, nous savons maintenant qu'il ne recule pas devant le meurtre d'un haut responsable du FBI, malgré le branle-bas de combat que cela peut provoquer. La question est de savoir quel serait son mobile. Rien ne semble avoir été volé sur le corps de Taylor ou dans sa voiture, sinon son portefeuille.

– Baumann voulait peut-être ses papiers, dit Ullman. Ou faire passer ça pour une agression.

– Le mobile, dit Vigiani, était de faire cesser la chasse déclenchée en tuant n'importe lequel d'entre nous sans hésiter.

Le dimanche après-midi, le troisième jour que Jared passait à New York, il insista pour aller jouer dans Central Park. Sarah avait travaillé toute la journée du samedi et avait projeté de travailler aussi le dimanche mais, au dernier moment, elle se laissa fléchir. Passer un peu de temps avec son fils était important. Et elle pourrait toujours travailler pendant qu'il jouerait. Ils se rendirent donc à Strawberry Field à la hauteur de la 72e Rue Ouest, et elle lut des dossiers pendant qu'il tapait dans une balle de softball. Ce gamin solitaire vêtu d'une veste de cuir flambant neuve (un cadeau de Peter), courant après une balle qu'il envoyait lui-même, aurait fait un triste spectacle s'il n'y avait pas pris un plaisir aussi manifeste.

En un rien de temps, il se fit un copain du même âge avec qui échanger des balles. Soulagée qu'il ne soit plus seul, Sarah se replongea dans les dossiers du Bureau sur les tentatives d'attentats terroristes aux États-Unis.

En fait, le FBI avait un tableau de chasse inégal en matière d'arrestation de terroristes. En 1986, l'organisation El Rukin avait essayé d'acheter une arme antichar à un agent secret du FBI, dans l'intention d'organiser un attentat sur le sol américain pour le compte du gouvernement libyen. Deux ans plus tard, le FBI avait arrêté quatre membres de l'IRA provisoire qui tentaient de se procurer en Floride un missile antiaérien thermoguidé.

Très bien, mais toutes ces ventes d'armes au marché noir effectuées au nez et à la barbe du FBI? Quelques mois à peine après l'enquête Tradebom, dont Alex Pappas était à juste titre si fier, on avait arrêté un groupe de terroriste soudanais à New York et des membres du group Abu Nidal dans l'Ohio, le Wisconsin et le Missouri.

Pappas parlait de probabilités, mais quelles étaient les chances de la cellule de crise du groupe spécial d'intervention d'arrêter ce terroriste... et sans photo en plus?

On se moquait beaucoup de ces « ringards » du World Trade Center qui étaient allés récupérer leur caution de cinq cents dollars pour la location du camion Ryder après l'attentat, mais Sarah ne trouvait pas cela drôle. Les terroristes du World Trade Center étaient peut-être des plaisantins, des clowns et des amateurs, mais il ne fallait pas oublier ce qu'ils avaient réussi à faire. Restait à imaginer ce qu'un terroriste professionnel de premier plan comme Henrik Baumann était capable d'accomplir.

Le FBI avait été à deux doigts de résoudre tout seul l'attentat d'Oklahoma City, mais la chance y était pour beaucoup. Un des enquêteurs avait trouvé un bout d'essieu de camion tordu portant un numéro d'identification, il avait entré ce numéro dans Rapid Start, une des nombreuses banques de données du FBI, et le reste avait suivi. C'était du bon travail, mais le FBI avait aussi eu la chance de découvrir qu'une caméra vidéo avait capté une image du camion de location contenant la bombe. Ensuite, un flic avait arrêté un type pour excès de vitesse, un type qui se trouvait conduire sans permis. Sur combien de coups de chance de ce genre Minotaure pouvait-il compter?

La mort de Perry Taylor avait tout changé. Personne ne pensait sérieusement qu'il avait été victime d'une simple agression. On avait l'impression que Baumann se trouvait dans la pièce voisine. On pouvait l'entendre marcher, respirer, approcher. Il avait cessé d'être une abstraction, un nom de code. Il était bel et bien là.

Perdue dans ses pensées, Sarah ne remarqua pas tout de suite que Jared avait disparu.

Elle jeta un coup d'œil autour d'elle, puis se leva pour mieux voir. Elle rangea ses dossiers dans son sac. Jared n'était nulle part en vue.

Elle n'était pas encore inquiète. Il était impulsif, du genre à s'éloigner sans réfléchir, et maintenant il avait un complice.

Elle appela. Plusieurs personnes se retournèrent pour la regarder.

Elle appela de nouveau, plus fort.

« Bon Dieu ! Jared, mais où es-tu ? »

Les poings serrés, elle erra dans le parc en hurlant son nom. Pas de réponse.

Ne pas dramatiser. Ne pas jouer les mères poules. Il allait surgir derrière elle en riant de la bonne farce qu'il lui avait jouée et elle lui ferait un sermon sur les dangers de faire le pitre dans une ville inconnue.

Le cœur battant, elle emprunta le chemin proche de l'endroit où son nouveau copain et lui avaient joué, se retrouva soudain dans un sous-bois très dense et elle se mit à courir en entendant des cris.

Jared était entouré de trois adolescents à l'air mauvais. L'un l'agrippait par sa nouvelle veste de cuir, un autre brandissait une batte de base-ball. Son fils avait le visage rouge et les yeux écarquillés de peur.

– Hé ! Lâchez-le !

Les agresseurs firent volte-face, et l'un d'eux s'avança vers elle.

– Maman ! s'écria Jared.

– Maman ! imita l'un des jeunes, avec une coiffure rasta et une barbe effilée.

– Tire-toi, connasse, dit un autre, en agitant sa batte.

Sarah connaissait les rudiments du combat à mains nues mais, en vérité, elle n'avait jamais eu à se battre, pas une seule fois depuis la fin de ses études, pas du jour où elle avait possédé une arme, arme qui était restée au bureau.

Elle reçut alors un coup à l'abdomen, à l'instant même où Jared lâchait un hurlement de terreur, et elle sentit qu'on lui arrachait son sac. Un des agresseurs lui avait flanqué un coup de batte. Folle de rage, elle se rua sur ses deux attaquants, pendant que le troisième jetait Jared par terre pour lui retirer sa veste en cuir. Jared rugit.

Elle en frappa un à la mâchoire. Il broncha à peine, l'attrapa par la taille, lui balança un coup de genou dans le plexus solaire, pendant que l'autre approchait avec sa batte. Elle voulut crier à l'aide, mais aucun son ne sortit de sa gorge.

Elle tenta de se redresser, mais ils s'acharnaient sur elle. Elle se remit à hurler.

– Reculez, dit une voix d'homme à sa droite. Lâchez-la.

Du coin de l'œil, elle aperçut un homme mince à lunettes, d'une quarantaine d'années, vêtu d'un jean et d'un T-shirt bleu marine qui s'approchait d'eux d'une démarche raide. Il fondit sur les assaillants. L'un des agresseurs de Jared se retourna pour repousser le nouveau venu; l'ado à la batte la lui balança dans la hanche.

L'homme se plia en deux de douleur. Ses lunettes tombèrent par terre.

Puis, aussi rapidement qu'ils étaient apparus, les trois jeunes s'enfuirent à toutes jambes. Prostré par terre, Jared sanglotait. Son front pissait le sang. Elle se précipita pour le prendre dans ses bras.

— Oh! Seigneur! Tu vas bien? Tu vas bien?

— Mal, dit-il d'une voix étouffée.

Elle lui tâta le crâne pour trouver la source de ce flot de sang. Il avait les cheveux poisseux; il était blessé à la tête. Elle serra contre elle le petit corps agité de sanglots. Levant les yeux, elle vit l'homme au T-shirt bleu se redresser péniblement.

— Il va bien? demanda-t-il.

Assez beau, il avait des yeux noisette, une tignasse poivre et sel ébouriffée. Se tenant la hanche, il se pencha pour récupérer ses lunettes qui avaient l'air cassées.

— On dirait qu'il a reçu un vilain coup, ajouta-t-il.

— Je... je ne sais pas.

L'homme s'approcha, s'agenouilla et palpa la tête de Jared. Ce dernier lâcha un hurlement de douleur.

— Cela m'a l'air grave. Il faut l'emmener à l'hôpital. Il y en a un dans le quartier?

— Je n'en ai aucune idée, dit Sarah, soudain terrifiée à l'idée que son fils puisse être gravement blessé. Oh, mon Dieu! Pourvu qu'il y en ait un!

— Vous pouvez le porter? Si vous ne pouvez pas, je le ferai. Il ne faut pas qu'il marche.

— Non, répliqua Sarah qui ne voulait pas que cet inconnu touche son fils, même s'il avait l'air gentil. Je m'en charge.

L'homme courut arrêter un taxi. Il ouvrit la porte arrière et revint en courant aider Sarah qui, avec Jared dans les bras, peinait à rejoindre la voiture.

— Emmenez-nous aux urgences les plus proches.

Dans le taxi, l'homme se présenta. Il s'appelait Brian Lamoreaux, et il était architecte, écrivain et professeur d'architecture et d'urbanisme à l'université de l'Alberta à Edmonton. Les choses allaient si vite que Sarah en oublia même de le remercier d'être venu à leur rescousse.

Quand le taxi s'arrêta devant l'hôpital Saint Luke's-Roosevelt, elle autorisa Brian à porter Jared jusqu'aux urgences. Le flot de sang

196

semblait se tarir. Jared ne pleurait plus, mais il avait l'air dans les vapes, sonné.

– Je ne pense pas que ce soit grave, lui assura Brian. On saigne toujours beaucoup de la tête. Il a dû se couper quand ils l'ont jeté par terre.

Brian s'adressa aux infirmières du triage pendant que Sarah réconfortait Jared, dont on s'occupa rapidement. Le médecin demanda si son fils était à jour pour son vaccin antitétanique. Il fallut un bon moment à Sarah pour se rappeler qu'il avait été vacciné à l'âge de quatre ou cinq ans.

Le médecin décida qu'il fallait recoudre ; Brian insista pour qu'il autorise Sarah à accompagner son fils, et il accepta à contrecœur.

Au moment où on emmenait Jared dans son fauteuil roulant, Sarah remarqua que Brian boitait légèrement. Elle se demanda si c'était dû au coup de batte. Jared, toujours plein de tact, lui posa carrément la question.

– Vous avez été blessé en nous aidant ?

– À peine. J'ai la hanche un peu endolorie, mais tout va bien.

– Mais vous boitez.

– Je boite depuis longtemps. Occupons-nous plutôt de toi.

– Comment c'est arrivé ?

– Jared ! s'exclama Sarah.

– Non, je vous en prie. J'ai eu un accident. Il y a des années de ça.

– Ouaouh ! dit Jared, satisfait.

Le médecin dégagea les cheveux autour de la plaie et fit une piqûre d'anesthésique, tout en bavardant avec le petit blessé pour le distraire. Puis, quelques minutes plus tard, quand l'anesthésique commença à faire de l'effet, il recousit. Sarah tenait la main de son fils. Brian s'était installé sur une chaise à côté.

– Bien, dit le médecin, il va se rétablir. Il a dû tomber sur un bout de métal ou un morceau de verre pour se couper aussi méchamment. Le cuir chevelu est très irrigué et saigne toujours beaucoup. Heureusement, les coupures à la tête sont faciles à recoudre.

– Vous ne vérifiez pas s'il n'a pas de commotion cérébrale ?

– Aucune raison de le faire. Il n'a pas du tout perdu connaissance, n'est-ce pas ?

Elle secoua la tête.

– Alors non.

– Et les risques d'infection ?

– J'ai nettoyé la plaie avec la Bétadine, puis de la lidocaïne avec de l'épinéphrine, avant de la tamponner avec de la bacitracine. Comme il est vacciné contre le tétanos, il n'y a pas de quoi s'inquiéter. Ne lui lavez pas les cheveux pendant trois jours. Surveillez les signes d'infection comme des rougeurs ou du pus. Dans une semaine, on pourra enlever les fils. Si vous avez un pédiatre, allez le voir, sinon revenez ici. Tout ira bien.

Près d'un distributeur de boissons, dans la salle d'attente des urgences, Brian expliqua à Sarah qu'il écrivait la biographie d'un architecte canadien dont elle n'avait jamais entendu parler. Il était à New York parce qu'une partie des archives de l'architecte s'y trouvait. Elle lui dit qu'elle travaillait pour le FBI, sans préciser, et sentant sa gêne, il n'insista pas.

Jared intervint.

– Vous êtes marié? demanda-t-il avec la franchise d'un gamin de huit ans.

Sarah se sentit horriblement mal à l'aise. Son fils commencerait-il à jouer les entremetteurs pour sa mère?

– Je l'ai été.

– Jared sait ce que c'est qu'un divorce, dit-elle rapidement en lui passant la main dans les cheveux.

– J'ai perdu ma femme il y a trois ans.

– Je suis désolée.

Sarah observa Brian pendant qu'il parlait avec Jared. Elle se rendit compte que, sous ses cheveux grisonnants, il avait un visage jeune, malgré les rides d'expression autour de sa bouche.

– Comment elle est morte? insista Jared.

– Jared! fit Sarah, choquée.

– Non, c'est normal de demander. Elle a été longtemps malade.

– Qu'est-ce qu'elle avait? Un cancer?

– Jared, ça suffit.

– Oui, un cancer du sein.

– Oh! fit Jared, à mi-chemin entre la tristesse et l'ennui.

– Elle était jeune, dit Sarah.

– Ce sont des choses qui arrivent. Mais, vous êtes divorcée?

– Oui. Vous savez vous y prendre avec les enfants, enchaîna-t-elle tout de suite. Vous avez un fils?

– Non. Clare voulait un enfant avant de tomber malade. Nous en avions envie tous les deux. Avant d'obtenir mon doctorat et d'entrer dans l'enseignement, j'ai travaillé comme conseiller auprès du bureau de l'enfance du gouvernement canadien. Mes petits interlocuteurs avaient l'âge de votre fils. C'est un garçon formidable.

– Je le pense aussi, mais je ne suis pas vraiment objective.

– Donc vous êtes seuls ici, je veux dire vous et votre fils?

Sarah hésita.

– Oui, on peut dire ça.

– Moi aussi. C'est une ville dure quand on se sent seul.

– Je suis seule, mais je ne me sens pas seule. De toute façon, il vaut mieux être seul ici qu'à Jackson dans le Mississippi, par exemple.

– Écoutez, j'espère ne pas paraître trop... direct, mais j'ai deux places pour un concert des derniers quatuors de Beethoven à Carnegie Hall, après-demain, dit-il en rougissant. Je devais y aller avec quelqu'un, mais...

– Elle ne peut pas, l'interrompit Sarah, et ce serait dommage de ne pas utiliser le billet.

– Il ne peut pas. C'est un collègue qui a décidé de rentrer plus tôt au Canada. Je ne sais pas si c'est votre genre ou...

– Je suis désolée, dit Sarah. J'aime la musique de chambre, et les derniers quatuors font partie de mes préférés, mais je ne suis pas très fiable comme camarade de sortie en ce moment. Je suis à New York pour travailler, mon biper n'arrête pas de sonner, et je suis souvent obligée de foncer au bureau à n'importe quelle heure du jour ou de la nuit.

– Ce n'est pas grave.

– Si, dit-elle. (Brian l'attirait, mais elle se méfiait instinctivement des inconnus.) Merci en tout cas. Et... merci infiniment pour votre aide.

– Vous me donneriez votre numéro?

Elle hésita, réfléchit.

– D'accord.

– Je peux vous appeler un de ces jours?

Elle haussa les épaules, sourit.

– Bien sûr.

– Je vous appellerai. Jared, tout ira bien. Évite de te laver les cheveux pendant un jour ou deux, tu as entendu ce qu'a dit le médecin.

– Ouais, pas de problème.

– C'est bien ce que je pensais. Fais attention. Peut-être nous reverrons-nous, conclut-il en serrant la main de Sarah.

– Oui, peut-être.

48.

Le message codé que Baumann avait faxé par Satcom jaillit avec un bip de l'un des fax personnels du bureau de Malcolm Dyson. Des toilettes où, cloué dans son fauteuil roulant, le simple fait de se soulager prenait pour lui des allures de supplice, il entendit le bip et regagna son bureau.

Les fax qui arrivaient par ce canal étaient destinés à lui seul ; pour la plupart, ils contenaient des renseignements politiques d'une nature hautement confidentielle pouvant avoir un retentissement sur un marché important, ou bien décrivaient en détail des transactions manifestement illégales qu'il préférait dissimuler à son personnel.

Récemment, le jet de la société de Dyson avait fréquemment fait le voyage de Moscou et de Kiev, où ses laquais mettaient la dernière main à de byzantines opérations d'achat de céréales et de sucre, de pétrole sibérien et du cuivre de Kazakhstan. La plupart de ces opérations étaient extrêmement délicates puisqu'elles impliquaient d'importants pots-de-vin versés à des politiciens. L'une d'elles aurait-elle mal tourné ?

Mais ce fax, dont l'identité de l'expéditeur n'était pas précisée, était un fouillis de mots dénués de sens. Déconcerté, Dyson le fixa quelques secondes avant de comprendre qu'il s'agissait du code de substitution mis au point avec Baumann.

Il sonna Lomax pour lui confier le décodage. Ce dernier emporta fax et dictionnaire de poche et revint une demi-heure plus tard avec le message en clair.

Dyson mit ses lunettes de lecture et étudia la traduction.

– Qu'est-ce que c'est censé vouloir dire, bordel ? Fuite de votre côté et services secrets américains partiellement au courant ?

– Si fuite il y a, comment sait-il que cela vient de notre côté ?

– Une fuite ! cracha Dyson. Grave ou non ? Il ne dit pas qu'il abandonne le projet ; la fuite ne doit pas être si grave que ça.

– Je ne sais pas.

– Et ce « partiellement au courant », qu'est-ce que ça veut dire, nom de Dieu ?

– Je ne sais pas.

– J'en ai parlé à deux personnes, pas plus. Vous et Kinzel.

Johann Kinzel qui dirigeait les bureaux de Dyson & Company à Zoug était l'un des rares confidents de Dyson.

– Vous n'avez pas dit grand-chose à Kinzel, lui rappela Lomax. Il connaît les grandes lignes, c'est tout.

– Mais vous en avez discuté tous les deux, j'en suis sûr.

– Bien entendu ! C'est lui qui s'est occupé des dispositions bancaires. Mais nous ne nous sommes parlé que sur le téléphone sûr.

Dyson lança un regard mauvais à son sous-fifre.

– Les téléphones russes, je suppose.

– Bien entendu.

Dyson hocha la tête.

– Ces téléphones sont sûrs... Vous ne devez pas en utiliser d'autres, Kinzel et vous. Mais qu'est-ce qu'il veut dire, bordel ? On passe régulièrement ce bureau au peigne fin. On fouille L'Arcadie de fond en comble tous les lundis. Et on ne peut même pas le contacter, c'est ça ? C'est exactement ce que je voulais éviter.

– Au moins, on sait qu'il est à New York.

– Maigre consolation. Il ne reste qu'une semaine, et on ne sait même pas où il en est.

– L'essentiel, c'est que personne ne puisse remonter jusqu'à vous.

Dyson eut un de ses sourires énigmatiques et prit un Macanudo dont il coupa le bout avec une précision chirurgicale. Il alluma son cigare avec un briquet en or et se tourna vers la fenêtre. Martin Lomax attendit sans rien dire, sachant pertinemment qu'il valait mieux ne pas interrompre l'une des rêveries de son patron qui devenaient de plus en plus fréquentes ces derniers temps.

Dyson se surprit à revivre de nouveau l'incident, pour la millionième fois, semblait-il. La presse n'en avait pas soufflé mot, ce qui indiquait que le gouvernement américain et ses alliés avaient dû raquer à mort. Cela avait été un vrai sabotage, et moins cela se saurait, mieux cela vaudrait.

Dyson avait toujours redouté les chasseurs de primes, mais il n'avait jamais songé que le gouvernement américain en engagerait un.

Washington avait manifestement renoncé. Tous les canaux légaux avaient été épuisés. Le bureau des affaires internationales du ministère de la Justice avait transmis sa demande d'extradition au Département d'État. Qui l'avait envoyée à l'ambassade suisse. Chou blanc. On avait fait appel à la division des fugitifs étrangers du bureau central américain d'Interpol, mais cela n'avait rien donné.

Puis quelqu'un du ministère de la Justice, visiblement frustré au point de ne plus raisonner clairement, avait eu une idée. Au diable les fédéraux ! Il fallait envoyer un homme de main à Monaco où Dyson et sa femme se rendaient deux fois par mois. S'emparer de ce salaud. Aller là-bas, l'enlever et le ramener aux États-Unis pour le juger. On ferait le tri après.

La tentative d'enlèvement avait eu lieu dans un sentier peu éclairé proche du casino. Deux chasseurs de primes armés, en fait. Qui s'attaquèrent à deux de ses gardes du corps personnels.

La pleine lune, un ciel étoilé clair comme du cristal. Le 26 juin. Malcolm et Alexandra Dyson sortaient d'une nuit de baccara, accompagnés de Pandora, leur fille de trente et un ans, une femme à la beauté délicate, leur fille unique, venue les voir de Paris.

Le son cristallin du rire ravi de Pandora, la note de clou de girofle du parfum d'Alexandra.

Un bruit de pas sur le trottoir, un bruissement.

Dyson avait aperçu du coin de l'œil une silhouette qui leur fondait dessus.

Toujours en éveil, toujours soupçonneux, il avait senti son estomac se serrer avant même que son cerveau n'enregistre quoi que ce soit.

L'intrusion soudaine d'une voix d'homme rauque : « Haut les mains ! »

Bertrand, son garde du corps, avait été le premier à dégainer, et les chasseurs de primes avaient aussitôt riposté.

Une explosion soudaine, une série de bruits sourds, des éclairs orange, l'odeur acide de la cordite. Le hurlement d'une femme, non, le hurlement terrifié de deux femmes. Le reflet de la lune dans la boucle d'oreille de Pandora. Une toux.

Son garde du corps était mort en lui sauvant la vie, mais pas ses jambes. Sa femme et sa fille avaient été tuées sur le coup. Paralysé à partir de la taille, il avait rampé jusqu'à elles pour les entourer de ses bras.

Cela faisait longtemps qu'il n'y avait plus de passion dans le couple qu'il formait avec Alexandra, mais elle avait donné naissance à Pandora, le centre de son univers. Il aimait sa fille comme seul un père peut aimer son enfant. Il était obsédé par sa Pandora, il ne pouvait en parler sans que son visage s'éclairât d'un sourire.

À présent, il n'était plus qu'un paraplégique baladant sa colère dans un fauteuil motorisé. Jadis il ne vivait que pour l'argent, maintenant il ne vivait plus que pour sa vengeance. « Jamais je ne remarcherai, avait-il hurlé un jour à Lomax, mais quelle importance maintenant que Pandora est morte ! »

49.

Le lundi matin, Sarah arriva tôt au QG, avec une démarche raide, souvenir de l'agression de la veille. Elle avait mis du sparadrap sur ses coupures au cou et au visage. Le gros hématome sur sa joue droite avait viré au bleu, elle en avait un autre à l'avant-bras et un dernier encore particulièrement douloureux sous la cage thoracique.

– Que diable vous est-il arrivé ? s'exclama Pappas.

Elle lui raconta l'incident, le rassurant sur l'état de Jared et le sien.

– Les gamins de huit ans sont une race à part, dit Pappas. Ils prennent peur rapidement et on les apaise tout aussi vite. De plus, leurs blessures semblent guérir du jour au lendemain, c'est une de leurs principales propriétés physiques.

Christine Vigiani s'approcha, un fax dans une main, une cigarette dans l'autre, et attendit que Pappas ait fini.

— Nous avons une photo.

Sarah vira sur elle-même.

— Dieu soit loué! Comment?

— J'ai tâté le terrain auprès de tous nos contacts, comme vous me l'avez demandé. J'étais un peu sceptique, je dois l'admettre. Mais tout à coup, le Mossad a réagi.

Le Mossad est connu dans le monde entier pour la richesse de ses archives photos, dont une partie est stockée sur CD-ROM.

Sarah prit le fax.

— Qu'est-ce que c'est que ça?

— Un agrandissement d'une image vidéo prise d'une voiture en mouvement à Johannesburg, un groupe d'officiers du BOSS sortant d'un restaurant.

— C'est arrivé par le fax haute définition? demanda Sarah, l'air visiblement abattue. C'est ça?

— C'est tout ce qu'ils avaient. Et comme cela vient d'une image vidéo...

— Et c'est censé être un visage? Enfin! on dirait une empreinte qui aurait bavé! C'est complètement inutilisable.

Vigiani tira sur sa cigarette et plissa les yeux sans rien dire.

— Pardon, Chris. Merci d'avoir essayé, mais cela ne va pas nous avancer à grand-chose.

Le groupe se rassembla pour la réunion du matin.

— Vous trouverez ici quelques centaines d'exemplaires d'un portrait-robot de notre doux prince établi par un ordinateur sud-africain et accompagné d'une description. Montrez-le ou laissez-en une copie dans les endroits que vous visiterez si vous pensez qu'il y a une chance qu'il s'y présente. Nous devons vérifier le plus d'hôtels possible, ce qui veut dire qu'il va falloir demander des renforts à la police et au Bureau. Rappelez-vous, nous recherchons un homme en fuite impliqué dans un meurtre. C'est la version officielle.

— C'est bien ce qu'il est, marmonna un des flics.

— Vous savez combien il y a d'hôtels dans cette ville? demanda un autre flic, un grand blond, mince, du nom de Ranahan.

— Non, dit Roth, en se tournant vers lui, sa tasse de café à la main. Combien y a-t-il d'hôtels dans cette ville? Cela m'intéresserait de connaître le chiffre exact.

Ranahan toussa nerveusement.

— Comment le saurais-je? Un paquet.

Roth hocha la tête.

— Un paquet! Je vois. C'est une information top secret ou je peux la filer à la presse?

— Baumann est connu pour voyager en première classe, l'interrompit Sarah, et pour préférer les hôtels de luxe, donc nous ferions bien de vérifier les meilleurs hôtels, mais aussi le bas de gamme, les asiles de nuit et les pensions de famille. Ce sont les meilleurs endroits pour garantir l'anonymat, mieux que les hôtels moyens.

– Je m'occuperai du Plaza et du Carlyle, proposa Ranahan. George, il y a plein de maisons de crack dans Harlem qui n'attendent que toi.

– Tenez-vous-en à Manhattan, dit Sarah. Homme blanc, quarantaine. Yeux bleus, cheveux bruns, taille moyenne, pas de signes distinctifs connus. Barbu, mais peut avoir le visage glabre ou une moustache. Probablement un accent sud-africain.

– Ça ressemble à quoi? demanda l'agent spécial Walter Latimer du bureau de New York.

– Personne ne sait à quoi ressemble un accent sud-africain, dit Ullman. On peut le prendre pour un accent anglais, australien, hollandais, voire allemand.

– Exact, dit Sarah. Maintenant n'oubliez pas qu'il ne peut pas vivre dans le vide. Demandez-vous ce qu'il doit faire pour s'installer dans la ville et se préparer.

– A-t-il des complices connus? demanda Vigiani. Tout attentat d'importance requiert des assistants ou des contacts. Il ne va pas se contenter de débarquer, de poser sa bombe et de repartir. Ce n'est pas comme ça que cela marche.

– Il aura peut-être besoin d'ouvrir un compte en banque, dit le flic associé à Vigiani. Ou de louer une voiture, ou un camion, ou une camionnette.

– Chez Ryder Truck Rental à Jersey City, par exemple, suggéra Roth, comme ceux du World Trade Center.

– C'est un étranger dans une ville inconnue, dit Sarah. Voilà pourquoi il peut faire appel à d'anciens contacts, amis, complices ou correspondants des services secrets sud-africains. Chris, j'aimerais que vous restiez ici pour voir par téléphone ou fax ce que vous pouvez obtenir des services de renseignement amis en matière de contacts connus. Vous n'avez rien trouvé sur les groupes d'extrême droite américains, si?

Vigiani secoua lentement la tête.

– C'est bien ce que je pensais. Ken, et cette photo vidéo que Christine a obtenue du Mossad... un résultat de ce côté-là?

– J'ai essayé plusieurs fois de l'agrandir à l'aide d'assez bons logiciels. Certains faits maison, d'autres venant du commerce, genre palette graphique, mais c'est sans espoir. On peut à peine parler de visage en l'occurrence. À croire que les types du Mossad n'avaient même pas d'objectif.

– Merci, en tout cas, dit Sarah. Tu as découvert des parents, des associés, des contacts connus de notre homme?

– Zéro.

– Génial! s'exclama un des flics. Ce mec n'a pas un ami.

– Si tu t'appelais le Prince des Ténèbres, toi non plus tu ne serais pas très populaire, dit Roth. Hé, chérie, j'ai invité le Prince des Ténèbres à dîner. Il nous reste assez de lasagnes?

Sarah sourit poliment, et quelques flics ricanèrent.

– Un des petits génies de l'Identification, continua Ken, a sorti ses empreintes en plusieurs formats, NCIC et AFIS, outre le système Henry, pour les faxer aux Français, aux Italiens, aux Espagnols, aux Allemands, aux Israéliens et aux Anglais, pour commencer. Deux groupes de lutte contre le terrorisme nous ont donné un vrai coup de main. Le GEO espagnol, le GIGN français, et le GSG-9 allemand. Ce sont toujours des opérationnels, mais ils sont en liaison directe avec les services secrets.

– Et? dit Sarah.

– Et on a dégoté un ou deux trucs intéressants.

Plusieurs têtes se tournèrent vers lui.

– En 1985 et 1986, il y a eu une série de quinze attentats à Paris. Treize morts, plus de deux cents blessés.

– Des Iraniens, non? dit Pappas.

– Je ne sais pas, le terrorisme n'est pas mon point fort. En revanche, je sais qu'un Français d'origine tunisienne a été arrêté et jugé comme cerveau de cette campagne terroriste. Il voulait empêcher la France d'envoyer des armes à l'Irak pendant la guerre avec l'Iran. On a trouvé une jolie petite empreinte bien nette sur un morceau de ruban adhésif de l'un des paquets. L'empreinte n'a jamais été identifiée... elle n'appartenait pas au Tunisien.

– Baumann, dit l'un des flics.

– Apparemment, continua Ken, notre type se balade, ou du moins il n'est pas très regardant vis-à-vis de ses employeurs. Et les Espagnols, le GEO, avaient une empreinte partielle assez bonne de son index, relevée sur la jauge d'une voiture en 1973. Apparemment notre homme portait des gants chirurgicaux en latex, mais le latex était suffisamment tendu pour laisser passer l'empreinte.

– Quel attentat? demanda Pappas.

– L'assassinat de Luis Carrero Blanco, le Premier ministre espagnol.

– Bon Dieu! mais c'était un coup des Basques, s'exclama Pappas. De l'ETA. Le bruit a couru qu'ils avaient fait appel à quelqu'un d'extérieur. Baumann... ce serait possible.

– Les empreintes correspondent, en tout cas.

– Ce type n'est pas un fantôme, dit Ullman. Il existe bel et bien.

– Ken, reprit Sarah, rassemble tout ce que tu peux sur ces attentats. Je veux des noms, des contacts, tout. Tu as contacté le centre d'analyse et de recherche sur le terrorisme du QG?

– Bien sûr. J'ai aussi contacté l'INS pour voir s'ils avaient des empreintes qui concordaient. Je me suis dit qu'il avait peut-être fait une demande de visa américain sous un faux nom. La réponse a été non, bien sûr. Ce mec est bien trop prudent.

– C'est bien d'avoir essayé en tout cas, approuva Sarah. Et notre contrôle croisé?

– Une idée de génie, ô chef estimé, dit Ken en résumant l'idée de Sarah aux autres. Mais le Département d'État est coincé par la loi sur la protection de la vie privée qui met un tel embargo sur les données concernant les passeports qu'il est pratiquement impossible de tout réunir en un seul joli petit paquet bien net.

Pappas lança un regard éloquent à Sarah.

– Génial! s'exclama-t-elle. Et le droit de ne pas sauter sur une bombe dans le métro ou dans un gratte-ciel, qu'est-ce qu'on en fait?

– Si on pose au Département d'État une simple question du genre : « Pouvez-vous nous dire si quelqu'un est entré dans le pays avec un passeport volé », continua-t-il, on obtient une masse de conneries. Du genre : « Oh! il y a des tas de précautions pour prévenir la contrefaçon, c'est impossible. » Mais voilà ce qu'ils ne veulent pas nous dire : ils ont un système de repérage des passeports perdus ou volés, qui s'affiche sur les écrans des principaux ports d'arrivée, le système de soutien et de surveillance consulaire. Mais il ne fonctionne pas en temps réel. Il a des semaines de décalage. Un exemple : vous volez son passeport à un type à Londres... sous son nez. Eh bien, vous pouvez utiliser ce passeport pour entrer aux États-Unis, à condition que vous ayez une ressemblance avec la photo. Parce qu'il s'écoule des semaines avant que l'ambassade de Londres ne signale – par escargot-express – le vol ou la perte d'un passeport qui sera ensuite entré dans le système.

– On ne peut pas obtenir une liste de tous les passeports volés ou perdus au cours des derniers mois? demanda Sarah.

– C'est l'autre hic. Ils n'ont pas les moyens de faire ça, de rassembler les noms et les numéros de passeport dans un seul fichier.

– Tu plaisantes! dit Sarah.

– Malheureusement non. Le Département d'État délivre quatre millions de passeports par an. Et si tu regardes les chiffres des passeports déclarés perdus ou volés en 1992, par exemple, tu trouves treize mille cent un passeports déclarés perdus et quatorze mille six cent quatre-vingt-dix passeports déclarés volés. Bien sûr, de nombreuses personnes ayant en fait perdu leur passeport déclarent qu'il leur a été volé pour ne pas perdre la face. Et pourtant le Département d'État ne peut pas faire un contrôle croisé sur les passeports volés utilisés après que leur vol a été signalé.

– Qu'est-ce qu'on fait alors? s'enquit Sarah.

— Ce n'est pas parce qu'*ils* ne peuvent pas que je ne peux pas.
Sarah eut un faible sourire.

— Je suis entré dans le système consulaire pour rechercher les
numéros des passeports qui avaient été signalés perdus ou volés. Et
ensuite, je me suis connecté à la banque de données de l'INS qui renferme la liste de toutes les entrées dans le pays, quel que soit le port
d'arrivée.

— Et s'il y a une correspondance, s'exclama Vigiani, tout exci-
tée, on se retrouve avec une liste de tous ceux qui ont utilisé un passeport volé ou perdu pour entrer dans le pays au cours des deux derniers mois.

— C'est ça, conclut Ken.

— Et? dit Sarah.

— Je procède à un contrôle croisé en ce moment; je te donnerai
le résultat dès que tu me permettras d'aller retrouver mes jouets.

— Vous avez fait tout cela pendant le week-end? interrogea,
avec plus de mépris que d'admiration, l'un des flics, un Noir
dénommé Leon Hoskin.

— Les ordinateurs ne dorment jamais, dit Ken avec désinvolture. Certains de ces numéros de passeport seront à écarter automatiquement, je suppose. En outre, je peux éliminer les femmes, les
vieux et les hommes de couleur.

— Non, intervint Sarah. Prudence avant d'éliminer! Un pro
comme Baumann peut se vieillir ou se rajeunir, se déguiser en religieuse ou en quinquagénaire bloqué dans un fauteuil roulant, que
sais-je encore?

Elle vit soudain dans un flash Jared couché en position fœtale
dans Central Park et le bouc effilé de son agresseur.

Elle se sentit envahie à la fois d'une colère froide et d'un violent
désir de protéger son fils et pensa au peu de progrès accomplis depuis
son arrivée, au chemin qu'il leur restait à parcourir avant d'avoir
l'ombre d'une chance de coincer le Prince des Ténèbres.

50.

Warren Elkind, PDG de la Manhattan Bank, était étroitement
surveillé par le FBI depuis le lancement de l'opération Minotaure.
Comme il avait repoussé les demandes d'entretien répétées du FBI,
Sarah avait ordonné sa mise sous surveillance, sachant qu'on finirait
bien par découvrir son point faible.

New York comptait plusieurs clubs privés spécialisés dans les pratiques sadomasochistes, et étant donné les rapports d'Elkind avec Valerie Santoro, il y avait de fortes chances qu'il fréquente l'un d'eux. Toutefois, il ne se montra pas dans les deux plus connus, La Boîte de Pandore et Le Casse-Noisettes.

Vers quatre heures le lendemain après-midi, Elkind sortit du Manhattan Bancorp Building et remonta Lexington Avenue. Ses pisteurs le suivirent jusqu'à un immeuble de la 56e Rue Est entre la Première et la Deuxième Avenue.

Des appels répétés à son bureau permirent d'apprendre d'abord qu'il n'était « pas dans son bureau », puis qu'il était « parti pour le reste de la journée ». Dès que la surveillance eut déterminé que sa destination, au treizième étage de l'immeuble, était le très privé et très exclusif Brimstone Club, le biper de Sarah se déclencha.

Elle arriva en moins de vingt minutes, un record dans ces embouteillages.

Au treizième étage, l'ascenseur s'ouvrit sur une petite réception sombre meublée de canapés confortables autour d'un tapis noir à poils longs, où flottait un parfum d'eucalyptus. Les murs s'ornaient d'immenses agrandissements de clichés artistiques de femmes moulées de cuir noir dans des poses provocantes. Assise derrière un guichet vitré se trouvait une femme d'âge moyen à l'air féroce, une blonde visiblement décolorée avec d'énormes seins et des paupières ombrées de pourpre.

– Je peux vous aider ? dit-elle à Sarah en lui lançant un regard méfiant.

Sarah portait un jean et un polo dont elle avait remonté les manches. Elle avait l'allure d'une jeune femme séduisante, peut-être d'une étudiante ou d'une jeune femme en congé ce jour-là. Difficile à deviner certes, mais certainement quelqu'un dont on devait se méfier.

Elle avait longuement réfléchi à la manière de procéder. Montrer sa carte ne lui aurait pas permis de dépasser la réception, s'ils voulaient employer les grands moyens. Entrer en bluffant risquait d'alerter Elkind. Mais il fallait bien entrer.

– Un de mes amis m'a suggéré de me présenter ici, pour apprendre le métier, fit-elle, désinvolte.

– Ah, ah ! dit la blonde. Et qui est-ce ?

– Je préférerais garder ça pour moi, d'accord ? Un ami. Je suis plutôt dans le trip domination.

La réceptionniste l'évalua du regard.

– Vous avez de l'expérience ?

– Un peu. J'ai un peu joué, avec un amant. Je suis allée dans les clubs, Le Casse-Noisettes, entre autres. Maintenant je cherche à devenir professionnelle.

– Vous êtes mariée ?

– Non. Mon ex-mari avait une vision de la domination et de la soumission plus mentale que physique, si vous voyez ce que je veux dire.

La réceptionniste eut un petit rire.

– Quels accessoires avez-vous l'habitude d'utiliser?

– Eh bien... fouet, cravache. Un peu de couteau, de supplices électriques. Torture des parties génitales.

– Nous n'autorisons pas les couteaux. Pas de jeux sanguinaires.

– J'aimerais visiter.

– Je crois qu'une des salles est occupée.

– Pas grave. Montrez-moi donc le reste.

La réceptionniste haussa les épaules.

Une autre femme, aux cheveux d'un noir de jais celle-là, fit visiter les lieux à Sarah. Corpulente avec des seins encore plus imposants que ceux de la réceptionniste, le nez crochu, elle était entièrement moulée de strech noir. Eva, c'était son nom, lui fit un petit laïus de présentation.

Le Brimstone Club était l'une des maisons de domination et soumission les plus exclusives de New York. Sa clientèle comptait certains des hommes et des femmes les plus riches et les plus puissants de la ville. Avocats, cadres dans l'industrie de la musique, magnats de Wall Street et universitaires renommés dans le monde entier. Aucun représentant des échelons inférieurs ou moyens de la société. Plusieurs figures publiques, dont certaines extrêmement connues, venaient régulièrement.

– La plupart de nos membres sont des hommes, pour la plupart soumis, mais pas tous. Pour la plupart hétérosexuels, mais pas tous. Nous employons quatorze personnes, dont deux hommes et douze maîtresses exaltées.

Eva conduisit Sarah dans un couloir insonorisé au plafond bas.

– Nous prenons deux cent cinquante dollars l'heure, deux heures minimum. Nous n'autorisons ni les rapports sexuels, ni la drogue, nous sommes très stricts là-dessus.

– Façon de parler.

– Façon de parler, répéta Eva en souriant. Ni rapports sexuels, ni sexe oral. Ni jeux sanguinaires. C'est la loi.

– Combien je touche sur les cinq cents dollars?

– Quarante pour cent du tarif horaire.

– Sur combien de clients par jour puis-je compter?

– Vous savez, dit Eva, les maîtresses sont toujours en surnombre.

– Alors combien de temps vais-je devoir passer à attendre quelqu'un qui n'ait pas de favorite?

– Si vous êtes douée, vous pouvez gagner environ mille dollars par jour pour la maison, ce qui représente quatre cents pour vous.

– Vous avez des arrangements avec des boutiques de fringues spécialisées ? Genre réduction pour le personnel ? C'est affreusement cher.

– Ça, c'est sûr. Pas de jolis vêtements, pas de clients, c'est aussi simple que ça. Oui, nous avons des arrangements.

Eva ouvrit une porte sur laquelle était inscrit « toilettes. » Un homme en uniforme de femme de chambre nettoyait à genoux le carrelage avec une brosse à dents et un seau de Lysol. Sarah remarqua qu'il portait une alliance.

– Ce n'est pas assez propre, Matilda, recommencez, aboya Eva avant de refermer la porte. Bon, ce sont les toilettes. Unisexe. Son vrai nom est Matthew. Matilda quand il est dans son rôle. C'est un esclave efféminé.

– Le personnel de qualité se fait rare, n'est-ce pas ? dit Sarah.

– Pas ici. Bien, sinon on a cinq cachots, tous équipés.

Elle tira une lourde porte en acier sur laquelle était inscrit CACHOT 2. À part les murs peints en noir, on se serait cru dans la salle d'examen d'un médecin. Mais on n'aurait jamais trouvé pareil équipement dans le milieu hospitalier. Une table de torture tournante en bois, une croix équipée de menottes de cuir. Le long d'un mur, Sarah vit des fouets, des cravaches et quantité d'autres accessoires qu'elle ne reconnut pas. Poussé contre un autre mur, un cheval d'arçons en cuir noir.

– Voilà pour le 2. Ils se ressemblent tous, à quelques variantes près... équipement de suspension, etc.

– Puis-je voir les autres ?

– Le 3 est occupé, mais je peux vous montrer les autres si vous voulez. Je vous assure qu'ils sont tous faits sur le même modèle.

– Je n'insisterai pas, alors.

– Nos dominatrices portent généralement du cuir, verni ou non, du latex, du PVC ou des costumes d'équitation anglais. Nous pratiquons le ligotage, la fessée, la flagellation, et l'humiliation, avec plus ou moins de sévérité selon les désirs. Dressage de chien, infantilisme, châtiment génital, torture du mamelon, fétichisme du pied. Toutes les pratiques habituelles.

Du retour à la réception où on lui tendit un formulaire de trois pages à remplir, Sarah demanda à aller aux toilettes.

– Allez-y. Vous vous rappelez où c'est ? demanda Eva. Si vous voulez que Matilda en sorte, donnez-lui-en l'ordre, ça va lui plaire.

Sarah prit la direction des toilettes et continua jusqu'au cachot 3 qui était occupé. Il devait être là-dedans. Elle ouvrit la porte.

Une belle rousse équipée d'un pantalon, d'un soutien-gorge et de gants en PVC noir, de cuissardes noires vernies à hauts talons aiguilles cravachait un homme d'âge moyen vêtu en tout et pour tout d'une cagoule de cuir noir.

– Je vous demande pardon? fit la rousse, contrariée.

– Pardon, dit Sarah. Monsieur Elkind?

Une voix étouffée sortit de la cagoule.

– Oui, maîtresse?

– Monsieur Elkind, je suis l'agent spécial Sarah Cahill. Je suis désolée de vous déranger, mais j'ai pensé que nous pourrions avoir une petite conversation.

Le siège de la Manhattan Bank se trouvait dans un gratte-ciel d'un modernisme spectaculaire dû à César Pelli, situé sur la 52 e Rue près de Lexington Avenue, à deux pas du siège de son principal concurrent Citicorp.

Les bureaux de la direction étaient au vingt-septième étage, où la suite d'Elkind occupait une surface aussi vaste qu'un cabinet juridique. Le sol disparaissait sous des tapis persans; les couloirs étaient meublés d'antiquités en ronce de noyer.

Assis à son immense bureau nu, Warren Elkind était de nouveau l'image même de la gravité dans son costume croisé bleu marine à mille dollars, avec sa cravate dorée, et ses cheveux lissés en arrière. Sarah eut du mal à faire le rapprochement entre ce mandarin et la silhouette bedonnante et ruisselante de sueur seulement vêtue d'une cagoule en cuir qu'elle avait vue moins d'une demi-heure auparavant.

Warren Elkind était le président de la deuxième banque commerciale du pays. Diplômé d'Amherst, il était marié depuis une vingtaine d'années à une femme riche de la haute société new-yorkaise avec laquelle il avait eu quatre enfants. Il siégeait aux conseils d'administration de PepsiCo, d'Occidental Petroleum et de Fidelity Investments et appartenait à plusieurs clubs exclusifs, du Cosmos à Washington au Bohemian Grove à San Francisco. Il avait des relations.

Mais ses apparitions publiques restaient rares. Il donnait çà et là des conférences sur les réglementations bancaires. De temps à autre, sa femme et lui étaient cités dans la page Société du *Times* pour avoir participé à une soirée de charité.

– Bien! Mon avocat va s'en donner à cœur joie.

– Et la presse, alors, dit Sarah. Sans parler de vos actionnaires. Ni des milliers d'employés de la Manhattan Bank!

– Vous êtes consciente qu'il s'agit de chantage?

– Parfaitement.

– Et que je pourrais vous faire virer pour ça?

– À condition que vous puissiez prouver quoi que ce soit. Mais si je tombe, je vous entraîne avec moi.

– Qu'est-ce que vous voulez ?

– J'ai cru que vous ne me poseriez jamais cette question ! Monsieur Elkind, nous savons que vous ou votre banque, ou les deux, êtes la cible de terroristes. Et voilà deux semaines que nous essayons de vous mettre au courant.

– Qui ?

– Nous l'ignorons.

Il hocha lentement la tête.

– Probablement les givrés d'Oklahoma City. Ces groupes de miliciens d'extrême droite sont persuadés que les principales banques trempent dans un complot géant aux côtés des Israéliens, des Russes, de la Commission trilatérale et du Conseil des affaires étrangères.

– Je pense que celui qui tire les ficelles est beaucoup plus subtil qu'un groupe de miliciens. Quoi qu'il en soit, nous avons besoin de votre coopération. Voilà quelques semaines vous avez rencontré à Boston une call-girl dénommée Valerie Santoro, qui a été assassinée plus tard dans la même soirée.

Elkind la regarda fixement. Il avait des poils blancs dans les narines ; des ongles parfaitement entretenus.

– Je ne vois ni de quoi ni de qui vous parlez.

– Monsieur Elkind, je comprends votre situation. Vous êtes un homme marié, père de quatre enfants, vous êtes le président d'une banque importante, vous avez une réputation à protéger. Je comprends que vous ne souhaitiez pas admettre que vous connaissiez Valerie Santoro. Mais en l'occurrence, les conséquences potentielles sont graves. Vous devriez savoir que je peux m'assurer que votre nom sera gardé secret, que toute relation avec Mlle Santoro...

– Vous comprenez l'anglais, n'est-ce pas ? Je ne sais pas de qui vous parlez.

– Vous devriez aussi savoir qu'un appel en votre nom a été passé d'une limousine de location à un numéro au nom de Valerie Santoro. Nous avons des traces. C'est le premier point. Le second, c'est que nous avons trouvé votre nom dans le Rolodex de Valerie Santoro. Bien, maintenant peut-être pourrions-nous nous entretenir quelques minutes ?

Elkind la contempla longuement comme s'il se demandait comment jouer cette partie.

– Écoutez-moi bien, agent spécial Cahill, finit-il par dire. Je ne connais aucune Valerie Santorini ou je ne sais quoi. Vous dites qu'on a appelé une femme de ma limousine ? Qu'est-ce qui vous fait penser que je sais quoi que ce soit à ce sujet ? Qu'est-ce qui vous rend aussi sûre que je suis l'auteur de l'appel en question ? Comment saurais-je qui a eu accès à la limousine ?

— Monsieur Elkind...

— Et vous dites que mon nom figure dans le Rolodex de je ne sais quelle fille. Et alors ? dit-il en fouillant dans une pile de courrier avant de brandir triomphalement une grande enveloppe publicitaire. Je suis ravi et honoré qu'une call-girl de Boston m'ait inscrit dans son Rolodex. Et, apparemment, j'ai également gagné dix millions de dollars grâce à la Publishers Clearing House, agent spécial Cahill.

— Monsieur Elkind...

— Madame Cahill, dans ma position, on est la cible de toutes sortes de conspirateurs et de dingues. Cette sorte de gens ne cessent de prendre pour cibles des hommes riches comme moi. Ils épluchent la liste des quatre cents de *Forbes* et achètent des adresses à ces services de données informatiques. Je ne connais même pas cette femme et cela me déplaît profondément que vous me fassiez perdre mon temps avec ces foutaises. Si vous voulez m'accuser du meurtre d'une fille que je ne connais même pas, allez-y, ne vous gênez pas. Mais vous feriez bien d'avoir un dossier en béton. Sinon, vous prêterez tellement à rire que vous serez acculée à démissionner. J'y veillerai.

Sarah sentit son visage s'empourprer de colère. Elle se perdit dans la contemplation du motif floral du tapis rouille.

— Est-ce une menace ?

— Une prédiction, plutôt. Je ne manque ni d'amis ni d'alliés. Ne déconnez pas avec moi ! conclut-il en se levant.

— Asseyez-vous, s'il vous plaît, dit Sarah.

Elle sortit un lecteur de cassette de son sac, appuya sur un bouton et lui passa l'enregistrement de sa conversation avec Valerie.

— Cette conversation, comme votre adhésion au Brimstone Club peuvent devenir de notoriété publique grâce à quelques fuites bien placées. Ce qui signifierait la fin de votre règne à la Manhattan Bank. L'humiliation sera trop grande. Votre conseil d'administration exigera votre démission immédiate.

— Ma vie privée est mon affaire.

— Pas pour quelqu'un dans votre position.

— Vous me traitez exactement comme ce pauvre Charlie Chaplin. Vous ne trouvez pas cela répugnant ?

— Je dois avouer que, parfois, si. Mais je parie que cette tactique qui consiste à déstabiliser l'adversaire pour gagner vous est familière.

— C'est machiavélique.

— Exact... puisque la fin le justifie. Tout le monde est très à cheval sur la protection de la vie privée à moins qu'il ne s'agisse de celle de terroristes ou d'assassins, à ce moment-là, tout le monde est en faveur de nos méthodes. J'aurais cru que la menace d'un acte terroriste pesant sur votre propre banque vous aurait convaincu de coopérer depuis longtemps, mais j'ai dû me tromper. Maintenant vous avez le choix : ou vous me dites tout, ou vous pouvez tirer un trait sur votre carrière, voire peut-être sur votre famille.

Sarah se remémora les photos qu'elle avait pu voir de la femme de Warren Elkind, Evangeline Danner Elkind, à une soirée de charité ou une autre consciencieusement couverte par *Town & Country* et le *Times*. Une blonde anorexique qui avait dû être belle avant d'avoir la peau tendue par de trop nombreux liftings. Un vrai « rayon X mondain », pour reprendre l'expression de Tom Wolfe. Elle et son mari avaient quatre enfants, un à Choate, un autre à Deerfield, une à Vassar et un autre qui se droguait en vivant aux crochets de papa à Miami.

Comme manifestement Evangeline Elkind ignorait tout des penchants de son mari, la menace de révélations publiques devait porter. Sarah se dégoûtait derrière son air froid et calculateur.

Bien entendu, il n'était pas sûr que l'aveu de ses rapports réguliers avec Valerie détruise le mariage et la famille d'Elkind. Les couples et les familles avaient parfois des capacités de résistance insoupçonnées. Mais sa carrière de banquier de premier ou de deuxième plan, n'y survivrait pas.

— Valerie Santoro était chargée de voler un CD–ROM dans votre serviette.

— Mais rien n'a été volé dans ma serviette !

— Effectivement. Elle l'a « emprunté » un moment avant de le rapporter à la réception du Four Seasons.

Elkind la regarda de nouveau fixement, et cette fois, elle le vit pâlir.

— Qu'est-ce que vous...

— Un CD–ROM. L'avez-vous « égaré » pendant que vous étiez à l'hôtel ?

— Nom de Dieu ! Oh ! nom de Dieu !

Le visage d'Elkind se décomposa.

— Que lui est-il arrivé ?

— Le disque... j'ai cru qu'il était tombé de ma serviette. Enfin, ça n'avait aucun sens pour quelqu'un d'autre que moi... personne ne pouvait savoir ce qu'il y avait dessus. Quand on me l'a rendu, je me suis dit qu'il avait dû glisser quelque part. La réception m'a dit qu'on l'avait retrouvé dans une poubelle...

— Qu'y avait-il dessus ?

— Chaque année, on nous donne un CD–ROM avec tous les codes d'authentification de l'année, une « clé » différente par jour. On transfère de l'argent dans le monde entier par ordinateur, sous forme de code numérique. Voilà pourquoi j'étais à Boston, à l'une de ces réunions pour la sécurité. Une fois l'an, les directeurs de la banque, ou leurs porte-parole désignés, se réunissent pour échanger des clés informatiques.

– Quelqu'un ayant cette clé...

– ... pourrait s'introduire dans nos ordinateurs, falsifier des transactions, voler des milliards de dollars. Je n'ose même pas y penser.

– Mais s'il manquait soudain une énorme somme d'argent à la banque, la Réserve fédérale ne vous tirerait-elle pas aussitôt d'affaire ?

– Bon Dieu, non ! Avec toutes ces fichues réformes bancaires ! La banque fédérale parle de « risque moral »... Selon elle, nous ne sommes pas assez stricts avec les déposants. En vérité, seulement huit pour cent des actifs de la Manhattan Bank sont en sûreté, en bons du Trésor, en obligations triple A, le reste se compose surtout de liquidités.

– Ce qui veut dire ?

– Ce qui veut dire qu'il suffirait d'un trou de cent millions de dollars pour nous mettre en faillite. Bien, vous voulez bien me dire ce que je dois faire ?

– Convoquez votre directeur de la sécurité. Sur-le-champ.

Le directeur de la sécurité de la Manhattan Bank était une très grande femme impressionnante d'une cinquantaine d'années. Comme Rosabeth Chapman était une ancienne du Bureau, Sarah se dit qu'elles auraient de quoi bavasser toutes les deux.

Mais Rosabeth Chapman n'était pas du genre à bavasser. Elle avait à peu près autant de charme qu'une contractuelle. Elle s'exprimait d'une manière ferme et intimidante, et arborait une coiffure bouffante blond pâle impeccable et un rouge à lèvres rose appliqué avec précision. Ses trois assistants écoutaient sa voix de contralto dans un silence respectueux. Warren Elkind semblait décidément avoir un faible pour les dominatrices.

– Vous nous demandez de mettre en branle une opération de crise. Vous voulez qu'on vous ponde un plan d'action, comme vous dites. Tout cela sans avoir aucune preuve d'un attentat imminent visant la Manhattan Bank, qu'il s'agisse du siège ou de l'une de nos agences.

– Ce n'est pas tout à fait exact, dit Sarah. Nous avons intercepté une conversation téléphonique...

– Qui n'a aucun sens. C'est du baratin ; une menace creuse.

– C'est déjà plus que ce que l'on a généralement dans notre branche...

– Savez-vous combien de menaces cette banque reçoit en moyenne ?

– Mais qu'est-ce que vous voulez de plus ? explosa Sarah. Une bombe qui fait tic-tac ? Vous voulez que l'immeuble saute ? Vous voulez une déclaration des terroristes signée devant notaire ? Oh ! et vous assurer que ce petit document officiel n'a pas dépassé sa date d'expiration ?

– Vous voulez envoyer une équipe de démineurs fouiller notre siège et toutes nos agences, c'est ça ? hurla Rosabeth Chapman. Vous voulez annoncer publiquement qu'un de ces jours prochains, nous ne savons pas lequel, la Manhattan Bank va être frappée par un terroriste ? Vous avez une idée de l'effet que cela aura sur nos activités ?

– Très bien, dit Sarah. Mettons-nous au moins d'accord sur un point. Vous allez envoyer des équipes en civil inspecter les lieux. Le public n'en saura rien. Vous allez renforcer votre sécurité ici et dans toutes les agences. Vous assurer que la sécurité personnelle d'Elkind est doublée, voire triplée. Et bordel, changez immédiatement les codes d'accès de la banque ! Vous voulez bien faire au moins ça ?

Rosabeth Chapman fulminait.

– Oui, ça oui, finit-elle par dire sèchement après un long silence.

51.

Ken Alton vida sa canette de Pepsi Light et la reposa brutalement sur son bureau.

– Nom de Dieu ! Alors comme ça, Elkind a craché le morceau. Des détails croustillants ?

– Parlons d'autre chose, tu veux ? dit Sarah, mal à l'aise, en s'asseyant à côté de lui.

Elle contempla la muraille d'écrans d'ordinateurs, de claviers, d'unités centrales de traitement et le fouillis de câbles qui l'entourait.

– Je préfère ne pas y penser. Il dit que le disque contenait un an de codes informatiques, un par jour. Selon lui, celui qui les détient pourrait voler des milliards de dollars à la banque. Cela te paraît tenir debout ?

– Merde, oui.

– Comment ?

Ken poussa le soupir de l'expert qui redoute d'avoir à s'expliquer en langage clair.

– Bien. Les espèces, ces bonnes vieilles espèces qui nous servent à payer un café ou à laisser un pourboire, ce drôle de papier-monnaie, sont en train de disparaître, d'accord ? Ce sera bientôt de l'histoire ancienne. Aujourd'hui, sur six dollars, tu en as cinq qui ne sont pas des espèces, mais de la *vapeur*. Des séries de zéros et de uns qui se déplacent à la vitesse de l'éclair dans l'espace cybernétique. Un milliard de dollars se baladent par jour dans le monde par ordinateur. Un milliard! Tu arrives à le concevoir?

Sarah hocha lentement la tête, perdue dans ses pensées.

– Tu me diras que les espèces sont un concept abstrait, d'accord? C'est juste un bout de papier imprimé par une presse gouvernementale quelconque. Les chèques aussi... que sont-ils sinon des reconnaissances de dettes raffinées? D'accord, mais les très grosses sommes d'argent, les sommes cosmiques, on les transfère toujours par ordinateur. Avant, lorsqu'une banque voulait opérer un transfert d'un million de dollars, elle envoyait un messager avec un bout de papier, un chèque du caissier. Maintenant, l'opération se fait presque toujours par ordinateur... on parle de transfert électronique de fonds. Ça me rappelle quand la Bank of New York a eu un pépin de logiciel en 1985 et que la Réserve fédérale a dû lui prêter vingt-trois milliards de dollars du jour au lendemain pour la sortir du pétrin.

– Mais le vol?

– J'y viens. Ce système le rend simple comme bonjour. Il n'y a plus que les abrutis pour aller braquer, avec des flingues et des cagoules de ski sur la tête, des banques qui ont dans le meilleur des cas dix mille dollars en caisse. C'est pathétique. En 1988, des types de Chicago ont failli réussir à détourner soixante-dix millions de dollars d'une banque, en se servant du transfert de fonds électronique.

– Failli seulement.

– Ouais, mais c'étaient des amateurs. On entend rarement parler des ponctions réussies, parce que les banques ne tiennent pas à ce qu'on sache à quel point elles sont vulnérables. Mais en 1982 ou 1983, il y a un type qui est entré dans une banque aux États-Unis, je ne sais plus où, pour y faire un peu de « manipe sociale »...

– C'est-à-dire?

– Dans le jargon des pirates, cela veut dire monter une entourloupe électronique en manipulant des gens. En se faisant passer pour un spécialiste de la sécurité envoyé par la Réserve fédérale, il a réussi à faire transférer dix millions deux cent mille dollars sur un compte en Suisse où il les a convertis en diamants... sans se faire pincer.

– Vraiment?

– Parfaitement. Je pourrais aussi te citer l'histoire de cet escroc malais qui a impliqué deux employés de la Swiss Bank Corporation à Zurich dans une énorme arnaque en 1989, en leur faisant transférer vingt millions de dollars dans l'agence de New York d'une banque australienne. L'ordre était faux, mais personne ne le savait. De New York, les vingt millions de dollars sont repartis en Australie où ils ont rapidement été redistribués sur différents comptes, disparaissant sans laisser de traces. Quand la Swiss Corporation s'en est rendu compte, il était trop tard.

– Donc si quelqu'un a les codes informatiques...

– Tu plaisantes, Sarah ? Bon Dieu, un petit malin pourrait voler tout l'argent de la banque, lui faire mordre la poussière en moins de vingt-quatre heures. Il serait peut-être temps que j'aille jeter un coup d'œil aux ordinateurs de la Manhattan Bank, tu ne crois pas ?

52.

Vous êtes un trafiquant de drogue cherchant à faire entrer, disons, quelques tonnes de cocaïne aux États-Unis. Comment procédez-vous ? Vous pouvez recourir à l'une des méthodes éprouvées par les cartels de la drogue. Dissimuler la marchandise dans des barres évidées d'aluminium empilées sur un bateau vénézuélien entrant dans le port de Newark. Ou bien faire passer la frontière mexicaine à la marchandise dans un camion en la cachant dans des matériaux pour toitures.

À condition d'être prudent et d'avoir vos papiers en règle, vous mettez toutes les chances de votre côté.

Mais si vous cherchez au contraire à faire entrer illégalement des quantités relativement petites de drogue, d'explosif ou de plutonium, par exemple, il existe un autre moyen beaucoup plus sûr.

Il vous suffit d'utiliser un service de livraison express comme Federal Express ou Airborne. Des millions de paquets, dont environ cent mille par ce biais, arrivent quotidiennement aux États-Unis, et ils font rarement l'objet d'une inspection.

Les « Opérateurs du transport express », selon la désignation officielle du gouvernement américain, sont assujettis à la longue liste de règles énoncées à la section 28 du volume XIX du Code des réglementations fédérales. Ils sont tenus de prouver aux douanes américaines que leurs équipements sont sûrs et qu'ils ont passé au crible les antécédents de leur personnel.

L'aéroport international John Fitzgerald Kennedy à Idlewild, État de New York, est l'unique douane d'entrée, l'entonnoir par lequel doivent passer tous les paquets en express en provenance d'Europe. Pour accélérer les formalités douanières, la plupart des transporteurs en express font parvenir leur manifeste par modem avant toute expédition pour permettre aux douanes de donner leur feu vert au préalable. Après tout, on ne peut pas attendre d'elles qu'elles inspectent chacun des milliers de paquets qui transitent par JFK.

Étienne Charreyron, l'expert du déminage de Liège, que Baumann avait engagé pour fabriquer les détonateurs, expédia deux paquets, à plusieurs jours d'intervalle, par le bureau de DHL à Bruxelles. Chacun contenait un détonateur fait sur mesure, dissimulé dans le boîtier creux d'un radiocassette lecteur de CD Sony CFD-30.

Charreyron connaissait l'itinéraire généralement suivi par les paquets expédiés par DHL. Il savait que Bruxelles était la plaque tournante de la société en Europe. Il savait aussi qu'un paquet expédié par le bureau de Bruxelles partait à bord de l'un des 727 privés de l'entreprise, dans l'un des six ou sept grands containers, les « boîtes de conserve » dans le jargon maison. Chacune de ces dernières pouvant contenir de un à deux mille paquets.

Il savait aussi que les paquets contenant les détonateurs arriveraient à une ou deux heures du matin à JFK, où ils seraient soumis au contrôle de douane, avant d'être placés à bord d'un jet DHL à destination de Cincinnati, la plaque tournante américaine de l'entreprise, à neuf heures du matin. Le lendemain, ils seraient entre les mains de l'homme qui les avait commandés. En tout, l'opération prendrait deux jours ouvrables.

Charreyron avait consciencieusement fait son travail de préparation et choisi un bon moyen, peu risqué, d'expédier les détonateurs. Mais il avait compté sans l'inspecteur-chef Edna Mae Johnson.

Johnson travaillait pour les douanes américaines depuis trente-six ans. Noire corpulente à l'intelligence vive, elle était surnommée Œil de lynx par ses amis et admirateurs et affublée de bien d'autres surnoms moins élogieux, pour la plupart délicats à répéter, par nombre de ceux qui avaient croisé son chemin. Son mari de quarante ans avait appris à ses dépens qu'il valait mieux ne pas essayer de rouler Edna Mae dans la farine.

Les agents des douanes qui avaient affaire à elle chaque nuit à l'arrivée des containers express l'avaient aussi appris à l'usage. Ils savaient tous que, lorsque l'inspecteur Johnson était de service, on ne laissait jamais rien passer. Tout était fait dans les règles. Elle passait au peigne fin, ou plutôt au foutu microscope, manifestes et bordereaux d'expédition décrivant le contenu du paquet, sa valeur et son usage, à l'affût de la moindre contradiction.

Certains agents des douanes affirmaient que la découverte d'une contradiction donnait un orgasme à Edna Mae. Et si contradiction il y avait, vous pouviez parier qu'elle rétablirait les choses, même si cela devait immobiliser une cargaison entière.

Dans le milieu du transport express, les deux mots les plus redoutés étaient « on ouvre » : cela voulait dire qu'on obligeait le transporteur à ouvrir un container et à passer trois bonnes heures à trier les deux mille paquets qu'il contenait à cause d'une misérable petite enveloppe dont la paperasserie ne collait pas. L'inspecteur Johnson n'hésitait certainement jamais à faire ouvrir. Certains la soupçonnaient même d'y prendre un certain plaisir. Lorsqu'un agent des douanes avait le malheur de se plaindre, elle le faisait taire d'un : « Ce n'est certainement pas moi qui ai fait l'erreur. Et vous vous prenez pour des pros ! »

Donc, si vous étiez un transporteur et qu'Edna Mae Johnson fût de service cette nuit-là, vous vous assuriez que tout était en ordre. Vous vous assuriez que les objets que la douane tenait à inspecter à la main, produits d'origine animale, médicaments, vitamines et vivres étaient placés dans un container distinct, afin d'éviter de retarder des milliers d'autres paquets.

Vous vous assuriez aussi que la valeur déclarée dans le manifeste correspondait à la valeur déclarée sur le bordereau d'expédition, qu'aucun container n'excédait deux cent soixante-quinze kilos, qu'aucun paquet n'excédait soixante-deux kilos et qu'au total – longueur, largeur et épaisseur – une pièce n'excédait pas trois mètres.

Sinon, vous pouviez être sûr qu'Edna Mae s'en chargeait.

En fait, toute la paperasserie du transport en express de DHL cette nuit-là était parfaitement en ordre. L'inspecteur Johnson étudia le manifeste ; elle travaillait toujours sur copie papier parce qu'elle ne se fiait pas à l'écran de l'ordinateur (une erreur est si vite arrivée), et elle ne trouva rien à redire.

Tout en continuant à éplucher la paperasserie, elle revint à son terminal pour appeler le système informatisé automatique de dédouanement. Elle vit alors un message s'afficher sur son écran : INTENSIF.

Le système était programmé pour attribuer, au hasard, l'appellation « intensif » à une expédition. Cela voulait dire que l'on retenait au sol la cargaison d'un avion le temps de procéder à une inspection physique.

– Eh bien, Charles, dit-elle à l'agent des douanes, on dirait que ce n'est pas votre nuit. Cette cargaison passe à l'inspection.

– Oh, non ! gémit-il.

– Allons, vous feriez bien de prévenir DHL. Il faut qu'ils déchargent.

On déchargea donc six grosses boîtes de conserve du jet DHL pour les transférer dans la zone d'inspection. On demanda aux employés de la société de les ouvrir. On amena des chiens pour renifler les paquets. On ne trouva pas d'explosifs, mais on découvrit dans un paquet expédié de Florence sept grosses truffes blanches, que l'on avait placées au milieu de paillettes de savon parfumé dans une tentative désespérée de dissimuler leur forte odeur fongique.

220

L'inspecteur Johnson préleva au hasard quelques douzaines de pièces pour les faire passer aux rayons X dans la camionnette. Elle demanda aux employés de DHL d'en ouvrir plusieurs. Elle procéda à une inspection visuelle, vérifia que le contenu correspondait bien au bordereau et demanda aux employés de DHL de les refermer avec le ruban adhésif jaune vif qui informerait les destinataires que leurs colis avaient été ouverts par les douanes.

L'un des paquets qu'elle passa aux rayons X était, selon le bordereau d'expédition, un radiocassette lecteur de CD. Bien qu'aux rayons X l'appareil eût l'apparence d'une radio, son poids ne plaisait pas trop à Edna Mae Johnson.

Il paraissait un peu lourd. Toujours à l'affût de drogues, elle était bien placée pour savoir que ces fichus trafiquants n'étaient jamais à court d'idées pour faire passer leur marchandise. Elle fit ouvrir le paquet par DHL et démonta le Sony CFD-30 noir. Ce faisant, elle admira la ligne de l'objet en se disant qu'il plairait beaucoup à Scott, son petit-fils. Elle se demanda combien cela pouvait coûter.

Avec un tournevis, elle dévissa soigneusement le fond. Et à l'intérieur, au lieu des entrailles normales, elle découvrit une boîte noire hérissée de petites lumières. Une sorte d'engin électronique qui n'était manifestement pas à sa place.

– Mais qu'est-ce que... ? s'exclama-t-elle.

Le paquet fut immédiatement expédié pour inspection à l'ATF, le Bureau des alcools, du tabac et des armes à feu.

On y découvrit que le faux radiocassette abritait une boîte en plastique noir avec un couvercle en métal brossé. Ladite boîte contenait un capteur à micro-ondes, des bornes à vis assez étranges.

L'emplacement de la pile était manifestement prévu. Et ces fichues bornes à vis étaient bien censées se rattacher à quelque chose. L'un des agents de l'ATF comprit que si l'on attachait une amorce aux bornes à vis...

Allons, ce n'était pas possible !

La coquille du Sony contenait le détonateur ingénieusement mis au point d'une bombe extrêmement complexe.

53.

À six heures du matin, Sarah tentait vaillamment de se réveiller quand le téléphone la tira de sa torpeur.

Quarante-cinq minutes plus tard, elle pénétrait dans la salle de conférences de Joseph Walsh, directeur adjoint du FBI responsable du bureau de New York, un robuste Irlandais aux cheveux blancs qui dépassait le mètre quatre-vingt-quinze. Elle reconnut l'homme assis à côté de lui : Harry Whitman, chef du groupe d'intervention spécial. Elle sentit son estomac se retourner lorsqu'on lui présenta les deux autres, tous les deux en bras de chemise : un Noir obèse du nom d'Alfonse Mitchell, le premier adjoint du préfet de police de New York, et le chef des inspecteurs, un petit homme sec du nom de Thomas McSweeney. On avait réuni de grosses pointures, l'heure devait être grave.

Au milieu de la table, elle remarqua la présence d'un haut-parleur téléphonique à côté d'une petite machine à café branchée. Elle se servit une tasse de café, sourit à Whitman et s'assit.

– Avant toute chose, dit Walsh en s'adressant directement à elle, je ne sais pas si ce sera une bonne ou une mauvaise nouvelle pour vous, mais de préliminaire, votre enquête devient totale.

Sarah acquiesça, sans trahir d'émotion, et certainement pas la peur qu'elle ressentait. Une enquête totale devait être autorisée au sommet, par l'Attorney général, par le biais du directeur du FBI. Pour autoriser une totale, il fallait un faisceau de preuves suffisantes. Pourquoi tout à coup ? Qu'est-ce qui avait donc changé ?

– Les douanes viennent de découvrir le composant d'une bombe dans une cargaison DHL. Herb, vous voulez bien continuer ?

– Bien sûr, dit une voix venant du haut-parleur. (Elle appartenait à Herbert Massie, chef de la section technique des célèbres labos du FBI.) Grâce au travail minutieux de douaniers de JFK et à un coup de chance, un lecteur de CD portable d'apparence banale expédié de Bruxelles a été intercepté avant sa destination finale... une succursale de Mail Boxes Etc. proche de l'université de Columbia. (On entendit un bruissement de papier.) À l'intérieur se trouvait un détonateur assez raffiné.

– C'est un élément entrant dans la composition d'une bombe, Sarah, lui précisa Alfonse Mitchell.

Sarah songea à plusieurs répliques cinglantes, puis se contenta d'acquiescer poliment.

La voix d'Herb Massie poursuivit :

– Il me semble qu'après Lockerbie on peut se fier à l'agent Cahill pour s'y connaître en bombes. Les douanes l'ont confié à ATF qui nous l'a donné. J'ai dû râler un peu, mais nos techniciens l'ont obtenu assez vite.

Dans les affaires non terroristes, le Bureau des alcools, du tabac et des armes à feu était normalement l'agence enquêtrice. Dans ce cas précis, toutefois, le détonateur fut analysé par la section dirigée par Massie aux labos de la criminelle.

222

– Quand le paquet est-il arrivé à JFK ? demanda Sarah.

– Il y a deux nuits.

– Il est donc censé être arrivé à destination maintenant.

– Exact, répondit Massie. À l'intérieur du lecteur de CD, on a trouvé une boîte mesurant, voyons, vingt-quatre centimètres sur douze, de onze centimètres d'épaisseur. Son contenu ne manquait pas d'intérêt. Il y a un récepteur d'appel de poche soudé au relais.

– Radiocommandé, dit Sarah. Continuez.

– Il y a aussi un mécanisme de retardement électronique qui se déclenche vraisemblablement quoi qu'il arrive, à moins qu'on ne l'arrête délibérément. Et voici le détail diabolique... un capteur à micro-ondes installé de sorte que, si quelqu'un s'approche à moins de huit mètres de la bombe, elle explose.

– Agent Massie, l'interrompit le chef des inspecteurs, que pouvez-vous nous dire du type de bombe auquel on accroche ce genre de détonateur ?

– Plusieurs choses. Nous savons qu'elle n'est probablement pas censée exploser dans un avion.

– Comment le savez-vous ? demanda Walsh.

– Elle n'a ni capacité barométrique ni sensibilité aux impacts. Cela veut dire qu'elle ne peut exploser à partir d'une certaine pression barométrique. En outre, comme le récepteur d'appel à l'intérieur est censé recevoir un signal pour la déclencher, nous savons qu'elle est radiocommandée.

– Si l'explosion dépend d'un récepteur d'appel, cela ne limite-t-il pas les endroits où on peut placer la bombe ? demanda Walsh. Le signal radio ne peut circuler partout, n'est-ce pas ?

Sarah hocha la tête. Bonne remarque.

– Effectivement, dit Massie. Nous pouvons être pratiquement sûrs que la bombe n'est pas... enfin, n'était pas... censée être placée dans un tunnel ou un souterrain.

– Ni dans un parking souterrain, dit Harry Whitman, toujours obsédé par le World Trade Center.

– Exact, dit Massie. Cela exclut tous les endroits trop abrités pour permettre au signal d'atteindre le récepteur d'appel, du moins de façon fiable. Si vous avez déjà essayé d'utiliser votre portable dans un parking, vous voyez ce que je veux dire.

– Pour en revenir à ce truc à micro-ondes, l'interrompit Thomas McSweeney. Pourquoi huit mètres ? Est-ce que cela ne nous donne pas d'indices sur l'endroit où la bombe est censée être placée ? Si on la pose dans une rue ou dans tout autre endroit où il y a foule, le capteur se déclenche, non ? Il faut donc la mettre dans un endroit peu fréquenté.

– Exact, dit Sarah. Ou sinon la nuit, dans un immeuble désert.

— Possible, dit Massie.

— Il y a autre chose, reprit Sarah en se servant une deuxième tasse de café. Probablement le plus important. La bombe est censée exploser quoi qu'il arrive, exact ? Un mécanisme de retardement, un capteur à micro-ondes, un récepteur d'appel radiocommandé... d'une manière ou d'une autre, la bombe était destinée à exploser.

— Et alors ? fit Alfonse Mitchell.

— Cela veut dire que maintenant nous en savons très long sur les intentions du ou des terroristes. Comme il n'y a pas vraiment moyen de l'arrêter, nous savons que cette bombe n'est pas censée servir à une tentative d'extorsion ou de chantage. Cela explique pourquoi nous n'avons pas reçu de revendications, ni par téléphone ni par lettre. *Ils n'attendent rien de nous !* Contrairement au terroriste normal, si tant est que cela existe, ces types ne cherchent pas à faire libérer des prisonniers, ni à obliger les États-Unis à se retirer d'un conflit. Ils cherchent à détruire quoi qu'il arrive.

— Exact, fit la voix de Massie après un instant d'hésitation.

La tension dans la pièce devint palpable.

— Euh ! Madame Cahill, reprit Alfonse Mitchell. Vous oubliez le plus important. Il ne va pas y avoir d'explosion. C'est nous qui avons ce foutu détonateur. Sans lui, nos terroristes n'ont pas de bombe, exact ?

— Bravo ! riposta Sarah. Vous voulez que mon groupe commence à remballer dans la seconde ou est-ce que vous nous accordez un ou deux jours pour souffler ?

— Sarah ! fit Harry Whitman.

— Pardon. C'est juste que c'est une remarque ridicule, voire dangereuse. Comment savons-nous qu'une douzaine de détonateurs de ce genre ne sont pas déjà dans le pays ? Ou, si c'est bien le seul et l'unique, comment savons-nous que mon terroriste ne peut pas se contenter de décrocher son téléphone pour en commander un autre ? Le faire venir d'une autre façon ?

— Exact, dit Walsh. Nous ne pouvons pas exclure cette éventualité.

Alfonse Mitchell se cala dans son fauteuil pour siroter son café dans un silence rageur.

— Agent Massie, reprit Sarah, d'après ce que je sais des récepteurs d'appel, on ne peut pas en acheter un sans prendre un abonnement téléphonique en même temps, n'est-ce pas ?

— Eh bien, oui et non. On peut en acheter un n'importe où. Mais si on veut qu'il marche, il faut s'abonner.

— Voilà notre piste, dit Sarah en souriant à ses voisins. On remonte jusqu'à la société émettrice du récepteur d'appel et on a le nom de notre abonné. Même en partant du principe qu'ils ont donné un faux nom, ils ont tellement de renseignements à fournir quand ils s'abonnent que nous allons pouvoir remonter...

– Non, l'interrompit Massie. Ce n'est pas si simple.

Alfonse Mitchell sourit derrière sa tasse de café.

– Pourquoi? demanda Sarah.

– D'abord, la plaque du numéro de série a été retirée. Celui qui a construit cet engin est très habile.

– Mais est-ce qu'il n'y a pas d'autres moyens...

– Vous achetez un récepteur d'appel à une société, l'interrompit Harry Whitman, et vous prenez un abonnement, d'accord? Ensuite, vous en achetez un autre... le récepteur seul, pas l'abonnement... ailleurs. Bon, chaque récepteur d'appel est programmé pour répondre à une séquence de code numérique. Il vous suffit donc d'étudier le premier et de modifier le second, de sorte qu'il réponde à la même séquence de code numérique que le premier...

– Là, on ne suit plus, dit Walsh.

– Ça y est, j'ai compris! s'exclama Sarah. Le récepteur d'appel soudé au détonateur fonctionne comme celui qui est associé à l'abonnement, mais si nous voulions remonter à sa source, nous ne le pourrions pas. Très malin.

– C'est ça, dit Massie. J'en arrive maintenant au plus important. Écoutez bien. Nos techniciens ont une théorie quant à ceux qui sont derrière tout cela.

– Qui? dit Sarah.

– La Libye.

– Nom de Dieu! explosa Whitman.

– Comment le savez-vous? s'enquit Walsh.

– Un des types du labo a mis dans le mille. Le mécanisme de retardement est le même que ceux qu'Ed Wilson a vendus à la Libye en 1976.

Si Sarah et les autres membres du FBI présents savaient de quoi parlait Herbert Massie, aucun des policiers ne pouvait le savoir. On a certes parlé de l'histoire des rapports commerciaux entre la Libye et l'agent de la CIA Edwin Wilson, mais tout n'a pas été dévoilé.

Il est de notoriété publique qu'Edwin Wilson – un homme de la CIA ayant « outrepassé ses prérogatives » comme on dit dans le jargon du renseignement – et un associé ont vendu à Kadhafi vingt tonnes de plastic Semtex que l'on a retrouvé par la suite dans de nombreux attentats terroristes de par le monde. Il est également de notoriété publique que Wilson a vendu au gouvernement libyen trois mille mécanismes de retardement électronique pour explosifs.

En revanche, l'opinion ignore où et comment Wilson se les est procurés. En fait, il les a obtenus de la source même qui les fabrique sur mesure pour la CIA. Il les a commandés à un homme installé dans la banlieue de Washington, un inventeur renommé avec plus de six cents brevets à son actif, qui fabrique depuis des années des gadgets de haute technologie pour la communauté américaine du renseignement. Cet homme, qui a jadis construit des satellites pour l'armée de l'air à la base aérienne d'Edwards, est généralement considéré comme un génie.

L'inventeur savait qu'Edwin Wilson était un employé de la CIA, mais il ignorait qu'il agissait pour son propre compte et non pour l'Agence. Il aurait dû être alerté par le fait que Wilson paya la marchandise en espèces, et non avec un bon d'achat. Wilson l'avait dupé.

– Alors vous pensez que Henrik Baumann a été recruté par les Libyens ? demanda Sarah.

– C'est possible. On le dirait bien, dit Massie.

– Bravo, fit Harry Whitman.

– Bien joué, dit Sarah. Bon, maintenant je veux qu'on me remonte ce détonateur, qu'on le remballe et qu'on le livre à cette boîte postale aujourd'hui même.

– Quoi ? s'écria McSweeney.

– Sarah ! s'exclama Whitman, vous perdez la tête.

– Non, je veux qu'on mette une équipe de surveillance sur les lieux. Quelqu'un finira bien par se présenter pour récupérer le paquet. Permettez-moi de vous rappeler que nous ne savons pas qu'il s'agit bien de Baumann. C'est juste une hypothèse.

– Agent Cahill, dit la voix tendue de Massie, nous sommes loin d'avoir fini de l'examiner.

– Si nous le retenons plus longtemps, cela va éveiller les soupçons de Baumann et il ne se montrera pas. Il faut que le paquet arrive aujourd'hui, en fin de journée si vous voulez, mais pas plus tard. Je veux aussi une écoute sur la ligne de Mail Boxes au cas où Baumann... ou l'homme en question... appellerait à propos du paquet. À sa place, c'est ce que je ferais.

– Vous n'avez pas entendu ce que j'ai dit, c'est ça, dit Massie. Nous n'avons pas fini d'examiner l'objet.

Alfonse Mitchell foudroya Sarah du regard en hochant la tête.

– D'accord, dit Sarah. Tâchez de trouver une copie de lecteur de cassettes, emballez-le exactement de la même manière et livrez-le à Mail Boxes aujourd'hui en vous servant d'un camion normal de DHL. Oh ! autre chose. Les douanes se servent généralement d'un ruban adhésif jaune pour sceller les paquets qu'ils ont ouverts avec la mention « ouvert par les douanes américaines » ou un truc de ce genre. Assurez-vous qu'il n'y en a pas dessus. Je veux qu'on ait l'impression que tout s'est bien passé. Nous allons coincer ce salaud, conclut-elle en regardant ses voisins.

226

54.

Les jours suivants, Baumann travailla pratiquement sans relâche, louant non pas un mais deux appartements meublés dans des quartiers différents, sous des noms différents correspondant à des personnalités complètement différentes. Il paya en espèces; que les agents immobiliers pensent ce qu'ils voudraient. La cupidité prévaudrait toujours; ils garderaient le silence. Dans une rue sinistre à l'odeur nauséabonde proche du marché aux poissons de Fulton, il loua à court terme un entrepôt au rez-de-chaussée à peine assez grand pour y garer une voiture de tourisme.

Il contacta le génie de l'informatique (pardon, le pirate), mais ce dernier, et c'était tout à son honneur, insista pour qu'ils se voient. Baumann savait seulement que l'individu en question avait près de trente ans, que sa prétention frisait la mégalomanie, et qu'il ne travaillait que sporadiquement, mais toujours pour des sommes astronomiques. Surtout, il lui avait été chaudement recommandé par son intermédiaire à Amsterdam qui l'avait qualifié d'homme d'une rare compétence, « ultradoué, un vrai génie ».

Le génie s'appelait Leo Krasner. Il travaillait pour des hommes d'affaires désireux de modifier leur ligne de crédit, pour des détectives privés, des journalistes. Il était prêt à travailler pour n'importe quelle organisation susceptible de l'intéresser, sauf le gouvernement.

Sa réputation s'était répandue dans le monde clandestin du piratage informatique début 1991. Tout le monde sait que, cette année-là, pendant la guerre du Golfe, le Cable News Network recruta des pirates pour contourner les onéreuses restrictions imposées à la presse par le gouvernement américain. On paya ces génies pour décoder les transmissions de satellites militaires. C'est ainsi que CNN comme d'autres chaînes de télévision, de même que des investisseurs désireux de savoir ce qui se passait, avaient fait appel à Krasner.

Baumann convint de le rencontrer dans un petit restaurant minable violemment éclairé du West Side, dont les vitrines sales donnaient sur une rue aussi peu ragoûtante.

Petit, à peine plus d'un mètre cinquante-deux, Krasner était carrément obèse. Son visage gras était encadré d'énormes pattes en forme de côtelette. Ses cheveux crasseux débordaient sur son col. Il avait sur le nez des lunettes d'aviateur teintées.

Baumann se présenta sous une identité américaine. Krasner lui offrit une main humide et grassouillette. Au bout d'une ou deux minutes d'échange de banalités, Baumann lui expliqua ce qu'il attendait de lui.

Krasner qui l'avait écouté le menton calé sur une paume potelée leva lentement les yeux vers lui et eut un demi-sourire énigmatique. Un homme vint s'asseoir à la table voisine, posa son sac de gym dessus, et se plongea dans la lecture d'une édition de poche toute cornée de *La Planète de M. Sammler* de Saul Bellow.

– C'est du boulot de très haut vol que vous me demandez là. Ça va faire un sacré grabuge. Je ne pourrai peut-être plus travailler pendant très, très longtemps.

– Peut-être bien que oui, peut-être bien que non.

– Je présume que vous êtes prêt à allonger généreusement.

– Cent mille dollars pour quelques jours de travail, dit Baumann.

– Quoi? Dégotez-vous un lycéen. Vous déconnez ou quoi?

– Suggérez-moi un chiffre. C'est vous le sous-traitant après tout. Faites-moi une offre.

– Un million de dollars, à prendre ou à laisser.

– Je suis loin de disposer de cette somme.

– Très bien! Quelle offre sérieuse êtes-vous disposé à me faire?

– En raclant les fonds de tiroir, je peux réunir la moitié de ça. Mais cela va me demander beaucoup d'efforts.

– En or. La monnaie va en prendre un sale coup quand tout ça se sera effondré.

– Banco. Vous connaissez les systèmes utilisés par la Manhattan Bank?

– Bien sûr que je connais la Manhattan. Un peu de travail de documentation, quelques coups de fil ici et là, et je suis fin prêt. Pas de problèmes, dit-il en tendant sa main moite.

55.

– Ils avaient raison, Sarah, dit Pappas une demi-heure après la réunion devant une tasse de café. En renonçant à ce détonateur, vous perdiez non seulement une source de renseignements étonnamment précieuse, mais aussi une preuve essentielle.

– L'idée n'était pas de jeter ce truc, lui répondit Sarah, d'autant plus exaspérée qu'elle savait qu'il n'avait pas tort. Je voulais juste que tout soit intact pour ne pas alerter Baumann et... D'accord, j'avais tort, je l'admets.

– Allons, l'erreur est humaine, mais le pardon n'est pas dans la politique du Bureau. De l'eau passera sous les ponts. Mail Boxes ouvre dans quoi, un quart d'heure ? Ils sont ouverts de neuf heures à sept heures, sauf le week-end. Vous avez une équipe en place ?

– Des hommes en uniforme, mais ils sont censés être les meilleurs éléments de la police de New York. Ils sont déjà en planque. Qu'est-ce que vous pensez de ce mécanisme de retardement libyen ?

– Ed Wilson en a vendu un paquet aux Libyens, mais Dieu sait où ils ont échoué. À l'heure qu'il est, ils ont dû passer entre pas mal de mains.

– Des mains arabes.

– Il y a des chances, oui.

– Mais je ne crois pas que les Libyens soient derrière ce truc.

– Pourquoi pas ?

– Les Libyens et les Iraniens ont tout un catalogue de terroristes kamikazes qui n'attendent qu'une occasion de mourir pour la gloire d'Allah. Ils n'ont pas besoin d'aller recruter Baumann.

– Il est le meilleur.

– Ils n'ont pas besoin du meilleur.

– Vous n'en savez rien. Vous ne savez pas ce que Baumann mijote.

– Ce n'est pas ce que je voulais dire. On engage le meilleur pour s'assurer qu'on ne se fera pas prendre, que l'on ne remontera pas jusqu'à soi. En général les Libyens se moquent pas mal qu'on remonte ou non jusqu'à eux. Au contraire, si c'est le cas, cela les rend encore plus terrifiants. C'est justement ce qu'ils cherchent.

– Vous avez peut-être raison, dit Pappas après un silence.

Au même moment, un camion de livraison DHL arrivait devant Mail Boxes Etc. au 2840 Broadway, entre la 110ᵉ et la 111ᵉ Rue, à côté de Columbia Bagels et non loin de l'université de Columbia. Un camion DHL parfaitement normal qui effectuait les premières livraisons de la journée. Garé en double file devant Mail Boxes, le chauffeur descendit de son véhicule avec trois paquets en express.

Deux nouveaux employés travaillaient au comptoir ce matin-là. L'un, un brun d'une vingtaine d'années, était occupé à ranger des paquets. L'autre, une jolie blonde, semblait être une stagiaire travaillant sous les ordres d'une femme plus expérimentée bien que plus jeune. Les cheveux longs et épais de la blonde dissimulaient judicieusement le minuscule écouteur qu'elle portait à l'oreille.

Sur Broadway, devant la vitrine, un taxi était à l'arrêt, sa lumière sur le toit indiquant qu'il ne travaillait pas. Le chauffeur, un homme grassouillet et chauve vêtu d'une veste de cuir bon marché et d'une chemise en jean élimée, était plongé dans un journal de turf. Comme il était loin de son ancien commissariat, il doutait qu'un passant reconnaisse en lui l'inspecteur George Roth de la police de New York.

Le taxi, un vrai taxi de New York saisi par le FBI lors d'une descente de stups, servait de poste de commandement mobile. De là, Roth pouvait communiquer par radio avec les deux policiers à l'intérieur de la boutique, provisoirement détachés à la cellule de crise du groupe spécial d'intervention.

Les huit membres de l'équipe de surveillance étaient parfaitement équipés. On avait placé des micros sans fil sous leurs chemises ou leurs pull-overs ; des écouteurs étaient dissimulés sous des perruques, des casquettes de base-ball ou des chapeaux.

Dans la section animée de Broadway, devant la boutique, un agent du FBI en jogging fluo changeait la roue arrière droite de sa Corvette, autre véhicule saisi. Un jeune Hispanique était assis au volant d'un camion de livraison de pizzas à l'arrêt. Une vieille clocharde, boitillante, poussait un chariot de supermarché débordant de canettes en aluminium.

Un autre agent faisait le guet de la fenêtre du deuxième étage de l'immeuble de bureaux d'en face. Un autre, en uniforme de la compagnie d'électricité, examinait un compteur en panne dans une ruelle à une dizaine de mètres de là.

Au cinéma et à la télévision, on retrouve la source d'un appel téléphonique en quelques secondes. La réalité, malheureusement, est bien moins impressionnante. Un repérage d'appel peut prendre cinq, dix, voire quinze minutes ou plus, et exiger souvent plusieurs essais.

Il est vrai qu'un service connu sous le nom de Caller ID est disponible dans de nombreuses régions des États-Unis, lequel permet de connaître le numéro appelant avant même que le téléphone ne sonne. Mais ce service ne fonctionne que dans des centraux téléphoniques utilisant une technologie entièrement informatisée, le System Signaling Group 7 ou SS7.

Et de nombreux centraux téléphoniques sont encore de vraies antiquités, notamment dans les grandes villes. La NYNEX, la compagnie qui dessert Manhattan ainsi qu'une grande partie de l'État de New York et la Nouvelle-Angleterre, a été l'une des plus lentes à se moderniser.

L'autre problème avec le Caller ID, c'est qu'il ne fonctionne pas sur les systèmes PBX utilisés dans les immeubles. En outre, tout abonné peut adopter le système dit du « secret total » qui empêche son numéro de s'afficher.

Le seul moyen fiable de retrouver un numéro reste la bonne vieille méthode de repérage qui ne peut être pratiquée que par la compagnie du téléphone, de ses bureaux. Le directeur de Mail Boxes Etc. et son gérant avaient volontiers accepté que le FBI demande à NYNEX d'ordonner une mise sur écoutes de cette succursale.

Il ne restait plus à Henrik Baumann, si tant est qu'il fût bien le destinataire, qu'à téléphoner pour demander si on avait reçu un paquet en express pour un certain James Oakley. Même s'il appelait d'une cabine, ils auraient peut-être la chance de découvrir sa position à temps.

À onze heures quatorze, l'appel arriva.

La jolie policière blonde décrocha.

– Pouvez-vous me donner votre nom, s'il vous plaît ? dit-elle d'une voix enjouée en levant l'index pour avertir son collègue. Je vais vérifier, monsieur Oakley.

Elle le mit en attente.

Son collègue était déjà en communication avec la NYNEX sur une autre ligne pour donner le signal de déclenchement de l'écoute. Le combiné à l'oreille, il enjoignit la femme de faire patienter son correspondant le plus longtemps possible.

– Je veux bien, mais comme il m'a dit qu'il était pressé, je ne sais pas combien de temps il est disposé à attendre.

– Bien sûr qu'il est pressé, il n'est pas idiot. Oui, dit-il dans le combiné, d'accord, bien. C'est ce que nous allons faire.

Dix secondes s'écoulèrent, puis vingt.

– Il va falloir que je le reprenne, sinon il va avoir des soupçons et nous allons le perdre.

– Il téléphone de Manhattan, annonça son partenaire. Du centre... Allez ! magnez-vous le train, bon Dieu !

– Matt...

– Ouais, prends-le, dis-lui... trouve quelque chose, bordel. Donne-nous plus de temps.

La blonde reprit son correspondant en ligne.

– Monsieur Oakley, nous avons effectivement quelque chose pour vous, je suis en train de chercher. S'agissait-il d'une enveloppe ou d'une boîte ? Oui, en effet, nous les rangeons dans différents... Oh ! merde, il a raccroché. On l'a perdu.

Baumann raccrocha et s'éloigna rapidement de la cabine. Pour des raisons de sécurité, il n'aimait pas rester en ligne plus de vingt secondes. Il ignorait si la technologie du repérage d'appel avait évolué pendant son séjour en prison, mais il n'avait pas envie de le découvrir. Il savait que son paquet était arrivé, c'était l'essentiel. Même s'ils repéraient la source de l'appel, le temps qu'ils débarquent, il serait parti depuis longtemps.

Peut-être était-il trop prudent. Après tout, il était très improbable que la police ait découvert cette boîte aux lettres. Mais c'était justement ce genre d'instinct qui lui avait permis de survivre aux risques du métier.

C'est également cette même prudence qui lui dicta d'endosser un déguisement, un longue perruque brune hirsute, une barbe qui avait l'air naturelle, un faux ventre, et un large sweat-shirt blanc, avant de prendre un taxi pour se rendre à la boutique devant laquelle il fit un peu de surveillance préliminaire. Il ne trouva aucune raison de se méfier, tout en sachant que, si les gens en planque étaient bons, on ne les remarquerait pas.

Il entra dans le petit magasin. Le seul autre client était un jeune homme au comptoir, walkman aux oreilles, qui remplissait un long formulaire ressemblant à un dépôt de candidature.

– Puis-je vous aider? lui demanda l'employée.

– Pas tout de suite, merci, lui répondit Baumann en s'absorbant dans la contemplation de cartons d'envoi de différentes tailles. Donna n'est pas là? reprit-il en se tournant vers elle.

– Donna?

– La femme qui travaille ici normalement. Vous savez. Blonde. Avec des cheveux longs.

Il savait pour être venu reconnaître les lieux par deux fois, sous des déguisements différents, qu'une dénommée Donna travaillait dans cette succursale.

– Oh! Elle! Désolée, je suis nouvelle ici. Elle a pris sa journée... pour aller à la plage, je crois. Pourquoi? Vous êtes un de ses amis?

L'instinct de Baumann lui souffla de partir sur-le-champ. Les deux au comptoir étaient des nouveaux. Cela ne lui disait rien qui vaille. Que le demandeur d'emploi ait un walkman sur les oreilles ne lui plaisait pas non plus. Cela le rendit méfiant. Rien de plus pratique que des écouteurs pour communiquer avec un poste de commandement. Ils pouvaient aussi bien être complètement innocents. Mais son instinct lui disait de ne pas prendre de risques.

– Ouais, vous lui donnerez le bonjour de Billy.

Il jeta un coup d'œil à sa montre et sortit.

A cinquante mètres de là, il remarqua que l'homme au walkman était sorti sur ses talons et venait dans sa direction.

Cela ne lui plut pas non plus.

À quelques pas derrière lui, Russell Ullman, qui avait fait mine pendant plus d'une heure de remplir un formulaire au comptoir, parlait dans son émetteur :

– Je ne sais pas si c'est notre type ou non, mais je vais le suivre un peu pour m'en assurer.

– Reçu, dit la voix dans les écouteurs. Reprenez contact dès que vous serez sûr que ce n'est pas lui.

– D'accord.

Baumann traversa soudain la rue en slalomant entre les voitures. Au carrefour suivant, il vérifia dans le reflet d'une vitrine que le jeune homme était toujours derrière lui.

On le suivait.

Pourquoi? Le détonateur avait dû être intercepté, c'était la seule explication. Il avait effectivement pu l'être à plusieurs stades, mais... Charreyron, l'expert belge, avait-il parlé?

Peu probable, se dit Baumann. Si c'était le cas, il aurait sans doute donné chacune des adresses auxquelles il avait exigé qu'on envoie les détonateurs. Et comme il en avait déjà reçu un sans problème, cela semblait exclure que Charreyron fût à l'origine de la fuite.

Non, le paquet DHL avait tout simplement dû être intercepté. Cela arrivait, c'était la raison pour laquelle il en avait fait expédier deux versions. Dans le monde réel, les choses pouvaient mal tourner; d'où les plans de repli.

En se mêlant à un groupe de touristes descendant d'un car, dans l'espoir de semer son suiveur, il aperçut de nouveau son reflet dans une vitrine. L'homme semblait être seul. Pourquoi n'y en avait-il pas d'autres?

— C'est probablement une sorte de pervers, dit la voix dans les écouteurs d'Ullman. Il y a des tas de malades qui se servent de boîtes postales privées pour se faire envoyer des vidéos de cul et de la pornographie enfantine, ou Dieu sait quoi encore. Vous avez vu son visage? Nous, non.

— Non, répondit Ullman. Mais cela ne devrait pas tarder.

Une passante eut un mouvement de recul en le voyant parler tout seul.

Baumann tenta plusieurs manœuvres classiques pour semer son suiveur, mais ce dernier se débrouillait trop bien. C'était manifestement un professionnel et doué en plus. Il ne reconnaissait pas le visage du jeune homme, mais cela ne voulait rien dire. Il avait un peu planqué devant le QG de l'opération Minotaure, mais sans pouvoir identifier un seul des membres de la cellule de crise du groupe spécial d'intervention. De plus, Sarah n'en sortait jamais en bavardant avec quelqu'un.

Baumann passa devant un minable petit restaurant chinois, s'arrêta net et entra dans les lieux peu éclairés. Il lui fallut plusieurs secondes pour s'accoutumer à l'obscurité. Il s'installa à une des tables de Formica. Il était le seul client du restaurant. En fait, il défiait son suiveur d'entrer à sa suite et de se révéler.

Ullman vit le gros en sweat-shirt blanc s'engouffrer dans le restaurant chinois. Il hésita devant la vitrine. Manifestement le type essayait de le semer.

Bon, il n'avait pas le choix.

Il entra à son tour. La salle était vide. Au fond, un Chinois assis à un comptoir pianotait sur une calculette. Ullman donna sa position dans son émetteur.

— Vous avez vu quelqu'un entrer? demanda-t-il au Chinois.

L'homme lui lança un regard méfiant et indiqua l'arrière du restaurant. Ullman aperçut les toilettes, y fonça et ouvrit la porte en grand.

Un évier, un siège, pas de cabine, aucun endroit pour se cacher. Et personne.

Il ressortit dans le couloir, repéra la cuisine. C'était le seul endroit où l'homme en sweat-shirt pouvait être allé.

Il poussa les portes pivotantes, faisant sursauter deux vieux Chinois en train de découper des légumes. Il jeta un coup d'œil circulaire, ne vit personne. Puis il aperçut la porte des livraisons, se rua dessus, ignorant les cris de protestation des cuisiniers.

La porte s'ouvrait sur une étroite impasse où la puanteur des ordures lui sauta au visage. Rien. L'homme au sweat-shirt devait s'être échappé par là.

Merde.

Il l'avait perdu. Ullman descendit prudemment les trois marches grasses, contournant de gros sacs poubelle noirs.

— Je crois que je l'ai perdu, dit-il dans son émetteur.

— Reçu, dit la voix. On envoie deux types vous rejoindre pour voir si on peut le choper.

Avisant une benne bleue débordant d'ordures malodorantes, Ullman s'en approcha rapidement et se pencha pour regarder derrière. Il sentit des mains se plaquer sur sa gorge. On le tira derrière la benne. Il perdit l'équilibre. Il sentit quelque chose lui écraser la trachée. Il tendit une main vers son pistolet, puis quelque chose vint s'enfoncer dans son œil droit.

Tout devint rouge. Plié en deux de douleur, il cherchait son souffle. Il se demanda si son œil n'avait pas éclaté. Il comprit vaguement que l'objet qu'on venait de lui enfoncer dedans était le canon d'une arme. De son œil valide, il se retrouva en train de regarder un homme aux yeux d'un bleu glacial.

— Qui êtes-vous? murmura l'homme.

— FBI, croassa Ullman. Baumann...

— Désolé, vieux, tu t'es trompé de mec, dit Baumann en serrant d'une main la trachée du jeune homme blond, le tuant sur le coup.

L'homme du FBI était agile et costaud, mais manquait manifestement d'entraînement. Et il avait vu le visage de Baumann... grimé,

234

certes, mais le risque était tout de même trop grand. Dans le porte-feuille du mort, Baumann trouva une carte du FBI. Il l'empocha : « Tu t'es trompé de mec, agent spécial Russell Ullman. »

56.

Le plastic C-4, tant apprécié des terroristes, se présente géné-ralement sous la forme de blocs rectangulaires de deux centimètres d'épaisseur, quatre centimètres de large et vingt-deux centimètres de long. Chaque bloc, enveloppé de plastique transparent ou vert, pèse une livre un quart. Il est d'un blanc immaculé.

La densité du C-4 en fait un matériau de choix pour l'armée américaine et bien entendu les terroristes. Pour ces derniers, l'un de ses attributs les plus utiles est qu'il est inodore, donc très difficile à détecter. Mais il n'est toutefois pas *impossible* à détecter.

Ce que l'on ignore en dehors du milieu des services secrets et des forces de l'ordre, c'est que certains types de C-4 sont bien plus détec-tables que d'autres. Pour des raisons évidentes, les spécialistes de l'antiterrorisme préfèrent que les terroristes confirmés et potentiels en sachent le moins long possible sur ces divers types de C-4.

Toutefois, en tant qu'ancien agent du BOSS, Baumann n'igno-rait pas grand-chose des explosifs. Il savait que le composant actif du C-4 était la cyclotriméthylène-trinitramine, complètement inodore. En fait, ce sont les *impuretés* de la plupart des plastics que repèrent les chiens dressés ou les détecteurs mécaniques.

Il connaissait aussi un fait soigneusement dissimulé, à savoir que tout le C-4 d'Amérique est fabriqué dans sept usines exclusivement. Six des fabricants utilisent soit de la nitroglycérine, soit le composé EGDN pour la dynamite, ce qui contamine le C-4 fabriqué en même temps. Voilà ce qui rend détectables la plupart des C-4.

Seule une entreprise aux États-Unis fabrique un C-4 pur, « non contaminé ». Et Baumann savait laquelle.

Il avait également mis au point un plan assez judicieux pour s'en procurer.

57.

En tant que spécialiste de l'acquisition du matériel informatique au service administratif de la Manhattan Bank, Rick DeVore ne cessait d'être sollicité par téléphone. C'était son boulot ; il le faisait sans se plaindre et répondait toujours aimablement mais fermement. En vérité, dans l'informatique, comme on traite beaucoup par téléphone, on ne peut pas refuser de prendre des appels. Mais si on passait son temps pendu au bout du fil, on n'arrivait jamais à rien faire. Rick De Vore avait donc l'art de trier les petits rigolos, les vendeurs de camelote, de trucs qui ne pouvaient pas l'intéresser.

Toutefois, ce matin-là, son interlocuteur semblait connaître son affaire.

– Bonjour, Bob Purcell de Metrodyne Systems à Honolulu à l'appareil.

– Bonjour, tout va bien ? dit Rick, neutre, sans l'encourager mais sans le décourager non plus.

Metrodyne qui fabriquait des produits complémentaires pour les réseaux Novell était une des sociétés de logiciels les plus cotées d'Honolulu, *la* ville actuelle du logiciel.

– Bien, merci. Écoutez, je ne voudrais pas vous faire perdre du temps, mais j'appelais pour vous parler d'une nouvelle sécurité NLM qui permet un encryptage de fichiers quel que soit le format ou le réseau.

– Oui, fit DeVore en griffonnant sur son bloc de messages téléphoniques rose.

Se revoyant avec Deborah la veille au soir, il se demanda s'il était vrai que les hommes pensaient à la baise toutes les cinq minutes.

Le vendeur de Metrodyne poursuivit avec un enthousiasme croissant :

– Chaque fois que vous sauvez un fichier, il est immédiatement crypté sur votre réseau Novell et chaque fois que vous en ouvrez un, il est décodé. C'est vraiment génial. Comme la compression/décompression qui se fait automatiquement, sans que l'utilisateur en soit conscient. Selon moi, tout utilisateur de Novell se doit d'en avoir un. Je me demandai si vous auriez le temps de me recevoir pour qu'on en discute...

– Ça a l'air génial, répondit DeVore sincère, mais je dois vous dire que nous n'utilisons plus Novell. Nous venons de passer à NT Advanced Server, le logiciel de mise en réseau de Microsoft. Désolé.

– Oh ! non, c'est parfait, dit le vendeur. Nous avons aussi une version qui fonctionne sur NT... nous tenons à nous adapter à la diversité du marché. Si je puis me permettre, quelle sécurité utilisez-vous en ce moment ?

– Eh bien, euh...

– Je veux dire, est-ce que vous vous fiez à ce qui sort de la boîte pour la sécurité ? Parce que nous avons adapté notre produit pour compenser les faiblesses de la sécurité de NT. Comme vous le savez,

NT ne se charge même pas de l'encodage, on doit tout coder séparément. En revanche, notre système, oui...

— Écoutez, dit DeVore, adoptant le ton de celui qui veut conclure, je vous ai dit tout ce que je pouvais. Désolé. Je n'ai pas vraiment le droit de parler de tout cela. Mais si vous voulez m'envoyer un exemplaire de démonstration, je me ferai un plaisir de jeter un coup d'œil à votre produit. D'accord?

Une fois l'adresse postale et le nom en poche, Leo Krasner raccrocha et retourna à sa station de travail SPARC-20.

Il avait appris tout ce qu'il avait besoin de savoir au sujet du logiciel utilisé par la banque.

58.

L'analyste des services techniques qui téléphonait sur la liaison sûre avec le Hoover Building avait une voix d'adolescent en pleine mue, avec des ratés.

— Agent Cahill, c'est Ted Grabowski, dit-il timidement. C'est moi qu'on a désigné pour travailler sur l'engin, le détonateur.

— Mmm?

— Vous vous rappelez que vous m'avez demandé de vérifier s'il n'y avait pas de signature...

— Je m'en souviens, oui.

Identifier les marques de fabrique est l'un des points forts du FBI, et même si cela demande des efforts considérables, c'est l'« empreinte » la plus fiable d'une bombe. C'est également recevable au tribunal.

— Voilà, c'est un peu déroutant. Pas vraiment une signature cohérente.

— La soudure?

— Les joints sont nets, peut-être trop. Mais ce sont les nœuds qui m'ont mis dedans.

— Comment cela?

— Ce sont des épissures de la Western Union. Du très beau travail.

— Vous pourriez me rafraîchir un peu la mémoire?

— Voilà. Dans le temps, on utilisait l'épissure Western Union pour les fils du télégraphe parce que ces fils étaient soumis à de grandes tensions, et qu'il fallait un nœud qui supporte une bonne secousse. Vous prenez les deux extrémités dénudées de deux fils, vous les superposez vous les tordez, puis vous les soulevez avant de les

237

tordre de nouveau, à quatre-vingt-dix degrés. Cela forme une sorte de triangle autour duquel on colle du ruban adhésif et...

– Votre conclusion ?

– J'en conclus, mais c'est seulement une supposition, que le type qui a fait ça a été formé à Indian Head.

Indian Head est l'École de déminage de la marine qui forme tous les experts militaires américains en explosifs. La CIA a beau disposer de ses propres installations pour former ses propres experts, la plupart passent aussi par Indian Head.

– Vous êtes en train de me dire que c'est le travail d'un Américain ?

– Non, madame. Peut-être l'ignorez-vous, mais l'École forme également des étrangers. À Indian Head, ils proposent un cours sur les explosifs de fabrication artisanale... je le sais, parce que je l'ai suivi. Je dis juste que celui qui a fabriqué ce joli petit détonateur n'était certainement pas un Libyen, j'en suis sûr.

Tirant sur sa cigarette, Christine Vigiani attendait sur le seuil que Sarah lève la tête.

– Oui, Chris ?

Vigiani toussa pour s'éclaircir la gorge.

– J'ai trouvé un truc qui pourrait vous intéresser.

– Oh ?

– En fait, il suffisait d'additionner deux et deux. Notre type s'est occupé de Carrero Blanco, n'est-ce pas ? Engagé par les Basques ?

– Oui...

– Alors je suis entrée dans Cactis pour voir si je trouvais d'autres connexions pour le meurtre de Carrero Blanco, dit-elle en tirant sur sa cigarette. La CIA a d'excellentes sources selon lesquelles celui qui a été engagé par les Basques l'a été peu après par l'IRA.

Sarah se redressa dans son fauteuil.

– J'ai donc contacté les Opérations spéciales de Scotland Yard. Et on a des preuves solides que notre homme est l'auteur de l'assassinat de l'ambassadeur britannique en Irlande au milieu des années 70... Vous vous en souvenez ?

Sarah s'en souvenait, bien sûr. Le 21 juillet 1976, Christopher Ewart-Briggs avait été tué par une mine placée dans un conduit sous une route campagnarde près de Dublin. Il avait à peine passé trois semaines en poste.

L'assassinat était l'œuvre de l'IRA provisoire. Mais on s'était longtemps interrogé sur l'identité du poseur de bombe. Les services secrets britanniques avaient appris ensuite qu'il s'agissait du travail d'un mercenaire, pas de l'IRA.

On avait à présent la certitude dans le milieu des services

238

secrets, à partir de données d'enquête et de renseignements, qu'Ewart-Biggs avait été tué par le mystérieux assassin de Carrero Blanco. Son nom n'avait jamais été rendu public.

– Ce Baumann, dit Vigiani en recrachant un nuage de fumée, c'est un bel enfant de salaud, si vous me pardonnez l'expression.

– Agent Cahill ? dit l'analyste des services techniques sur la ligne sûre un peu moins d'une heure après. Pour votre question à propos du mécanisme de retardement...

– Oui ?

– Eh bien, je pense que vous tenez peut-être quelque chose, madame. Je l'ai examiné de très près avec deux collègues, et nous sommes d'accord pour dire qu'il est presque identique à ceux qu'Edwin Wilson a vendus à la Libye en 1976.

– Presque ?

– Oui. Il est construit comme eux, mais ce n'est pas l'un d'eux. Vous voyez la boîte de plastique noir qui abrite le détonateur ? Eh bien, je lui ai fait passer un test de point de fusion et j'ai découvert qu'elle fondait à 171 ° C, je peux donc affirmer qu'il ne s'agit pas du même mécanisme de retardement.

– Vous en êtes sûr ?

– Certain. Nous avons plusieurs mécanismes Wilson, comme on les appelle, et ils sont fabriqués en résine de nylon qui fond à 261° C. Mais celui-là, c'est de la résine d'acétyle. Celui-là est différent.

– C'est donc un faux ? Vous pensez que quelqu'un a fabriqué un faux mécanisme de retardement ressemblant au libyen pour que la bombe ait l'air d'être fabriquée par les Libyens ?

– Exactement, madame. Personne ne fabriquerait une copie sinon pour berner les gens de l'antiterrorisme comme vous. On est en train d'essayer de nous rouler dans la farine.

59.

AAAA Construction and Excavation faisait tache dans la banlieue de la ville, pour le reste charmante, de Mount Kisco dans le comté de Westchester, État de New York. Cela se résumait à un petit bâtiment en brique entouré de caravanes, planté dans un champ de gravats cerné de barbelés électrifiés et munis d'une alarme.

Quatre A, comme l'appelaient ses sept employés, entreprise de construction, de terrassement et de démolition par explosifs, avait, dans les pages jaunes, un petit encadré publicitaire entouré d'un liséré rouge où l'on voyait le dessin stylisé d'une pelleteuse charriant des gravats. Grâce à tous ses A, la société était la première citée dans la rubrique.

Aux yeux de ses employés démoralisés et sous-payés, un dollar affublé d'ailes aurait fait un bien meilleur emblème pour symboliser les pertes régulières de Quatre A depuis quatre ans, depuis le jour où David Nickelsen fils avait repris l'entreprise familiale après l'infarctus de son père, le fondateur.

Mais AAAA convenait parfaitement au but recherché par Henrik Baumann. Il avait épluché les listes des entreprises de démolition en éliminant toutes celles qui n'avaient pas l'autorisation officielle de l'ATF et de la municipalité locale d'utiliser ou de stocker des explosifs.

Cela laissait encore quelques candidats. Mais, parmi ceux-là, seule une poignée correspondait au profil désiré : entreprise petite, privée, et en posture financière suffisamment mauvaise pour ne pas renvoyer d'office un Anglais venu leur proposer un petit marché concernant le C-4.

Heureusement les scrupules n'étouffaient pas David Nickelsen fils. Baumann savait bien qu'il ne lui serait pas difficile de trouver quelqu'un dans ce domaine qui soit prêt à faire affaire avec lui. Nickelsen écouta la proposition de l'homme bien mis qui se présentait sous le nom de John McGuiness de Bristol. Fut-il convaincu par les manières parfaites dudit McGuiness ou par son offre de cinquante mille dollars en espèces, toujours est-il qu'il accepta avec joie.

L'Anglais expliqua qu'il représentait un acheteur étranger... il ne pouvait en dire plus... qui avait des difficultés pour obtenir une licence d'exportation pour un important contrat de construction au Koweit. Cet acheteur avait besoin d'un rouleau de DetCord, de plusieurs amorces électriques de type M6, et d'une demi-tonne de C-4, de type M-112, selon l'appellation de l'armée américaine.

Mais pas n'importe quel M-112. Pour des raisons techniques trop compliquées à expliquer, il fallait qu'il ait un code de fabricant précis.

Baumann ne jugea pas nécessaire de préciser que les numéros qu'il donnait au propriétaire corrompu de Quatre A renvoyaient à un fabricant et à un lot particuliers. Il avait trouvé ces codes dans une liste de contrats gouvernementaux publiée dans une revue baptisée le *Commerce Business Daily*.

David Nickelsen fils le regarda comme s'il avait perdu la tête. Vous voulez du plastic ? Oui ou non ? Qu'est-ce que c'est que ce bazar ?

Baumann l'informa que le lot exact qu'il voulait était mis en vente, très bon marché, aux enchères nationales conduites en ce

240

moment même par le Service de commercialisation et de reconversion du matériel de défense à Battle Creek dans le Michigan. Ce service est une branche de l'Agence de logistique de la Défense, laquelle dépend du ministère du même nom. Il met en vente des explosifs en excédent, provenant d'entrepôts gouvernementaux, à des prix défiant toute concurrence. Tout détenteur des autorisations d'explosifs ad hoc peut se porter preneur.

– D'accord, dit Nickelsen. Je peux acheter la marchandise aujourd'hui si vous voulez.

– C'est bien ce que je vous demande, dit Baumann.

– Et après ? Comment je suis censé couvrir le fait que j'ai fait une vente illégale ?

– Cela ne sera pas nécessaire. Vous vous faites livrer le C-4 que vous stockez dans votre magasin. Vous débranchez votre barrière électrifiée... négligence dont vous accuserez l'un de vos employés corvéables à merci. Vous me faites savoir quand c'est fait et vous recevez l'argent. Le lendemain matin, vous découvrez qu'on a forcé la serrure de votre magasin. Horrifié, vous signalez le vol. Et c'est réglé. Vous n'entendrez plus jamais parler de moi. Une dernière précision, mes commanditaires sont très à cheval sur leur vie privée. Un seul mot sort d'ici, un seul, et vos deux petits garçons sont orphelins de père. Aussi simple que ça. Compris ?

60.

Pendant ce temps-là, Ken Alton était vissé à son poste de travail, au milieu de grands moniteurs à l'écran bleu, de plusieurs claviers, d'un enchevêtrement de câbles et d'une montagne de canettes de Pepsi Light.

– J'ai contacté le service informatique de la Manhattan Bank, histoire de me familiariser avec le système. C'est plutôt sûr pour une banque. Mais j'ai l'intention de me rendre sur place pour vérifier certains trucs de *visu*.

– Super, dit Sarah. La recherche de passeport a donné quelque chose ?

– On approche.

– Où en es-tu ?

– Au tri. J'en suis à une quarantaine de noms. On pourrait vérifier à la main, mais ce serait beaucoup plus rapide pour moi de réduire la liste à un ou deux.

– D'où viennent ces quarante noms ?

– De l'intersection de deux bases de données ; tous les citoyens américains entrés dans le pays depuis le début de l'année et tous les passeports américains dont on a signalé la perte ou le vol.

– Je peux voir cette liste ?

– Si tu y tiens, mais cela ne va pas t'avancer à grand-chose. Tu veux une sortie papier ?

– S'il te plaît.

Ken frappa quelques touches et son imprimante laser se mit en route.

– C'est parti. Mais c'est juste une liste de noms, avec numéros de sécurité sociale et de passeport, rangés par ordre de probabilité.

– Probabilité que l'un d'eux soit notre homme ?

– C'est ça.

– Tu te fondes sur quoi ?

– Plusieurs critères ou facteurs différents. Des trucs comme la taille, l'âge et le sexe. Pour commencer, on sait que Baumann mesure un mètre soixante-dix-sept.

– La douane ne vérifie pas la taille, Ken.

– Exact, mais si un type est très petit, j'en ai un qui mesure un mètre soixante, il y a des chances pour qu'il ne s'agisse pas de Baumann, à moins qu'il ne se soit fait raccourcir les jambes. En revanche, je n'élimine pas ceux qui sont plus grands, parce qu'il peut porter des talonnettes.

– Et l'âge ? Nous avons dit qu'il pouvait paraître beaucoup plus âgé en se grimant, par exemple.

– En effet, mais il ne va pas s'amuser à se vieillir de huit ans, non ? Il y a donc des âges qui ne peuvent pas lui correspondre. Toute personne de moins de vingt-cinq ans est automatiquement rétrogradée dans le classement de probabilité. Et il y a l'itinéraire.

– Hmm ?

– Je pars de l'hypothèse que Baumann n'est pas sorti des États-Unis avant d'y entrer. En d'autres termes, il s'est probablement procuré le passeport à l'étranger et l'a utilisé pour entrer sur le territoire. Quiconque est, disons, entré aux États-Unis la semaine dernière, mais les a quittés huit ou quinze jours avant ne risque guère d'être notre terroriste. Il est donc déclassé.

– D'accord, parfait.

– De plus, j'ai les données de la plupart des compagnies aériennes qu'ont empruntées ces quarante-trois personnes. Manifestes, listes de passagers, etc. Ces données nous en apprennent long. Par exemple, le passager a-t-il acheté son billet en espèces ? Il y a de fortes chances pour que notre homme l'ait fait. Sinon, il passe en fin de liste. Sans être éliminé.

– Cela tient debout.

— Oh ! et on peut éliminer quiconque est entré dans le pays *avant* la date de l'évasion de Baumann, ajouta Ken en lui tendant une feuille que l'imprimante venait de cracher. Ce que tu as entre les mains, c'est du travail en cours. Toutes les bases de données n'ont pas été exploitées. Dans un jour ou deux, il ne devrait plus me rester qu'un nom.

Sur le point de laisser tomber la fouille de l'impasse derrière le restaurant chinois, l'inspecteur George Roth signala son échec par radio. Il repartait vers Broadway quand un détail attira son regard dans une benne à ordures bleue. Il s'approcha en retenant son souffle, et comprit que sa première impression avait été la bonne... Il s'agissait bien d'une chaussure en cuir noir. En tirant dessus, il se rendit compte qu'une jambe venait avec.

Quelques minutes plus tard, la cellule de crise se réunissait pour une mise au point générale, sans les deux éléments impliqués dans l'opération Mail Boxes, George Roth et Russel Ullman.

Sarah commença par les mettre au courant des résultats de la surveillance.

— Apparemment un homme a appelé à propos du paquet, mais il a raccroché avant qu'on puisse le localiser.

— Vous croyez qu'il s'est méfié ? demanda Pappas.

— Possible. Mais il était peut-être tout simplement prudent.

— Il ne viendra probablement jamais récupérer le paquet, continua Pappas. Mais s'il s'agit réellement de Baumann, il n'en a peut-être pas besoin. Il dispose sans doute d'autres détonateurs. Ils ne doit pas être du genre à négliger un détail.

— Je le pense aussi. Quoi qu'il en soit, ils doivent me biper si quelqu'un se présente pour le paquet, dit Sarah avant de les informer sur les autres opérations en cours.

Une enquête dite totale, ce que l'opération Minotaure était devenue, met énormément de ressources à disposition, ce qui leur permettait de faire feu de tout bois. Micros, caméras vidéo cachées, radiogoniomètres sur les voitures, couvertures, mises sur écoutes. Techniquement, une enquête s'étendait sur une période d'un an renouvelable, mais dans certains cas – la guerre du FBI contre le parti communiste des États-Unis par exemple – l'enquête avait été reconduite pendant quarante longues années. L'ennui, en l'occurrence, c'était qu'ils ne disposaient pas d'un an, ni même d'un mois.

Sarah résuma ce que les services techniques avaient découvert à propos du détonateur. Mais la dernière donnée, qu'elle venait juste de recevoir du jeune Ted Grabowski, était la plus importante.

— Une fois qu'il a été clair que le mécanisme de retardement libyen était un faux, les techniciens ont examiné l'engin de plus près. Ils ont procédé à un examen au microscope, pour chercher les marques de fabrique éventuelles. Vous vous souvenez de la tentative d'assassinat contre le président Bush au Koweit il y a deux ans ?

— Bien sûr, dit Pappas. On a trouvé des explosifs, du DetCord et des détonateurs et on a déterminé que ceux qui tiraient les ficelles étaient, bien entendu, les Irakiens. Quel est le rapport ?

— Eh bien, on a utilisé exactement la même pince coupante pour la bombe du Koweit que pour les fils de notre détonateur.

— Bon Dieu ! s'exclama Pappas.

— Attendez, dit Vigiani. Vous êtes en train de nous dire que les Irakiens ont fabriqué ce truc ?

— Non, répondit Sarah. Les Irakiens n'ont pas non plus fabriqué la bombe du Koweit. Ils ont sous-traité. C'était du travail très raffiné, probablement hors de leur portée.

— Sarah, dit Vigiani. Là, je suis un peu larguée. Vous pourriez nous redire ça plus simplement

— D'accord. Baumann a engagé quelqu'un pour construire un détonateur et l'expédier ici. Celui qu'il a engagé a également fabriqué la bombe du Koweit. Et il a été formé à Indian Head... par nous. Donc, si nous pouvons trouver qui a fabriqué le détonateur koweitien...

— Ce faux mécanisme de retardement libyen m'intrigue, dit Pappas. Pourquoi cherche-t-on à nous lancer sur une fausse piste ?

— Pour dissimuler une participation, nous égarer ? proposa Vigiani.

— Ou bien, dit Pappas, pour l'attribuer aux Libyens pour des raisons stratégiques. Dans un sens comme dans l'autre, ce n'est pas un comportement terroriste normal. C'est le travail de quelqu'un qui ne cherche ni à revendiquer la chose, ni à être accusé, ni à faire de l'extorsion, ni du chantage. Bref, Baumann a été recruté par quelqu'un qui souhaite simplement détruire une partie de New York, vraisemblablement la Manhattan Bank, sans faire de déclaration.

— Eh bien, fit Vigiani, il ne va certainement pas le faire sans son détonateur. Et il n'est toujours pas allé le récupérer, n'est-ce pas ?

— Pas encore, d'après ce que j'en sais, répondit Sarah. Il le peut encore. C'est peu vraisemblable, je dois l'avouer.

— Sarah, reprit Pappas, de quoi d'autre ce type a-t-il besoin pour construire une bombe ?

— Un explosif, à l'évidence... Pourquoi ? Où voulez-vous en venir ?

— Eh bien, les terroristes adorent le plastic, le Semtex, le C-4 et le reste, non ? Des matériaux très difficiles à se procurer sur le marché officiel. Alors, soit il le fait venir de l'extérieur...

– Soit il se le procure ici. Oui, c'est possible.

– Comment ? En le volant ? demanda Vigiani.

– Peut-être.

– Alors on fait circuler un avertissement ?

– Trop public.

– En l'expurgeant un max ?

– Cela soulève encore trop de questions. Nous allons demander à l'ATF de nous informer de tout vol de C-4, dynamite ou autres explosifs. Et donner le numéro de notre ligne ouverte vingt-quatre heures sur vingt-quatre. Sans révéler pourquoi cela nous intéresse. En nous concentrant sur les bases militaires.

Vigiani haussa les épaules.

– Cela doit valoir le coup d'essayer. Alors ? continua-t-elle en voyant Ranahan et Roth entrer.

Tout le monde comprit à leur expression que les nouvelles étaient mauvaises.

– Que s'est-il passé ? demanda Sarah.

– C'est Ullman, répondit Roth, livide.

– Qu'est-ce que vous... quoi Ullman ? dit Sarah, en comprenant soudain.

– Mort, dit Ranahan d'une voix rauque.

– Oh, mon Dieu ! gémit Vigiani.

– Il a suivi un type sur une centaine de mètres, puis il a disparu sans laisser de traces, dans une impasse derrière un restaurant. Quand il a cessé d'émettre, on est partis à sa recherche.

– C'est moi qui l'ai trouvé, dit Roth. Dans une benne derrière le restaurant. Sous une masse d'ordures.

Il s'effondra dans un fauteuil. Il y eut un silence stupéfait.

– Baumann ? demanda Pappas.

– Sa marque, en tout cas, dit Roth. Comme pour les meurtres de Pollsmoor. Meurtre à mains nues, à part un objet contondant qu'il lui a enfoncé dans l'orbite.

– Russell devait l'avoir repéré.

– Peut-être, dit Sarah. Ce qui est sûr, c'est que Baumann nous a repérés.

61.

La sonnette retentit, et Sarah fit entrer Brian Lamoreaux. Avec sa veste marron pelucheuse sur une chemise rayée à col droit, il était superbe. Il sentait très légèrement l'eau de Cologne. Ses lunettes style Armani avec incrustations d'écaille le rendaient presque sexy.

– Nouvelles lunettes, s'exclama-t-elle en guise d'accueil.

– Ce sont des vieilles, en fait. Cela me fait plaisir que vous puissiez m'accompagner ce soir.

– Je ne peux pas passer mon temps à travailler, répondit-elle, alors qu'en vérité elle aurait préféré retourner au QG Minotaure.

Mais si elle continuait à ce rythme-là, elle finirait par péter les plombs.

Il lui tendit un petit bouquet de lis, un peu fanés, qu'il cachait derrière son dos.

– Comme c'est gentil. Merci. Mais il faut que je vous avertisse de nouveau, si mon biper se déclenche en plein concert, je serai obligée de vous abandonner.

– Compris. Je suis un grand garçon. Je peux me débrouiller tout seul.

Sarah avait mis en sourdine l'adagio en mi bémol du trio pour piano en sol mineur de Haydn, mais cela ne l'aidait guère à se calmer. C'était leur deuxième sortie, mais elle restait nerveuse sans vraiment s'expliquer pourquoi. Après son refus à l'hôpital, elle avait fini par accepter lorsqu'il avait rappelé en fin de journée pour prendre des nouvelles de Jared. Le lendemain soir, ils avaient pris un verre dans un café cubain de Columbus Avenue, et elle s'était dit qu'il y avait peut-être quelque chose dans l'air.

Jared s'approcha timidement, suivi de sa baby-sitter, une étudiante de Marymount Manhattan College nommée Brea, qui dit bonjour apparemment sans trop savoir quoi faire de ses mains.

– Alors, c'est vrai Brian? dit Jared. Tu construis des immeubles?

– Non, j'écris sur eux, c'est tout.

– Oh! fit Jared, déçu. Tu aimes le base-ball?

– À vrai dire je n'y connais strictement rien. Mais c'est drôle que tu en parles, dit-il en lui tendant une petite carte enveloppée de plastique. Regarde ce que j'ai trouvé dans la poubelle.

Jared écarquilla les yeux.

– Arrête! Tu ne l'as pas trouvé dans une poubelle. Oh, mon Dieu! C'est un Satchel Paige.

– C'est drôlement gentil de la part de Brian.

– Top cool, oui. C'est une carte de 1953. Hyper-extra! Il n'y a pratiquement pas de Satchel Paige en circulation. Ils ne faisaient pas de cartes pour les équipes de Noirs.

– J'espère qu'elle n'a pas coûté trop cher.

– Tu sais, continua Jared, Satchel Paige ne savait pas lui-même quel âge il avait. Il n'y a pas de statistiques officielles sur lui. Mais c'était le genre à jouer trois fois par jour, tous les jours, puis à partir en tournée en Amérique du Sud dans la foulée. C'est géant.

Le téléphone sonna. Sarah, sentant une poussée d'adrénaline, voulut décrocher, mais Jared fut plus rapide.

– Oh! bonjour, fit-il sans enthousiasme, si bien qu'elle comprit instantanément qui appelait. Oui, je vais bien. Tout va bien. Maman, c'est papa.

– Tu peux lui dire que je le rappellerai demain du bureau?

– Maman a un rendez-vous ce soir.

Quand Jared raccrocha, Sarah le foudroya du regard. Il lui rendit son regard, avec l'air de dire qu'il savait ce qu'il faisait.

– Voilà ce que j'appelle un immeuble, dit Sarah lorsqu'ils passèrent devant le Dakota, à l'angle de Central Park West et de la 72ᵉ Rue. (Bouleversée et effrayée par la mort d'Ullman, elle était pratiquement incapable de penser à autre chose qu'à son travail, mais elle tentait de le masquer derrière un air joyeux.) Vous savez quelque chose à son sujet?

– Le Dakota? Bien sûr. En fait, c'est le premier grand immeuble d'habitation de grand luxe. Il a été construit dans les années 1880 par un dénommé Edward Clark, le président de l'entreprise des machines à coudre Singer. On l'a baptisé la Folie Clark, parce qu'il était ridiculement loin du centre.

– Hum.

– En fait, je crois qu'on l'a baptisé le Dakota à cause du territoire du Dakota, qui était très loin.

– Qui était l'architecte? demanda-t-elle machinalement.

Mais qu'est-ce que je fais? se dit-elle. Je m'efforce d'entretenir la conversation pour ne pas penser à mes cauchemars?

– Henry J. Hardenbergh. L'un des grands architectes de l'époque. Et... je crois me rappeler que Clark a acheté le terrain mitoyen pour y faire construire une vingtaine de maisons sur le même alignement. Ensuite, il a installé un immense générateur dans le sous-sol du Dakota pour fournir de l'électricité non seulement à l'immeuble mais aussi à toutes les maisons voisines. Voilà ce que j'appelle de l'urbanisme.

– Ce n'est pas là que John Lennon a été tué?

– Si... Sarah, sans vouloir vous vexer, j'ai l'impression que cette visite architecturale ne vous passionne guère. Quelque chose ne va pas?

– Non, non, tout va bien.

– C'est Jared?

– Oh, non! Jared va très bien.

– C'était votre « ex » au téléphone, n'est-ce pas?

– Oui. Je ne sais pas comment il a retrouvé ma trace, mais il a de la ressource. Ce n'est pas que je fasse partie d'un programme fédéral de protection des témoins, je fais juste... Enfin, j'aimerais surtout qu'il nous fiche la paix.

– Il n'est pas du genre jaloux, si?

– Oh, si! Et du genre violent aussi.

Brian héla un taxi.

– Génial! J'ai à peine été capable de tenir tête à des voyous prépubères, cela m'étonnerait que je fasse le poids devant un flic jaloux.

Le quatuor en la mineur fut suivi d'un entracte.

– Ce mouvement lent n'est décidément pas facile à écouter, murmura Brian.

– Que voulez-vous dire?

– Je pense que c'est le passage le plus difficile de tout Beethoven. Quelqu'un a comparé le morceau à un homme qui essaie de voir à quelle lenteur il peut faire du vélo sans tomber.

Sarah rit. Plus elle le regardait, notamment lorsqu'il s'enthousiasmait, plus elle le trouvait attirant. La différence entre Peter et lui était tellement énorme que cela en devenait caricatural. Comment la même femme pouvait-elle être séduite par des hommes aussi différents? Dans le parc l'autre jour, elle avait eu pitié de lui, elle avait ressenti une sorte de mépris à le voir aussi bafouillant et incompétent. Pourtant il avait été merveilleux, attentif, sensible, lorsqu'il les avait conduits aux urgences.

Après la *Große Fuge*, le concert se termina par le quatuor en do dièse mineur que Sarah considérait comme le plus grand morceau jamais écrit.

– Incroyable, non? dit Brian en lui prenant la main. L'adagio est une des choses les plus tristes qu'il m'ait été donné d'entendre.

Sarah lui serra la main en hochant la tête.

Ils prirent un taxi pour rentrer chez lui, tout à côté de Sutton Place. Elle s'était promis de ne pas finir chez lui ou à l'hôtel, mais elle se sentait bien, et Brea, la baby-sitter, avait dit qu'elle ne voyait pas d'inconvénient à rester tard.

Son appartement était petit, mais élégamment décoré avec beaucoup de livres, surtout sur l'architecture, et de beaux meubles confortables. Sarah alla dans la cuisine passer un coup de fil à la baby-sitter et revint s'enfoncer dans un canapé hyper-profond pendant qu'il lui servait un cognac.

– J'aime bien, dit-elle en montrant l'appartement.

– Oh! ce n'est pas le mien. J'ai dû vous parler de ce collègue d'Edmonton... Sa femme et lui prennent une année sabbatique ici, mais ils passent l'été à Taliesen, la maison de Frank Lloyd Wright dans le Wisconsin. Ils sont ravis que je prenne le relais du loyer pendant quelques semaines.

– Vous avez vu comment j'ai meublé mon appartement? Des caisses à oranges et des cartons de déménagement. Ce doit être agréable de vivre dans un cadre aussi installé.

– Écoutez, Sarah, commença-t-il en lui tendant un verre de cognac. Nous nous connaissons à peine, et je vais peut-être vous paraître trop direct, mais voilà ce que j'aimerais vous dire. Je sens que vous ne voulez pas parler de ce que vous faites, que vous travailliez ou non pour le FBI, ajouta-t-il en s'asseyant ni trop près ni trop loin d'elle sur le canapé. Si vous voulez qu'il en soit ainsi, d'accord. Mais je ne veux pas que vous pensiez que cela ne m'intéresse pas, vous comprenez?

Sarah ne put retenir un sourire reconnaissant.

– D'accord.

– Alors parlons du temps qu'il fait ou d'autre chose.

– Bon, est-ce que je peux vous poser une question personnelle?

– À moi? Je suis comme un livre ouvert.

– Vous boitez. Et cela ne date pas d'hier, je me trompe? Vous avez été renversé par une voiture?

– Deux ou trois semaines après la mort de ma femme, je me suis soûlé et j'ai foncé droit dans un poteau téléphonique. Je me suis réveillé à l'hôpital. Deux policiers sont venus me dire qu'ils n'avaient pas trouvé de traces de freinage sur les lieux.

– Ce qui veut dire?

– Que je n'ai pas tenté de m'arrêter. J'ai simplement foncé dans un poteau téléphonique à cent kilomètres à l'heure.

– Vous avez voulu vous tuer.

– Je ne m'en souviens pas, mais c'est ce qu'ils ont dit.

– Vous l'aimiez.

– Oui. C'était un être merveilleux, extraordinaire... Mais c'était une autre partie de ma vie et ce n'est pas le moment d'en parler, d'accord?

– D'accord.

Il alla fouiller dans la collection de CD pour mettre un peu de musique.

Elle l'observa. Il avait un corps superbement souple, de larges épaules, une taille fine. Ce n'était pas le corps d'un universitaire ou d'un architecte, d'un homme qui passe sa vie assis. Visiblement, il faisait de l'exercice.

– Ce cognac est merveilleux.

– Merci. J'étais sûr qu'il vous plairait.

– J'aime le cognac.

– Parfait. Moi aussi. Vous aimez les chanteurs de jazz?

– Bien sûr. Qu'est-ce que vous avez?

– Laissez-moi vous surprendre.

Il revint s'asseoir plus près d'elle. Les premiers accords au piano d'un jazz très syncopé retentirent.

– Oscar Peterson et Ella Fitzgerald! L'un des plus grands albums de tous les temps!

– Tu as du goût, dit-il en se penchant vers elle pour l'embrasser.

Il tenait son visage entre ses deux mains comme s'il admirait un *objet d'art*. Sarah ferma les yeux et ouvrit les lèvres.

– Oh, mon Dieu! pensa-t-elle, laissez-moi profiter de l'instant.

Elle posa ses mains sur ses omoplates, puis caressa la chair ferme de son dos à travers sa chemise. Elle glissa ses doigts sous sa ceinture et les laissa là, sur la chaude rondeur de ses fesses.

– Oh! Sarah, Sarah.

Profite de l'instant. De l'instant.

Elle sentit enfin ses pensées commencer à se dégager des tensions insupportables de son travail quotidien, des morts, de la peur et de l'incertitude. Elle en avait presque la tête qui tournait. C'était délicieux.

Les mains de Brian lui caressèrent le cou, les épaules, puis revinrent se poser doucement sur ses seins.

Ce n'est pas possible. Pas possible. Je ne connais pas cet homme, je ne sais rien de lui, je...

Il déboutonna le haut de son chemisier, frotta son nez contre sa peau nue, puis descendit vers le bout de ses seins en la léchant et en l'embrassant.

– Mmm, gémit-elle.

Une nouvelle chanson. La voix d'Ella un peu rauque mais encore agile.

Elle glissa ses doigts sous la ceinture de son caleçon, sur sa peau si douce. Il finit de déboutonner son chemisier, décrocha son soutien-gorge, et elle sentit ses mamelons se durcir. Il défit sa jupe, la laissa tomber par terre, puis retira son pantalon. Son érection tendait le coton blanc de son caleçon. Elle le lui enleva doucement.

Lentement, si lentement, sa tête descendit, laissant une trace de baisers brûlants sur son ventre, les boucles de poil sous son nombril, et...

– Brian, souffla-t-elle dans un vain effort de se contrôler.

Sa langue s'agitait tel un papillon ou un colibri, sa tête allait et venait, sa langue alternativement dure et douce. Il embrassa, suça ses lèvres, fredonna quelques notes de la chanson qui passait derrière, suça un peu plus fort, fredonna encore, puis enveloppa son clitoris d'un baiser léger comme une plume. Elle se balançait d'avant en arrière, ondulait des hanches, sous l'emprise du plaisir qui s'amplifiait... s'amplifiait...

Un bruit mécanique, issu du monde ordinaire, pas du monde de plaisir dans lequel elle flottait.

250

Son biper. Elle grogna.

– Oh! non, pas maintenant, gronda Brian.

– Je... Désolée... Il faut que...

Elle se dégagea et sortit son portable de son sac. Elle partit nue dans la salle de bains, ferma la porte derrière elle et brancha la ventilation pour étouffer sa voix.

– Ken, j'espère que c'est vraiment important.

– Désolé de te déranger. Je crois que c'est le cas. Je l'ai...

– Quoi?

– Le passeport. Le passeport que Baumann a utilisé pour entrer aux États-Unis. Thomas Allen Moffatt.

Sarah coupa la communication, replia le combiné et revint dans la chambre. Brian était allongé sur le dos, un demi-sourire aux lèvres.

– Tout va bien? murmura-t-il.

– Tout va bien. De bonnes nouvelles.

– Parfait, dit Henrik Baumann. Les bonnes nouvelles sont toujours les bienvenues. Où en étions-nous?

CINQUIÈME PARTIE

PIÈGES

Si d'un coup le faucon brise le corps de sa proie, c'est qu'il frappe exactement au moment voulu...

Sun Tzu, *L'Art de la guerre.*

62.

À quatre heures et demie du matin, l'étroite impasse voisine de la petite rue du quartier de Wall Street était sombre et déserte. Une vapeur opaque s'échappait d'une plaque d'égout. Un emballage jaune de McDonald voletait sur l'asphalte mouillé tel un fétu de paille.

Deux silhouettes apparurent à une extrémité de l'impasse, l'une grande et mince, l'autre petite et corpulente. Les deux individus portaient des pantalons épais, des bottes, des surtouts à manches longues et des gants de soudeur.

Sur le dos, ils avaient des sacs tyroliens et des bonbonnes d'oxygène reliées à des embouts qui leur battaient les flancs. Ils s'approchèrent de la plaque fumante. Le plus grand inséra un pied-de-biche entre la plaque et le coffrage, puis poussa de tout son poids.

— Maintenant vous comprenez pourquoi je ne pouvais pas le faire moi-même, dit Leo Krasner.

Baumann ne répondit pas. Il continua à pousser jusqu'à ce qu'après un lent gémissement rouillé, puis un couinement, la plaque se soulève lentement.

— Allez-y.

Krasner s'avança vers l'ouverture et entreprit de descendre les degrés de l'échelle d'acier encastrée dans la bouche d'égout. Baumann le suivit, remettant péniblement la plaque en place derrière lui. Une minute et demie plus tard, ils étaient sous terre.

Krasner, puis Baumann sautèrent dans l'eau stagnante sous l'échelle. Ces deux bruits d'éclaboussure brisèrent le silence. L'odeur était fétide, à la limite du supportable. Krasner eut un haut-le-cœur, Baumann se mordit la lèvre inférieure.

Ils cherchèrent en tâtonnant leurs embouts en silicone. Baumann brancha la bonbonne de Krasner qui lui rendit la politesse. Avec des sifflements, ils se mirent à inhaler l'air de la bonbonne. Krasner inhala plusieurs fois, goulûment.

Malgré la puanteur ambiante, ils ne pataugeaient pas dans l'eau des égouts, mais dans les quelques centimètres d'eau d'évacuation des bouches d'orage. Les tunnels de drainage, ces tubes de béton ovales d'environ deux mètres de haut sur un mètre cinquante de large, qui courent sous les rues de New York ont une double fonction : ils abritent aussi de nombreux câbles électriques et téléphoniques.

— Ou on laisse le pied-de-biche ici, ou on le prend avec nous, dit Leo.

— Prenez-le, dit Baumann. Pressons.

Il y eut un bruit d'éclaboussure, et un rat de la taille d'un petit chien leur fila sous le nez.

— Merde ! lâcha Leo en frémissant.

Baumann saisit une lampe frontale et se la fixa sur la tête. Il vérifia sa boussole, mit son podomètre à zéro et attendit patiemment que Leo en fasse autant. Ce dernier s'exécuta et consulta une carte mise au point par un groupe de pirates toujours partants pour les entreprises malhonnêtes.

Sur près de deux cents mètres, ils progressèrent lentement, guidés dans ce labyrinthe par leur boussole, leurs podomètres et la carte extraordinairement détaillée de ces souterrains. Pour un trajet plus direct, il aurait fallu descendre par la bouche d'égout d'une rue plus passante, ce qui était hors de question.

Ils arrivèrent à une jonction dont les parois incurvées disparaissaient derrière une profusion de grandes boîtes rectangulaires reliées à des câbles. Ils enlevèrent les embouts de leurs bouches, puis débranchèrent leurs bonbonnes d'oxygène. L'air était déjà plus respirable.

Ils se trouvaient, expliqua Leo, dans l'un des nombreux centraux dans lesquels les réparateurs du NYNEX avaient accès aux lignes téléphoniques. Pour l'œil non exercé de Baumann, cela ressemblait surtout à une forêt de câbles.

— Chacune a une étiquette, dit Krasner, à bout de souffle. Des séries de chiffres et de lettres. Le numéro de compte du client. Mais ne vous inquiétez pas, je connais celui que nous cherchons.

Deux ou trois rats leur filèrent entre les jambes. L'un d'eux s'arrêta pour renifler l'eau grise avant de reprendre sa course.

Au bout de quelques minutes de recherche, Leo localisa le bon câble.

— Coaxial, juste comme ils me l'avaient dit.

– Hum?

– C'est un câble coaxial, du fil de cuivre. Drôlement plus facile à épisser.

– Et si cela avait été de la fibre optique?

Krasner secoua la tête devant tant d'ignorance.

– Je suis venu équipé pour tous les cas de figure.

Avec une pince, il dénuda le fil de cuivre.

– Le problème avec la fibre, c'est qu'ils pourraient se rendre compte qu'on a placé un micro sur la ligne. Le coefficient du matériau qu'on utilise pour connecter les deux extrémités coupées de la fibre modifiera toujours les caractéristiques de l'impulsion lumineuse. Un surveillant verrait qu'un nouveau matériau la conduit. Ce serait détecté instantanément.

Il fit entrer les deux extrémités du fil de cuivre dans une « boîte de test » carrée qui était, expliqua-t-il, fabriquée par une société du nom de Black Box. C'était une dérivation parallèle sophistiquée, indécelable, à haute impédance pour ordinateurs, souvent utilisée pour faire des diagnostics.

Puis il sortit délicatement de son sac à dos un ordinateur de poche NEC Ultralite Versa pas plus gros qu'un livre relié. Il brancha la boîte de test dans le port série de l'ordinateur.

– Ce bébé est modifié pour avoir une capacité de mémoire d'un gigaoctet, expliqua-t-il en posant l'ordinateur sur une petite étagère dépassant du mur. Bon, il est six heures dix. On ne peut rien faire avant neuf heures, et nous avons seulement besoin d'une heure de trafic. Je vais piquer un petit roupillon en attendant. La Manhattan Bank n'ouvre ses portes que dans trois heures.

Pendant que Krasner dormait, Baumann se perdit dans ses pensées. Il songea à son séjour en prison, à son enfance, à une femme à l'université avec qui il avait eu une longue liaison passionnée. Il pensa aussi à Sarah Cahill et au mensonge qu'il lui faisait vivre. Si elle s'était méfiée de « Brian » au début, cela commençait à rapidement lui passer. Il avait réussi à s'immiscer dans sa vie, mais les occasions de le faire seraient bientôt, très bientôt, encore plus nombreuses.

La montre à alarme de Leo Krasner émit un bip qui le réveilla en sursaut.

– Ouah, dit-il en bâillant. Bien, nous devrions voir bouger les choses dans environ trois minutes. Lançons le programme.

Un peu plus d'une heure plus tard, il avait en mémoire dans son ordinateur une bonne dose de trafic sortant de la Manhattan Bank.

– On a un paquet d'informations là-dedans. Des schémas de transaction, des durées, des codes de destination. Tout. Il nous suffit d'imiter tout cela pour pénétrer à l'intérieur. Je vais laisser la boîte de test ici, dit-il après avoir débranché l'ordinateur.

– On ne risque pas de la détecter?

– Mais non ! Qu'est-ce que vous voulez? Que j'arrache ce truc maintenant pour couper la ligne? Là, c'est sûr que nous nous ferions gauler.

– Non, répondit Baumann patiemment. Non, on ne peut effectivement pas la retirer avant la fin des transmissions, c'est-à-dire après les heures ouvrables. Mais oui, je veux qu'on la retire. Je ne peux courir ce risque de laisser une preuve ici pendant plus d'une journée.

– Si vous voulez réparer, démerdez-vous, dit Krasner.

– J'en serais ravi, si j'étais sûr de pouvoir le faire parfaitement. Mais ce n'est pas le cas. Nous devons donc revenir ici. Ce soir?

– Hé, j'ai une vie, moi, mon vieux.

– Je ne pense pas que vous ayez vraiment le choix. Vous ne serez payé que si vous avez respecté tous les termes du contrat.

Le pirate eut un silence boudeur.

– Ce soir, je serai en train d'analyser le trafic et de rédiger le code. J'aurai pas le temps de patauger dans les égouts. Cela devra attendre.

– Très bien. Cela attendra.

– Hé, à propos d'analyser le trafic, je peux rien faire sans la clé. Vous l'avez apportée? Parce que si vous l'avez oubliée...

– Non, je ne l'ai pas oubliée, dit Baumann en lui tendant une disquette dorée, le CD-ROM que Dyson lui avait remis en lui racontant qu'on l'avait volé à un haut dirigeant de la banque, sans préciser comment. La voilà.

– C'est récent? Les mots de passe sont toujours valables?

– Je suis sûr qu'on les a changés depuis, mais ce n'est pas grave. Le logiciel cryptographique n'est pas modifié, et tout est là-dedans.

– Parfait, dit Krasner.

63.

Malcolm Dyson coupa CNN et pressa le bouton actionnant la fermeture du panneau de l'armoire. Il venait de regarder un reportage sur l'industrie de l'informatique et n'arrivait pas à penser à autre chose qu'à son projet.

Le point faible du capitalisme, il le savait, c'était l'ordinateur. Et pas seulement l'ordinateur en général, en tant que concept abstrait, mais une série bien précise d'ordinateurs dans un immeuble bien précis de la pointe de Manhattan.

Son adresse était tenue secrète, mais quand on sait à quelle porte frapper, on trouve. Devant un verre, les banquiers et les financiers parlent parfois du Network, imaginant ce qui se produirait si... et repoussent cette pensée avec horreur.

De grandes catastrophes peuvent se produire à tout instant, mais nous n'y pensons pas. La plupart d'entre nous ne songent guère qu'une gigantesque météorite pourrait entrer en collision avec notre planète et en éliminer toute forme de vie. Depuis la fin de la guerre froide, nous pensons de moins en moins souvent à ce qui se passerait en cas de conflit nucléaire total.

La destruction du Network est le cauchemar des banquiers américains. Elle plongerait les États-Unis dans une autre grande Dépression à côté de laquelle les années 30 prendraient les allures d'une époque de prospérité. Heureusement, on cache cette éventualité à l'homme de la rue.

Elle est pourtant bien réelle.

C'était Dyson qui avait eu l'idée; Martin Lomax s'était chargé du travail de déblaiement et avait présenté le fruit de ses efforts à son patron six mois plus tôt... près de six mois après l'agression qui avait fait de lui un infirme et tué sa femme et sa fille.

Le rapport rédigé par Lomax se trouvait à présent dans un tiroir secret du bureau de la bibliothèque. Dyson l'avait relu d'innombrables fois depuis. Il lui donnait de la force, l'aidait à passer le temps, lui faisait oublier sa souffrance, physique et psychique.

DE : R. MARTIN LOMAX
À : MALCOLM DYSON

D'abord, un bref rappel historique.

Dans les années qui ont suivi la ruée vers l'or californienne de 1848, le système bancaire américain a sombré dans le chaos. Des banques envoyaient des paiements à d'autres par porteurs transportant des pièces d'or. On ne comptait plus les erreurs. En 1853, les cinquante-deux principaux établissements bancaires de New York créèrent l'Association de New York dans le sous-sol du 14, Wall Street, pour tenter d'instaurer un semblant de coordination dans l'échange de paiements. Le premier jour, l'Association empochait vingt-deux millions six cent mille dollars nets.

En 1968, ce système vieillot commença à péricliter. Il était pratiquement impossible d'obtenir un résultat. L'ère de la technologie du Télétype dans les années 50 céda le pas à celle de l'ordinateur dans les années 60. Dès 1970, l'Association fut remplacée par le Network, réseau national de transferts électroniques.

Le Network commença avec un ordinateur relié à un téléphone. Au début, les banques mondiales se méfièrent de ce système dernier cri, mais progressivement la confiance s'installa. Les banques commencèrent à accepter des paiements par virement. Et, progressivement, chacune des banques mondiales importantes chercha à rejoindre le Network.

Aujourd'hui, plus d'un milliard de dollars transitent quotidiennement par lui... 90 % des dollars circulant dans la planète. Comme pratiquement tout le marché des eurodollars et des devises se fait en dollars et que le flux d'argent mondial passe par New York, le Network et son système biprocesseur Unisys A-15J sont devenus le centre nerveux du système financier mondial.

Quelle est la fragilité du réseau ?

Un exemple. Le 26 juin 1974, à la clôture, les autorités bancaires allemandes fermèrent le Banhaus Herstatt à Cologne, un acteur important sur le marché des changes. À ce moment-là, il n'était que midi à New York quand les banques se retrouvèrent soudain avec un manque à gagner se chiffrant à des centaines de millions de dollars. Le lendemain, le système bancaire mondial était en état de choc. La crise ne fut évitée que grâce à l'intervention rapide de Walter Wriston de Citicorp. Président du Network à l'époque, il ordonna que le réseau reste ouvert pendant le week-end jusqu'à ce que tous les paiements soient réglés. Toute banque refusant d'honorer les ordres de paiement était éliminée du Network.

Un attentat terroriste contre l'immeuble abritant le Network dans Walter Street provoquerait un chaos mondial. Cela perturberait tellement la Bourse américaine, les paiements en eurodollars et pratiquement tout le marché des devises, ainsi que le commerce extérieur que le système mondial des paiements s'effondrerait.

La destruction du Network ferait chavirer le monde des affaires et plongerait l'Amérique et la terre entière dans une crise massive. L'économie américaine serait rayée de la carte, entraînant le reste de la planète dans sa chute. Le règne de l'Amérique serait terminé, le pays et le reste du globe retournant au Moyen Âge économique.

C'est seulement une question de chance — et peut-être d'ignorance des rouages du monde capitaliste — qu'aucun terroriste ne se soit encore attaqué au Network.

Mais si nous pouvions trouver un terroriste professionnel aguerri ayant de fortes motivations, financières ou autres, pour accomplir cette tâche, je suis convaincu qu'on ne pourrait trouver vengeance plus efficace contre les États-Unis.

64.

Ils tenaient enfin un nom, le pseudo sous lequel Baumann était entré aux États-Unis. D'un côté, c'était une victoire importante ; d'un autre, ce n'était que du vent.

— Il peut ne jamais le réutiliser, dit Roth.

Sarah acquiesça.

— Si c'est le cas, cette piste ne sert à rien.

— D'ailleurs, pourquoi utiliserait-il de nouveau ce nom ? S'il prend une chambre d'hôtel, ce sera sous un faux nom.

— Les cartes de crédit ?

– Il a aussi les cartes de crédit de ce Moffatt?

– Je ne sais pas.

– Et si c'est le cas?

– Et toc, on le coince. On le repère aussitôt et il est fait comme un rat.

– Il n'est pas débile. Il ne va pas s'amuser à utiliser des cartes de crédit volées. De toute façon, le premier minable venu sait très bien qu'avant de se servir d'une carte, il faut la tester : on va dans une station à essence self-service pour essayer la carte et si elle est rejetée, on sait qu'elle ne vaut rien. C'est facile.

– Il a peut-être loué une voiture ou une camionnette.

– Oui, dit Roth. Mais il a besoin d'un permis de conduire pour ça.

– Il a celui de Thomas Moffatt.

– Eh bien, voilà. Qu'est-ce que vous suggérez?

– Il s'agit d'une menace terroriste précise sur le sol américain. C'est une enquête totale. Cela veut dire que nous pouvons réunir tous les hommes dont nous avons besoin. Ce monstre a déjà tué deux agents du FBI.

– Vous n'avez tout de même pas l'intention d'envoyer une centaine de types dans toutes les agences de location de voitures ou de camionnettes de la place de New York?

– Et du New Jersey et du Connecticut.

– Vous voulez rire!

– N'oubliez pas que nous avons coincé les terroristes du World Trade Center grâce au permis de conduire que Mohammed Salameh a utilisé pour louer la camionnette.

– Après tout, c'est vous la patronne, dit Roth, sceptique.

– Je ne voudrais pas jouer les rabat-joie, dit Christine Vigiani, en s'apprêtant justement à les jouer, mais la seule raison pour laquelle tout le monde est tellement sûr que Baumann s'est servi du passeport de Moffatt, c'est la coïncidence dans le temps. Plutôt mince comme preuve.

– Celui qui a utilisé le passeport Moffatt volé est entré dans le pays il y a douze jours, dit Pappas. C'est-à-dire huit jours après l'évasion de Baumann de la prison de Pollsmoor. La coïncidence est trop bonne. Sans parler de tous les autres facteurs...

– Chris, dit Sarah. Cela ne sert à rien de discuter plus longtemps. Nous avons déjà une équipe dessus à Washington, on ne va pas tarder à avoir notre réponse.

En fait, à cet instant précis, plusieurs équipes du FBI cherchaient Baumann à Washington.

On avait localisé une des hôtesses de l'air, dans son appartement près de Dupont Circle, qui avait éclaté de rire quand l'agent du FBI lui avait demandé si elle se souvenait du passager du siège 17-C. Le douanier qui avait traité l'entrée de Baumann/Moffatt avait été aussi incrédule. « Vous plaisantez ? Vous savez combien de *centaines* de personnes j'ai vues défiler ce jour-là ? » Les agents du FBI avaient été incapables de mettre la main sur un chauffeur de taxi de Dulles se souvenant d'avoir embarqué un passager ressemblant au portrait de Baumann.

Une autre équipe du FBI était en train de d'éplucher le manifeste que United Airlines venait de faxer. Ils avaient de la chance d'avoir affaire à une compagnie américaine, parce que les étrangères avaient tendance à renâcler. Certaines refusaient de donner leurs manifestes sans une citation à comparaître, difficile à obtenir parce que Baumann n'était pas recherché pour délit criminel. Ou encore elles exigeaient une « lettre de sécurité nationale », un document top secret respectant les directives draconiennes de l'Attorney général en matière de contre-espionnage étranger.

Heureusement que les multinationales américaines existaient. En quelques minutes, l'équipe du FBI sut que Baumann avait acheté ses billets à Londres, en espèces, avec retour ouvert. Ils purent également étudier le formulaire I-94 que tous les passagers à l'arrivée sont tenus de remplir. L'adresse que Baumann avait donnée était fausse, comme de bien entendu : il n'y avait pas de rue de ce nom à Buffalo dans l'État de New York.

Mais surtout ils savaient à présent quel siège Baumann avait occupé, ce qui voulait dire qu'ils connaissaient le nom de son voisin. Assis côté couloir, Baumann avait eu comme voisine de droite une certaine Hilda Guinzburg. Une équipe du FBI se rendit à Reston en Virginie pour montrer à la dénommée Guinzburg, une dame pleine d'entrain de soixante-quatorze ans, une copie de la photo de passeport de Thomas Allen Moffatt conservée dans les archives du Département d'État.

Mme Guinzburg secoua la tête. Ce n'était pas l'homme qui avait voyagé à côté d'elle sur le vol de Londres, elle en était sûre. Cela confirma que le passeport de Moffatt avait bien été falsifié et utilisé par un autre.

On envoya alors le formulaire I-94 au service des empreintes.

Après s'être douché et changé, Leo Krasner sortit se promener.

Il pénétra avec un air aussi dégagé que possible dans le hall de l'immeuble de la Manhattan Bank et prit l'ascenseur jusqu'au vingt-troisième étage. Comme la cafétéria des employés s'y trouvait, il ne rencontra pas d'agents de la sécurité.

Il mit une annonce sur le tableau d'affichage d'une salle de repos du personnel, puis d'autres sur tous ceux qu'il put trouver à l'étage.

Ensuite il rentra chez lui et se mit au travail.

65.

Nous sommes à New York, une ville où personne ne connaît ses voisins, se dit Baumann en insérant la dernière clé dans la porte à triple serrure de Sarah Cahill.

Il était hors d'haleine et trempé. Il n'était que midi et demi, mais on se serait cru en pleine nuit avec ce ciel noir comme l'encre et cette pluie diluvienne. Il portait un imperméable, le genre d'imper brun-roux ceinturé qu'arboraient la majorité des hommes de la ville, à cela près que le sien venait de chez Charvet à Paris.

Il venait de vérifier que, lorsqu'il pleuvait à Manhattan, non seulement la ville était paralysée, mais trouver un taxi tenait effectivement du parcours du combattant. Il lui avait fallu un bon moment pour en dénicher un qui était ensuite resté coincé dans les embouteillages.

Sarah ne rentrerait pas chez elle avant des heures ; Jared se trouvait encore à la YMCA. Exact, il aurait pu avoir des problèmes si les voisins de Sarah avaient été là dans la journée (ce qui n'était pas le cas) ou si l'un d'eux, revenant à l'improviste, le surprenait et allait ensuite le raconter.

Mais il était à New York. Les inconnus ont un comportement généralement très prévisible. Comme les femmes et leurs sacs à main. Lorsqu'une femme ne vous connaît pas, elle s'accroche à son sac comme s'il contenait toutes ses petites économies, alors que, souvent, on n'y trouve rien d'autre qu'un bâton de rouge à lèvres, de la poudre, des clés, des notes d'épicerie, et des tickets de teinturerie.

Dès qu'elle a le sentiment de mieux vous connaître, elle relâche un peu son emprise. C'est une marque d'intimité presque animale. Chez vous, avant de faire l'amour, elle ira dans la salle de bains et, selon ce dont elle a besoin, vous abandonnera ou non son sac sous le nez. Sarah était allée se servir du téléphone lors de sa deuxième visite dans son appartement, en laissant son sac sur le canapé. Il avait ainsi compris que, sous ses airs de dure, elle était du genre confiant.

Le téléphone se trouvait dans la cuisine. Il s'était arrangé pour qu'il n'y ait qu'un poste dans tout l'appartement. Elle avait bavardé quatre ou cinq minutes avec la baby-sitter.

Il avait eu le temps, amplement. Il existe des outils pour ce genre de travail : c'est à la portée du cambrioleur le plus obtus. Une longue boîte plate, en plastique, s'ouvrant dans le sens de la longueur, d'environ douze centimètres sur cinq, sur trois d'épaisseur. Cette boîte contient de la cire plus tendre que de la cire d'abeille, une couche au fond et une autre dans le couvercle.

Il avait successivement placé les trois clés de Sarah dans la boîte, refermé le couvercle et appuyé dessus pour en obtenir une empreinte exacte. Comme il avait prévu qu'il pourrait avoir du mal à les retirer de leur anneau, il était venu équipé d'une boîte avec une encoche à un bout.

Ensuite, il avait soigneusement versé dans le moule en cire un métal très doux, un alliage de plomb et de zinc à point de fusion inférieur à celui du moule, obtenant ainsi des clés dans un métal très fragile qui ne peuvent servir que de calibres.

Dans une quincaillerie, il avait trouvé les bonnes ébauches. Il avait successivement placé les calibres en métal sur les ébauches dans un étau. À l'aide d'une lime suisse n° 4, l'amie des crocheteurs, il avait taillé son propre trousseau de clés.

Il entra dans l'appartement de Sarah.

C'était la cinquième fois qu'il le fouillait. Méticuleuse, elle ne laissait traîner ni dossiers, ni carnets personnels avec des notes sur l'enquête, ni disquettes. Elle lui rendait la tâche difficile... mais pas impossible. Il savait à présent où elle travaillait, dans les locaux top secret de l'opération Minotaure. Il connaissait le numéro de téléphone du QG de la cellule de crise du groupe spécial d'intervention. Bientôt, il en saurait plus. À tout instant, elle pouvait baisser la garde, se mettre à parler de son travail, lui faire des confidences sur l'oreiller. Cela pouvait arriver. De toute façon, son intimité avec elle lui donnait l'accès à des informations dont il n'aurait jamais osé rêver.

Mais il fallait compter avec le hasard. Il y avait un risque pour la proie de faire ami-ami avec le chasseur, de passer autant de temps avec lui, de faire l'amour avec lui. Mais le risque n'était pas si grand que ça, puisqu'il savait qu'il n'existait pas de photos de lui. À part une description physique globale et inutilisable, puisqu'elle pouvait correspondre à 20 % de la gent masculine de New York, la cellule de crise du groupe spécial d'intervention n'avait aucune idée de la tête qu'il avait. Les services secrets sud-africains ne possédaient pas de photos de lui dans leurs fichiers et celles de la prison avaient été détruites. Le FBI avait certainement établi un portrait-robot, mais cela ne les avancerait pas à grand-chose. Quoi que les Sud-Africains aient péniblement réussi à produire, cela n'avait rien de commun avec son aspect actuel, rien.

Peut-être connaissaient-ils la véritable couleur de ses yeux, mais le problème avait facilement été réglé. On peut changer la couleur des yeux en mettant des lentilles de contact de couleur, mais les pros ne s'y trompent pas. Un observateur attentif repérera des lentilles, ce qui peut soulever des questions gênantes. Baumann s'en était donc fait faire des spéciales et sur mesure par un opticien d'Amsterdam. Il s'agissait de lentilles molles qui couvraient tout l'œil et pas seulement l'iris et que l'on pouvait porter confortablement pendant douze heures. Les couleurs étaient naturelles, les lentilles larges, avec des taches dans l'iris (chose que les modèles standard ne possèdent pas). L'observateur le plus méfiant ne pouvait pas savoir qu'il avait les yeux bleus et non noisette.

Bien entendu, si Sarah commençait à avoir des soupçons, il faudrait la tuer sur-le-champ, comme Perry Taylor et Russell Ullman. Mais pourquoi irait-elle se douter qu'elle couchait avec l'ennemi? Aucune chance.

Tout cela était un jeu, un jeu exaltant. Il dansait avec le diable.

Il passa l'appartement au peigne fin, en fouillant toutes les cachettes les plus et les moins évidentes, jusqu'aux affaires de Jared.

Puis, enfin, il tomba sur quelque chose.

Un bloc-notes. Un bloc-notes vierge sur la table de chevet. La première page était blanche, mais gardait l'empreinte de ce qu'on avait noté sur la feuille précédente. Il passa délicatement un crayon à papier sur l'empreinte, faisant apparaître le gribouillage blanc sur noir.

Thomas Allen Moffatt.

Ils avaient un de ses pseudos. Comment avaient-ils fait? Ils devaient donc savoir qu'il s'était servi du passeport volé de Thomas Moffatt pour entrer dans le pays.

Il souffla. Il n'était pas passé loin. Il avait réservé une camionnette pour le lendemain au nom de Moffatt, parce que c'était le seul permis de conduire américain valide en sa possession.

Très bien, il ne lui restait plus qu'à modifier ses plans.

66.

— Ce n'est pas une arme nucléaire que je redoute le plus, dit Pappas.

— Pourquoi pas? demanda Sarah.

— Je ne dis pas que ce ne serait pas terrifiant. Mais la composition d'une bombe A, c'est du gâteau. C'est la fabriquer qui l'est moins. C'est bien trop difficile à construire.

— Mais si notre terroriste a les moyens et les capacités...

– En fait, une arme nucléaire détruirait la plus grande partie de la ville, et ce n'est pas à cela que la conversation interceptée semblait faire allusion. Ils parlent d'un attentat visant une banque précise, pas la ville entière.

– Cela se tient. On ne peut rien exclure, mais d'une certaine manière, une bombe conventionnelle géante fait plus peur, parce qu'elle est bien plus difficile à détecter. Bien plus.

– Exact.

– Quelles sont mes options, alors ?

– Manifestement, vous ne pouvez pas ordonner une fouille de la ville entière, mais de toutes les succursales de la Manhattan Bank, si. C'est faisable. On a le personnel pour ça sous la main au bureau de New York.

– L'équipe de déminage de la police ?

– On ne peut faire appel à eux que lorsqu'on se retrouve nez à nez avec une bombe sur le point d'exploser. Sinon ils ne se déplacent pas. Ils sont bons, mais il faut que vous ayez une bombe.

– Et si nous en avons effectivement une ?

– Alors ce sera à vous de jouer. Mais là, non seulement vous allez vous retrouver avec une urgence sur les bras, mais vous assisterez à une vilaine bagarre de territoire. L'équipe de déminage de la police de New York est l'une des plus anciennes et des plus expérimentées du pays, mais ils ont surtout l'expérience des trucs peu sophistiqués, des bombes artisanales, etc. Ensuite, vous avez l'ATF, en charge de tous les délits impliquant des explosifs. Ils sont qualifiés, ils vont vouloir intervenir. Ensuite, vous avez l'armée qui est responsable du déminage sur tout le territoire américain, ailleurs que sur mer ou dans les bases des autres armes. Ils vont vouloir intervenir sous prétexte, et ils auront raison, qu'ils sont bien mieux équipés que le service de la police.

– Et enfin, on a le NEST.

– Exact. Et depuis l'affaire du Harvey's Casino, eux aussi vont se mettre sur les rangs.

Le NEST (Nuclear Emergency Search Team), l'équipe d'intervention en cas d'alerte nucléaire, est de loin la meilleure équipe de déminage des États-Unis et, bien entendu, la plus secrète. Si elle dépend du ministère de l'Énergie, elle est en fait gérée par un sous-traitant privé. Chargé de repérer et de neutraliser tous les explosifs nucléaires présumés, le NEST est basé à Las Vegas dans le Nevada (à cent cinquante kilomètres du centre d'essais nucléaires). Il entrepose également une partie de son équipement à la base de Saint Andrews dans le Maryland, État qui abrite aussi ses locaux, à Germantown.

Le NEST n'était pas près d'oublier l'incident du Harvey's Casino à State Line, près du lac Tahoe dans le Nevada. En 1981, un joueur qui devait un quart de million de dollars au casino avait imaginé un moyen imparable de liquider sa dette. Il plaça une bombe complexe mais arti-sanale de cinq cents kilos de dynamite dans le casino et fit du chantage : ou vous oubliez ma dette ou la bombe explose. Il était sûr ainsi de gagner sur les deux tableaux.

La bombe, équipée de dix détonateurs différents, fit tic-tac pen-dant trois jours tandis que tout le monde se disputait la responsabilité de la désamorcer. Personne ne cherchait à se dérober : au contraire, ils étaient plusieurs à vouloir s'en charger.

D'abord il y avait la ville, c'est-à-dire en tout et pour tout deux pompiers ayant suivi une formation rudimentaire de trois semaines sur les engins dangereux. Ils avaient l'appui des politiques. Ensuite venait l'armée qui annonça que, légalement, elle était responsable de la bombe. Le NEST débarqua et déclara, après un examen minutieux, que, comme il s'agissait d'une bombe complexe, il valait mieux les lais-ser s'en occuper. Mais la ville répondit au NEST et à l'armée d'aller se faire voir ; ses deux pompiers étaient parfaitement capables de neutrali-ser l'engin.

Le NEST comme l'armée se retrouvèrent face à un dilemme : si la ville s'occupait de la bombe et que cela sautât, ils seraient tenus pour res-ponsables, légalement et moralement. Ils prirent donc une décision. Donnez-nous l'ordre, par écrit, de vider les lieux. Sinon, nous inter-venons.

La ville pria donc le NEST et l'armée de partir avant le coucher du soleil.

En explosant, la bombe causa quelque douze millions de dollars de dégâts et creusa un énorme trou béant dans le Harvey's Casino. Les pompiers qui avaient insisté pour désamorcer la bombe ne possédaient malheureusement que des rudiments de physique. Le NEST ne céde-rait jamais plus le terrain aux autorités locales sans se battre.

— D'accord, dit Sarah. Je retiens l'éventualité qu'il puisse s'agir d'une arme nucléaire.

— Quoi ? s'écria Pappas. Il n'y a aucune raison de croire que c'en est une et si vous voulez terrifier la moitié de...

— Je sais ! Mais c'est le seul moyen de convaincre le ministère de l'Énergie de contacter le NEST, et nous allons avoir besoin des meil-leurs. Et quand nous aurons besoin d'eux, ce sera tout de suite.

67.

Dans son costume de coupe européenne, Baumann se fondait dans la foule matinale des hommes d'affaires venant travailler à Wall Street.

Il aurait pu passer pour un banquier cosmopolite ou encore un vendeur d'obligations anglophile.

Dans Water Street, il observa l'immeuble à l'aspect ordinaire du trottoir d'en face. Des centaines de milliers de gens, dont le gagne-pain dépendait de la Bourse, passaient devant tous les jours sans lui accorder plus d'un regard.

Le rez-de-chaussée abritait les bureaux administratifs d'une petite banque, la Greenwich Trust. Les étages supérieurs renfermaient divers autres bureaux. L'entrée était en marbre vert, typique du quartier. L'immeuble n'avait décidément rien de remarquable.

Rien sinon ce qui se trouvait à l'entresol, derrière des portes anonymes qui ne s'ouvraient qu'avec des cartes magnétiques.

Là, protégé de la curiosité du monde extérieur par l'anonymat de son cadre, se trouvait le Network, le centre nerveux de la finance mondiale. Baumann en savait à présent plutôt long sur ce qui se dissimulait derrière ces murs et ces portes. Il savait qu'il s'y trouvait deux unités centrales Unisys A-15J ainsi que des disques optiques pour un stockage lecture-écriture. En cas d'incendie, des produits ignifugeurs Halon se déverseraient instantanément dans la salle. En cas de défaillance du secteur ou, au contraire, de surtension, les machines fonctionneraient grâce au courant généré par des batteries rechargeables alimentées par le réseau de la ville. Les batteries permettraient de poursuivre les opérations jusqu'à ce que l'on puisse se servir des générateurs fonctionnant au diesel.

Il y avait un système de secours pour l'alimentation électrique, pour les télécommunications, et les deux unités centrales fournissaient la redondance informatique. Il y avait vingt-deux boîtes d'authentification électroniques fabriquées par la société anglaise RacalGuardata pour filtrer tous les messages entrant avant de leur permettre l'accès aux unités centrales.

Les constructeurs du Network s'étaient livrés à une analyse exhaustive des risques. Pour l'aménagement des locaux, ils n'avaient recouru que partiellement à une main-d'œuvre syndiquée, avant de confier à leurs propres techniciens le câblage interne sensible. L'entretien régulier était également effectué par leurs propres équipes.

En vérité, la technologie du Network commençait à vieillir, puisqu'elle datait du début des années 80 et les précautions de sécurité étaient des plus rudimentaires. Que le système financier de la planète puisse être détruit par un malheureux attentat visant cet immeuble de bureaux banal de la pointe de Manhattan était véritablement scandaleux.

Après l'attentat du World Trade Center, on avait longuement disserté sur le risque qu'avait *failli* courir la structure financière des États-Unis. C'était une absurdité totale. La bombe du World Trade Center avait tué une poignée de gens et fait fermer momentanément quelques sociétés. Ce n'était rien en comparaison de ce qui était sur le point de se produire là, sur l'autre trottoir.

Chaque jour, un billion de dollars transitait électroniquement par un étage de cet immeuble de bureaux, plus que la masse monétaire totale des États-Unis. Des fortunes immenses transitaient par cet endroit et se déplaçaient autour du monde à la vitesse de l'éclair. Après tout qu'était donc un bon du Trésor aujourd'hui, sinon une donnée sur un ruban magnétique ? La structure fragile de la finance planétaire dépendait du bon fonctionnement de cette salle remplie d'unités centrales. Elle tenait en équilibre sur l'assurance que ce système fonctionnerait.

Il suffisait d'interrompre le flux... ou, pis, de détruire les machines et d'effacer les fichiers de secours... et le gouvernement tremblerait sur ses bases, d'énormes sociétés seraient balayées. Le système financier mondial s'arrêterait net. Des entreprises du monde entier se retrouveraient à court d'argent, incapables de payer leurs fournisseurs, obligées d'interrompre leur production, impuissantes à verser leurs salaires à leurs employés. Stupéfiant, songeait Baumann, que l'on permette à notre technologie de dépasser nos capacités de nous en servir !

C'était là le génie du projet de vengeance de Malcolm Dyson. Il avait ciblé sa vengeance sélectivement et largement. Un banquier du nom de Warren Elkind, le directeur de la deuxième grande banque du pays, avait dénoncé Dyson pour délit d'initié et il allait payer sa traîtrise. Un virus informatique allait envahir le Manhattan Bank et causer le transfert de tous ses avoirs dans le monde entier. Non seulement la Manhattan serait obligée de fermer ses portes, mais elle se ferait piller jusqu'au dernier sou. Elle serait fauchée.

Je ne veux pas que Warren Elkind soit tué, avait dit Dyson. Je veux qu'il vive un supplice. Je veux que son gagne-pain soit détruit, que la banque à laquelle il a consacré sa vie s'écroule.

Dyson savait que l'échec d'une banque, si immense fût-elle, n'affaiblirait pas gravement l'économie américaine. Le coup de grâce viendrait vingt-quatre heures plus tard, avec la réduction du Network à néant juste avant la fin du jour ouvrable. Alors l'économie des États-Unis qui avaient envoyé des agents tuer la femme et la fille de Dyson se verrait infliger un coup paralysant, dont il lui faudrait des années pour se remettre.

C'est vraiment un projet très intelligent, se dit Baumann. Pourquoi personne n'y avait-il encore jamais songé ?

68.

Samedi matin, Sarah emmena Jared se faire enlever ses fils aux urgences au Saint Luke's Roosevelt. En fin de matinée, ils étaient rentrés. Sarah s'apprêtait à téléphoner à Brea, la baby-sitter, et à repartir au QG du Minotaure quand Baumann appela.

– Tu es là, fit-il, surpris. Je me demandais si une balade en ville vous tenterait, Jared et toi.

– Une balade à pied ?

– J'ai envie de vous montrer mes endroits préférés.

– Laisse-moi passer un ou deux coups de fil pour voir de combien de temps je dispose cet après-midi. Et n'oublie pas que...

– Je sais, je sais. Le biper.

Il les retrouva devant leur immeuble et les emmena dans la pointe de Manhattan.

– D'où tu viens ? demanda Jared à Baumann pendant le trajet en métro.

– Du Canada.

– Oui, mais où exactement ?

– Edmonton.

– Où est-ce ?

– Dans l'Alberta. C'est la capitale.

– C'est un État ?

– Nous appelons cela une province. C'est grand comme cinq fois l'État de New York.

– Edmonton, répéta Jared avant d'écarquiller les yeux. Mais c'est de là que viennent les Edmonton Oilers !

– Exact.

– Tu connais Wayne Gretzky ?

– Jamais rencontré.

– Oh ! fit Jared, déçu.

Sarah qui les observait assis côte à côte remarqua que son fils commençait à se détendre en compagnie de Brian, que le courant passait.

– Tu sais, dit Baumann. C'est un Canadien qui a inventé le basket il y a un siècle. Le premier panier était un panier en osier pour les pêches.

– Hum ! dit Jared, peu impressionné par le Canada et son héritage. Tu sais faire des passes ?

– Comme au football américain ?

– Ouais.

– Non. Désolé, je ne peux pas jouer au football avec toi. Je suis trop empoté. Tu aimes le football ?

Jared hésita.

– Pas vraiment.

– Qu'est-ce que tu aimes ?

– Le tennis, le softball.

– Tu joues au ballon avec ton père ?

– Ouais. Et toi, tu sais ?

– Pas très bien. En revanche, je peux te montrer des immeubles. Peut-être que toi, tu pourrais me montrer comment on fait une passe un jour.

Ils arrivèrent devant le Woolworth Building.

– Il a été l'immeuble le plus haut du monde, dit Baumann, s'adressant plus à Jared qu'à Sarah.

– Ah oui ? Et l'Empire State, alors ?

– Il n'était pas encore construit. Celui-ci a été terminé en 1913. Seule la tour Eiffel était plus haute à l'époque, mais cela ne compte pas.

– Cela arrive que des avions s'écrasent sur les gratte-ciel ?

– Oui. Un avion est rentré dans l'Empire State, une fois. Et je sais qu'un hélicoptère s'est désintégré en essayant de se poser sur le toit du building de la Pan Am, en tuant beaucoup de gens.

– Un hélicoptère ! Les hélicoptères peuvent atterrir sur le building de la Pan Am ?

– Plus maintenant. Depuis cet horrible accident, ils ne sont autorisés à se poser que sur les héliports officiels.

Il les emmena devant l'entrée principale de l'immeuble sur Broadway, avec son arc surbaissé dominé par une chouette sculptée.

– Elle est censée symboliser la sagesse, l'industrie et la nuit, dit Baumann.

Il s'était toujours passionné pour l'architecture ; sa détention à Pollsmoor lui avait donné amplement le temps de se renseigner sur le sujet. Cette couverture ne lui demandait donc pas d'efforts particuliers.

– Pourquoi sont-elles vides ? dit Jared en désignant les deux longues niches flanquant la porte.

– Excellente question. Un célèbre sculpteur américain était censé faire une statue de Frank Woolworth pour une de ces niches, mais cela n'a jamais été fait.

– Qui devait être dans l'autre ?

– Napoléon, dit-on, mais personne n'en est sûr.

Dans l'entrée, Baumann montra une espèce de support en plâtre qu'il appela un corbeau. Jared ne vit rien d'autre qu'un homme moustachu se tenant les genoux avec des pièces dans les mains.

— Qui est-ce à ton avis ? demanda Baumann.

— Un vieux. Je ne sais pas. Il fait peur.

— C'est vrai. C'est le vieux M. Woolworth payant son immeuble avec des pièces de cinq et de dix *cents*. Parce qu'il a entièrement payé son immeuble en espèces sonnantes et trébuchantes. Son bureau s'inspirait du palais que Napoléon avait fait construire à Fontainebleau : murs en marbre vert d'Italie et chapiteaux corinthiens dorés à la feuille.

Jared ne savait pas ce qu'étaient des chapiteaux corinthiens, mais cela l'impressionna.

— Où est-ce que tu aimerais dîner ? Au McDo ?

— Génial !

— Que sais-tu de l'immeuble de la Manhattan Bank ? dit soudain Sarah.

Baumann fut aussitôt aux aguets. Il se tourna vers elle et haussa les épaules.

— Ce que j'en sais ? Je sais qu'il est de second ordre. Pourquoi cette question ?

— Il n'a pas été dessiné par un architecte célèbre ?

— Par Pelli, mais pas le bon. Si tu veux voir du bon Pelli, va à Battery Park City. Regarde les quatre tours du World Financial Center, comment, à mesure qu'on monte, la proportion des fenêtres par rapport au granite augmente progressivement jusqu'au sommet qui n'est plus que verre réfléchissant. On voit les nuages passer dedans. C'est incroyable. Pourquoi t'intéresses-tu à l'immeuble de la Manhattan Bank ?

— Simple curiosité.

— Hum ! fit Baumann, songeur. Hé ! s'exclama-t-il en posant la main sur l'épaule de Jared. J'ai une idée. Tu crois que tu pourrais m'apprendre à faire une passe ?

— Moi ? Bien sûr ! Quand ?

— Que dirais-tu de demain après-midi ?

— Je crois que maman travaille.

— Eh bien, Sarah, et si je t'empruntais Jared pour l'après-midi ? Nous pourrions aller au parc tous les deux. Qu'en dis-tu ?

— Pas de problème, je pense, répondit-elle sans conviction.

— Ouais ! Merci, maman.

— D'accord. Mais tu me promets d'être prudent ? Je ne veux pas que tu te fasses mal à la tête.

— Arrête de t'angoisser tout le temps !

— D'accord. Mais sois prudent, c'est tout.

Cette nuit-là, le téléphone sonna, tirant Sarah d'un rêve agité.

— Alors comme ça, tu te fais un mec ?

— Qui est...

— Tu te fais un mec ? Et devant mon fils, encore !

— Peter, tu es ivre, grogna Sarah avant de raccrocher.

Le téléphone se remit à sonner.

— Tu crois peut-être que tu peux le garder tout l'été ? hurla Peter. Ce n'est pas ce qui a été décidé. Je l'ai le week-end. Tu croyais que je ne retrouverais pas ta trace, hein ?

— Écoute, Peter. Tu as beaucoup trop bu. Nous parlerons demain matin quand tu auras déssoûlé...

— Tu crois que tu vas t'en tirer comme ça ? J'ai une nouvelle pour toi. Je viens rendre visite à mon fils.

— Très bien, dit Sarah, épuisée. Viens le voir.

— C'est mon petit garçon. Tu ne me l'enlèveras pas.

Et Peter raccrocha.

Dans le minuscule appartement à une rue de là, Baumann n'en perdait pas une miette.

— *Très bien. Viens le voir.*

— *C'est mon petit garçon. Tu ne me l'enlèveras pas.*

L'ex-mari de Sarah raccrocha, Sarah aussi, puis Baumann en fit autant, perplexe.

Au téléphone, les gens disent des choses qu'ils ne devraient jamais dire, même les plus méfiants, même les professionnels qui savent ce qu'on peut faire avec un téléphone à l'heure actuelle. Les conversations privées de Sarah lui étaient parfois utiles, mais ses bavardages professionnels lui en apprenaient bien plus.

Il avait entendu tout ce que Sarah Cahill avait pu dire au téléphone depuis qu'ils avaient couché ensemble. Son ex-mari avait appelé une fois. Des copines de Boston aussi, mais elle ne semblait pas avoir beaucoup d'amies. Jared avait de longues conversations banales avec des copains. Baumann ne perdait jamais son temps à les écouter.

Il n'est pas facile de mettre un téléphone ou un appartement sur écoutes. Poser des micros est simple. Le problème, c'est la technologie.

Si on met un micro dans un mur, ou un téléphone, voire dans le tableau de branchement, il faut s'installer tout près pour écouter, parce que la plupart des micros émettent en VHF, c'est-à-dire en très haute fréquence. Il faut donc disposer d'un appartement dans le voisinage immédiat ou s'installer dans une camionnette garée à une centaine de mètres et, en l'occurrence, ce n'était pas possible. Il y avait bien eu la vogue de l'émetteur à l'infini, l'« harmonica », mais il s'accrochait à la ligne téléphonique, il était facile à détecter et, de toute façon, il ne fonctionnait pas si bien que ça. D'ailleurs, la CIA avait poliment décliné l'offre de son inventeur.

Pendant une période, les services secrets se passionnèrent pour ce qu'on appelle le micro laser : on braque de l'extérieur un rayon lumineux sur la fenêtre de l'appartement que l'on veut espionner. Les sons dans la pièce font vibrer la vitre, les vibrations de la vitre font à leur tour vibrer un petit prisme fixé à l'extérieur de la fenêtre qui renvoie le rayon lumineux vers les espions. On observe ce point lumineux avec un télescope équipé d'une cellule photoélectrique, laquelle convertit la lumière en un signal électrique, à son tour amplifié et reconverti en son.

Toutefois, la nature, l'architecture et la logistique ont tendance à jouer les trouble-fête. Les bruits de la circulation provoquent des interférences, comme le son de la radio et de la télévision, voire l'eau dans les canalisations. De plus, il faut pouvoir se placer directement en face de la pièce visée, ce qui n'est pas toujours évident en ville. La technologie est très impressionnante, mais elle donne des résultats décevants sauf dans des circonstances idéales.

Faute de mieux, vous dépensez un peu d'argent, dix mille dollars, en fait, pour jouer les petits amis jaloux. Vous allez voir un détective privé à qui vous racontez que vous soupçonnez votre petite amie de coucher à droite et à gauche, et que vous en avez ras la casquette. Vous voulez qu'on la mette sur écoutes en installant le retour chez vous. Une fois le boulot fait, vous renvoyez le détective privé dans ses foyers.

On n'arrête pas de demander ce genre de trucs aux détectives privés. Ils ont des contacts au central téléphonique, des types coopératifs, des types avec qui on peut s'entendre.

Une fois qu'on est dedans, rien de plus facile. Le type coopératif qui préfère ne rien savoir installe un raccordement parallèle dans le cadre approprié.

Baumann loua un minuscule appartement dans le quartier de Sarah, parce que leurs lignes dépendaient du même central. Dans le minuscule appartement, il n'y avait rien d'autre qu'un téléphone et un système de transfert d'appels. Ce système enregistrait toutes les conversations sur la ligne téléphonique de Sarah et, une fois l'appel terminé, il le renvoyait sur l'appartement de Baumann, à côté de Sutton Place. C'était comme s'il avait un poste dans l'appartement de Sarah.

Chaque fois qu'elle décrochait son téléphone, il entendait tout ce qu'elle disait.

69.

En rentrant chez lui, Leo Krasner trouva sur son répondeur plusieurs messages en réponse à la petite annonce qu'il avait affichée moins d'une demi-heure avant. Au milieu de l'après-midi, il avait reçu dix-huit appels de secrétaires et autres employés de bureau (seize femmes, deux hommes) de la Manhattan Bank.

Il les rappela un par un.

– Le mémoire est sur une disquette, dit-il à la première secrétaire, mais mon ordinateur est nase. En fait, j'ai surtout besoin d'une bonne correction, qu'on le lise, qu'on corrige les fautes d'orthographe, les erreurs de syntaxe, la ponctuation, tous ces trucs-là. Trente pages.

Il en avait besoin le lendemain, en fin de journée. C'était urgent. Qui d'autre qu'un étudiant d'une école de commerce désespéré serait prêt à claquer trois cents dollars de l'heure ?

Il se décida pour celle qui expliqua que, n'ayant pas d'ordinateur chez elle, elle travaillerait pendant ses pauses au bureau. Elle promit d'avoir terminé à la fin de la journée.

Ils convinrent de se retrouver au bar à cappuccino situé dans l'atrium de l'immeuble de la Manhattan Bank, à la première heure le lendemain matin.

70.

Juste avant midi, le lendemain, Jared boudait sur le chemin de Central Park. Ses deux nouveaux copains de la YMCA qui allaient tous les jours seuls dans une galerie de jeux vidéo l'avaient invité à venir avec eux.

– Écoute, je suis désolée, mais la réponse est non, lui dit Sarah. Je suis contente que tu te sois fait de nouveaux copains, mais je ne veux pas que tu sortes sans être accompagné d'un adulte, ou Brea ou moi.

– Mais c'est à deux rues de la YMCA ! Et ce n'est pas comme si j'étais tout seul. On est trois !

– C'est non. Regarde ce qui s'est passé l'autre jour dans le parc quand je t'ai laissé jouer tout seul...

– Bon Dieu ! s'exclama Jared avec les intonations de son père. Tu es ridicule.

– Tu m'as entendue. La réponse est non.

– C'est débile.

– Non, prudent, dit-elle alors qu'ils traversaient la rue pour entrer dans le parc. Je ne veux pas qu'il t'arrive quoi que ce soit.

– Mais pourquoi tu me traites toujours comme un bébé?

Brian venait à leur rencontre, vêtu d'un sweat-shirt. Il posa un baiser sur la joue de Sarah et tapota l'épaule de Jared.

– Je suis prêt, professeur.

– Ouais, répondit Jared toujours boudeur.

Sarah partit travailler, étant convenue avec eux de les retrouver au même endroit deux heures plus tard.

Jared enseigna à Brian les bases de la passe.

– D'abord, tu te mets à courir. Et ensuite je te l'envoie.

– D'accord, dit Brian en démarrant.

Plongeant pour rattraper le ballon, il le rata. Il glissa dans la boue et tomba sur le dos. Jared éclata de rire, et Brian l'imita.

Ils s'assirent par terre le temps que Brian retrouve son souffle. Il passa le bras autour du cou de Jared.

– Tu sais, mes parents aussi ont divorcé quand j'étais petit.

– Ah bon?

– Oui. Je sais à quel point c'est moche. Et... Je vais te raconter un truc que je n'ai encore jamais dit à personne. Quand j'avais neuf ans, juste un an de plus que toi, mes parents n'arrêtaient pas de se bagarrer. Ils n'arrêtaient pas! Ils ont divorcé un an plus tard, après des années et des années de disputes. Toujours est-il que, à neuf ans, un jour, j'en ai eu tellement marre de les voir se bagarrer que je me suis enfui de la maison.

– Non? fit Jared, captivé.

– Si. J'ai fourré mes jouets préférés et des vêtements dans un sac, j'ai pris un bus et je suis resté dedans une heure, jusqu'au terminus.

– C'était loin?

Baumann hocha la tête, imaginant une enfance canadienne, prenant plaisir au mensonge, qu'il savait convaincant.

– J'ai passé la nuit dans un champ. Le lendemain matin, j'ai repris le bus dans l'autre sens et je suis rentré chez moi. Mes parents étaient terrifiés. Toute la ville s'était mise à ma recherche, apparemment. La police avait envoyé des voitures.

– Qu'est-ce que tes parents ont fait? Ils étaient en colère?

– Oh oui! Très en colère. Mais, pendant une journée, ils avaient été unis, comme une équipe. Pendant une journée, ils avaient arrêté de se disputer. Ils étaient inquiets pour moi. Tu sais, tu devrais essayer de voir les choses du point de vue de ta mère. Elle s'inquiète pour toi parce qu'elle t'aime. Elle a beaucoup de soucis et elle fait un travail dangereux, n'est-ce pas?

276

– Je crois, oui.

– Elle m'a dit qu'elle dirigeait un groupe qui recherche quelqu'un. Elle te parle de son travail?

– Un peu, oui.

– Alors tu sais qu'elle s'inquiète beaucoup, hein?

Jared haussa les épaules.

– Qu'est-ce qu'elle t'a raconté?

71.

Leo Krasner passa la majeure partie de la nuit à travailler en maudissant plusieurs fois l'enfoiré qui l'avait engagé pour ce boulot.

Mais à l'aube, il avait terminé. Le résultat était une disquette qui semblait ne contenir qu'un « mémoire » de trente pages sur l'économie de marché et la politique monétaire, qu'il avait pompé dans un manuel d'initiation à l'économie en disséminant çà et là coquilles et fautes de syntaxe. Bien entendu, la seule partie de la disquette qui l'intéressait, la séquence de programmation qu'il avait eu tant de mal à rédiger, était planquée dans un attribut caché qui resterait invisible pour l'utilisateur.

Quelques minutes avant neuf heures, il entra dans le bar à cappuccino de la Manhattan Bank, revêtu de son unique blazer et portant une cravate. Sa chemise bleue le serrait au cou; d'énormes auréoles de sueur s'étalaient sous ses aisselles et sur sa poitrine.

Mary Avakian, assistante du vice-président du personnel de la Manhattan Bank, glissa la disquette dans son ordinateur après s'être servi une tasse de café allongé avec deux morceaux de sucre et se mit aussitôt au travail.

Elle copia le contenu de la disquette sur son disque dur, ce qui revenait à le copier sur le réseau local de la banque. Elle jeta un coup d'œil au texte. Eh bien! ce type n'avait pas exagéré. Quel charabia! Et ce type qui savait à peine aligner convenablement trois mots allait probablement sortir de son école de commerce et décrocher un job ultra bien payé, pendant qu'elle se crevait pour des nèfles.

Elle continua pendant ses pauses. L'orthographe était tellement mauvaise qu'elle ne pouvait même pas se fier au correcteur automatique. Cela lui demanda une heure et demie de travail, et ce ne fut pas de la tarte. Mais pour trois cents dollars nets d'impôts, elle n'allait pas se plaindre. Pour trois cents dollars, elle était prête à corriger de nouveau le boulot de ce type quand il voudrait.

72.

Ce soir-là, Sarah et Brian emmenèrent Jared dîner dans un grill-room où il commanda un cheeseburger et des frites. Brian prit une grande salade et une assiette de pâtes en expliquant qu'il était végétarien. Après le dîner, ils rentraient chez Sarah en flânant lorsqu'une voix derrière eux les fit sursauter.

– Jared !

Se retournant en même temps, Sarah et son fils reconnurent le grand blond qui courait vers eux. Peter.

– Salut, petit gars, comment tu vas ?

Sarah se crispa, et Brian eut l'air inquiet. Il resta à l'écart quand Peter s'approcha de son fils, bras ouverts. Jared avait l'air pétrifié.

– Dans mes bras, Jer, dit Peter en se penchant vers lui.

Il était en vêtements de ville, pantalon de toile et polo vert chasseur.

Raide comme un piquet, Jared resta les bras ballants, fixant son père d'un regard furieux.

– Allez, mon vieux, dit Peter en l'embrassant tout de même. J'espère que je ne tombe pas mal, ajouta-t-il en se tournant vers Brian et Sarah.

– Pas du tout, dit Brian. Nous venons juste de dîner. Je m'appelle Brian Lamoreaux, continua-t-il en tendant la main.

Peter lui adressa un sourire venimeux.

– Peter Cronin. C'est donc vous, le dernier petit ami en date ?

Brian eut un petit sourire gêné.

– Peut-être devrais-je vous laisser seuls, tous les trois.

– Non, Brian. Je t'en prie.

– J'ai une longue journée demain. Je ferais vraiment mieux de rentrer.

– Non, Brian, insista Sarah.

Peter passa un bras autour de la taille mince de Jared.

– Comment c'était la colo, Jerry ? Tu m'as manqué.

Baumann, à l'écart, dansait d'un pied sur l'autre, le regard en alerte.

– Alors, toujours à la recherche de ton terroriste fou ? lança Peter à Sarah. Tu es tellement occupée que tu n'as même pas une minute à consacrer à Jared, c'est ça ? Tu le colles dans un centre aéré toute la journée... Tu crois que je ne suis pas au courant ?

– Tu veux bien nous laisser ?

– Non, désolé, pas question. Je suis venu passer deux jours avec mon fils. Viens, petit père, allons prendre tes affaires. Je suis descendu au Marriott Marquis. On va aller visiter New York tous les deux puisque ta mère est trop occupée par son petit ami et sa cellule de crise pour t'emmener.

– Peter, s'il te plaît.

– Non, papa, je ne veux pas venir, dit Jared, tout rouge. Je m'amuse bien ici.

– Hé! gamin...

– Tu ne peux pas m'obliger, continua Jared en plissant les yeux, reprenant inconsciemment une expression de son père. Rentre à Boston. Fiche-moi la paix.

Peter regarda son fils, puis Sarah. Il eut une ombre de sourire et devint tout rouge lui aussi.

– Tu le montes contre moi, c'est ça? siffla-t-il à Sarah. Tu crois pouvoir faire ça à mon fils?

– Non, papa, dit Jared. Elle ne parle même pas de toi. C'est moi. J'en ai ras le bol que tu me commandes tout le temps.

Peter continua à les regarder fixement, passant du fils à l'ex-femme. Il s'humecta la lèvre inférieure et eut un sourire mauvais.

Il faillit dire quelque chose, puis tourna les talons et s'éloigna.

73.

Peu après minuit, Baumann sortait de l'appartement de Sarah. La rue était froide et vide. Il sentit une présence derrière lui.

Il se retourna. C'était l'ex-mari de Sarah, Peter Cronin.

– Oh! bonsoir.

Cronin vint coller son visage à quelques millimètres du sien, puis le poussa sans ménagement dans une impasse voisine et le plaqua contre le mur de brique. Baumann regarda autour de lui; personne en vue. Ils étaient seuls.

– Je vais être direct avec toi, Brian. Je suis flic. Et j'ai des moyens, t'imagines pas. Je vais fouiller ton passé, trouver tout ce que je peux sur toi. T'imagines pas la merde que je vais déterrer, connard. La merde dans laquelle je peux te fourrer. Je vais te faire expulser, t'entends?

– Bon, ça va comme ça, dit calmement Brian.

– Ça va comme ça, connard? Ah oui? J'ai un truc à te dire. J'ai fait une petite vérif sur toi, gros bras. Il n'y a pas trace de l'entrée d'un Brian Lamoreaux dans ce pays. Ou t'es là illégalement, ou t'es pas celui que tu prétends être.

– Oh! vraiment? répondit Brian, toujours flegmatique.

– Vraiment, mon pote. Je vais fouiller dans ta vie, sac de merde.
Ta vie va devenir un vrai cauchemar et ensuite, je vais...

Il y eut un craquement, le bruit caractéristique de l'os qui se
casse, et la tête de Peter vira de près de cent quatre-vingts degrés. Il
avait l'air de s'être tourné pour regarder le mur derrière lui; mais,
avec la colonne vertébrale brisée, sa tête était dans une position grotesque. L'œil furieux, la bouche ouverte, il était figé dans la mort.

Baumann laissa le corps glisser par terre, sortit une serviette
imbibée d'alcool de sa poche et effaça ses empreintes sur le cou et le
visage de Peter Cronin. Quelques secondes plus tard, il poursuivait
son chemin.

74.

À deux heures du matin, Henrik Baumann et Leo Krasner
pataugeaient dans les tunnels sous Wall Street. Bien qu'aussi
encombrés de sacs à dos et de bonbonnes d'oxygène que la première
fois, ils progressaient plus vite sans avoir besoin du podomètre, de la
boussole ou du plan.

Arrivés au central, ils retirèrent leurs masques. Furieux d'être
chargé de la basse besogne, Krasner sortit ses outils en silence.

Puis soufflant comme un phoque, il se tourna vers Baumann et
lui adressa un regard menaçant.

– Avant que je fasse le boulot, vous allez m'écouter.

Baumann raidit les muscles de son ventre.

– Je suis pas aussi con que vous avez l'air de le croire, poursuivit
Leo. Cette idée ridicule de me faire revenir dans ce trou à rats pour
réparer l'épissure, disons que j'ai comme un pressentiment.

– Qu'est-ce que vous voulez dire?

– Nous savons tous les deux qu'on aurait pu laisser la boîte ici
sans que personne la détecte jamais. Revenir ici, c'est prendre un plus
gros risque que laisser la boîte de test en place. Pourquoi?

Baumann fronça les sourcils.

– Je ne veux pas...

– Une seconde, j'ai pas fini. Si vous avez l'intention de me
foutre en l'air, faut plus y songer. J'ai un enregistrement de notre première rencontre. Si je ne suis pas rentré chez moi dans deux heures, il
y aura un coup de téléphone.

– Qu'est-ce que cela signifie? dit Baumann, sombre.

Il était venu à leur premier rendez-vous muni d'un petit détecteur qui aurait détecté un magnétophone. Il était sûr que Krasner bluffait.

— C'est mon assurance-vie. J'ai eu affaire à des connards comme vous avant. Je sais le genre de coups que tentent les mecs comme vous.

— Nous avons conclu un marché, dit Baumann calmement, presque tristement. Je n'ai absolument pas l'intention de vous tuer. Pourquoi le ferais-je ? Nous sommes tous les deux des professionnels. Vous faites le boulot que je vous ai demandé, vous êtes payé... plutôt généreusement, non ? et nous ne nous revoyons jamais. Pour moi, faire autre chose serait de la folie furieuse.

Krasner le fixa encore quelques secondes, puis se tourna vers les câbles.

— Nous sommes donc d'accord, dit-il en retirant la boîte de test et en réparant le câble de cuivre par lequel transitaient les transactions financières codées de la Manhattan Bank.

Quand il eut terminé, il regarda Baumann en lui souriant.

— Et ça, mon pote...

Baumann plaqua les mains sur la tête du pirate et la fit tourner jusqu'à ce que les vertèbres craquent. La bouche ouverte de Krasner semblait hésiter entre le sourire et la grimace ; il avait les yeux vitreux. Le corps obèse s'effondra.

Cela lui demanda un effort considérable, mais Baumann était costaud. Il hissa le cadavre sur son dos pour aller le déposer au fond du tunnel. Avec des serviettes imbibées d'alcool, il effaça ses empreintes sur le visage et le cou de Krasner.

Dans cette partie du tunnel, il y avait de bonnes chances pour qu'on ne découvre pas le corps avant des semaines, sinon plus, et à ce moment-là, cela ne changerait plus rien.

75.

Le lendemain matin, on informa Christine Vigiani qu'on la demandait sur le téléphone noir. Elle alluma une cigarette et alla décrocher.

— Vigiani.

— Larry Lindsay de la NSA.

Comme Vigiani ne réagit pas tout de suite, il poursuivit.

— Votre agent de liaison, vous vous rappelez ?

— Oui ! bien sûr. Que se passe-t-il ?

— Voilà.

Vigiani appela Sarah chez elle. Cette dernière décrocha à la première sonnerie.

– J'espère que je ne vous réveille pas.

– Non, je suis en train de boire mon café. Que se passe-t-il?

– Je crois que j'ai la date.

– De quoi parlez-vous?

– De la date. Le jour de l'attentat. J'ai la date.

– Oh?

– Le GCHQ a surpris une autre bribe de conversation téléphonique venant du même relais que la dernière fois.

Sarah se redressa sur sa chaise.

– Ils ciblaient le relais de Genève-Nord, écoutant plusieurs fréquences précises lorsqu'ils sont tombés sur un signal impossible à décoder. Ils l'ont passé au Cray. Et boum, c'est exactement le même code que la première fois.

– Qu'est-ce qu'ils se racontent? Ils en disent plus long sur Baumann?

– Non, c'était un type, le même que la dernière fois... qui appelait un banquier à Panama pour autoriser un virement. Il est entré dans les détails. Il voulait s'assurer qu'un tiers de la « somme » avait bien été versé au début, un autre tiers la semaine dernière et que le *paiement final* serait versé dans trois jours. Le 26 juin. Il a dit qu'un « incident » important allait avoir lieu aux États-Unis à cette date et qu'il ne fallait libérer la somme qu'après. Il n'a pas été plus précis.

– Dans trois jours..., fit Sarah, rêveuse. Vous avez raison. C'est la date. C'est ce jour-là que la bombe explose.

Elle raccrocha et se tourna vers Jared.

– Je veux que tu prennes mon portable. Mets-le dans ton sac à dos.

– Ouah!

– Ce n'est pas un jeu, Jared. Tu ne le montres pas aux copains, tu ne joues pas avec, d'accord? C'est seulement au cas où j'aurais besoin de te joindre.

– Comment tu vas faire?

– On en a d'autres au bureau.

– Top cool! s'exclama Jared.

Dans le petit appartement vide à une rue de là, Baumann raccrocha, fit la moue et hocha lentement la tête.

76.

Quand Leo Krasner s'était vanté auprès de Baumann d'avoir « enregistré » leur première rencontre, il ne bluffait pas. Mais il n'avait pas commis l'imprudence de dissimuler un magnétophone sur sa personne, car il n'ignorait pas qu'il existait des appareils pour les détecter, des détecteurs portables d'oscillation de polarisation ou bien de métaux, ce genre de trucs.

Non, il avait fait quelque chose de beaucoup plus efficace.

Quand Baumann l'avait contacté, Krasner avait insisté pour qu'ils se rencontrent dans un restaurant très éclairé. Il avait fait appel à un ami, autre mordu et pirate de l'informatique, qui vint au restaurant avec un sac de gym à la main.

Le sac de gym, posé sur une table proche, était équipé de filets de nylon noir à chaque extrémité pour aérer les survêtements. mais les fameux filets avaient une autre utilité. Ils permettaient à une caméra vidéo de filmer clandestinement à travers.

Pendant que la caméra vidéo tournait, l'ami de Krasner lisait. Il resta assis assez longtemps avant de repartir.

Dans la bande vidéo de sa rencontre avec Baumann, dont il ignorait le nom bien sûr, il avait sélectionné plusieurs excellentes images de l'homme qui l'avait engagé. Avec son scanner couleur Xerox pour obtenir une résolution maximale, il avait entré l'image noir et blanc la plus nette dans un de ses ordinateurs.

L'homme pouvait toujours le suivre jusqu'à son appartement, découvrir la vidéo et la pile de tirages brillants noir et blanc. Mais il était trop peu branché en informatique pour comprendre que sa photo se cachait dans une puce en silicone.

Leo Krasner n'avait pas non plus menti à propos du coup de téléphone qui serait passé s'il ne rentrait pas chez lui avant une heure donnée. S'inspirant des alarmes contre les cambrioleurs qui composent automatiquement le numéro de la police quand on marche dessus, il avait relié un numéroteur automatique à une minuterie et à un répondeur sur lequel il avait enregistré un message destiné à l'extérieur.

À neuf heures précises, le lendemain de la dernière expédition de Krasner dans les tunnels souterrains, le numéroteur automatique composa le numéro de la police et passa le message.

77.

À neuf heures précises ce matin-là, une des soixante-trois standardistes du One Police Plaza prit un appel. « Police de New York. On enregistre votre appel. »

N'obtenant pas de réponse, elle s'apprêtait à raccrocher lorsqu'elle entendit le bruit d'un magnétophone se mettant en marche, puis une voix masculine.

« Je m'appelle Leo Krasner, dit la voix, un peu hésitante. Je voudrais signaler ma disparition. Ceci n'est pas une plaisanterie. Hum... » On entendit un bruissement de papier. « Je vous prie de m'écouter attentivement. J'ai peut-être été enlevé, mais euh... j'ai plus vraisemblablement été assassiné. Si c'est le cas, on a de fortes chances de retrouver mon corps dans un tunnel dont je vais à présent décrire la situation exacte... »

À l'écoute de la voix enregistrée de Leo Krasner, le scepticisme de l'opératrice s'estompa progressivement. Cela paraissait trop sérieux pour être une mauvaise farce. Elle entra les renseignements – nom, adresse et situation possible du cadavre de l'homme – dans son terminal, pour l'envoyer au dispatcher concerné installé dans la pièce voisine.

Les appels arrivant au 911 s'« empilent » sur l'écran de l'ordinateur par ordre de priorité, de un à dix, dix étant une plainte à cause d'un chien qui aboie ou d'une chaîne stéréo qui hurle au milieu de la journée, c'est-à-dire un appel pouvant attendre ou être tout simplement ignoré.

Bien que ce ne fût pas une urgence, l'appel de Krasner fut traité en priorité trois, comme le sont toutes les « découvertes de corps », auxquelles une ambulance est tenue de répondre.

Une ambulance, les pompiers, l'unité d'urgence de la police et une voiture avec deux agents partirent enquêter.

78.

– Puis-je vous aider ? dit la réceptionniste à l'accueil du service informatique de la Manhattan Bank à un grand type hirsute qui avait l'air d'avoir passé la nuit dans le train.

– Agent spécial Ken Alton du FBI.

La réceptionniste examina tour à tour l'insigne et Ken, comme si les deux lui paraissaient inconciliables.

– Que puis-je pour vous, agent... Alton?

– Il faut que je parle à votre patron.

– Puis-je vous demander à quel sujet?

– Ouais, c'est justement au sujet de cette visite. Vous voulez bien le prévenir?

– Vous avez un rendez-vous?

– Oui, dans une seconde.

Avec une grimace, la réceptionniste décrocha son téléphone.

Ken Alton s'était pratiquement emparé du poste de travail du directeur du service de l'information qui l'observait d'un air inquiet.

– Comme je vous l'ai dit, nous avons effectué une série complète de tests de diagnostic et nos systèmes semblent être sûrs. Pas de trace de piratage.

– Vous auriez quelque chose à boire? demanda Ken en faisant défiler un répertoire sur l'écran.

– Café?

– Je préférerais du Coca ou du Pepsi, si vous avez. Light. Bon, maintenant dites-moi si vous avez remarqué des transferts de fonds inhabituels au cours des deux derniers jours. Des sommes exceptionnellement élevées, un transfert non expliqué, ou encore... Une seconde. Juste une seconde.

– Oui?

– Regardez-moi ce fichier exécutable. Il est partout à la fois celui-là.

Le directeur, un Noir frêle aux cheveux grisonnants coupés tellement court qu'ils paraissaient rasés, se pencha pour regarder ce que Ken montrait du doigt.

– Il faut que je prenne le manuel.

– Très bien. Il faut que je sorte une copie de ce fichier pour la mettre dans une machine non connectée au réseau. Le décomposer en langage assembleur pour voir ce qu'il ferait s'il tournait. Ou peut-être le faire tourner pour voir ce qui se passe.

– C'est quoi, à votre avis?

– Je ne sais pas. À vous de me dire si ce fichier est à sa place.

– D'accord.

Vingt minutes plus tard, Ken levait le nez, affolé.

– Nom de Dieu! C'est un putain de virus. Si ce truc passe...

– Quoi? Qu'y a-t-il?

– ... tout votre système est baisé. Vous avez un sacré problème sur les bras. Fermez le système!

– Quoi?

– Vous m'avez entendu. Fermez le système !

– Vous perdez la tête ou quoi ? Je ne peux pas faire ça. C'est la journée la plus chargée de la semaine ! C'est un jour de pointe pour le trafic sur le réseau...

– Tout de suite.

– Mais si je ferme le système, la banque s'arrête ! cria l'homme en se croisant les bras. On ne peut pas avoir accès aux fichiers, on ne peut pas traiter les transactions, toutes les succursales vont...

– Vous allez le faire, oui ? beugla Ken. Envoyez un message à tous les utilisateurs...

– Enfin, on ne peut pas fermer cette foutue banque comme ça ! Vous croyez que...

– Oh ! nom de Dieu ! Oh ! nom de Dieu ! Et merde !

– Qu'est-ce que vous...

Ken montra son moniteur du doigt. Il enfonça quelques touches, mais l'écran resta figé. Il fit courir un doigt sur une rangée de touches, plaqua une main sur le clavier, mais sans plus de résultat.

– Trop tard, dit Ken d'une voix tremblante. Merde ! Je ne sais pas si c'était programmé pour se déclencher maintenant ou si je l'ai activé en l'ouvrant.

Le directeur se tourna vers le moniteur du poste de travail voisin et enfonça quelques touches, mais en vain. On entendit des exclamations aux autres postes de travail, puis tout le service informatique ne fut plus qu'une clameur. Les gens couraient dans tous les sens ; c'était le chaos le plus total.

– Frank ! hurla quelqu'un, en se précipitant vers le directeur. Tout est gelé. Mais qu'est-ce qui se passe, bordel ?

Ken répondit, d'une voix presque inaudible :

– Vous venez de vous récolter un virus qui est en train de prendre possession de tout le système, de toute la banque. Un virus monstre, gravissime.

Courant prendre un taxi, Ken Alton faillit trébucher deux fois en sortant de l'atrium de la Manhattan Bank. La pluie tombait avec une telle violence qu'elle semblait jaillir du trottoir fumant. En pleine matinée, le ciel était noir de nuages.

Comme de bien entendu, il n'avait pas de parapluie et il était trempé jusqu'aux os. Un taxi ralentit. Une femme d'âge mûr le lui piqua sous le nez. Il lui envoya une vacherie bien sentie, mais le claquement de la portière l'empêcha de l'entendre.

Après s'être fait piquer plusieurs taxis – ces foutus New-Yorkais sont décidément bien agressifs quand il pleut, se dit-il – il s'engouffra finalement dans une voiture qui l'emmena vers la 37ᵉ Rue. Bien à l'abri, il tenta de faire le point.

Un virus. Un putain de virus polymorphe. Mais de quel genre de virus s'agissait-il? Dans quel but? Une farce... pour bloquer les opérations pendant un jour ou deux? Ou un acte plus malveillant... dans le but d'effacer tous les dossiers de la deuxième banque du pays?

La notion de virus, un bout de logiciel qui se reproduit à l'infini, passant d'un ordinateur à un autre, était relativement récente. Il y avait eu le ver d'Internet en 1988, le virus de Columbus Bay en 1989, le virus Michel-Ange en 1992.

Mais comment était-il entré? On peut introduire un virus de diverses façons. Le coupable pouvait être un employé, ou encore quelqu'un de l'extérieur ayant réussi à accéder aux ordinateurs de la banque. Ou une liaison téléphonique extérieure. Ou une disquette infectée. Il y avait cette histoire célèbre, du moins parmi les dingues d'informatique, de ce type qui avait loué des bureaux cossus à Londres, en prétendant être un fabricant de logiciels. Il avait convaincu un important magazine d'informatique européen de mettre une disquette gratuite dans un de ses numéros. La disquette contenait un questionnaire sur le sida : on la mettait dans son ordinateur et le programme vous posait une série de questions débiles avant de vous donner une évaluation de vos risques d'être infecté.

Mais elle avait un autre effet sur votre ordinateur. Elle envoyait un virus qui s'infiltrait dans la machine et, après un certain nombre de redémarrages, cachait tous vos fichiers et affichait une annonce. On invitait les utilisateurs paniqués à envoyer une certaine somme d'argent à une boîte postale au Panama en échange d'un code qui débloquerait leurs fichiers. L'extorsion aurait fonctionné si des surdoués de l'informatique n'avaient pas percé le code et résolu le virus.

Ken connaissait plusieurs personnes beaucoup plus calées que lui sur le sujet. Dès son retour au QG, il lui faudrait trouver un moyen d'envoyer ce virus à ses amis sans infecter leurs systèmes pour qu'ils puissent l'examiner.

Mais ce foutu taxi avançait à une allure d'escargot. Prenant son portable, Ken composa le numéro de Sarah.

79.

La plupart de ceux qui prennent l'avion sont joyeusement inconscients de ce qui leur permet de rester en l'air. Il en est de même pour les princes du capitalisme qui manipulent des sommes colossales, sans savoir comment leur argent passe magiquement de

New York à Hong Kong en l'espace de quelques secondes. Tant que le système fonctionne, c'est tout ce qui compte.

Mais Malcolm Dyson avait toujours été du genre à mettre les mains dans le cambouis. Il savait ce qui se passait sous le capot de chacune de ses voitures.

Il n'ignorait rien non plus des rouages du capitalisme, connaissait leur incroyable fragilité et savait exactement où était leur point faible. Il travailla toute la journée dans sa bibliothèque de L'Arcadie, puis pressa un bouton sur son bureau qui dirigea un rayon infrarouge vers l'armoire Louis XIV située dans une niche à sa droite. Un panneau s'ouvrit dans un bruissement mécanique faisant apparaître un programme de la chaîne CNN qui diffusait des informations internationales.

Le présentateur, un beau jeune homme avec des cheveux bruns partagés par une raie bien droite et un regard brun brûlant de sincérité salua les téléspectateurs et lut la première information sur son téléprompteur.

« Un virus informatique vient de paralyser les opérations de la deuxième banque d'Amérique. Un porte-parole de la Manhattan Bank a déclaré que la direction n'avait aucune idée de la façon dont le virus avait pu s'introduire dans le système informatique de la banque, mais qu'il s'agissait selon elle d'une attaque délibérée de pirates. »

Une photo de l'immeuble lisse de la Manhattan Bank connu dans le monde entier apparut en incrustation à côté de la tête du présentateur. « Quoi qu'il en soit, Warren Elkind, président de la Manhattan Bank, a annoncé que la multinationale avait été obligée de fermer ses portes à onze heures du matin, heure locale, peut-être définitivement. »

Dyson changea légèrement de position dans son fauteuil roulant.

« Les ordinateurs de la banque se sont détraqués ce matin quand tous les terminaux se sont figés. On a découvert par la suite qu'une défaillance du système de paiement électronique de la banque avait causé le retrait de tous les avoirs de la Manhattan Bank, estimés à plus de deux cents milliards de dollars, ainsi que le transfert d'énormes sommes d'argent, au montant encore indéterminé, dans des banques du monde entier... transferts estimés à plus de quatre cent trente *milliards* de dollars, c'est-à-dire beaucoup plus que les avoirs en possession de la banque.

« Les conséquences pour l'économie américaine sont incalculables, selon le président de la Réserve fédérale. Notre correspondant à Washington nous apprend que la Maison-Blanche est " très préoccupée " par cette catastrophe. Voici maintenant un reportage qui nous vient de New York où environ trois millions de petits investisseurs et déposants viennent de voir les économies de toute une vie partir en fumée. »

On vit des foules désespérées faisant l'assaut des succursales de la Manhattan Bank à Bedford-Stuyvesant et dans le Bronx. Dyson sortit un cigare de l'humidificateur sur son bureau et en coupa soigneusement le bout en marmonnant : « Et vous n'avez encore rien vu. »

80.

Le bureau de Warren Elkind était dans un chaos total. Son téléphone sonnait sans arrêt ; des jeunes gens ne cessaient d'aller et venir avec des messages à la main. La crise. Sa banque était en train de couler corps et biens. Sarah attendait, immobile sur le seuil.

— Mais où donc étiez-vous, nom de Dieu ? lui cria Elkind. Ce putain de virus, ou je ne sais quoi, a vidé les coffres de la banque, jusqu'au dernier sou, et maintenant on vient me dire que c'est un processus irréversible...

— Si bien que maintenant vous êtes disposé à parler.

— Oh ! bon Dieu ! Très bien, tout le monde dehors ! J'ai dit dehors !

Une fois le bureau vide, Sarah s'approcha.

— Quand vous m'avez appelée, vous avez parlé de Malcolm Dyson. Vous pensez qu'il est derrière tout cela ?

— Comment le saurais-je ? Je dis seulement que c'est possible.

— Il n'y a rien sur Malcolm Dyson dans votre dossier au FBI.

— C'est top secret, enfin !

— Qu'est-ce qui est top secret ?

— Cette ordure doit me faire porter le chapeau. Il a été inculpé dans le plus gros scandale de délit d'initié qui ait jamais touché Wall Street, c'est pour cette raison qu'il est en cavale, mais il doit me faire porter le chapeau. Il est persuadé qu'il vivrait toujours à Westchester, en bon citoyen américain libre d'aller et venir, si je ne l'avais pas dénoncé.

— Vous l'avez dénoncé ? demanda Sarah en s'approchant encore.

— Cela ne s'est pas exactement passé comme ça.

— Vous étiez le témoin qui l'a dénoncé. Vous étiez le seul à être au courant. C'est vous qui l'avez accusé.

— Il avait besoin de l'aide de la banque pour financer un énorme rachat d'actions et il m'a offert de m'intéresser aux bénéfices. J'ai refusé. Je suis banquier, pas kamikaze.

– Vous l'avez dénoncé à la SEC, suggéra Sarah.

– Ce n'est pas aussi simple que ça.

– Rien ne l'est jamais.

– Dès qu'il a su que la SEC l'avait dans son collimateur, il m'a invité à déjeuner au Harvard Club. Il voulait s'assurer que « nos versions concordaient »... en d'autres termes, que je le couvrirais. À ce moment-là, j'avais déjà accepté de coopérer avec la SEC. On m'a sonorisé. L'enquêteur de la SEC voulait coller un minuscule micro et une batterie de piles sous mon maillot de corps, mais je n'en portais pas, et selon lui, il n'était pas question de mettre le micro à même la peau. Alors ce type m'a proposé de me prêter son maillot de corps. Je lui ai dit : désolé, mais je ne supporte pas les fibres synthétiques. Je l'ai tout de même enfilé. Ils se sont installés dans un placard vide à côté de la salle à manger pour enregistrer notre conversation. J'étais terrifié à l'idée que Dyson s'en rende compte.

– Il a dû finir par l'apprendre. Il ne vous a pas menacé ?

– Non. La fois où j'ai compris qu'il deviendrait mauvais et qu'il ne me lâcherait plus, c'est quand il a failli se faire tuer par les feds, dans une embuscade qui a mal tourné. Autant vous dire que je n'ai pas mis le nez dehors pendant des semaines.

– Quand était-ce ?

– La date, vous voulez dire ?

– Oui.

– Je ne l'oublierai jamais. C'était le jour de l'anniversaire de ma femme ; nous fêtions l'événement au « 21 » quand on a apporté un téléphone à notre table. C'était un de mes clients en Europe. Il m'a raconté que Malcolm Dyson venait de se faire tirer dessus par des agents fédéraux américains dans une embuscade à Monaco, que sa femme et sa fille avaient été tuées et qu'il était blessé. Qu'il resterait probablement paralysé à vie. Je me rappelle que je me suis dit : dommage qu'ils ne l'aient pas descendu lui aussi. Quand on frappe un roi, il vaut mieux l'achever. C'était le genre à se venger. C'était le 26 juin.

– C'est demain.

Le 26 juin était aussi, selon la deuxième conversation téléphonique interceptée, le jour du dernier transfert prévu dans une banque panaméenne.

– Excusez-moi, dit Sarah Il faut que j'y aille.

81.

– Je veux que vous réclamiez au ministère de la Justice, dit Sarah à Vigiani, une liste de tous les employés, collègues, associés et amis connus de Malcolm Dyson susceptibles de se trouver en Suisse. Ensuite, vous demanderez à la NSA de sortir de ses archives tous les échantillons de voix qu'elle possède de ces gens. Pour les comparer aux deux voix de l'appel intercepté.

On frappa à la porte du bureau. Roth passa la tête et entra.

— Sarah, je viens de recevoir un coup de téléphone...

— Vous ne voyez pas que je suis en réunion?

— Ouais, d'accord, mais cela peut vous intéresser. On vient juste de recevoir un coup de fil sur la ligne ouverte vingt-quatre heures sur vingt-quatre de la police de Mount Kosco, New York. En réponse à notre avis de recherche.

— Oui? dit Sarah en levant la tête.

— Il y a environ deux heures, une entreprise de démolition a signalé un vol. On a volé cinq cents kilos de C-4 dans son entrepôt la nuit dernière.

— Combien?

— Cinq cents kilos.

— Merde!

— Si je comprends bien, dit le directeur adjoint Joseph Walsh en s'efforçant de garder son calme, vous êtes en train de me dire que vous savez que dalle.

— Non, monsieur, répondit l'expert en explosifs du FBI, en toussant nerveusement dans son poing. Je suis en train de vous dire qu'on ne peut que constater des généralités.

Walsh était déjà suffisamment impressionnant par sa façon d'être. Il n'avait pas besoin de dominer de toute sa taille le minuscule expert en explosifs. Sarah et Harry Whitman, le chef du groupe spécial d'intervention de l'antiterrorisme, assistaient à l'échange, fascinés.

— Nom de Dieu! gronda Walsh. On a le putain de détonateur. On sait que cinq cents kilos de C-4 ont été volés. Qu'est-ce que vous voulez de plus? Un plan? Un dessin? Une putain de visite guidée?

Mais l'expert en explosifs, Cameron Crowley, un petit homme précis aux cheveux grisonnants coupés en brosse, n'était pas du genre à se laisser désarçonner. Il avait fait de l'excellent travail après les attentats du World Trade Center et d'Oklahoma City, et toutes les personnes présentes dans le bureau de Walsh le savaient. Il pouvait se reposer sur sa seule réputation.

— Permettez-moi de vous expliquer ce que nous savons et ce que nous ne savons pas. Nous savons que cinq cents kilos de C-4 font peut-être, je dis bien peut-être, partie de cette bombe. En revanche, nous ne savons pas si le vol de ce plastic est une coïncidence ou si c'est le fait de, euh, Baumann.

– C'est déjà ça, dit Sarah pour l'encourager.

– Mais en supposant que Baumann les ait volés, nous ne savons pas s'il projette de faire exploser une ou plusieurs bombes. Nous ne savons pas non plus s'il a l'intention de se servir de la totalité de ces cinq cents kilos pour un seul engin. C'est une puissance explosive énorme.

– Qu'est-ce que vous entendez par énorme ? demanda Walsh en repartant vers son bureau.

L'expert eut un soupir excédé.

– Eh bien, n'oubliez pas qu'il a suffi d'une livre de plastic pour désintégrer le vol 103 de la Pan Am. Quatre cents grammes, plus précisément. Cinq cents kilos peuvent causer beaucoup plus de dégâts que la bombe de World Trade Center. Ce n'était même pas de la dynamite, c'était un mélange de nitrate d'ammonium et de toutes sortes de trucs, mais cela ne l'a pas empêchée de creuser un trou de six étages dans la tour. Elle avait une puissance explosive équivalente à plus de cinq cents kilos de TNT.

Il expliqua que, sur l'échelle de puissance de destruction, le TNT était de 1, le nitrate d'ammonium de 0,42, la dynamite entre 0,6 et 0,9 et le C-4, le Semtex et le PE-4 britannique de 1,3 ou de 1,35.

– Donc, conclut-il, à poids égal, le C-4 est environ trois fois plus puissant que le TNT.

– Mais est-ce que cela peut détruire un immeuble ? demanda Walsh, impatient.

– Oui. Tout dépend de l'immeuble. Pas un immeuble immense comme le World Trade Center, dit-il, sachant que les quatre études effectuées sur la structure du World Trade Center avaient déterminé, grâce à l'analyse des vibrations, que les tours ne pouvaient être détruites que par une bombe atomique. Quoi qu'il en soit, de nombreux facteurs entrent en jeu.

– Par exemple ? dit Walsh.

– L'emplacement de la bombe, d'abord. La placera-t-on à l'extérieur ou à l'intérieur de l'immeuble ? On pose la plupart des bombes à l'extérieur pour que les dégâts soient bien visibles, faciles à voir et à photographier, afin de maximiser l'impact psychologique.

– Et si elle est à l'intérieur de l'immeuble... ? demanda Sarah.

– La règle veut qu'à l'intérieur une bombe cause cinq fois plus de dégâts qu'à l'extérieur. Voyez ce qui s'est passé à Oklahoma City.

– Mais vous ne nous apprenez toujours rien ! hurla Walsh.

Sarah vit Cameron Crawley serrer les lèvres pour maîtriser son irritation.

– L'analyse du blast est une affaire compliquée, répondit-il tranquillement. La géométrie de la charge a une incidence sur la pression maximale de l'onde de choc provoquée par l'explosif. Les ondes de choc se déplacent toujours à un angle de quatre-vingt-dix degrés par rapport à la surface des explosifs. Nous ignorons si on va donner une forme particulière à la bombe, sphérique ou autre. Si l'explosif risque de se diffuser, par exemple. Nous ignorons également dans quel matériau il va être placé. La capacité de supporter le front de choc diffère selon le matériau. Par exemple, le verre cède généralement entre une et trois livres par pouce carré sous l'impact d'une charge frontale. Pour un mur de maçonnerie type, un mur de brique bien solide, ce sera de l'ordre de huit à douze livres par pouce carré. Et avec une armature en acier, eh bien, l'acier a un module d'élasticité, ce qu'on appelle le module de Young...

– Nom de Dieu! lâcha Walsh qui, sans être un ignare ou un abruti, loin de là, avait la réputation de détester le jargon scientifique qui, selon lui, ne servait qu'à noyer l'aspect pratique. Vous êtes en train de dire que cinq cents kilos de C-4, judicieusement placés dans un immeuble de bureaux relativement grand de Manhattan, peuvent provoquer des putains de dégâts.

– Oui, monsieur, répondit tranquillement Crowley. Des putains de dégâts.

L'interphone sonna sur le bureau de Walsh.

– Bon Dieu! Marlene, je vous ai dit de ne pas me passer d'appels.

– Désolée, monsieur, mais c'est un appel urgent pour l'agent Cahill.

– Vraiment! Cahill?

Sarah prit le téléphone.

– Oui? Alex, je suis en... Hum... je ne comprends pas, qu'est-ce que vous voulez dire, il a prévenu lui-même?... Très bien, conclut-elle en raccrochant.

Elle se retourna vers les trois hommes du FBI.

– C'était Alex Pappas. Roth a reçu un appel de la brigade criminelle. Ils ont trouvé un corps dans un tunnel d'exhaure souterrain dans la zone de Wall Street. La victime semble être le type qui a planté le virus dans la Manhattan Bank.

– Baumann? s'exclama Whitman.

– Un type que Baumann a engagé, un pirate.

Walsh se redressa.

– Comment le savez-vous?

– Apparemment, la victime a fait appeler la police après sa mort.

– Qu'est-ce que c'est que cette salade, agent Cahill? tonna Walsh.

– C'est compliqué. Apparemment cet informaticien craignait

d'être assassiné. Il s'est arrangé pour qu'un répondeur appelle la police pour signaler son propre meurtre. Je n'ai pas très bien suivi. L'important est que...

– Ce n'est pas une blague, dit Whitmann.

– Apparemment non. L'équipe des urgences médicales et les pompiers ont bien trouvé un cadavre dans les égouts. La brigade criminelle et quelques-uns de nos hommes sont partis fouiller l'appartement de la victime.

82.

Ken Alton examina le matériel informatique de Leo Krasner en connaisseur admiratif. Le type avait un joli petit Macintosh Duo avec une station d'accueil pour un Powerbook, deux énormes écrans couleurs Mac, un IBM avec un processeur Pentium et une station de travail SPARC-20 Unix, tous en réseau. Il avait également une imprimante couleurs Postscript 1 200 ppp et un scanner couleurs Xerox.

Bon Dieu! il avait même le HPIS-35, un prototype du consortium Hewlett-Packard/Intel/Sun. Une station de travail scientifique contenant un réseau de cinq processeurs RISC à haute performance de la famille SPARC/Pentium, plus trois multiprocesseurs en arséniure de gallium des labos Hewlett-Packard.

Cool, mec.

Ken essaya d'accéder au HPIS-35 et au SPARC-20, mais bien entendu, il fallait un mot de passe.

– Merde, dit-il en se relevant pour faire le tour de l'appartement.

– Qu'est-ce qui te prend? demanda Roth.

Sans répondre, Ken continua à se balader en réfléchissant.

Dans la chambre, sur la table de chevet, il trouva un « PDA » (un petit ordinateur gros comme la paume de la main). Il sut qu'il tenait la solution.

On pouvait connecter le PDA à la station de travail au moyen d'une liaison infrarouge. En d'autres termes, le type pouvait, de sa chambre, travailler sur sa station de travail avec son PDA. Lequel contenait un protocole intégré qui accédait au poste de travail en donnant le mot de passe. Ken avait trouvé l'ouverture.

Les plus grands génies sont parfois des cossards de première, il le savait.

Il fit rapidement l'inventaire des fichiers sur chaque machine. Certains documents avaient l'air potentiellement intéressants, mais, sur le SPARC, il tomba sur deux fichiers curieux, curieux parce qu'ils avaient tous les deux une extension JPEG, un système de compression d'images numériques mis au point par un organisme nommé «Joint Photographic Expert group». Chaque fichier avait une taille d'environ 39 K, convenant à une photo noir et blanc de bonne qualité, mais probablement pas à une photo couleurs.

Ah! se dit-il. D'où le scanner. Il suffisait de passer une photo dans le scanner, qui stockait l'image soit en couleurs, soit dans des nuances de gris. Une photo noir et blanc était décomposée en points, ou pixels, chacun se voyant attribuer un des 256 niveaux de gris : Le programme JPEG prenait cette grosse masse de données, en éliminait les redondances avant de la compresser. On se retrouvait avec un fichier informatique, un fichier numérique, c'est-à-dire une série de zéros et de uns. La compression était sans aucun doute loin d'être parfaite, il y avait du « déchet », comme disaient les techniciens, mais cela avait l'avantage de donner des fichiers extrêmement petits si on utilisait le réglage de qualité par défaut.

Ken n'entendait rien au jargon du JPEG, conversions de cosinus discrets, sous-échantillonnage et le reste, mais il savait s'en servir. C'était tout ce qui comptait.

Bon, se dit-il, s'il stocke des images, il doit avoir un programme d'affichage là-dedans, un truc qui va prendre l'image et la convertir, un utilitaire d'affichage et de manipulation d'image.

Il tapa « xv brit.jpeg & » et valida. C'était la commande générique des programmes d'affichage.

– Qu'est-ce que t'as là? demanda Roth, en se penchant par-dessus son épaule.

– On va voir...

En quelques secondes, l'écran se remplit de la photo haute résolution d'un homme d'une quarantaine d'années, un brun aux yeux noirs, d'une beauté sauvage. La photo avait beau sembler avoir été prise avec un objectif à longue focale dans un lieu public, un restaurant ou un endroit de ce genre, le visage de l'homme était parfaitement net.

– C'est le mort? dit Roth.

– Non. Dans son message enregistré destiné à la police, Krasner disait avoir une photo de l'homme qui l'avait engagé. Ce doit être une des photos en question.

– Qui est...

– Ce doit être Baumann.

En pressant d'autres touches, Ken envoya le fichier à l'imprimante Postscript et déclencha l'impression de la photo.

– Hé! cria Roth aux autres. Je crois qu'on tient notre homme.

83.

En tant que directeur du service informatique de la Greenwich Trust Bank, Walter Grimmer, cinquante-deux ans, était responsable des bureaux de Moore Street, voisine de Water Street dans la pointe de Manhattan, dans le même immeuble anonyme qui abritait le Network hypersecret.

Il travaillait pour la banque depuis seize ans, après en avoir passé douze à la Chemical Bank. Il ne raffolait ni de son poste ni de ses collègues. En fait, tout expert-comptable qu'il était, il n'aimait même pas la comptabilité. Il n'avait jamais aimé. Il aimait sa femme, ses deux filles et bricoler dans sa maison de Teaneck dans le New Jersey. Il comptait déjà les mois qui le séparaient de la retraite.

Et il lui en restait beaucoup.

C'étaient des jours comme celui-là qui lui faisaient sérieusement songer à prendre une retraite anticipée. La journée avait commencé par un appel d'un nouvel assistant du directeur financier de la banque lui annonçant la visite imminente de la FDIC. Génial. Qui disait mieux ? Peut-être qu'à la prochaine visite de contrôle, son médecin lui trouverait des polypes.

Foutue FDIC. La FDIC lui empoisonnait la vie.

La FDIC supervisait toutes les banques privilégiées, c'est-à-dire celles qui n'étaient pas membres de la Réserve fédérale. Ils notaient ces banques pour leur solvabilité, de un à cinq, un étant le top. C'était ce qu'on appelait l'indice CAMEL. CAMEL recouvrait une pléthore de facteurs : capital, qualité des avoirs, gestion, recettes et liquidité.

Selon le CAMEL d'une banque, tenu secret, la FDIC inspectait la banque soit une fois par an, soit tous les dix-huit mois. Le cycle de dix-huit mois était réservé aux établissements classés un ou deux. Les banques notées trois ou moins, ou bien qui avaient des avoirs supérieurs à deux cent cinquante millions de dollars, avaient droit à une inspection annuelle.

Sans en être sûr, Walter Grimmer soupçonnait la Greenwich Trust d'être notée trois. Ce qui voulait dire que, chaque année, une équipe de huit à douze analystes de la FDIC débarquaient pour au moins six semaines. Ils examinaient les prêts consentis par la banque, la solidité du capital par rapport aux risques de son portefeuille, la stabilité de ses gains, ses liquidités. Puis ils concluaient par un feu d'artifice final en réunissant le président de la banque et l'exécutif.

La joie ! Et Walter Grimmer, l'heureux Walter Grimmer, avait l'honneur et le privilège de servir d'agent de liaison entre la banque et la FDIC.

Le type qui avait appelé ce matin, l'assistant du directeur financier, lui annonçait que, pour Dieu sait quelle raison, la FDIC devait revenir pour un complément d'analyse, comme si une fois par an ne suffisait pas. On avait fait des sorties imprimante. Cela voulait dire qu'en fin d'après-midi il était censé réceptionner une douzaine de cartons de documents destinés à la FDIC.

Cela avait-il un lien avec l'effondrement de la Manhattan Bank?

Était-ce la raison de la visite surprise de la FDIC?

— Mais où est-ce que je vais caser une douzaine de cartons? avait-il gémi. Je n'ai pas la place ici!

— Je sais, avait dit l'assistant, compatissant. Le service de livraison les descendra directement au sous-sol où ils attendront l'arrivée de la FDIC demain matin. Ce sera juste pour une nuit. Après, c'est leur problème.

— Au sous-sol? Mais on ne peut pas les laisser là-bas!

— Monsieur Grimmer, le gérant de l'immeuble est au courant. Faites simplement en sorte d'être là pour les réceptionner, d'accord?

Le livreur de Metro-Quik Courier Service grommela en se garant devant l'immeuble moderne de Moore Street, une rue étroite à sens unique entre Pearl et Water Street dans le quartier de Wall Street. Ces foutus pavés n'allaient pas arranger sa suspension. Il n'avait pas eu de problèmes pour prendre les cartons à l'entrepôt de Tribeca, mais il s'était perdu plusieurs fois en cherchant les bureaux de la Greenwich Trust Bank.

Au moins, les cartons étaient remplis de papiers, pas de trucs trop lourds comme du carrelage. Il plaça sur un diable les douze cartons scellés par un ruban adhésif jaune vif estampillé DOCUMENTS FDIC et entra dans le sous-sol de l'immeuble.

— Vous voulez bien signer ici, s'il vous plaît, dit-il à Walter Grimmer en lui tendant sa tablette.

84.

Vigiani fit irruption dans le bureau de Sarah.

— On a une correspondance.

— Une correspondance?

— Enfin, la NSA, je veux dire. L'appel intercepté. On peut mettre des noms sur les voix.

– Dites voir.

– Un certain Martin Lomax, qui est apparemment un proche collaborateur de Malcolm Dyson et un dénommé Johann Kinzel, le financier du même Dyson.

– Très beau travail. Je pense qu'on a bouclé la boucle. On a de quoi engager des poursuites pénales maintenant. Bravo !

Pappas frappa à la porte.

– Sarah, il faut qu'on parle.

À son expression, elle comprit que c'était grave.

– Que se passe-t-il ?

– Il y a eu un autre meurtre. On a trouvé un corps dans une impasse de votre quartier. On vient de le signaler.

– Qui est-ce ?

– Sarah, dit Pappas en lui passant un bras autour du cou, c'est Peter.

La tête dans les toilettes, vomissant tripes et boyaux.

Des larmes lui brûlant les narines. Appeler Jared ? Foncer le chercher sur-le-champ ? Elle ne savait pas quoi faire. Il y avait un moment, une manière d'annoncer une nouvelle aussi déchirante à un gamin de huit ans.

Puis elle se souvint qu'elle lui avait donné son portable ce matin, au cas où elle aurait besoin de le joindre. En cas d'urgence.

Non. On n'annonçait pas ce genre de nouvelles par téléphone.

La colère de Jared contre son père rendrait les choses encore plus dures. La blessure était déjà ouverte ; la douleur serait insupportable.

Elle avait besoin d'aller s'aérer.

Roth appela le QG, demandant Sarah.

– Elle n'est pas là, répondit Pappas. Je ne sais pas où elle est partie. Je viens juste de lui annoncer la mauvaise nouvelle pour son ex-mari. Elle est sortie il y a environ un quart d'heure.

– Je vais essayer chez elle. Si vous la voyez, dites-lui qu'on tient notre homme.

– Qu'est-ce que...

– On a une photo... une photo de Baumann.

– Quoi ?

Mais Roth avait déjà raccroché pour composer le numéro du domicile de Sarah. Il tomba sur le répondeur et laissa un message en se disant qu'elle allait peut-être rentrer chez elle, pour retrouver son fils.

Dans un café en face du QG, Sarah était assise à une table, les yeux rouges, pétrifiée.

298

Peter était mort.

Il ne pouvait pas s'agir d'une pure coïncidence. Et si Baumann, voulant s'en prendre à elle, s'en était pris à Peter? Peter qui était en ville et qui pouvait bien avoir essayé d'aller chez elle...

Jared. *Jared était-il le prochain sur la liste?*

Il fallait qu'elle retourne immédiatement au bureau, surtout aujourd'hui, mais il fallait que quelqu'un aille chercher Jared au centre aéré. Pas Pappas. Elle en avait besoin au QG.

D'une cabine, elle téléphona à Brea, la baby-sitter, puis raccrocha aussitôt. Non, Brea était chez ses parents à Albany. La baby-sitter de secours, Catherine, avait des cours toute la journée.

Elle composa le numéro de Brian.

Dans le petit appartement vide, Baumann écouta le message que l'inspecteur George Roth laissait sur le répondeur de Sarah.

Leo Krasner n'avait pas bluffé. Il y aurait un coup de téléphone, avait-il dit. Il avait une photo, avait-il dit.

Figé, Baumann réfléchissait. Demain, on était le 26, l'anniversaire du jour où les feds avaient tué la femme et la fille de Dyson, le jour que Dyson avait choisi.

Mais maintenant ils avaient une photo.

Ils connaissaient son visage.

Sarah allait le reconnaître. Il n'avait pas songé à cette éventualité.

Bien, la bombe était déjà en place. Attendre le lendemain voulait dire courir le risque de voir la mission sabotée.

Il ne pouvait pas prendre ce risque. Il fallait accélérer le mouvement. Dyson comprendrait.

Il fallait agir maintenant.

Puis soudain un autre téléphone sonna. Un transfert d'appel de son appartement officiel, celui où il avait amené Sarah. Il le reconnut à la sonnerie.

C'était elle.

— Brian, je t'en prie, dit-elle, au bord de l'hystérie. J'ai un service à te demander.

Roth raccrocha violemment dans l'appartement de Leo Krasner.

— Merde! Mais où est donc Sarah, bordel! Vous croyez que ce type a un fax ici? cria-t-il à la cantonade.

85

Polo bleu, pantalon en toile et lunettes noires, Henrik Baumann attendait devant la YMCA de la 63ᵉ Rue Ouest.

Jared fit son apparition, l'air désorienté. Il sourit en voyant Brian, s'approcha et lui tapa dans la main.

Baumann arrêta un taxi et pria le chauffeur de les emmener dans le quartier de Wall Street.

– Où on va? demanda Jared.

– Ta maman voulait qu'on fasse une petite sortie.

– Mais le directeur a dit que tu me ramènerais à la maison parce que maman ne pouvait pas se libérer.

Baumann acquiesça, l'air absent.

– Le directeur a dit que maman voulait que tu me ramènes directement à la maison, répéta Jared, perplexe, parce qu'il se passe quelque chose d'important.

– Nous allons faire une petite promenade, dit Baumann tranquillement.

Comme il était un petit peu plus d'une heure de l'après-midi, les rues grouillaient de monde malgré la pluie. Il avançait l'opération d'une journée, mais il avait tout de même choisi le bon moment, au beau milieu de la journée, quand le Network opérait au maximum de sa capacité.

Dans Moore Street, le taxi s'arrêta devant l'immeuble neuf de vingt étages qui abritait l'installation informatique du Network. Baumann descendit avec Jared.

– Qu'est-ce que ça veut dire, Brian? demanda Jared. Où sommes-nous?

– C'est une surprise.

Il l'emmena à l'arrière du bâtiment où il trouva l'issue de secours peinte en jaune qu'il avait repérée plus tôt.

Il sortit la clé qu'il avait fait faire quelques jours avant, déverrouilla la porte, entra et descendit au sous-sol par l'escalier de service.

– Sarah, lui dit Vigiani à son retour au QG. Il y a un fax qui arrive pour vous. Sacrément lentement.

– Qui l'envoie?

– Roth. Il dit qu'il a une photo de Baumann.

Le cœur battant, Sarah, s'approcha du fax. Maintenant elle comprenait pourquoi c'était si lent. Une photo... Qui sortait par le bas, une épaisse marge blanche, puis la zone noire, millimètre par millimètre. Ça allait prendre des siècles.

Elle attendit. Le suspense était insupportable. Il fallut deux minutes à la photo pour sortir.

Sarah regarda le visage et sentit son estomac se soulever.

Elle regarda de nouveau. Sa tête se mit à tourner, elle se sentit au bord de l'évanouissement. Le visage paraissait se ruer sur elle comme un train en marche, un effet spécial au cinéma. Elle suffoqua.

Brian.

SIXIÈME PARTIE

BUT !

En terrain difficile, pressez le pas ; en terrain encerclé, inventez des stratagèmes ; en terrain mortel, battez-vous.

Sun Tzu, *L'Art de la guerre.*

86.

Baumann alluma les lumières. Bas de plafond, nu, le sous-sol était aussi vaste que l'étage au-dessus. Bien entendu, venu en reconnaissance quelques jours plus tôt, Baumann savait où se situaient la chaufferie, les réserves, et la partie du sous-sol directement en dessous des ordinateurs.

– Pourquoi sommes-nous ici ? demanda Jared.

– Je te l'ai dit. J'ai une course à faire avant de te ramener chez toi.

– Non, maman a des problèmes. Elle a dit que c'était grave. Il faut que je rentre à la maison.

– Bientôt. Quand j'aurai fini ce que j'ai à faire. Et parle moins fort, s'il te plaît.

– Hé ! ramène-moi à la maison tout de suite, insista Jared, poings sur les hanches.

– Je t'ai dit bientôt.

– Tout de suite.

En un éclair, Baumann plaqua une main sur la bouche de Jared qui se débattit furieusement.

Sarah pouvait affronter beaucoup de choses, des menaces contre la sécurité nationale aux kidnappings en passant par les meurtres ; elle avait appris à se blinder contre la peur et la tension, mais rien ne pouvait la blinder contre ça. Ni ses années de formation, ni son expérience professionnelle, ni les graphiques de progression méthodique qu'on lui avait enseignés – la technique du A, puis B, puis C si utile en cas d'urgence.

Non, rien de tout cela ne convenait quand votre fils était aux mains d'un terroriste professionnel, votre fils que vous aviez volontairement et sans réfléchir jeté dans la gueule du loup.

Elle se sentit prise de nausées.

Sa poitrine se serra. Ses tympans se mirent à battre.

Oh ! mon Dieu, mon Dieu ! Mon Dieu !

Tout lui paraissait soudain irréel et saccadé, comme dans une vieille bande d'actualités.

Elle se rappela le jour où Jared était tombé à Heidelberg. Dans leur appartement, il y avait un escalier en colimaçon au milieu de la salle de séjour. Raide, avec des marches en métal, traître, surtout pour un bébé de huit mois qui commençait à ramper partout. Elle l'avait bloqué en plaçant une chaise en travers.

Ce jour-là, Jared jouait dans la pièce, elle travaillait à ses dossiers. Elle entendit un grand bruit, puis plus rien. Le silence. Levant les yeux, elle vit ce qui s'était passé. Jared avait réussi à ramper sous la chaise et il était tombé dans l'escalier.

Elle sentit son estomac se serrer. Tout se figea. Elle se retrouva en haut de l'escalier, en état de choc. Son esprit fonctionnait au ralenti, mais, Dieu merci, le reste du monde aussi. Jared était au milieu de l'escalier, sa tête minuscule coincée entre une marche et la rampe. Il ne pleurait pas. Rien. Le silence.

Il était mort, elle en était sûre. Elle avait tué ce merveilleux petit être à cause d'une seconde d'inattention. Son fragile petit garçon, avec son grand sourire et ses deux dents toutes neuves, ce bout de chou avec la vie devant lui, entièrement dépendant d'elle, était mort.

Elle descendit l'escalier quatre à quatre et toucha le petit corps immobile. On ne voyait que l'arrière de sa tête. Était-il mort ou seulement inconscient ? Aveugle, paralysé à vie ? Soudain il poussa un cri à figer le sang dans les veines et elle hurla de soulagement. Elle tenta de lui dégager la tête, mais elle était coincée. Tirant et poussant le plus doucement possible, elle réussit à le décoincer, regarda son visage cramoisi et comprit qu'il allait bien. Elle le serra contre elle en psalmodiant Oh ! mon Dieu, Oh ! mon Dieu, Oh ! mon Dieu.

Il allait bien. Dix minutes plus tard, il ne pleurait plus et elle lui donnait un biberon de bouillie.

Ce jour-là, elle avait compris qu'une mère était un otage.

Elle s'écroula sur une chaise.

Que « Brian Lamoreaux » fût la couverture d'un terroriste entraîné en Afrique du Sud du nom de Henrik Baumann était grotesque, bien que logique d'une certaine manière. Que savait-elle de cet homme sinon qu'il était venu à leur rescousse dans Central Park ?

... Une mise en scène. C'était évident à présent. Il avait organisé l'agression, il avait probablement payé des ados pour attaquer ce petit garçon pour le plaisir, un acompte et le reste après. Puis se trouvant là « par hasard », il s'était précipité à leur secours. Malin, pour aborder une femme méfiante dans une ville inconnue. Il devait savoir qu'ils n'avaient pas de photo de lui, sinon il n'aurait pas osé s'immiscer dans sa vie ; le risque aurait été trop grand. Il avait joué les intellectuels frêles et bredouillants, le contraire exact de sa vraie personnalité, mais il n'avait pu déguiser son corps nu, son torse puissant et musclé, ses cuisses épaisses, ses biceps bien dessinés. Pourquoi ce corps musclé et superbement entretenu n'avait-il pas éveillé sa méfiance ? Les hommes fréquentaient les salles de gym à l'heure actuelle, alors pourquoi pas un professeur d'architecture canadien ? Mais pourquoi n'avait-elle pas soupçonné que quelque chose clochait chez cet homme qu'elle connaissait à peine ?

Elle songea aux quelques nuits où ils avaient fait l'amour... non, l'expression était inappropriée non, où ils avaient baisé... et elle en eut la nausée.

Finalement, elle se sentait plus écœurée que trahie. Seul comptait Jared à présent.

Tout semblait être au ralenti, irréel. Elle vivait un cauchemar.

Au bout d'une minute, la peur paralysante laissa place à une détermination de fer. Sarah convoqua immédiatement tous les membres de la cellule de crise du groupe spécial d'intervention, puis fit une demande au ministère de l'Énergie pour qu'on mobilise le NEST.

Il fallait qu'elle trouve Jared. Trouver Jared revenait à trouver Baumann ; trouver Baumann était à présent la priorité du FBI, de la ville de New York.

Baumann examina les douze cartons, empilés trois par trois contre un mur. Chaque carton était scellé à l'aide d'un ruban adhésif de couleur vive estampillé DOCUMENTS FDIC.

Il savait que personne de l'immeuble ne toucherait à ces cartons pendant les quelques heures où il devrait les y laisser. Après tout, il s'était arrangé avec la Greenwich Trust Bank pour qu'on entrepose ces cartons de « documents FDIC » dans le sous-sol pour l'audit du lendemain. Le responsable de la Greenwich avait ensuite obtenu l'autorisation du gérant de l'immeuble. Comme on utilisait souvent cet endroit pour les livraisons, le gérant n'y avait pas vu d'objection.

Les cartons contenaient le C-4, mais comme le plastic était environ deux fois plus lourd que le papier censé être à l'intérieur, Baumann n'avait rempli qu'à moitié les cartons de C-4 avant d'empiler des faux documents bancaires dessus. Chaque carton pesait donc un poids acceptable et, de toute façon, scellés comme ils l'étaient, personne n'oserait les ouvrir.

Il était logique que les cartons soient entreposés à cet endroit, mais il ne l'avait pas choisi au hasard. Ils étaient placés contre la colonne de l'ascenseur, dans les fondations. Placer la bombe à cet endroit maximisait les chances de détruire entièrement et l'immeuble et le Network. Une simple question d'architecture.

À l'étage au-dessus se trouvaient les ordinateurs du Network.

De sa serviette, Baumann tira un rouleau de ce qui ressemblait à de la corde à linge blanche. Avec un tampon encreur acheté dans le commerce, il y avait inscrit NE PAS OUVRIR/NE PAS DÉPLACER/SYSTÈME DE DÉTECTION D'OUVERTURE BRANCHÉ. Il enroula la corde plusieurs fois autour des douze cartons.

C'était le DetCord, de vingt-cinq millimètres de diamètre. Il en fourra une extrémité, avec un triple nœud au bout, dans un des cartons et dans le C-4.

Puis il sortit de sa serviette une boîte noire au couvercle en aluminium brossé hérissé d'ampoules, étiquetée SYSTÈME DE SÉCURITÉ. En fait, il s'agissait du détonateur. L'un d'eux avait été confisqué par le FBI, mais l'autre était arrivé par un autre canal, comme prévu. Il relia le mécanisme au DetCord plongé dans le C-4. Le récepteur d'appel, le système de secours, ne serait pas nécessaire à présent.

Le détonateur renfermait un capteur omnidirectionnel à micro-ondes.

Un dispositif plutôt ingénieux. Il avait été conçu pour tromper les démineurs, dans l'hypothèse où ils arriveraient à temps, ce qui était hautement improbable.

Il s'agissait d'un dispositif volumétrique qui fonctionnait sur le principe de l'effet Doppler. En fait, c'était un piège. Dans un rayon de huit mètres autour de la bombe, l'espace était à présent rempli de micro-ondes. Un schéma de régime permanent avait été établi. En pénétrant dans le champ à un pas même normal, un être humain réfléchirait les ondes, et le capteur fermerait un circuit, déclenchant la déflagration.

Il allait appuyer sur un bouton au sommet du dénotateur lorsqu'une voix le fit sursauter.

— Tout va bien ? demanda un gardien, un jeune Noir mince au crâne rasé avec une boucle en cuivre à l'oreille gauche.

Il semblait sorti de nulle part.

— Tout va bien, répondit Baumann avec un grand sourire. Et pour vous ?

— Ça va. Qu'est-ce que vous avez là ?

— Une chiée de documents.

— Vous êtes de la banque alors ?

— De la FDIC en fait, dit Baumann, en espérant que le gardien ne lui demanderait pas comment il était entré dans le sous-sol. Il y a un problème ?

– Il va falloir les sortir d'ici. Ils peuvent pas rester ici. Règlement contre l'incendie.

– Enfin ! Je croyais que mon patron avait réglé ça avec le gérant de l'immeuble... un certain M. Talliaferro, c'est ça ?

– C'est ça, mais il ne m'a rien dit au sujet des cartons.

Baumann entendit soudain une sorte de bruit métallique sourd assez proche et se demanda si le gardien l'avait remarqué aussi. Il haussa les épaules en levant les yeux au ciel.

– Bon Dieu ! Toute la journée, ça a été comme ça. Vous voulez que je demande à mon patron d'appeler ce monsieur Talliaferro ? Ils seront plus là à la première heure demain matin.

Il observa le gardien, se demandant si lui aussi entendait le bruit, se demandant s'il pouvait le tuer dans un immeuble de bureaux au beau milieu de la journée, si le jeu en valait la chandelle.

Le gardien hésita, regarda sa montre. Il était clair qu'il n'avait pas envie d'attendre que quelqu'un appelle quelqu'un d'autre qui le rappellerait ensuite pour lui dire que tout était OK.

– Bon, oublions ça. À condition qu'ils ne soient plus là à la première heure demain matin.

Le bruit se fit plus insistant. Cela devait venir du gamin qu'il avait enfermé dans un placard.

– Oh ! c'est sûr, grogna Baumann. Je peux rien faire sans eux. Ils auront disparu, je vous le promets.

– Hum ! fit le gardien en acquiesçant. Vous entendez ce bruit ?

– Quoi donc ?

– Là. Ces coups.

Baumann fit mine de tendre l'oreille.

– On dirait un bruit de canalisation.

– Ça vient de par là-bas, dit le gardien en tendant le doigt.

Le tambourinement était régulier et insistant. Manifestement l'œuvre d'un être humain.

Baumann s'approcha du gardien, comme pour mieux entendre.

– On dirait... (puis il tendit ses deux mains puissantes, brisa le cou de l'homme et termina sa phrase)... un bruit de canalisation.

87.

– Sarah, cria Pappas en brandissant un téléphone.

– Qui est-ce ?

– C'est Jared.

– Dieu soit loué ! Jared !

– Maman ? fit une petite voix lointaine.

– Chéri, tu vas bien ?

– J'ai peur, maman, répondit-il, visiblement au bord des larmes. Brian devait me raccompagner à la maison, mais il m'a emmené ailleurs...

– Mais tu vas bien, n'est-ce pas ? Il ne t'a pas fait mal, si ?

– Non. Enfin, il m'a fourré un truc dans la bouche, mais j'ai réussi à le retirer.

– Où es-tu ?

– Je ne sais pas. Il m'a enfermé dans un placard. Dans un sous-sol. Dans une sorte de grand immeuble en verre et en béton. Ça ressemble à une banque. J'ai tapé sur les tuyaux pour essayer d'attirer l'attention. Maman, il me fait peur.

– Je sais, chéri. Mais on va venir te chercher. Maintenant, il faut que tu m'en dises le plus possible sur l'endroit où tu te trouves, ce que tu as vu quand tu...

– J'entends des voix...

Et la communication fut coupée.

Au bout de vingt minutes de vérification minutieuse de tous les branchements, Baumann en avait terminé. La bombe était armée, ce qui voulait dire que le sous-sol entier était devenu zone dangereuse. Quiconque passerait à moins de huit mètres... un gardien, un homme de ménage... ferait exploser la bombe qui détruirait l'immeuble avec lui encore à l'intérieur. Pour se protéger jusqu'à sa sortie, il avait fermé les serrures extérieures de toutes les portes d'accès au sous-sol. On ne pouvait plus les ouvrir que de l'intérieur. Après son départ, si une équipe de démineurs réussissait à forcer une porte... eh bien, tant pis pour eux.

Il était exalté et nerveux, comme chaque fois qu'il faisait un travail, bien qu'il n'eût encore jamais eu de mission de cette ampleur.

Il jeta un coup d'œil à sa montre. Bientôt arriverait l'hélicoptère qui devait venir les chercher son otage et lui sur le toit de l'immeuble pour les conduire à l'aéroport Teterboro à quelques kilomètres de la ville. Comme ça, il ne courrait pas le risque de se faire arrêter à l'héliport de Downtown Manhattan.

Le pilote de l'hélicoptère pouvait le planter là... Lui qui ne faisait confiance à personne avait envisagé cette éventualité... mais c'était peu probable. Il lui avait offert une telle somme qu'il ne pouvait pas ne pas venir. En outre, parmi la douzaine de pilotes qualifiés qui auraient volontiers accepté la mission, celui-là avait paru le plus apte à accepter le marché, le plus motivé.

– Il a raccroché ? demanda Pappas.

– Je ne sais pas, dit Sarah. La communication a été coupée. Il m'a dit qu'il entendait des voix et la communication a été coupée.

– Ou Baumann a pris Jared sur le fait ou Jared a raccroché pour ne pas être surpris. Espérons que c'est la seconde solution. Espérons qu'il rappellera. C'est notre seul espoir.

– Alex, Jared ne sait pas où il est. Il sait seulement qu'il est enfermé dans une pièce dans le sous-sol d'un immeuble ressemblant à une banque. Cette description pourrait correspondre à un millier d'endroits.

– Ce n'est pas ce que je voulais dire, continua Pappas. La prochaine fois qu'il appelle, on repérera la source.

– Mais c'est un portable, Alex.

– Grands dieux, vous êtes tellement bouleversée que vous n'avez plus les idées claires.

– Je peux à peine penser. On peut repérer la source de l'appel, c'est ça ?

Effectivement, se rappela-t-elle soudain, les criminels qui avaient kidnappé un cadre d'Exxon quelques années auparavant avaient utilisé un portable pour la demande de rançon, pensant à tort qu'on ne pourrait pas remonter jusqu'à la source. Cela les avait fichus dedans.

– Mais il faut que Jared rappelle, conclut Pappas.

88.

À Manhattan, un hélicoptère n'a le droit de se poser que dans quatre endroits, quatre héliports officiels. Le premier se trouve à l'angle de la 30ᵉ Rue Ouest et de la Douzième Avenue, à côté de la West Side Highway ; le deuxième est dans la 34ᵉ Rue Est ; le troisième dans la 60ᵉ Rue Est.

Le quatrième est le Downtown Manhattan Heliport, sur l'East River, jetée nᵒ 6. Certains l'appellent par son ancien nom, le Wall Street Heliport ; les pilotes disent simplement Downtown. Géré par les autorités portuaires de la ville de New York, il peut accueillir douze appareils.

Comme le prix du mètre carré en ville est prohibitif, la plupart des compagnies d'hélicoptères opérant à Manhattan ont leur siège dans le New Jersey. L'une des plus petites, basée à l'aéroport Allaire à Farmingdale dans le New Jersey, à quatre-vingt-dix kilomètres au sud-ouest de New York, était l'Executive Class Aircraft Charters, sous licence du FAA. Des six pilotes à temps plein d'Executive, Dan Hammond était le plus vieux, avec ses cinquante et un ans. Le pilotage était une affaire de jeunes, et les pilotes d'hélicoptère dépassaient rarement les cinquante-cinq ans. La plupart d'entre eux avaient la trentaine ou la quarantaine. Cela tenait moins à l'usure qu'au verdict de la visite médicale qu'on devait passer tous les ans. Plus on vivait longtemps, plus on risquait de la rater pour une raison ou pour une autre. Et une fois que l'on avait raté la visite, on ne vous laissait plus tenir un manche.

Dan Hammond avait un vilain petit secret : son ouïe baissait. Ils ne l'avaient pas coincé l'année dernière, mais son médecin lui avait dit qu'il n'avait aucune chance cette année. Ses oreilles avaient fait du bon boulot pendant cinquante et un ans, mais au bout d'un quart de siècle de concerts rock (les Stones, les Dead) et de vols à bord de vieux Hueys bruyants au Viêt-nam, du Bell 205, puis de milliers de petits trajets dans des Jet Rangers, elles le lâchaient.

Executive se moquait bien qu'il soit forcé de démissionner. Il y avait des dizaines de bleus avec le minimum requis d'un millier d'heures de vol dans un hélico à turbine qui piétinaient dans les coulisses, impatients de lui piquer sa place. Quelle importance que les petits bleus ne sachent pas piloter l'ASTAR, la perle de la flotte d'Executive ? Il leur suffirait d'une centaine d'heures de vol pour y arriver eux aussi.

De toute façon, il était temps de se tirer. La crise avait salement touché les compagnies charters d'hélicos. Executive Class Aircraft Charters était au bord de la faillite.

Cela tombait à pic que ce richard un peu timbré ait appelé hier pour retenir l'Euro-Copter AS350B ASTAR, l'ancien ASTAR 350B de l'Aérospatiale. Quelle importance qu'il ait réclamé un truc bizarre, voire illégal ?

Le richard voulait qu'on vienne le prendre dans le quartier de Wall Street, mais pas au Downtown Manhattan. Non, il était soit trop flemmard, soit trop imbu de lui-même pour faire trois cents mètres dans sa limousine.

Il fallait qu'on aille chercher monsieur sur un héliport au sommet de son building. Pour impressionner les copains, sans doute.

Hammond lui avait dit que ce n'était plus possible, pas depuis que les lois de la ville avaient changé après cet horrible accident au sommet du building de la Pan Am quand un hélico s'était crashé à l'atterrissage, explosant de partout, faisant des morts jusque dans la rue en bas. Tout ce qui n'était pas les quatre héliports de Manhattan était hors espace aérien autorisé. On le violait, et le FAA vous servait vos couilles sur canapé.

– Mais quelle sanction encourrait-on ? avait voulu savoir le richard.

– Une amende et une suspension ou une révocation de mon permis, avait-il répondu.

– Dites au FAA que vous avez dû faire un atterrissage d'urgence.

– Un atterrissage d'urgence ?

– Vous n'aurez qu'à leur dire que vous avez eu un problème avec les commandes. Que vous êtes tombé sur un vol d'oiseaux. Comme ça, ils ne vous révoqueront pas.

– Ils me colleront tout de même une amende.

– Je la paierai.

– Je risque d'y laisser mon boulot, dit-il, bien que cette perspective ne le rendît pas vraiment malade.

– Je vous récompenserai généreusement pour votre peine.

Il avait accepté l'offre. Pour atterrir en toute sécurité, il suffisait d'avoir une surface de trois cents mètres sur trois cents vierge de lignes à haute tension.

Le richard avait versé une avance de cinq mille dollars, le solde payable à l'arrivée au Teterboro Airport.

Avec cent mille dollars, sa femme et lui auraient largement de quoi régler l'acompte de la pension de famille de Lenox dans le Massachusetts qu'ils lorgnaient depuis longtemps.

Cent mille dollars et il pourrait claquer la porte d'un boulot sur le point de lui claquer entre les doigts de toute façon.

La décision ne fut pas difficile à prendre.

89.

L'homme des services techniques du FBI arriva vingt minutes plus tard avec son équipement dans une mallette en métal. Il en sortit un petit ordinateur portable qu'il brancha sur un récepteur haute fréquence ICOM, un IC-R7100 avec une antenne spéciale servant à éliminer tous les signaux n'appartenant pas à la gamme de fréquence de 800 à 900 MHz. La plupart des portables ou téléphones cellulaires émettent dans la gamme 870 MHz.

Chaque fois qu'un téléphone cellulaire, un portable, émet son signal, cela donne lieu en fait à deux transmissions. Celle qu'on entend, la voix, et le signal porteuse qui émet à 4,5 MHz au-dessus du signal primaire. Le signal porteuse donne au récepteur le numéro d'identification du téléphone, la fréquence sur laquelle il émet, et la « cellule » ou zone où se trouve l'appelant.

Tout ce que le technicien avait à faire, c'était d'attendre que

Jared rappelle. Il surveillerait alors le signal 4,5 MHz au-dessus de la fréquence de l'appel, repérant ainsi le numéro d'identification du portable.

Il entrerait ensuite ce numéro dans l'ordinateur, équipé d'un logiciel spécial police et préprogrammé avec toutes les fréquences cellulaires existantes, fournies par le FCC.

Les appels provenant des portables n'arrêtent pas de sauter des fréquences chaque fois que l'appelant change de cellule, si bien que le portable dit à la cellule réceptrice, au moyen du signal porteuse, quand passer le relais, c'est-à-dire quand opérer une commutation de fréquences et sur quelle fréquence passer, selon la cellule la plus proche.

Sachant quel numéro d'identification du portable rechercher, l'ordinateur peut régler le récepteur en balayant et en activant sans cesse son programme de recherche. De cette façon, il peut rapidement identifier de quelle cellule provient l'appel.

Jared étant immobilisé à l'intérieur d'un immeuble, la tâche serait probablement plus aisée. Cela voulait dire qu'il était dans une « cellule » précise, sans doute quelque part dans Manhattan.

Mais il fallait d'abord qu'il rappelle.

Sept minutes après l'arrivée du technicien au QG de l'Opération Minotaure, Jared rappela.

Sarah décrocha.

– Maman, murmura-t-il.

– Jared, Dieu soit loué ! Ça va ?

– Ouais, dit-il avec un soupçon de sa mauvaise humeur habituelle qui la fit sourire de soulagement.

– Jared, écoute-moi bien. Ne raccroche surtout pas. Cet immeuble, à quoi ressemble-t-il ?

– C'est... euh, à un immeuble, quoi, moderne, je sais pas, moi !

– Comment s'appelle la banque ?

– C'est seulement au rez-de-chaussée...

– La banque ?

– Je crois que c'est Greenwich quelque chose...

– Greenwich Trust ! Jared, tu peux sortir de là ?

– La salle est fermée à clé. Il fait complètement noir ici.

– Où est-il ? Jared, qu'est-ce qu'il fait en ce moment ?

– Il... (Jared baissa la voix au point de murmurer de façon presque inaudible.) Il vient vers moi. Je l'entends de l'autre côté de la porte.

Le cœur de Sarah battait la chamade.

– Oh ! mon Dieu ! Sois prudent.

– On n'est plus très loin, gardez-le en ligne, dit le technicien penché au-dessus du récepteur à côté d'elle.

Elle entendit une voix dans le lointain, une voix d'homme qui criait quelque chose, puis le bruit du téléphone qui tombait par terre, et enfin la voix lointaine de Jared criant faiblement à l'aide.

– Gardez-le cinq secondes de plus! hurla le technicien.

Mais la ligne était coupée.

Paniquée, Sarah se retourna, vit Pappas les yeux écarquillés, le technicien penché au-dessus du récepteur.

– Vous n'avez pas..., commença-t-elle sans oser finir sa phrase.

– Pas encore.

– Oh! mon Dieu!

– Non, attendez, dit le technicien.

– Mais la ligne est coupée!

– Tout va bien. Le téléphone est toujours branché.

– Qu'est-ce que vous voulez dire?

– Qu'on s'en serve ou pas, tant qu'il est branché, dit le technicien, les yeux rivés à l'écran de l'ordinateur, il émet... huit sept deux virgule zéro six mégahertz...

– Quoi? dit Sarah.

– Tant qu'il est branché, qu'on s'en serve ou non, il continue d'émettre vers la cellule la plus proche. C'est comme ça qu'on peut déterminer la puissance du signal avant de se servir du téléphone. C'est... Ça y est, je l'ai!

La porte ouverte du placard révélait Jared qui, Baumann le voyait maintenant, parlait dans un portable. Qui aurait songé à cela? Baumann fondit sur le gamin, lui fourra un chiffon dans la bouche qu'il fixa avec du ruban adhésif.

– On y va, petit, dit-il plus pour lui-même que pour le gosse. Il est temps de partir.

90.

Le serveur du portable Motorola de Sarah était la société NYNEX Mobile qui possède cinq cent soixante sites cellulaires dans le nord-est des États-Unis. À Manhattan même, NYNEX en a une trentaine ou une quarantaine, on ne le sait pas précisément, parce que la société préfère ne pas rendre le chiffre public.

Quand on appelle d'un téléphone cellulaire, qu'il s'agisse d'un radiotéléphone ou d'un portable, le signal est relayé vers le site cellulaire le plus proche, qui consiste en fait en une antenne reliée à un équipement radio sensible. Il existe deux types d'antennes: directionnelle – une boîte rectangulaire de neuf mètres sur six –, ou bien omnidirectionnelle – droite et cylindrique, d'environ trois centimètres d'épaisseur.

Dans des villes comme New York, ces antennes sont généralement montées sur les toits des immeubles, sauf lorsqu'il s'agit d'un gratte-ciel, auquel cas elles sont montées sur le côté. Toutefois, le cerveau et les entrailles du site cellulaire occupent une surface d'environ trente-six mètres sur dix-huit, généralement un espace loué à l'intérieur de l'immeuble. Là, un gros équipement radio reçoit et traite les signaux, puis les envoie par des câbles téléphoniques aux centres de commutation des compagnies de téléphone.

Une cellule peut aussi bien couvrir plusieurs kilomètres carrés que ne desservir qu'un immeuble. Cela tient à la manière dont Manhattan est construit. C'est moins un problème de densité de population que de topographie : la profusion de gratte-ciel bâtis le long de rues relativement étroites. De ce fait, les ondes radio ont du mal à descendre jusqu'au niveau de la rue : là où on utilise le plus les portables.

À cause de la topographie, par exemple, il existe au Rockefeller Center un site cellulaire qui dessert une zone couvrant deux blocs, pas plus. Dans le quartier de Wall Street, on en trouve même un qui ne dessert qu'un seul building.

Le quartier de Wall Street pose des problèmes à NYNEX Mobile, pour plusieurs raisons. La population utilisant des portables y est dense. En outre, nombre de ces utilisateurs se servent de leur appareil à l'intérieur, dans des immeubles dont la plupart sont des constructions anciennes aux murs épais, donc pratiquement impénétrables pour des ondes radio. Et ce quartier présente les mêmes défis topographiques que le nord de Manhattan avec ses gratte-ciel construits sur des rues très étroites.

NYNEX Mobile compense de deux manières : en montant certaines de ses antennes directionnelles sur les flancs des immeubles, pointées vers la rue, pour maximiser la réception ; et en plaçant davantage d'antennes par kilomètre carré dans le quartier : par exemple, il y en a quatre dans le seul quartier de la Bourse.

Wall Street compte plus de sites cellulaires que le reste de Manhattan, ce qui veut dire que chaque cellule est relativement petite, quelques blocs au lieu de quelques kilomètres. Le fonctionnement des télécommunications à Manhattan se révéla être l'atout dont Sarah avait tellement besoin.

Le site cellulaire n° 269 de NYNEX couvrait environ trois blocs aux formes irrégulières à l'extrême pointe de l'île, près du South Sea Seaport. Son antenne omnidirectionnelle recevait et transmettait des signaux de tous les radiotéléphones et portables dépendant de

NYNEX situés à l'intérieur d'un périmètre compris entre Water Street, Broad Street, Whitehall Street, et la très courte Stone Street. Parallèles à Stone Street et partageant ce quasi-rectangle en trois blocs, se trouvaient deux autres courtes rues, Bridge Street et Pearl Street. Moore Street, petite rue pavée, donnait dans Pearl Street.

Dans cette zone, on peut voir la tour de verre bleu du New York Health and Racquet Club, un immeuble de vingt étages du NYNEX, de même qu'un immeuble neuf de bureaux de quarante étages décoré dans le style art déco et construit autour d'une plaza assez grande. Il s'agit du 1, New York Plaza, sous lequel on trouve un centre commercial qui a une entrée à l'angle de Water et de Broad. Pearl Street renferme l'immense tour de verre bleu de quarante étages du Broad Financial Center, le QG du NASDAQ. De l'autre côté de Whitehall, on trouve deux tours noires de quarante étages, le One State Street Plaza et Battery Park Plaza.

On envoya immédiatement une équipe de vingt-deux policiers en uniforme et agents du FBI fouiller le quartier en quête d'un immeuble portant une plaque de la Greenwich Trust Bank.

Parler de site cellulaire n'est pas précis : il existe des zones où des sections de rue peuvent être desservies par deux, voire trois cellules différentes. Toutefois, il était clair que le site cellulaire d'où émettait le Motorola de Sarah était le numéro 269. Comme Jared était immobile, dans un immeuble, il n'y avait pas de passages de relais susceptibles de compliquer les choses.

En outre, chaque site NYNEX est organisé en trois « phases » » qui divisent la zone en trois segments : alpha, bêta et gamma. Si le site cellulaire est un cercle, ce qui est le cas le plus fréquent, chaque phase de chaque antenne dessert un tiers de cette surface.

À partir du signal de fréquence porteuse, le technicien du FBI put rapidement déterminer que Jared émettait de la phase gamma du site 269, ce qui réduisit la recherche à un pâté de maisons : la zone de Moore Street, entre Pearl et Water.

Un des flics de l'équipe, un jeunot du nom de Julio Seabra, s'engagea dans Moore Street, une rue étroite et pavée. Il remarqua qu'on avait installé des caméras de sécurité dirigées vers la rue, à la hauteur du premier étage des immeubles. Puis il vit une structure flambant neuve en acier et en verre de vingt étages. Une plaque de cuivre indiquait la présence de bureaux de la Greenwich Trust Bank au rez-de-chaussée.

Il resta quelques secondes planté devant la plaque avant de songer à prévenir le centre de commandement par radio.

— On a l'adresse, cria Pappas.
— Dieu soit loué ! dit Sarah. Où est-ce ?

– Ce n'est pas un gratte-ciel. Il s'agit d'un immeuble de vingt étages dans Moore Street à l'angle de Water Street.

– Qu'est-ce qu'il y a dedans ?

– Des bureaux de la Greenwich Trust au rez-de-chaussée, c'est comme ça que l'agent l'a repéré. Pas une agence, mais des bureaux administratifs, on dirait...

Son téléphone sonna et il décrocha aussitôt.

– Ouais ? (Il écouta quelques secondes, puis il écarquilla les yeux.) Nom de Dieu !

Il raccrocha.

– À l'entresol de cet immeuble, sans plaque, parfaitement anonyme, se trouve un énorme centre de traitement de données qui s'appelle le Network, c'est-à-dire...

– Parfait, l'interrompit Sarah. Alex, je veux que vous restiez ici avec deux assistants. L'un d'eux surveille mon poste au cas où Jared rappelle. L'autre reste à côté du téléphone noir au cas où la CIA ou d'autres chercheraient à nous joindre. C'est vous le patron ici. Roth, je veux que vous veniez avec moi, pour diriger les opérations, jouer les agents de police. Tous les autres se présentent immédiatement au centre de commandement du Bureau.

– D'accord.

– Bien, je veux que vous téléphoniez aux responsables du Network. Si c'est possible je veux qu'ils suspendent immédiatement leurs opérations. Qu'ils donnent l'ordre aux banques membres de cesser tout transfert de fonds. Et obtenez-nous une voiture de patrouille immédiatement.

– C'est comme si c'était fait.

– Je veux qu'on fasse évacuer tout le bloc, y compris tous les immeubles environnants.

– Ça va pas la tête ? aboya Roth. Vous savez combien il y a de putains d'immeubles de bureaux dans ce coin ? New York Plaza, One State Street, Battery Park, un immeuble NYNEX, le Broad Financial Center...

– Faites ce que je vous dis. Avertissez le préfet de police, nous sommes habilités, et faites bloquer les rues avec tout ce qui vous tombe sous la main, barrières, voitures de patrouille, flics... Videz les trottoirs. Je veux tous les agents disponibles là-bas. Personne ne doit pénétrer dans cette zone. Je veux que tous les immeubles soient évacués.

– Bon Dieu, dit Roth. Si Baumann est dans l'immeuble du Network et que tout le monde en sorte en courant en même temps, on ne va jamais le retrouver.

– Roth, mon fils est là-dedans.

– Sarah, dit Pappas. Vous avez raison tous les deux. Il faut qu'on fasse évacuer l'immeuble tout de suite, mais il faut qu'on puisse voir tous ceux qui en sortent.

– Impossible, Alex !

– Pas du tout ! Vous vous souvenez de La Mecque ?

– La Mecque ? Mais de quoi...

– 1979. La Grande Mosquée de La Mecque. Un cas d'école.

– Alex, on n'a pas le temps de faire compliqué.

– Cela n'a rien de compliqué. On a simplement besoin de quelques cars antiémeute.

Il s'expliqua en deux mots.

– D'accord, dit Sarah. Quelqu'un sait où se trouve mon gilet pare-balles ?

La voiture de police fonça dans la Septième Avenue, toutes sirènes hurlantes, vira à gauche dans Houston, puis à droite dans Broadway.

Assise à l'arrière à côté de Roth qui, portable en main, négociait avec le préfet de police, Sarah regardait Broadway défiler derrière la vitre.

Oh ! mon Dieu ! Oh ! mon Dieu ! Oh ! mon Dieu !

Jared. Oh ! mon Dieu !

Si Jared était l'otage de Baumann, comment avait-il pu téléphoner à son insu ?

Où était-il ?

« Cinq cents kilos de C-4, disait Roth. Supposez, dans le pire des cas, que toute la charge soit dans la bombe. » Il écouta une seconde, puis poursuivit : « Cela suffit pour détruire tout l'immeuble, selon l'emplacement de l'engin. Cela tuera probablement tous les occupants. Sans parler des dégâts dans le voisinage, les passants blessés ou tués... »

Les idées se bousculaient dans la tête de Sarah. Elle était tendue comme un arc. Sauver Jared revenait à éviter la catastrophe. Elle se répétait ça comme un mantra parce qu'elle n'arrivait pas à penser à autre chose qu'à son fils. Elle savait, mais elle ne l'aurait admis pour rien au monde, que soudain elle n'en avait plus rien à faire de l'enquête, de son boulot, ni même des dégâts incalculables que la bombe pouvait provoquer.

La pluie avait cessé, mais le ciel restait bas, gris métallisé.

Tuerait-il Jared ?

Il avait assassiné... dans les grandes et les petites largeurs finalement. Les attentats et les assassinats au coup par coup. À certains égards, les assassinats au coup par coup étaient le plus effrayant, et il était capable de tuer un être humain de sang-froid. Hésiterait-il vraiment à tuer Jared s'il le jugeait nécessaire ?

Peut-être. Il n'avait pas encore tué Jared, du moins l'espérait-elle. Peut-être projetait-il de s'en servir comme otage, comme assurance, une sorte de bouclier humain. Elle priait pour que Jared soit toujours en vie.

Quand la voiture de police quitta Whitehall pour s'engager dans Water Street et prendre Moore Street à contresens, une foule énorme se pressait déjà devant l'immeuble. Clignotants, sirènes. Des agents détournaient la circulation vers Whitehall ou Broad Street. La zone autour de Moore Street était bloquée par des barrières. Plusieurs camions de pompiers arrivaient, toutes sirènes hurlantes. Il y avait déjà deux camions de la télévision, mais comment ils avaient pu être au courant aussi vite, Sarah n'en avait aucune idée. L'unité des services d'urgence du NYPD était là, elle aussi.

En sautant de la voiture, elle se demanda comment tout ce monde avait pu arriver aussi vite.

Puis elle comprit. L'équipe de déminage du NYPD était là et elle occupait le terrain, comme d'habitude. Quelqu'un les avait appelés, probablement un des flics sur place. À tout instant, l'équipe de NEST débarquerait, ce qui provoquerait une bataille de territoire en règle. À moins qu'elle n'y mette le holà.

Elle regarda l'immeuble en murmurant le nom de son fils.

91.

Comme l'heure du rendez-vous approchait, Dan Hammond commença à se demander si le richard allait vraiment lui filer les cent mille dollars qu'il lui avait promis pour atterrir sur le toit d'un immeuble de Wall Street, en plein espace aérien contrôlé.

Ce qu'il y avait de sûr, c'est que le type s'était déplacé en personne pour lui apporter une avance de cinq mille dollars. C'était bon signe. La procédure habituelle, c'était de donner un numéro de carte de crédit, et Executive débitait le compte après le vol.

La compagnie annonçait huit cent vingt-cinq dollars l'heure de vol, mais on ne s'en tirait jamais pour moins de quatorze cents dollars, fallait être honnête. Cinq mille dollars, c'était une sacrée somme, mais pas si délirante que ça.

C'est probablement ma dernière mission chez Executive, se dit Hammond. Une chance que cela soit dans le meilleur hélico de la flotte, l'ASTAR.

Il adorait piloter l'ASTAR, il aimait son allure. C'était un hélicoptère de fabrication française... en fait, il était fabriqué par une société franco-américaine... si bien qu'il ne fonctionnait pas tout à fait comme les hélicos américains. Il n'était pas facile à piloter.

D'abord, le rotor tournait dans le sens opposé. En vol, il fallait faire appel à la petite hélice auxiliaire pour fournir le couple compensateur et empêcher le fuselage de partir dans le sens inverse du rotor. On donnait du jus en appuyant sur la pédale de droite et non de gauche.

Une fois qu'on était habitué, c'était une vraie partie de plaisir. Il était équipé d'un moteur français, le Turbo Mecca, un six cent quarante chevaux. En vitesse de croisière, il faisait du cent vingt nœuds, le plus rapide de sa catégorie. Et il coûtait la peau du dos, plus d'un million de dollars.

Mais c'était une vraie beauté. Le fuselage avait une ligne unique. Noir de jais, des rayures blanches et prune, et un éclair argenté sur toute la longueur. Ses vitres étaient teintées. Ses pales, bleues, l'intérieur, brun-roux. Il y avait même des tapis persans par terre pour que les passagers se sentent comme chez eux. Il pouvait confortablement accueillir quatre passagers, en plus du pilote. Il possédait l'air conditionné et était équipé d'un téléphone et d'un lecteur de CD.

L'ASTAR avait aussi cela de différent qu'il offrait une zone passager panoramique, un point de vue à cent quatre-vingts degrés. L'hélico américain de base avait des fauteuils clubs tandis que, dans celui-là, on pouvait se croire dans une limousine. Le pilote et les passagers occupaient le même espace cabine. En outre, l'habitacle était beaucoup plus silencieux que celui des hélicos américains, dans lesquels on ne s'entendait pas parler. Dans l'ASTAR, on n'était pas obligé de crier pour s'entendre.

Une belle bête! L'hélico idéal pour un vol d'adieu.

92.

À la base de McGuire dans le New Jersey, trois Starlifter C-141 Lockheed atterrissaient avec à leur bord de multiples caisses d'équipement sur des palettes. Radios, bipers, portables, équipement téléphonique PBX; tous les outils et engins de détection imaginables, du tournevis aux mitraillettes Heckler & Koch MP5 et aux grenades fulgurantes Haley & Webber E182 à niveaux élevés de candelas et de décibels : un époustouflant arsenal d'armes, d'appareils de surveillance, d'équipement de communication et de radio-détection à la pointe de la technique pour localiser des bombes clandestines ou du matériel nucléaire volé.

Sur plusieurs heures, plus de trente membres de l'équipe du NEST étaient arrivés séparément de tout le pays par des vols commerciaux.

– Bon, bouclez-moi tout le périmètre de Broad-Whitehall, Water-Pearl, disait l'homme dans un porte-voix sur lequel on lisait ÉQUIPE DE DÉMINAGE.

Il s'adressait aux membres de son équipe groupés autour de lui. Sarah fonça lui fourrer sa carte sous le nez.

– Agent spécial Cahill, FBI. Je dirige cette opération.

– Ah oui ? dit le commandant de l'équipe de déminage. Plus maintenant en tout cas.

L'équipe de déminage du NYPD est la plus grande et la plus ancienne du pays. Basée au commissariat du 233, 10ᵉ Rue Ouest, entre Hudson et Bleecker, elle reçoit quelque treize cents appels par an pour chercher et désarmer des explosifs. La brigade se compose de six équipes de deux inspecteurs, numérotées de A à F ; le commandant est un lieutenant avec quatre sergents sous ses ordres.

La brigade de déminage fait partie de la division de la recherche scientifique de la police de New York, c'est une unité de la criminelle. Les membres de la brigade arborent des badges dorés, pourtant ce ne sont pas des inspecteurs, mais des « inspecteurs spécialistes », ce qui est une sorte de camouflet pour ce groupe de volontaires courageux au point d'en être téméraires.

Selon le règlement interne, la brigade de déminage ne peut se déplacer que si l'Unité d'urgence de la police fait appel à elle. En l'occurrence, l'Unité l'avait appelée après qu'un agent fouillant le périmètre avait compris qu'il risquait d'y avoir une bombe dans l'immeuble. L'agent n'avait fait que son devoir.

Jusqu'à l'arrivée du NEST, Sarah était coincée : la brigade de déminage dirigeait les opérations. Mais une fois que le NEST serait là, avec son cahier de charges, le plus vaste et le plus exhaustif de toutes les unités d'élite du pays, il aurait la priorité.

On entendit un crissement de pneus. Justement, le NEST arrivait.

Un journaliste de CNN faisait un direct devant la foule qui s'agitait autour de l'immeuble du Network dans Moore Street.

Au QG, Pappas et Ranahan avaient les yeux rivés à l'écran de télévision.

« ... Une bombe dans cet immeuble, disait le journaliste, qui abrite une installation informatique ultrasensible et ultrasecrète de Wall Street. Selon des sources policières, le sous-sol ne renfermerait pas moins de cinq cents kilos de C-4. »

On vit ensuite des hordes de gens évacuant les immeubles voisins. Plusieurs personnes avaient été piétinées dans la panique qui s'en était suivie. Il n'y avait pas eu de morts, mais plusieurs blessés.

« Des sources policières ont déclaré à CNN que toutes les issues de l'immeuble de Moore Street avaient été bouclées, sauf l'entrée principale sur la rue. Après un flottement certain entre les autorités fédérales et locales, une équipe dépendant du ministère de l'Énergie, le NEST, a pris la direction des opérations. »

La caméra montra la façade de l'immeuble du Network. On avait aligné six cars, trois de chaque côté, pour former un étroit passage entre la principale entrée de l'immeuble et une cour sur l'autre trottoir.

Les cars ressemblaient à des bus normaux de la ville à une différence près : on avait abaissé les plaques en acier fixées à leurs flancs pour que personne ne puisse ramper en dessous. Ils formaient ainsi deux hauts murs de métal qui empêcheraient toute fuite. Toutes les personnes sortant de l'immeuble passeraient dans ce goulot d'étranglement pour émerger dans la cour où la police les fouillerait, voire les interrogerait si nécessaire.

On avait utilisé la même méthode en 1979, quand des intégristes sunnites armés s'étaient emparés du plus haut lieu sacré islamiste à La Mecque en Arabie Saoudite avec vingt personnes à l'intérieur. L'armée saoudienne avait dû trouver un moyen de libérer les pèlerins assiégés sans permettre aux terroristes de se perdre dans la foule. Elle s'était servie de cars antiémeute pour construire un couloir par lequel elle canalisa les pèlerins vers un stade proche où ils furent interrogés.

Pappas sourit intérieurement.

Cinq pompiers volontaires, postés à l'intérieur et à l'extérieur de l'entrée principale, poussaient et tiraient les bureaucrates paniqués trois par trois dans la porte tambour. Au bout du passage, dans la cour, les attendait une équipe d'observateurs de Minotaure, sous la direction de Vigiani et de Sarah.

Cela ne se passait pas en douceur, loin de là. L'entrée grouillait de monde, et des gens terrifiés martelaient les vitres.

– Je ne veux pas mourir ici ! hurlait une femme.

– Laissez-nous sortir ! criait un homme.

Les fenêtres ne pouvaient pas s'ouvrir, comme dans la plupart des immeubles de la ville, mais de la rue on entendait les coups contre les vitres. Une chaise en métal passa au travers d'une fenêtre au cinquième étage, arrosant le trottoir de bouts de verre. Une voix angoissée hurla : « C'est insupportable », et une femme d'une vingtaine d'années sauta du trou béant.

Elle se blessa grièvement en touchant le trottoir, se faisant plusieurs fractures, mais elle survécut à sa chute, ce qui fit craindre à la police et aux pompiers que d'autres ne suivent son exemple.

Le commandant de l'équipe de déminage, bien qu'irrité d'avoir été supplanté par le NEST, saisit un mégaphone : « Restez dans vos bureaux ! Il n'y a aucune raison de paniquer ! Vous avez le temps ! » Mais lui-même ne croyait pas à ce qu'il disait. Pauvres types, pensait-il.

Sarah et Vigiani réussirent à filtrer très vite la plus grosse partie de la foule. Baumann était un maître du déguisement, mais à une cinquantaine de centimètres, on ne manquerait pas de le reconnaître.

On retint quelques hommes, des barbus, dont un avec des cheveux longs qui travaillait sur des ordinateurs dans un cabinet juridique du premier étage, mais après une inspection supplémentaire, on les laissa repartir.

– Je vais vous coller un procès au cul, dit l'homme aux cheveux longs.

– Bonne chance ! répondit Sarah.

Il y eut un nouveau bruit de verre cassé. Un bureau tomba d'une fenêtre du onzième étage. Plusieurs témoins furent légèrement blessés.

« Quiconque tentera de sortir par une autre issue que la porte principale sera arrêté », tonna une voix métallique.

– Et alors ? hurla du hall un quinquagénaire. On va tous y passer de toute façon !

Sarah se tourna vers Vigiani.

– Bien, maintenant vous prenez le relais. Je vais à l'intérieur.

– Vous... quoi ?

– J'entre dans l'immeuble, dit Sarah en s'éloignant.

– Vous avez perdu la tête !

– Ouais, se murmura Sarah. Mais c'est moi la patronne.

93.

Pendant que la police et les pompiers évacuaient les occupants de l'immeuble, le NEST avait déjà commencé à décharger l'équipement par une rampe dans l'entrée de service située à l'arrière du bâtiment.

Ils étaient accompagnés d'un petit groupe d'agents en uniforme qui s'assuraient que personne ne pouvait s'échapper par cette issue. Ceux qui tentèrent de forcer le passage furent emmenés par les policiers.

Le premier à entrer dans la place fut le commandant du NEST, le Dr Richard Payne, un homme dégingandé, grand, d'une quarantaine d'années aux cheveux prématurément gris. Docteur en physique nucléaire, il était dans le civil directeur des projets spéciaux à la division de technologie avancée du Laboratoire national d'ingénierie de l'Idaho. Dans la hiérarchie bureaucratique gouvernementale américaine, il se classait GS-15. Il avait une longue expérience des armes nucléaires et tous ceux qui avaient eu affaire à lui le jugeaient brillant.

Il était accompagné de son numéro deux dans cette mission, le lieutenant colonel Freddie Suarez du 112ᵉ détachement de la division des explosifs de Fort Ritchie dans le Maryland. Les autres membres de l'équipe suivaient en poussant des chariots débordant de pièces d'équipement énormes et impressionnantes.

En temps normal, leur boulot était déjà diaboliquement difficile. Comme toutes les brigades de déminage, ils étaient formés pour trouver l'engin explosif et circonvenir tout piège les empêchant de s'en approcher. Ensuite venait le diagnostic : on examinait l'engin, on déterminait comment il fonctionnait. Puis on le neutralisait. Si nécessaire, on s'efforçait au préalable d'atténuer les dégâts.

Mais, contrairement aux autres brigades de déminage, ils avaient souvent, mais pas toujours, affaire à des engins nucléaires, ou du moins à des engins explosifs improvisés extrêmement sophistiqués.

Ils avaient eu tout le temps ces derniers jours d'examiner le détonateur intercepté à l'aéroport. Bien que rien ne garantît que le terroriste utiliserait un détonateur identique, ou proche, ils étaient prêts au cas où.

Néanmoins les conditions étaient loin d'être idéales. Le règlement disait qu'il ne fallait pas tenter de désamorcer une bombe tant que la zone n'avait pas été entièrement bouclée et évacuée. En fait, toujours selon le règlement, il fallait un périmètre sûr de trois cents mètres, mais tout le monde savait que c'était impossible à Manhattan où on pouvait encore s'estimer heureux si on parvenait à faire reculer la foule jusqu'au coin de la rue.

En montrant à son équipe l'escalier menant au sous-sol, le Dr Payne songea tristement que lui, au moins, était payé pour risquer sa vie. Tous ces autres pauvres bougres étaient venus au travail ce matin en s'attendant à rentrer chez eux ce soir auprès de leur famille, de leurs animaux domestiques, de leur maison. En vie.

– Bien, dit-il à son équipe réunie dans la cage d'escalier devant l'accès au sous-sol du building du Network. Le NYPD a déjà envoyé ses chiens explorer le hall de l'immeuble sans rien trouver.

Il n'était pas nécessaire d'expliquer à ses hommes que, lorsqu'il s'agissait d'explosifs sophistiqués, les chiens étaient pratiquement inutiles. Ils sont capables de renifler du TNT, de la dynamite et les autres explosifs courants. Même du C-4, s'ils s'en approchent suffisamment, c'est-à-dire à quelques centimètres.

Les chiens de la brigade de déminage du NYPD n'avaient rien reniflé, mais ils n'étaient pas entrés au sous-sol. Les portes étaient fermées à clé. C'était probablement là que se trouvait la bombe. Techniquement parlant, c'était l'emplacement le plus logique.

En fait, bien que les hommes du NEST n'en sachent rien, les chiens n'auraient rien découvert même s'ils avaient pissé sur les cartons de la FDIC, car le C-4 que Baumann avait utilisé n'émettait aucune odeur détectable par des truffes canines.

L'hypothèse, fondée sur les renseignements qu'on leur avait communiqués, était qu'une bombe au C-4 se trouvait en dessous du hall, mais la première tâche de l'équipe était de s'en assurer. Si possible.

La version mécanique du chien renifleur de bombe est un détecteur de vapeur dont il existe plusieurs modèles. Richard Payne en avait choisi un à mobilité d'ions, de la taille et de la forme d'une valise de taille moyenne.

En fait, ils travaillaient à l'aveuglette : si la bombe se trouvait effectivement dans le sous-sol, elle pouvait être n'importe où. Ils se rassemblèrent dans la cage d'escalier à côté de la porte en acier peinte en blanc. Ils ne tentèrent pas de la forcer, parce qu'ils partaient du principe qu'elle était piégée.

La porte fermée ne facilitait pas la tâche du détecteur de vapeur. Il était équipé d'une pompe à vide intégrée qui avalerait de l'air relativement vite. Mais la bombe pouvait aussi bien se trouver à une centaine de mètres. Suarez plaça la tuyère contre le sol, en la dirigeant vers l'interstice sous la porte. On brancha la machine. Les poumons du détecteur avalèrent un échantillon d'air que l'on pourrait étudier.

Au bout de quelques minutes, Suarez signala d'un geste qu'on l'arrête. S'il y avait du C-4 derrière la porte, rien ne l'indiquait. Peut-être était-il trop éloigné.

Il haussa les épaules.

Le Dr Payne en fit autant.

Il pouvait néanmoins y avoir du C-4 derrière. Il faudrait procéder à d'autres tests.

Il ne faut pas croire que les membres d'équipes de déminage comme celle du NEST n'aient pas peur. Face à une bombe susceptible d'exploser à tout instant en faisant des estropiés ou des morts, rien n'est plus humain que d'être terrifié.

Mais il existe une différence entre la peur – qui, canalisée, peut nourrir la concentration – et l'angoisse. L'angoisse, lorsqu'elle prend la forme d'une détresse incontrôlable, est la chose la plus dangereuse à laquelle puisse être confronté un membre d'une équipe de déminage, bien plus périlleuse qu'une bombe. Une bombe est logique (que l'on comprenne ou non sa logique), tandis qu'une personne angoissée ne l'est pas.

Le Dr Payne, le lieutenant colonel Suarez et les vingt-huit autres membres du NEST alignés dans la cage d'escalier étaient des professionnels habitués à neutraliser des engins explosifs. Pourtant, chacun était profondément terrifié. On ne savait presque rien sur cette bombe.

Pour simplifier, ils ne savaient pas si la bombe devait exploser si quiconque s'en approchait. Le détonateur avait fait l'objet d'un examen poussé dans le laboratoire du ministère de l'Énergie afin de déterminer l'énergie nécessaire pour déclencher le capteur, s'il y avait un seuil de sensibilité ou une résistance variable. Le Dr Payne lui-même avait calculé l'émanation de fréquence radio par rapport à la position de commande de gain. Il connaissait l'ampleur du mouvement nécessaire pour déclencher l'engin. Il savait qu'il était conçu pour ne pas réagir à unn mouvement au-delà de huit mètres.

Mais il ignorait si le capteur n'avait pas été modifié, repoussant la limite à douze ou quinze mètres. Et il était également possible que le capteur ne soit même pas branché.

Payne n'en avait aucune idée.

La seule chose dont il était sûr, c'était que ses hommes n'avaient pas fait sauter la bombe. Où que soit la limite, ils ne l'avaient pas franchie.

Mais elle pouvait aussi bien être située au niveau du montant de la porte, et ils devraient partir de cette hypothèse.

Si effectivement capteur de proximité il y avait, pensait Payne, il était vraisemblable qu'il touche la zone située de l'autre côté de la porte. Les ondes courtes ne traversent pas l'acier.

L'équipe devait commencer par exclure la présence d'une arme nucléaire. Pour ce faire, ils devraient procéder à un test de radioactivité. Ne sachant pas ce qu'il y avait dans la bombe ni s'il s'agissait bien d'une arme nucléaire, ils n'avaient aucun moyen de savoir s'il fallait procéder à un test de particules alpha ou bêta, ou de rayons gamma, ou encore d'émission de neutrons. La méthode de détection est particulière à chaque cas. Ils pouvaient chercher la substance radioactive présente dans la bombe ou encore le « matériau de dégradation », la substance dans laquelle la bombe se dégraderait.

Le Dr Payne savait qu'ils n'étaient pas assez près pour faire le test d'émissions alpha ou bêta. Cela leur laissait les neutrons et les gamma. Si leurs détecteurs « reniflaient » une grande quantité de rayons gamma et une petite de neutrons, ils avaient vraisemblablement affaire à de l'uranium ; dans le cas contraire, il s'agissait probablement de plutonium.

Leurs tests leur apprirent que la bombe derrière la porte en acier n'était pas nucléaire.

Leur soulagement ne dura cependant que quelques secondes.

Dans une pièce noire du quatrième étage, Baumann travaillait avec un fer à souder et une pince coupante. Jambes et bras liés, Jared se tortillait par terre à environ un mètre de lui, martelant le sol avec ses pieds. Il semblait vouloir s'obstiner à taper des pieds pour donner l'alarme. Il se fatiguait pour rien ; le carrelage sur le béton ne laissait passer aucun son et, de toute façon, l'immeuble avait été évacué. Il n'y avait personne pour l'entendre.

Baumann continua sa besogne, imperturbable.

94.

Pour les hommes du NEST, la priorité suivante était de déterminer si le capteur à micro-ondes était effectivement branché. Sinon, ils pouvaient forcer la porte en acier et s'approcher de la bombe en toute sécurité pour la neutraliser.

Si...

Il fallait donc commencer par déterminer s'il l'était ou non. Pour ce faire, ils se servirent d'un renifleur de micro-ondes, un engin qui cherche des émanations dans leur longueur d'ondes, c'est-à-dire au-dessus de dix gigahertz. On utilise une version de cet appareil pour détecter les fuites éventuelles dans les fours à micro-ondes.

Sur les instructions de Payne le sergent Grant, un jeune membre de l'équipe qui avait été formé à la détection des explosifs, pointa la longue antenne flexible du renifleur vers la porte en acier.

– Docteur Payne, on n'obtiendra rien. Cette porte est en acier et les micro-ondes ne le traversent pas. Elle va masquer les émanations.

– Oui. Mais faites-le tout de même, s'il vous plaît.

Comme le sergent Grant servait dans l'armée depuis suffisamment longtemps pour savoir comment prendre les ordres avec grâce, il continua, un peu malgré lui. Le renifleur resta silencieux.

– Vous voulez que je glisse l'antenne sous la porte ?

– Non, Grant. Ce serait prendre un risque énorme. Mauvaise idée.

– Monsieur, reprit Grant, comme je le disais, cette porte...

Il fut interrompu par un bip aigu et rapide. Le renifleur venait de se mettre en mode alarme.

L'antenne que Grant pointait vers l'interstice entre la porte et le sol en béton était bombardée de micro-ondes dépassant le seuil choisi.

— Merde! s'écria Grant.

Non seulement le capteur à micro-ondes était branché de l'autre côté de la porte, mais les ondes fuyaient par en dessous. Il suffisait que l'on s'approche de quelques centimètres pour que tout explose.

— On ne bouge plus! hurla Payne. Personne ne bouge.

Le bip continuait.

— Bien, reprit-il d'une voix calme. L'engin n'a pas explosé. On aura au moins appris quelque chose. Mais tout autre mouvement pourrait le déclencher.

— Pitié! gémit Grant.

Il était figé dans une position inconfortable, penché en avant comme il l'était, la main droite crispée sur l'antenne du renifleur pointée vers l'interstice de quelques millimètres sous la porte. L'antenne était à une quinzaine de centimètres du sol. Grant bougea légèrement.

— Ne bougez pas un putain de muscle, siffla Payne. Nous récoltons les micro-ondes qui passent sous la porte. La porte colle partout au chambranle sauf au niveau du sol.

— Je ne peux pas tenir comme ça.

— Nom de Dieu, si vous bougez un muscle, vous nous tuez tous, dit Payne sentant la panique monter.

Les yeux de Grant s'écarquillèrent. À part le bip rapide, toute la cage d'escalier était plongée dans le plus profond silence. Trente hommes se tenaient pratiquement immobiles. Au loin, on entendait vaguement des cris, des sirènes; mais au sous-sol, les seuls bruits étaient le froissement des anoraks quand les hommes changeaient imperceptiblement de position, et le bip mécanique.

— Écoutez, dit Payne, regardez tous vos pieds.

Tout le groupe obéit.

— Mémorisez leur position. Gardez-les exactement dans cette position. Le capteur pourrait détecter le moindre mouvement par cet interstice sous la porte. Je ne sais pas pourquoi nous n'avons pas encore fait exploser l'engin... peut-être que le capteur vient juste d'être branché. Mais si vous bougez vos pieds, vous pouvez le déclencher.

— Oh! mon Dieu! dit une voix.

— Si vous devez bouger, faites-le parallèlement à la porte. Vous risquez moins de faire exploser l'engin de cette façon. Mais à votre place, je ne bougerais pas un cil.

— Je... je peux pas, haleta Grant.

On entendit un bruit ténu d'écoulement juste à côté des pieds du sergent; Payne comprit aussitôt que c'était un filet d'urine. Une tache oblongue s'étala sur la jambe gauche du pantalon de Grant. Payne, aussi terrifié que les autres, se sentit affreusement gêné pour son sergent. Ce dernier devait avoir compris que ce serait son ultime mission avec le NEST.

Payne ne put s'empêcher de penser, morbidement, que cela pourrait bien être le cas pour lui aussi.

L'un des hommes, celui qui venait de s'exclamer « Oh ! mon Dieu », était en train de « décompenser », comme on disait dans le jargon des psy. Il s'agissait d'un scientifique du QG du ministère de l'Énergie, un jeune d'une trentaine d'années, qui commençait à bredouiller.

Payne l'ignora, priant seulement pour qu'il ne bouge pas. Si c'était le cas, au moins il faisait partie des plus éloignés de la porte. Trempé de sueur, Payne savait qu'il ne pouvait pas se permettre de s'occuper de cet homme, ni du sergent Grant qui, malgré son petit accident, avait au moins suffisamment de sang-froid pour rester figé dans sa position. Il y avait d'importantes décisions à prendre.

Il existe un concept qu'on entend souvent évoquer chez les démineurs, le *wa* de la bombe. Le *wa* d'une bombe est son état global.

Pour ne pas perturber l'état global d'une bombe, il faut le comprendre, et Payne ne le comprenait pas encore. Il savait seulement qu'ouvrir la porte en acier risquait de le perturber.

Payne sentit son anus se resserrer à mesure que son corps se crispait. Les démineurs appelaient ça le « plissement du trou de balle ». Le détecteur bipait comme un fou, leur disant que le moindre faux mouvement déclencherait la bombe. Et pourtant on ne voyait et on ne sentait rien. Que signifiait ce bip ? Quelle était la sensibilité du champ de micro-ondes ?

— Grant, dit doucement Payne, vous m'entendez ?

— Oui, croassa l'autre.

— Grant, je veux que vous remontiez l'antenne de quelques centimètres. Vous comprenez ? Lentement et progressivement. Vers le haut.

— Oui, monsieur, dit Grant.

D'une main tremblante, il s'exécuta. Dans le processus, l'antenne vibra.

— Doucement, Grant.

— Je fais de mon mieux, monsieur.

Le bip s'arrêta.

Le sergent Grant avait éloigné l'antenne de moins d'une quinzaine de centimètre du sol, et elle était apparemment sortie du champ du capteur de micro-ondes.

— Voilà la limite, murmura Payne, plus pour lui-même que pour les autres. Les micro-ondes ne traversent pas la porte en acier.

Ils savaient maintenant quelle était la puissance des émissions, qui s'affichait sur l'écran du renifleur, mais sans ouvrir la porte du

330

sous-sol, ils ne pouvaient pas savoir à quelle distance ils se trouvaient de la bombe. Cela voulait dire qu'ils ne pouvaient pas mesurer le champ de micro-ondes, ne pouvaient pas savoir jusqu'où ils pouvaient s'approcher de la bombe sans la faire exploser.

Existait-il un champ mort? Même ça, ils ne pouvaient le dire. Un capteur de micro-ondes se sert de l'effet Doppler, ce qui signifie que le signal crée un schéma constant d'énergie en micro-ondes. Le capteur cherche tout changement dans le schéma réfléchi de cette énergie. Il y a changement quand un objet bouge dans le champ du capteur. Si on reste complètement immobile dans le champ, rien ne se passe.

Bien entendu, il fallait qu'un certain mouvement soit tolérable : Que se passerait-il en effet si l'air conditionné faisait onduler un rideau proche de la bombe? Le capteur calculait donc l'amplitude du changement sur la durée. Tout changement brusque, ou long, déclencherait la bombe, le seuil de tolérance étant très précisément défini.

En outre, Payne le savait, on pouvait tromper un capteur de micro-ondes. Il existait des moyens. Si on s'en approchait très lentement, on avait une chance de ne pas le déclencher.

Mais si vos bras bougeaient même légèrement le long de vos flancs, vous vous faisiez avoir, parce que leur mouvement d'avant en arrière perturbait le champ.

Toutefois, pour l'instant, ce n'était même pas une éventualité. Sans voir la bombe et sans être en mesure d'estimer sa distance par rapport à leur position, ils ne pouvaient certainement pas courir le risque de s'en approcher.

C'était là le hic. Comment neutraliser une bombe dont on ne connaît pas la position?

95.

En un quart d'heure, la file des gens évacués de l'immeuble du Network diminua, puis s'arrêta. On fit une autre annonce par mégaphone mais, dix minutes plus tard, personne d'autre n'était sorti.

Aucun des employés évacués ne ressemblait, même de loin, à Baumann.

À l'intérieur de l'immeuble, Sarah montait l'escalier. Elle avait fouillé le rez-de-chaussée et les trois premiers étages, mais aucune trace de Baumann. Ni de Jared.

Au quatrième étage, elle longea silencieusement le couloir vide, vérifiant chaque bureau.

Le Dr Payne fit un rapide calcul.

Ils détectaient des micro-ondes, mais cela signifiait-il vraiment qu'ils ne pouvaient pas bouger? Il savait que le rayon de détection était toujours plus grand que le rayon de fonction, c'est-à-dire qu'ils pouvaient « voir » l'émetteur de micro-ondes, mais que ce dernier ne les voyait pas forcément. Il y a toujours un seuil de fuite acceptable, tout comme un four à micro-ondes peut en perdre sans qu'on se retrouve forcément cuit à point si on reste planté devant.

Payne avait examiné le détonateur. Il savait quelle énergie lui était nécessaire pour déclencher la bombe. Plus il refaisait mentalement ses calculs, plus il était sûr que la quantité d'énergie de micro-ondes fuyant sous la porte ne suffisait pas, si elle était réfléchie, à déclencher le capteur.

Là où ils se trouvaient, ils étaient en sécurité. Ils pouvaient bouger.

– Bien, dit le Dr Payne. La limite sûre se trouve de l'autre côté de la porte. Il y a un peu de fuite de micro-ondes, mais nous sommes en sécurité tant que nous restons de ce côté. Que tout le monde recule. Vous, Grant et vous, O'Hara (le scientifique qui avait perdu les pédales), vous sortez d'ici. Je ne veux plus vous voir.

De ce côté de la porte, de ce côté de la ligne de sécurité, ils pouvaient bouger. Le capteur à micro-ondes, il s'en rendait compte à présent, ne détecterait un mouvement que de l'autre côté de la porte.

Bon point. Cela augmentait considérablement leur liberté de manœuvre.

Cela signifiait aussi qu'ils pouvaient « regarder » la bombe à distance à l'aide d'une technologie tenue à ce jour ultrasecrète par le gouvernement américain. Ils se serviraient pour ce faire d'un rétro-diffuseur à neutrons qui émet un flux de neutrons à un niveau d'énergie très précis. On dirige le flux vers la cible, puis le rétrodiffuseur mesure la vitesse à laquelle les neutrons reviennent vers lui, leur taux de retour... c'est-à-dire, dans quelle mesure ils sont absorbés.

Comme le rétrodiffuseur à neutrons est capable de passer à travers des blindages, des parois et des murs métalliques, la porte en acier n'était pas un obstacle. Selon le même principe que dans un détecteur d'explosifs à base d'hydrogène, il cherche l'hydrogène. Leur rétrodiffuseur à neutrons était d'une puissance inhabituelle. Payne abaissa l'interrupteur et vérifia l'écran.

– Bon, il y a de l'explosif là derrière, marmonna Payne à Suarez. Une putain de masse, d'après ce que je vois.

– Qu'est-ce qu'on fait ?

Payne ne répondit pas. En vérité, il n'en avait pas la moindre idée. Il improvisait ; dans des moments pareils, il fallait jouer l'improvisation et se fier à son instinct.

– Bien, finit-il par dire. Je veux qu'on m'apporte le générateur.

– Vous voulez quoi ? s'exclama Suarez.

– Ce que j'ai dit. Le générateur.

– Vous voulez utiliser le générateur ? Nom de Dieu...

– Je veux lui griller les entrailles, mais je ne suis même pas sûr que cela réussisse.

Le générateur d'impulsions électromagnétiques fonctionnait à l'aide d'un énorme condensateur, plus exactement d'une batterie de condensateurs nécessitant une immense source d'énergie. On roula le condensateur à côté de la porte en acier.

– Monsieur, dit le lieutenant-colonel Suarez, maintenant que l'immeuble est évacué, la bombe ne met plus de vies en danger. Le règlement dit que nous ne sommes pas censés risquer notre vie dans cette situation. Et l'immeuble est vide.

– Le terroriste mis à part.

– Oui, monsieur, le terroriste mis à part.

– Le terroriste et un enfant. Et si cet immeuble explose, ils ne seront pas les seuls victimes.

– Monsieur, le règlement...

– Merde pour le règlement, dit Payne. Ouvrez-moi cette porte.

– On ne peut pas, monsieur.

– Enfin, on ne peut pas viser à travers cette putain de porte ! On ne peut pas diriger le générateur si la porte est fermée. Ouvrez-moi cette putain de porte ! Exécution !

– Elle est fermée à clé, monsieur, répondit Suarez qui s'efforçait de rester calme. Nous ne pouvons pas la faire sauter à l'explosif. On ne fait pas sauter la porte d'un dépôt de munitions.

– Bon Dieu, sortez le pied de biche.

– Mauvaise idée, monsieur. Sauf votre respect. Apparemment, on a bouché la serrure de la porte à l'époxy ou à la Superglue. Elle s'ouvre vers l'extérieur, vers nous. Il faut l'ouvrir de l'intérieur. Doucement. Mais on dirait que c'est possible.

– Si nous la forçons..., dit Payne, réfléchissant tout haut.

– Si nous la forçons, nous introduisons un mouvement violent, et il ne faut pas introduire d'énergie en présence d'une bombe, n'est-ce pas ? Si nous utilisons un pied de biche, nous pourrions la faire sauter.

– Merde. Vous avez raison, Suarez. Bon raisonnement. Bien, a-t-on déjà quelqu'un dans l'immeuble ?

– Je ne sais pas...

Le Dr Payne prit son walkie-talkie et, estimant qu'il n'était pas risqué d'émettre sur cette fréquence, appela l'inspecteur Roth.

– On a déjà quelqu'un dans l'immeuble ?

Sarah tourna dans le couloir vide.

Elle entendit soudain un miaulement statique.

Son walkie-talkie.

– Cahill, Cahill, PC, dit une voix atone et mécanique.

PC étaient les initiales qu'utilisait le NEST pour éviter d'alerter les journalistes susceptibles d'être à l'écoute.

– ERCP, Cahill, continuez.

– Il y a une entrée à l'arrière pour le sous-sol. Nous aimerions que vous descendiez nous ouvrir une porte.

96.

Mue par un mélange de colère, de détermination et de peur, Sarah descendit en courant dans le hall et, dans un coin peu éclairé, à l'endroit même qu'indiquait le plan de l'étage, trouva un accès au sous-sol peu utilisé.

Il était bloqué de l'extérieur, sa serrure bouchée par l'extrémité cassée d'une clé et de la Superglue. Baumann ne voulait vraiment pas qu'on mette les pieds au sous-sol.

On ne pouvait pas forcer la porte. On risquait de faire exploser la bombe.

Il devait y avoir un autre moyen.

Désespérée, elle traversa le hall en courant. Comment entrer dans le sous-sol sans utiliser les portes ?

Elle passa devant un placard ouvert. Elle pila, aperçut les tuyaux verticaux au fond.

Elle tenait la réponse.

Les tuyaux passaient dans une colonne de section carrée d'environ soixante centimètres de côté, pour rejoindre le sous-sol. Il y avait de l'espace devant les tuyaux, pas beaucoup, mais c'était peut-être suffisant.

Elle se pencha pour regarder.

Le sol était à environ deux mètres quarante, trois mètres. Plusieurs tuyaux partaient à angle droit dans un large conduit de ventilation en acier gris. Le conduit faisait environ un mètre de diamètre. Suffisamment large pour protéger ses mouvements du détecteur d'ondes ultracourtes.

Elle retira ses chaussures, sa veste et se faufila dans l'étroit passage et progresse en s'accrochant aux tuyaux. C'était étroit, mais elle passerait.

C'était comme d'entrer dans une cave par un soupirail.

Elle continua sa descente vers le sol. Les tuyaux viraient à angle droit dans différentes directions. Il restait environ un mètre quatre-vingts entre le sol et elle.

Elle se laissa doucement glisser par terre. Protégée par le conduit, elle atterrit sans bruit.

Elle sursauta en trébuchant presque contre le corps d'un homme en uniforme. Un gardien, probablement quelqu'un qui avait tenté d'arrêter Baumann.

Elle aperçut un long empilement de cartons réunis par une corde, sur lequel une petite boîte noire brillait sous le néon crachotant.

Si vous pouvez la voir, elle peut vous « voir », avait dit le Dr Payne.

Mais de quelle distance ?

Elle n'avait jamais été très douée pour évaluer les distances, mais elle avait appris. Vingt-sept à trente mètres environ. Elle était à une trentaine de mètres de l'engin.

Elle s'arrêta pour presser le bouton de son walkie-talkie.

– PC, PC, Cahill. J'y suis. Je la vois. Combien de temps reste-t-il ?

– Cahill, PC, répondit Payne. Nous l'ignorons. Nous pensons que tant que le terroriste se trouve dans l'immeuble, elle n'explosera pas.

– Bien.

– Euh, agent Cahill, à votre place, je ne serais pas aussi soulagé. L'engin est muni d'une antenne plate protégeant une zone circulaire, avec un rayon d'opération possible de douze à dix-huit mètres. Si vous êtes au-delà de ces dix-huit mètres, vous êtes sauve. Maintenant, je veux que vous avanciez lentement vers la porte derrière laquelle nous vous attendons.

– À quelle lenteur ?

– Je ne peux pas vous répondre. Si vous êtes loin du capteur, tout mouvement sera perçu par lui comme beaucoup plus lent que si vous étiez plus près.

– Donnez-moi une vitesse approximative !

– Le plus lentement possible. Sachant que nous sommes tous menacés... nous ne savons pas quelle est l'heure H. Disons plus lentement qu'un pas par seconde. Nous estimons que le capteur peut « voir » quelqu'un qui marche à la vitesse d'un pas par seconde, alors faites plus lentement.

– C'est drôlement lent !

– Gardez les bras le long du corps. Non, mieux, croisez-les sur la poitrine. Quoi que vous fassiez, il ne faut pas que vos bras se balancent. Le détecteur va repérer un mouvement rapide d'avant en arrière. Il faut éviter l'effet Doppler.

– C'est-à-dire ?

Elle s'y connaissait en bombes, mais pas à ce point-là.

– Tâchez de... Restez le plus immobile possible. Aplatissez-vous contre le mur. Et progressez centimètre par centimètre. Quelques centimètres par seconde, pas plus vite. Ensuite, chaque fois que c'est possible, avancez derrière des objets qui fassent écran entre vous et la bombe : la chaufferie, les machines, tout ce que vous pourrez trouver. Tout ce que des ondes radio ne traversent pas. Selon notre examen de l'engin, il est un poil au-dessus de dix mille mégahertz, ce qui veut dire que des briques et une maçonnerie dense comme du béton et de l'acier devraient bien bloquer les micro-ondes.

Sarah progressa centimètre par centimètre vers l'espace ouvert du sous-sol et s'arrêta. Elle approcha son walkie-talkie de sa bouche, comprenant soudain que c'était probablement la dernière fois qu'elle pourrait s'en servir : ensuite, il faudrait qu'elle garde les bras croisés.

– Il y a quelques gros objets. Une chaufferie. Une rangée de je ne sais quoi. Mais il y a des espaces entre. Énormes. Je n'aurai pas toujours des objets solides entre la bombe et moi.

– Faites de votre mieux, dit Payne. Dans les vides, efforcez-vous d'avancer le plus lentement possible. C'est un engin volumétrique.

– C'est-à-dire... ?

– Aucune importance. Il ne faut pas modifier les schémas de réflexion du capteur. Il « perçoit » le taux de changement. Il faut que vous minimisiez votre effet sur le rythme de changement du schéma énergétique en réduisant au minimum votre déplacement corporel.

– Je ne comprends rien à ce que vous racontez !

– Avancez très lentement et très régulièrement, agent Cahill. Allez-y.

Oh ! mon Dieu ! Pitié !

Jared se trouvait dans l'immeuble, il devait y être, dans les étages. Elle ne pouvait pas l'imaginer mort. Il était vivant, il fallait qu'il le soit, mais on l'avait réduit au silence.

Un agent du FBI pouvait être appelé, dans certaines circonstances, à sacrifier sa vie. Mais pas celle de ses proches. Ce n'était pas dans le contrat.

En progressant centimètre par centimètre le long du mur humide du sous-sol, elle sentit une bouffée d'air glacial, puis la bonne vieille odeur familière de moisi, une odeur qu'elle associait à son enfance et trouvait donc étrangement réconfortante.

Un... deux... un... deux. Un lent déplacement latéral. Les mains agrippées à la poitrine, lui aplatissant les seins. Un... deux... un... deux. Ses jambes tremblaient sous l'effort énorme qu'elle faisait pour les empêcher de faire un mouvement brusque. À plat contre le mur humide et froid, un... deux...

... jusqu'à la chaufferie, un monstre, un mur d'acier, diffusant une chaleur étouffante, avec une lampe témoin. Facilement deux mètres cinquante, trois mètres de long. Elle l'atteignit, eut un mouvement de recul à cause de la chaleur, souffla.

Elle gagnait trois mètres. Trois mètres de liberté. Elle glissa contre le mur, plus vite maintenant. Elle sentit la chaleur lui sauter au visage et la sueur lui couler le long des bras, sous les aisselles, sur les seins, sur le ventre, un vrai supplice. Le néon diffusait une lumière blafarde.

Elle arriva au bout de la chaufferie et se retrouva face à un vide, un espace d'un mètre cinquante à un mètre quatre-vingts, avant l'abri suivant, long et rectangulaire, une haute rangée de fichiers.

Elle ralentit immédiatement le pas. Progressant toujours centimètre par centimètre, elle gardait les yeux fixés sur la boîte noire, le regard brillant de peur, avec l'impression que les micro-ondes invisibles la touchaient, s'insinuaient dans sa chair, avec arrogance. De cet angle, elle pouvait voir un minuscule point lumineux, un point rouge rubis, au sommet de la boîte noire. Qu'est-ce que c'était? Un indicateur, un mouchard? Est-ce qu'il lui clignerait de l'œil s'il la surprenait en train de bouger? Clignoterait-il dans le dixième de seconde avant que l'immeuble ne s'embrase, les réduisant à l'état de poussière elle et son petit garçon? Ou n'y aurait-il aucun avertissement? Allait-elle avancer trop vite, provoquer la colère du monstre à l'œil rouge, sans jamais s'en douter?

Les yeux rivés sur le point rouge, elle songea à Jared et elle se mit à élaborer un projet, n'importe quoi pour se distraire, pendant qu'elle progressait centimètre par centimètre le long du mur humide vers les fichiers, sous la lueur verdâtre du néon.

Encore huit mètres, et il lui faudrait longer un autre mur avant d'atteindre la porte.

Elle serra les bras contre sa poitrine; ses vêtements étaient à tordre.

Jared, recroquevillé dans une pièce quelque part.

Elle glissa le long du mur derrière les fichiers, en faisant attention aux vides, là où les micro-ondes pouvaient l'atteindre. Elle devait avancer lentement là aussi, tout aussi lentement, à cause des vides. Puis elle arriva à un autre espace ouvert. Il lui parut long comme l'éternité. Centimètre par centimètre, maintenant. Un muscle se contracta, quelque part entre sa hanche et sa jambe, et elle se figea.

Elle sentait son cœur battre contre sa cage thoracique. Immobile, elle retint son souffle. Attendant que la lumière rouge rubis lui cligne de l'œil. Rien. Elle souffla lentement. Repartit vers sa gauche. Un... deux... un... deux...

Elle entendit des voix de l'autre côté de la lourde porte en acier qui se rapprochait centimètre par centimètre. Les hommes du NEST donnant et recevant des ordres, installant leur matériel, attendant qu'elle leur ouvre la porte. Son walkie-talkie crachota. Elle l'ignora.

– Cahill, Cahill, PC, vous me recevez?

Bras collés contre la poitrine, elle continua d'avancer centimètre par centimètre, sans répondre. Progressant vers le prochain obstacle aux micro-ondes, qui semblait être un conduit, mais celui-ci était étroit, un mètre cinquante pour souffler, pratiquement rien.

Elle songea à Brian-Baumann. Revit le portrait-robot, une mauvaise caricature, rien de commun avec le réel. À quoi Baumann ressemblait-il vraiment? Le savait-elle? Qui était-il? Elle avança lentement le long de l'espace vide suivant et sentit l'angle, froid, humide mais agréablement arrondi.

Négocier ce virage ne serait pas facile. Elle pivota lentement, en essayant de comprendre le fonctionnement du capteur à micro-ondes.

Les yeux fixés sur le minuscule point rouge immobile.

Progressant centimètre par centimètre. Serrant les bras de plus en plus fort. Un picotement dans la gorge. Envie de tousser. L'obsession : ne tousse pas, si tu tousses, ta tête va bouger. Le picotement, insupportable.

Elle continua sa lente progression; le picotement s'atténua.

Elle se trouvait à présent suffisamment près de la porte pour la toucher si elle tendait le bras, et il lui fallut toute sa volonté pour s'en empêcher. Bouger lentement, centimètre par centimètre.

À quelle distance de la bombe était-elle? Et la porte? Quinze mètres? Non, plus. Dix-huit? Peut-être. Dix-huit mètres, c'était la limite. En dessous, le capteur pouvait sentir un mouvement. Un peu plus, peut-être. Dix-neuf mètres?

Difficile à dire.

Oui. Dix-neuf mètres.

Les voix derrière la porte devinrent plus fortes.

Elle arriva au chambranle de la porte; elle progressa jusqu'à ce qu'elle soit directement en face, puis elle baissa lentement, très lentement les mains, comme si elle se caressait les seins, le ventre, les hanches, les faisant progresser sur les contours de son corps avec une lenteur désespérante, jusqu'à ce qu'elles se nouent autour du bouton de porte en acier qu'elle tourna. Rien. Elle tourna plus fort. Toujours rien. Plus fort. Le bouton tourna. On pouvait ouvrir la porte de l'intérieur. On pouvait l'ouvrir, oui, Dieu soit loué! Et la porte s'ouvrait vers l'extérieur. Dieu soit loué!

– Je suis là.

– Génial, dit une voix. Beau Travail. Doucement, maintenant. Pas de mouvements brusques.

Sarah poussa la porte, doucement mais fermement.

Et lentement.

Atrocement lentement, elle l'ouvrit millimètre par millimètre. Elle n'avait jamais ouvert une porte aussi lentement.

... et elle entendit : « Bordel! ça va sauter. »

– Tout va bien, cria-t-elle. Elle est à plus de dix-huit mètres, j'en suis sûre.

Elle entendit des cris, un hurlement, et elle sentit le sol se soulever et s'écraser contre l'arrière de son crâne, comme si on la projetait par terre, hors du champ du capteur.

Sarah regarda autour d'elle, vit que la cage d'escalier était vide, comprit que les hommes du NEST étaient sortis de l'immeuble, conformément au règlement.

– Très bien, agent Cahill, on y va! On sort, dit la voix de l'homme qui l'avait poussée par terre.

Il portait une combinaison verte encombrante, protégée par des panneaux de Kevlar, et un casque.

– Sortez de l'immeuble.

– Non, s'écria-t-elle, je reste ici.

– Foutez-moi le camp.

– Pas question. Je reste. Mon fils est là-dedans.

– Sortez! Dehors! C'est nous qui décidons, pas vous. Seul Suarez peut rester, pour diriger la machine.

– Désolée, répliqua Sarah, glaciale. S'il se passe quelque chose, je veux être là pour donner un coup de main. Vous me collerez un procès après. J'en ai rien à foutre.

Elle vit le lieutenant colonel Suarez sourire.

– Ouais, elle a raison. Je peux avoir besoin d'une assistante. Qu'elle reste.

Suarez dirigea l'antenne vers la bombe et envoya un puissant jet d'énergie électromagnétique.

On entendit un gros craquement. Accroupie hors du champ d'action du générateur, Sarah sentit ses cheveux se redresser sur sa nuque. Comme si le choc lui traversait le corps.

Une odeur de brûlé.

À une vingtaine de mètres, la pile de cartons avec le DetCord autour. Au sommet, le détonateur. Le minuscule point rouge rubis éteint.

– C'est fait? demanda Sarah.

– Je... crois, dit Suarez. Euh, le capteur ne capte plus d'émissions de micro-ondes. Tom?

– Selon l'analyseur de spectre, dit l'homme en combinaison verte, il n'y a pas de preuve d'un flux électrique. Pas de courant dans le truc.

– Approchez l'engin, dit Suarez.

L'homme casqué dans la tenue protectrice franchit le seuil de son pas pesant.

Sarah retint son souffle, se surprit à prier.

– Tout paraît mort, lui expliqua Suarez, mais comme le générateur d'impulsions ne peut pas neutraliser un détonateur mécanique, il faut qu'il aille voir lui-même.

Tom s'approcha lentement de l'engin, sans se rendre compte que son pied effleurait un fil tendu, presque invisible. Il déplia un écran plat jaune canari, le plaça derrière la boîte noire, puis pointa vers elle un petit objet cylindrique.

– Ce sont des écrans CB2, expliqua Suarez. Ils deviennent fluorescents quand des rayons X les touchent. Tom se sert d'un fluoroscope portable Min-X-Ray SS-100 pour envoyer des rayons X dans l'engin, pour voir une image sur l'écran. Il sait ce qu'il cherche... en gros, toute différence par rapport au détonateur que vous avez intercepté.

– Ça a l'air bon, cria Tom.

– C'est bon, hurla Suarez au reste de l'équipe.

Tom ouvrit la boîte noire pour regarder à l'intérieur. Les entrailles électroniques du détonateur avaient grillé.

La bombe était morte.

Puis quelque chose retint son regard, et il sentit son estomac se serrer.

C'était un gros chronomètre mécanique. Un bon vieux chronomètre rond qui semblait avoir été trafiqué. Une aiguille tournait, mais pour Tom, saisi de panique, elle semblait courir.

Deux fils sortaient du chronomètre, s'enfonçant dans les explosifs.

Tom vira sur lui-même, vit le simple fil de déclenchement sur lequel il avait marché en s'approchant de la bombe. Une technique de fortune que les commandos utilisaient dans la jungle. Le genre de truc qui passe au travers des impulsions électromagnétiques et autres techniques sophistiquées.

L'aiguille continuait à tourner sur le cadran du chronomètre. Un chronomètre réglé à soixante secondes. Il en restait moins de trente.

Derrière lui, Tom entendit un cri.

– Que se passe-t-il?

— Reculez, hurla Tom d'une voix rauque. Elle n'est pas morte.

Un piège tout simple, pensa-t-il. Il ne se trouvait pas dans le mécanisme qu'ils avaient désossé. Bien sûr : Baumann ne faisait confiance à personne, pas même à celui qui avait fabriqué son détonateur. Il avait mis une sauvegarde.

Deux fils.

Deux fils sortaient du chronomètre. Qu'est-ce que cela signifiait ?

Allait-il oser couper ces fils ?

Et s'il s'agissait d'un circuit qui se fermerait automatiquement s'il coupait les fils, faisant exploser cette foutue bombe ?

Tom sentit ses doigts trembler.

Couper ou non ?

Deux fils.

Plus que dix secondes.

Non. Ce genre de circuit fonctionnait toujours avec trois fils.

Un peu plus de cinq secondes.

Il coupa les fils.

Involontairement, il tiqua, se tendit.

Une seconde... deux... trois.

Rien.

Il souffla lentement, sentit des larmes lui monter aux yeux.

La bombe était morte. Tom se tourna lentement, hébété, et murmura :

— Neutralisation terminée. L'engin est mort.

Suarez s'effondra par terre de soulagement. Sarah s'appuya au chambranle, les yeux fixés sur la bombe, incrédule. Des larmes lui montèrent aux yeux.

— Neutralisation terminée, hurla Suarez. La bombe est morte.

Puis le walkie-talkie de Sarah crachota.

— Cahill, Cahill, Roth.

— Roth, Cahill, je vous reçois.

— On a repéré votre homme.

97.

Dans un rayon de dix kilomètres autour de l'aéroport de La Guardia, l'espace aérien appartient officiellement à La Guardia. Quand l'ASTAR de Dan Hammond approcha du Downtown Manhattan Heliport, la tour de contrôle de La Guardia entra en contact avec lui. Se trouvant dans une zone de fort trafic aérien, son appareil était à présent sous le contrôle de l'ATC. L'ATC vous impose votre route, à une altitude donnée. Pour chaque vol, on se voit attribuer un code, dans le cas présent, c'était le 3213. Ce code s'affiche sur l'écran du radar avec votre numéro d'immatriculation. Autrefois, ce dernier ne figurait que sur le ventre de l'appareil, mais à présent il apparaît aussi par les flancs. De plus, à cause des trafics de drogue, il faut que les chiffres fassent trente bons centimètres de haut, pour qu'ils soient visibles d'assez loin.

Dan pénétra dans l'espace aérien contrôlé juste au nord de l'héliport.

— Hélicoptère 3213, vous êtes au nord de votre route assignée. Donnez vos intentions.

— Euh... j'ai des problèmes, commença-t-il, récitant le petit discours qu'il avait préparé.

— Euh... hélicoptère 3213, l'interrompit l'ATC, on a un avis d'interdiction de survol pour la zone dans laquelle vous venez de pénétrer.

Un avis d'interdiction? Mais pourquoi? se dit Hammond, soudain perplexe. Qui aurait pu prévoir un truc pareil? Pourquoi?

Il rappela la tour de contrôle.

98.

Sarah monta au pas de course l'étroit escalier métallique jusqu'au vingtième étage et sortit sur le toit dans l'air humide de cette fin d'après-midi gris. Elle haletait. Derrière elle, dans l'escalier, attendaient des renforts de police. L'immeuble était cerné sur deux côtés par deux buildings beaucoup plus hauts. On entendait des cris, des sirènes et des klaxons monter de la rue.

Deux silhouettes se détachaient dans la lumière. Elle ne pouvait pas distinguer leurs traits, mais elle les reconnut aussitôt.

Jared. Bâillonné et menotté. Une lourde menotte en acier enserrant ses minuscules poignets. Elle était attachée à la poignée en plastique d'un objet rectangulaire, une sorte de boîte, c'est ça, sa boîte à déjeuner en plastique. Sarah fronça les sourcils, incrédule. Ses yeux lui jouaient-ils des tours?

La voix l'emplit d'horreur.

— Sarah, lui dit Baumann avec une douceur répugnante, je ne tiens pas à faire du mal à Jared, mais je n'hésiterai pas si on m'y oblige. C'est à toi de faire en sorte que cela n'arrive pas.

— Ta bombe est morte, haleta-t-elle. Cela ne sert à rien que tu continues.

342

Elle s'approcha afin que son walkie-talkie bloqué en code transmission saisisse leur conversation pour le bénéfice de ceux qui attendaient en dessous.

– Reste où tu es. Bien, je préférerais sortir d'ici, à tout prendre. Alors nous allons passer un marché, toi et moi.

Étrange. Avec son accent sud-africain, il avait l'air complètement différent.

– Qu'est-ce que tu veux? demanda-t-elle, écœurée de devoir négocier avec ce monstre.

– Dans quelques minutes, je quitterai cet immeuble. J'emmène Jared avec moi.

– Qu'est-ce que tu veux dire, tu l'emmènes avec toi?

Elle était épuisée, rompue, elle n'arrivait pas à en croire ses oreilles. Maintenant elle distinguait le visage de son fils. Il avait les yeux écarquillés de terreur; il semblait figé.

– Seulement pour la première partie de mon voyage. Ce qu'il faut pour protéger mon passage. Une assurance. Je te promets que je ne lui ferai aucun mal tant que tu coopéreras.

– Tu promets!...

– Je n'ai aucune raison de lui faire du mal. Je l'aime bien.

Elle se sentit progressivement envahie d'une froideur, d'un mélange de haine, de détermination et de volonté de protéger Jared qui atténua sa peur.

– Emmène-moi à sa place, dit-elle en avançant d'un pas.

– Je t'en prie, Sarah. Pour le bien de Jared, reste où tu es. Écoute-moi bien, s'il te plaît. Je ne veux pas que toi ou tes gens vous commettiez d'erreur. Mais d'abord, je dois passer un coup de fil, dit-il en tirant un portable de sa poche. (Il composa des chiffres. Il écouta deux secondes, puis en composa d'autres.) Voilà. Merci, Jared, de m'avoir prêté ton téléphone. Maintenant la bombe est armée.

Il rangea le portable et brandit un petit objet que Sarah eut du mal à identifier.

– C'est ce qu'on appelle l'interrupteur de l'homme mort, Sarah. Tu sais comment cela fonctionne, je suppose? Ce bouton est relié à un petit émetteur radio et à un générateur de signal qui produit une tonalité continue. Il émet cette tonalité à l'instant même. Un émetteur d'un milliwatt... de très faible puissance. Qui ne fonctionne qu'en ligne de visée. Tant que ce bouton est enfoncé, mon émetteur envoie le signal. Mais dès que je le lâche, il cesse d'émettre.

– Qu'est-ce que tu veux dire? demanda-t-elle d'une voix tremblante, bien qu'elle le sût parfaitement.

– Dans la boîte à sandwichs de Jared, j'ai placé un petit engin explosif... un demi-bloc de C-4, relié à une amorce, laquelle est reliée à un récepteur d'appel que j'ai modifié. Je viens juste d'appeler ce récepteur d'appel, ce qui a fermé le relais. Maintenant une seule chose empêche la bombe d'exploser : le signal que produit mon émetteur. Le relais normalement fermé est relié à un récepteur radio... un scanner programmé pour une fréquence précise. Tant que le récepteur entend un signal... un signal continu... l'interrupteur reste ouvert, et Jared est sauf. Mais si le signal s'arrête ou s'interrompt, le relais se ferme, fermant le circuit entre la batterie et l'amorce, amorçant le C-4. La bombe explose. Et plus de Jared. Une petite demi-livre de C-4, pas plus, mais cela suffira à le réduire en poussière.

Les yeux de Jared se fermèrent.

– Tu es complètement malade, murmura Sarah. Malade. C'est un enfant.

– Donc, s'il m'arrive quoi que ce soit, si, disons toi ou l'un des tiens cède à l'impulsion de me descendre, je relâche le bouton, et la bombe explose. Si vous essayez de brouiller le signal, le récepteur cessera de voir un signal clair, et Jared mourra. Si tu essaies de t'emparer de Jared, tu l'éloigneras de la ligne de vision de mon émetteur, et il mourra. Et ne songe même pas à tenter la tactique standard du FBI qui consiste à attendre que je m'épuise, parce que, si la batterie de mon émetteur ou du récepteur de Jared se vide, la bombe explose.

– Et comment puis-je être sûre que tu dis bien la vérité ? demanda Sarah d'une voix désincarnée.

Elle savait que le NEST ainsi que des membres de sa propre équipe écoutaient l'échange sur son walkie-talkie et elle était terrifiée à l'idée qu'une tête brûlée ne commette l'erreur de forcer la main de Baumann.

– Tu ne peux pas en être sûre, n'est-ce pas ? Mais est-ce que tu veux vraiment courir le risque ?

Sarah regarda Baumann, puis Jared.

– Comment peux-tu faire une chose pareille ? Tu n'aimes donc pas Jared, même pas un tout petit peu ?

– Ne te fatigue pas, Sarah, répondit Baumann avec un sourire cynique.

– Je sais qui tu es, le genre d'individu que tu es. Je pensais juste que tu avais de l'affection pour Jared. Tu lui ferais vraiment cela ? Je n'y crois pas.

Le sourire de Baumann disparut. Elle avait raison. Il avait une sorte de tendresse pour l'enfant, mais ces sentiments étaient traîtres, et il fallait qu'il se tire de là. Il savait que Sarah ne supporterait jamais qu'on touche à un cheveu de son fils, et c'était là l'essentiel.

– N'essaie pas de me mettre à l'épreuve, Sarah, fit-il sèchement. Je t'en prie. Jared va m'accompagner jusqu'à un aéroport voisin. Une fois que je serai à bord d'un avion, il te sera rendu. Sarah, comprends bien que, si quelqu'un fait une erreur ou se montre trop agressif et que Jared soit tué, ce sera toi, la responsable de sa mort.

Sarah entendit un faible bruit dans le lointain et elle leva les yeux. Le bruit s'amplifia ; elle le reconnut. Un hélicoptère, noir et luisant, aux vitres teintées.

Au poste de commandement du NEST, le Dr Richard Payne se détourna du walkie-talkie.

– Suarez, aboya-t-il. Venez ici. J'ai besoin d'équipement.

Le bruit des pales de l'hélico au-dessus de leurs têtes était assourdissant.

– C'est d'accord ? cria Baumann. Nous sommes d'accord ?

Sarah regarda Jared. Il avait les joues ruisselantes de larmes.

– Oui, hurla-t-elle.

La décision n'était pas difficile à prendre. Mais pouvait-elle le croire lorsqu'il disait qu'il libérerait Jared dès qu'il serait à bord d'un avion ? Avait-elle vraiment le choix ?

Baumann se dirigea vers l'hélicoptère, en tenant fermement Jared. L'hélicoptère se stabilisa au-dessus du toit du building, puis se posa doucement. Malgré le vacarme, on entendait les sirènes en bas dans la rue.

Baumann sauta dans l'hélicoptère et poussa Jared à côté du pilote. D'un geste rapide et furtif, il débrancha la bombe à l'intérieur de la boîte à sandwichs, puis arrêta son émetteur.

– Sortez de là, lança-t-il à Dan Hammond. Nous n'allons pas à Teterboro.

Un Hammond effrayé mais très visiblement soulagé se glissa devant lui pour rejoindre la porte et sauter sur le toit. Baumann prit sa place aux commandes.

– Tu as raison, tu n'y vas pas, dit une voix derrière lui.

Baumann sentit l'acier froid d'une arme contre sa tempe.

La voix était celle de l'inspecteur George Roth qui avait attendu, accroupi derrière les hauts sièges avant, dissimulé par une grande armoire à pharmacie rouge.

– Vous commettez une grave erreur, dit Baumann en lâchant le manche. Cet enfant est une bombe vivante.

– Je sais, dit Roth, sinon je t'aurais déjà réglé ton compte.

Baumann sourit, glacial. Il tendit la main vers l'étui attaché à sa cheville, et vira brusquement, pointant l'arme vers Roth. L'audace, songea-t-il, était la marque de fabrique de l'homme de commando, pas du flic.

– Vous préférez descendre de cet hélicoptère, ou bien mourir ?

Les deux hommes se fixaient intensément.

– Un peu bloquée comme situation, dit Roth. J'ai une meilleure idée. Meilleure pour nous deux. Tu laisses partir le gosse. Je prends sa place. Sarah récupère son gamin et tu as un otage.

– Et si je ne suis pas d'accord ?

– Alors nous sauterons tous. Je m'en fiche. J'ai des poussées suicidaires depuis quelque temps.

– Et si cela se savait qu'un membre de la police de New York a tué un enfant ?

Roth haussa les épaules.

– Qui va le savoir, de toute façon ? C'est toi qui as fabriqué la bombe. Laisse partir le gamin.

– Merci, mais c'est non, dit Baumann. Il fait un bien meilleur otage, à dire vrai. Et, de toute façon, je préfère ne pas savoir ce que vous mijotez.

– Écoute, dit Roth. Ce n'est pas un otage comme les autres. C'est un môme que tu aimais bien, je crois. Tu ne voudrais pas avoir sa mort sur la conscience tout de même !

– Croyez-moi, dit Baumann. Je n'ai absolument pas envie de faire de mal à ce gosse. S'il lui arrive quoi que ce soit, ce sera à cause de vous.

Roth réfléchit.

– Bien, reprit-il. Laisse-moi te raconter ce que nous avons fait ces deux dernières minutes. Tu sais qu'en bas on a des types de l'équipe du NEST, les meilleurs dans leur partie. Pendant que Sarah et toi vous discutiez, son walkie-talkie est resté branché, et les gars du NEST ont tout entendu. Ils ont entendu ta description de la bombe. Alors ils ont pris un de leurs jouets, un analyseur de spectre, pour essayer de trouver la tonalité que tu émets et la fréquence que tu utilises, et toutes ces conneries. Rien de plus simple que de dupliquer la tonalité, puis de régler un émetteur pour qu'il émette cette tonalité sur la même fréquence. Du gâteau. À la portée du premier môme venu. Ça leur a pris cinq minutes. Pendant ce temps-là, j'ai foncé à l'héliport, à deux blocs d'ici, et j'ai sauté dans l'hélico. Ils sont en train de bombarder l'air avec cette tonalité, émise sur la bonne fréquence. La bombe de Jared ne va pas sauter. Tu peux jeter le bouton par la fenêtre. Vas-y. Tu verras. Ça ne sautera pas.

– Excellent, fit Baumann. J'y ai presque cru.

– Fais le test. Jette le bouton par la fenêtre.

– Vous avez vraiment envie de vous amuser alors que la vie d'un enfant est en jeu ?

– Hé, une seconde ! s'exclama Roth comme s'il comprenait soudain. Tu ne me crois pas, c'est ça. Laisse-moi te donner quelques chiffres, mon vieux. Tu émets sur une fréquence VHF de 147 MHz. La fréquence de la tonalité est de 17,5 kHz, l'équivalent, m'a-t-on dit, de dix-sept mille cinq cents cycles par seconde.

Baumann ne souriait plus. Il sentit une goutte de sueur lui couler sur la joue en comprenant que Roth disait la vérité. Ils avaient dupliqué la tonalité. Silencieusement, il maudit sa propre arrogance.

— Il me semble donc, continua Roth, que tu viens juste de perdre ton moyen de pression. Tu vois ce que je veux dire ?

— Mais si vous avez fait la moindre erreur dans vos calculs, alors...

— Tu vois, dit Roth aussi calmement que s'il concluait la vente d'une voiture d'occasion, franchement, nous n'avons pas non plus envie de prendre ce risque. Voilà donc ce que je te propose. Tu laisses partir Jared. Et tu me gardes à sa place. Tu as ton otage, et Sarah récupère son fils. Tout le monde est gagnant. Qu'est-ce que tu en dis ?

Baumann hésita, évaluant ses options. Il n'avait pas beaucoup de marge pour négocier. On avait neutralisé la bombe. Même s'ils ne savaient pas qu'il l'avait lui-même désamorcée, les gens du NEST avaient eu raison de sa stratégie. Il pouvait être plus rapide que le flic avec son flingue, le tuer peut-être, mais il courait le risque que l'autre riposte et le blesse. Cela ne valait pas le coup. Pourquoi le flic ne l'avait-il pas encore tué ? Est-ce qu'il bluffait à propos du générateur de signal ? Peut-être... mais il avait l'air trop sûr de lui. Il n'agirait pas ainsi si la vie d'un enfant était en jeu, surtout le fils de Sarah. Il devait chercher à éviter un échange de coups de feu susceptible d'affecter l'émetteur. Un bon calcul.

— D'accord, dit Baumann.

— Retire la bombe de l'enfant, dit Roth.

— Faites-le vous-même, dit Baumann en lui tendant une petite clé. Ouvrez les menottes.

Roth s'exécuta. Il remarqua que les menottes étaient des Smith & Wesson Modèle 100, le modèle couramment utilisé par la police.

— Mettez l'engin sur le siège à côté de vous, dit Baumann. Ne vous inquiétez pas, je l'ai déjà désarmé.

Roth posa délicatement la boîte à sandwichs sur le siège. Le gamin avait des marques rouges aux poignets.

Jared tira doucement sur le ruban adhésif collé sur sa bouche. Ses yeux s'embuèrent quand le ruban se détacha.

— Ça va ? dit Roth.

— Je sais pas, fit Jared d'une petite voix. Je crois, oui.

— Bien, maintenant dégage d'ici.

Sur le toit de l'immeuble, entourée de membres du NEST, Sarah observait l'hélicoptère.

— Mais qu'est-ce que fiche Roth ici ?

— Nous avons intercepté l'hélicoptère pour l'obliger à se poser en violant une interdiction, expliqua Vigiani. C'est Roth qui a eu l'idée de monter à bord à l'héliport et de lui faire poursuivre sa mission de récupérer Baumann.

– Mon Dieu ! j'espère qu'il sait ce qu'il fait.

– Je crois, oui, dit Vigiani.

Puis Sarah vit Jared descendre les trois petites marches et traverser le toit en courant pour venir se jeter dans ses bras. Elle le serra contre elle. Il pleurait, et elle fondit en larmes.

– Jared, mon tout-petit.

Le pilote vint rejoindre les observateurs en boitillant.

– Ce connard ferait bien de faire gaffe avec cet hélico, dit Dan Hammond. C'est du matos qui coûte cher.

– Estimez-vous heureux d'être en vie, répliqua Vigiani. Et pas derrière les barreaux, en plus.

– Hé ! fit l'autre. On a conclu un marché. J'ai coopéré. Vous feriez bien de tenir votre parole.

Dans l'hélicoptère, il ne restait plus que les deux hommes, face à face, arme au poing.

– Bien, dit Baumann, puisque je prends la place du pilote, vous feriez bien de lâcher votre arme le premier.

Roth le regarda droit dans les yeux.

– Si tu me tues, rien n'empêchera les tireurs sur le toit de te descendre. Tu le sais.

Baumann acquiesça.

– Croyez-moi, un otage en vie a bien plus de valeur pour moi qu'un flic mort. Lâchez cette arme.

Roth songea à tirer tout de même, mais il savait qu'il était dépassé, que Baumann pouvait le tuer en un quart de seconde et courir sa chance avec les tireurs d'élite. Il lui fallait se fier à l'instinct de survie de Baumann.

Il baissa son arme, puis la lâcha.

– Maintenant, videz vos poches.

Roth s'exécuta, laissant tomber de la monnaie et un trousseau de clés par terre.

À la vitesse de l'éclair, Baumann lui enfonça le canon de son arme dans la tempe, suffisamment fort pour le rendre inconscient. Roth s'effondra. Baumann ne voulait ni le tuer, ni l'abîmer. Il valait mieux garder un otage vivant.

Il l'attacha avec des menottes au cadre d'acier du siège et s'installa à la place du pilote. Il examina les commandes. Il n'avait encore jamais piloté d'hélicoptère de ce genre.

Il ne vit pas Roth bouger.

Il ne vit pas les yeux de Roth s'ouvrir.

Lentement, Roth glissa la main gauche, celle qui n'était pas menottée au siège, vers sa ceinture et, passant l'index en dessous, tâtonna à la recherche de la petite poche dans laquelle il conservait sa clé de rechange pour les menottes.

On le sait peu, mais pratiquement toutes les menottes s'ouvrent avec la même clé universelle. Les menottes qui attachaient le poignet droit de Roth au siège, les Smith & Wesson Modèle 100, pouvaient être ouvertes avec la clé de ses menottes Peerless. Dieu merci, Baumann ne s'était pas servi du Modèle 104 Smith & Wesson, beaucoup plus rare, un modèle haute sécurité, qui avait une clé spéciale.

Placé comme il l'était, Roth ne pouvait pas voir Baumann, mais il comprit au bruit du moteur que l'hélicoptère n'avait pas décollé. Il enfonça silencieusement la clé dans la serrure de la menotte. D'un léger mouvement du poignet, il se libéra.

Puis, priant pour que Baumann soit trop occupé pour s'en apercevoir, il glissa une main en haut du siège et rebrancha la bombe.

En un seul mouvement, il roula par la porte de l'hélicoptère et atterrit sur le toit de l'immeuble.

Levant les yeux, Baumann le vit rouler hors de l'appareil, mais il ne paniqua pas. Il tira sur la manche et l'hélicoptère s'éleva dans les airs.

Baumann savait que le FBI et la police n'avaient que des armes portatives, incapables de descendre un hélicoptère. Il savait aussi que, selon la construction l'armée américaine avait interdiction de jouer à la police sur le territoire national. Ce qui signifiait que l'armée ne pourrait pas non plus descendre l'hélicoptère.

Son otage, d'abord Jared, puis Roth, lui avait permis de décoller. C'était tout ce dont il avait besoin. L'hélicoptère s'éleva au-dessus de Manhattan, prit la direction du New Jersey, et Baumann se sentit empli de fierté, sachant qu'il venait de relever le plus grand défi de sa carrière, que, même s'il avait commis des erreurs, il restait le meilleur.

— Roth! cria Sarah. Que... s'est-il passé? Et la bombe?
— Quelle bombe? fit Roth innocemment en haussant les épaules.

Il se sentait encore un peu chancelant après son saut sur le toit. Il rejoignit le Dr Richard Payne du NEST.

— Votre truc pour générer des signaux, dit-il en tirant de sous sa ceinture d'uniforme de police bleu, juste sous sa bedaine, un objet rectangulaire de la taille d'un paquet de cigarettes. Merci.

Sarah vit l'échange de regards entendus sans le comprendre.

Puis son attention fut distraite par une explosion à environ cinq cents mètres de là, juste au-dessus de l'Hudson.

En fait, il y eut d'abord un grand éclair, une lumière blanc-jaune qui crût régulièrement en intensité, suivie d'une explosion, une boule de feu orange qui dégagea de la fumée noir et blanc. L'hélicoptère tangua violemment et se désintégra en un million de particules qui s'éparpillèrent sur les eaux du fleuve en dessous.

— Roth, dit Sarah en le prenant dans ses bras. Normalement je n'aime pas les cachotteries, mais là, je crois que je dois faire une exception. Beau travail.

Elle venait de comprendre. Le NEST, écoutant son walkie-talkie, avait dû fournir à Roth un émetteur adapté à la bombe fabriquée par Baumann. Ils le lui avaient donné avant qu'il ne monte dans l'appareil à l'héliport. À proprement parler, Roth n'avait rien fait d'illégal.

En fait, ce n'était pas tout à fait vrai. Il n'avait pas fait exploser l'engin lui-même, mais il avait déclenché le mécanisme, pendant que l'émetteur caché dans sa ceinture restait branché... il l'avait été avant que Baumann ne monte dans l'appareil... et tant que Roth se trouvait à quelques centaines de mètres de la bombe, elle ne risquait pas d'exploser.

Roth avait bluffé, du moins en partie... il n'avait pas dit à Baumann qu'il avait un émetteur dissimulé dans son pantalon, et que c'était l'unique source de tonalité. Dès que l'hélicoptère sortit de l'orbite de l'émetteur – au-dessus de l'eau, juste comme les gars du NEST l'avaient calculé, bien que ce fût un calcul risqué, à coup sûr –, la bombe avait explosé. Mais personne ne le saurait jamais, et certainement aucun des gens sur le toit de l'immeuble n'en soufflerait mot. Jamais. Personne ne pourrait jamais rien prouver et, après tout, justice avait été rendue.

En tout, l'explosion avait duré moins d'une seconde.

99.

Dyson coupa CNN et roula furieux jusqu'aux téléphones à côté de son bureau.

— Ce putain de Prince des Ténèbres a tout fait foirer ! hurla-t-il dans le vide avant de sursauter en entendant une voix lui répondre.

— Ça, vous l'avez dit, lança un homme qui entrait suivi de deux autres.

Dyson se retourna, effaré. Trois autres hommes enjambaient les fenêtres. Il reconnut les anoraks bleu marine, les hautes majuscules jaunes. Des agents fédéraux. Il n'oublierait jamais sa première vision de ces anoraks bleu marine avec ces lettres jaunes, la nuit où ils avaient tué sa femme et sa fille.

— Que...

– Il a tout fait foirer, c'est sûr. Il nous a fourni de quoi nous faire extrader. Mais vous et vos gens, vous nous avez bien aidés aussi.

– Mais de quoi parlez-vous ? fit Dyson d'une voix étranglée.

– Maintenant que nous avons des preuves irréfutables de votre rôle dans le terrorisme international, le gouvernement suisse va cesser de vous protéger. Il ne peut plus le faire. Il vous a lâché. Vous êtes extradé vers les États-Unis. (L'agent fédéral passa les menottes à Dyson, le fit sortir du bureau et le poussa dans le long couloir de la demeure que Dyson appelait L'Arcadie.) C'est gentil, chez vous, dit le chef des feds. Vraiment.

100.

La cérémonie eut lieu au sud de Boston, dans un cimetière sinistre où la famille Cronin possédait plusieurs concessions. Jared ne versa pas une larme. Il ne pleura pas non plus lors de la mise en terre. Il resta stoïque, impassible, ouvrant à peine la bouche.

Teddy Williams pleura, lui, et des larmes sincères, et Sarah versa des larmes tout aussi sincères. Dans le ciel gris, les nuages ressemblaient à de la fumée de cigare.

À la fin du service, avant que la petite foule ne se disperse, Pappas se tourna vers Sarah avec un sourire triste.

– Comment ça va, patronne ?

– Comme vous pouvez vous en douter.

– C'est vrai que vous êtes promue au QG ?

Elle acquiesça.

– La consécration, hein ?

– On dirait.

Il baissa la voix pour ne pas être entendu de Jared.

– Jared s'en tirera. C'est un gamin solide.

– Oui, il s'en tirera. C'est dur pour lui... d'autant plus que, comme vous le savez, il avait des sentiments très ambivalents au sujet de son père.

– Comme vous, non ?

– Oui, mais moins. Je n'aimais pas le personnage, mais nous avions un fils ensemble. Ce que j'ai de plus précieux au monde. On ne peut donc pas dire que mon mariage avec lui ait été une erreur totale. Je n'aurais pas dû l'épouser, mais je l'ai fait, et quelque chose de merveilleux est sorti de ce cauchemar.

– Avec les hommes, votre chance finira bien par tourner.

– Peut-être, dit-elle en prenant Jared par la main. Tout peut arriver.

Coda

Sweet Bobby Higgins fut jugé et innocenté du meurtre de Valerie Santoro.

Malcolm Dyson mourut d'une crise cardiaque dans une prison américaine.

La Manhattan Bank fut déclarée insolvable, ses titres sans valeur. La Réserve fédérale négocia un accord avec Citicorp pour qu'elle rachète ce qui restait des avoirs de la Manhattan. Warren Elkind se suicida deux jours plus tard.

Note de l'auteur

Le Network existe bel et bien, mais sous un nom différent et dans un autre lieu de New York. Certains détails, notamment dans le domaine de la sécurité, ont été inventés ou travestis.

Mais la vulnérabilité du système est bien réelle. En 1992, voici ce qu'on pouvait lire dans le *New York Times* de l'équivalent réel du Network : « Si le flux devait brutalement s'interrompre, des empires financiers trembleraient sur leurs bases et les gouvernements auraient des sueurs froides... Si quelque chose allait réellement de travers dans le monde presque parfait de l'argent électronique, le système pourrait s'arrêter net en une palpitation de giga-octet. »

Remerciements

Je tiens à exprimer ma reconnaissance aux innombrables personnes qui m'ont aidé à me documenter pour la rédaction de ce roman.

Au FBI, un bon nombre de spécialistes de l'antiterrorisme, en activité ou à la retraite, m'ont officiellement et officieusement accordé leur temps et généreusement fait partager leur science notamment Robert J. Heibel de Mercyhurst College, l'agent spécial Gray Morgan, l'agent spécial Deborah L. Stafford, le directeur adjoint Harry « Skip » Brandon, Peter Crooks, Hank Flynn, et James M. Fox, ancien directeur du bureau de New York. Bien entendu, ils ne sont en rien responsables des libertés que j'ai pu prendre avec la réalité.

La CIA a également été très obligeante à mon égard, tant officiellement qu'officieusement, mais je ne peux citer nommément que Vince Cannistraro, ancien directeur des opérations antiterroristes de la CIA, un expert extraordinaire. Les autres spécialistes de ce domaine qui m'ont aidé sont : Neil C. Livingstone, David E. Long et Mark D.W. Edington. (Quelques personnes appartenant aux ténèbres du terrorisme m'ont également apporté leur concours, mais vous comprendrez que je m'abstienne de citer leurs noms.) Je remercie également mes collègues de l'Association of Former Intelligence Officers, ainsi que Elizabeth Bancroft du National Intelligence Book Center.

Dans les forces de l'ordre que soient remerciés Curt Wood, commandant de l'unité de capture des fugitifs du Commonwealth of Massachusetts Department of Correction, Beverly Deignan du MCI Cedar Junction de Walpole, l'ancien préfet de police de la ville de

New York Robert J. McGuire, James R. Sutton, le lieutenant colonel Neal Moss du South African Police, Paul Mc Sweeney of Professionnal Management Specialists, Inc. et dans la police de Boston, Frank Williams, Bobby Silva et surtout l'inspecteur Bruce A. Holloway.

J'ai reçu une cyberassistance cruciale de Eric Wiseman, de Simson Garfinkel, de Bob Krankston, de Tom Knight du laboratoire d'Intelligence artificielle du MIT, de Marc Donner, de Dan Geer, de David Churbuck, de Donn B. Parker, de Peter Wayner, et de mon cher ami Bruce Donald. Dans le domaine de la technologie de la surveillance satellitaire, je suis redevable à H. Keith Melton et Glenn Whidden ; dans celui de la contrefaçon, à Frank W. Abagnale, dans celui de la médecine légale, au Dr Stanton Kessler du bureau de Boston, et à mon frère, le Dr Jonathan Finder.

Pour m'avoir initié au monde mystérieux des enfants de huit ans des années 90, je suis reconnaissant à Tom McMillan et Christopher Beam. Merci également à Bobby Baror, à Amram Ducovny, et à deux amis proches : Rick Weissbourd et Joe Teig, acteur et cartographe.

Je suis également reconnaissant à mon agent Henry Morrison pour l'enthousiasme qu'il a montré dès l'ébauche de ce projet, à Danny Baror de Baror International, à Deborah Schindler, à Caron K à la Twentieth Century Fox et, avant tout, à Richard Green et à Howie Sanders du United Talent Agency qui ont allumé la mèche.

Le manuscrit a énormément bénéficié de l'assistance éditoriale astucieuse de mon frère Henry Finder, de l'aide de mon principal expert technique, Jack McGeorge du Public Safety Group, qui sait principalement tout sur tout et du superbe travail de correction de Henry Ferris chez William Morrow.

Enfin, merci à Michele, ma femme, pour son amour et son soutien sans faille, et à notre fille Emma pour nous avoir fait comprendre le sens de la vie.

Cet ouvrage a été réalisé par la
SOCIÉTÉ NOUVELLE FIRMIN-DIDOT
Mesnil-sur-l'Estrée
pour le compte de France Loisirs
123, boulevard de Grenelle, Paris
en décembre 1998

Cet ouvrage est imprimé
sur du papier sans bois et sans acide.

Imprimé en France
Dépôt légal : décembre 1998
N° d'édition : 30882 - N° d'impression : 45075